Arena-Taschenbuch

Band 51052

Weitere Titel der Autorin im Arena Verlag (Auswahl):

Shana, das Wolfsmädchen
Shana, das Wolfsmädchen, und der Ruf der Ferne
Der rote Seidenschal
Der Türkisvogel
Sonnenpfeil
Die goldenen Dächer von Lhasa
Tara und die Reiter des Windes
Kel Rela – Im Herzen der Sahara
Hinani – Tochter der Wüste
Anahita – Im Land des Monsuns
Sabrina – Entscheidung in Mexiko
Tochter des Meeres
Weißer Kranich über Tibet
Melina und die Delfine
Der Ruf der Elefanten
Wildpferde in Gefahr
Der Schicksalsritt
Milas Zauberlied
Das Mondpferd
Aischa oder Die Sonne des Lebens
Mari reitet wie der Wind
Flammender Stern
Die Schwingen des Falken

Federica de Cesco
wurde in Italien geboren. Sie hat viele Länder kennengelernt und lebt heute mit ihrem japanischen Ehemann in der Schweiz. Ihre Bücher wurden in zahlreiche Sprachen übersetzt. Für ihr schriftstellerisches Schaffen wurde Federica de Cesco mehrfach ausgezeichnet.

Federica de Cesco

Sommer, Glück und wilde Pferde

Zwei Geschichten in einem Band

Arena

MIX
Papier aus verantwortungsvollen Quellen
FSC® C110508
FSC
www.fsc.org

1. Auflage im Arena-Taschenbuch 2018

Erstmals erschienen im Sammelband »Pferde, Sehnsucht, Abenteuer« 2001 im Arena Verlag

Umschlaggestaltung: Jennifer Haug unter Verwendung eines Fotos von Christiane Slawik (51112820500001)
Gesamtherstellung: Westermann Druck Zwickau GmbH
ISSN 0518-4002
ISBN 978-3-401-51052-1

Besuche uns unter:
www.arena-verlag.de
www.twitter.com/arenaverlag
www.facebook.com/arenaverlagfans

Federica de Cesco

Solal, das Feuerpferd

1

Seitdem Amalia nicht mehr da war, freute ich mich nicht auf die Ferien. Amalia kam aus Portugal. Sie saß neben mir im Unterricht und war zwei Jahre lang meine Freundin gewesen. Wir hatten nie Krach gehabt. Aber dann hatte Amalias Vater Arbeit in Marseille gefunden. Die Familie hatte Audon – unser Dorf – verlassen; seitdem hatte ich keine Freundin mehr und würde auch nie eine finden. Nicht hier, nicht in Audon, die Sache war von vornherein hoffnungslos. Die neue Lehrerin, Madame Florier, kannte zum Glück meine Geschichte noch nicht und behandelte mich nicht von oben herab wie alle anderen. Sie sagte zu mir: »Du hast keine Seifenblasen im Kopf«, und meinte es als Lob. Ihre besondere Redensart – Seifenblasen oder keine Seifenblasen im Kopf – kannte inzwischen jeder. Ob darüber gegrinst wurde oder nicht, war Madame Florier egal. Madame Florier war überhaupt vieles egal und von ihr habe ich gelernt, dass mir auch vieles egal sein kann.

Zum Glück war Monsieur Martin – unser früherer Lehrer – auch nett zu mir gewesen. Während der

Ferien, wenn die Schulbibliothek, die er nebenamtlich betreute, geschlossen wurde, hatte ich ein besonderes Abkommen mit ihm getroffen. Als er im vergangenen Jahr in Rente ging, hatte ich den größten Schiss gehabt. Was, wenn jetzt ein Lehrer kam, der mich nicht mochte? Und dann stand Madame Florier vor der Klasse, langbeinig, groß gewachsen, mit krausen Locken und kaffeebrauner Haut. Sie sagte freundlich: »Guten Tag, ich bin die neue Lehrerin«, und ließ zwei Reihen perlenweißer Zähne blitzen. Hier in Audon ticken die Uhren langsam, man lebt noch wie vor fünfzig Jahren und Madame Florier, die von den Antillen stammt, erregte Aufsehen. Aber die Schüler gewöhnten sich schneller an sie als die Eltern. Oft frage ich mich, ob Erwachsene schon früher so unvorstellbar blöde waren oder ob sie das erst später geworden sind – eben weil sie erwachsen wurden. Klar waren in der Klasse echt fiese Kerle, so richtige Schlägertypen, von denen ich mich in Acht nehmen musste. Ich bin ziemlich stark: Mit einem Jungen werde ich gut fertig, aber nicht mit vier oder fünf. Das ist eben das Problem: Feiglinge fühlen sich nur in Gruppen wohl und sicher.

Dann kam der letzte Schultag. Die Zeugnisse wurden ausgeteilt. Es gab die übliche Abschlussfeier, der Bürgermeister zeigte sich, alle Eltern kamen; nur meine Großmutter nicht. Sie erschien nie zu solchen Anlässen. Der Schulleiter hielt eine Rede, der Schulchor trat auf und ein Mädchen, dessen Stimme sehr gelobt wurde, sang ein Lied von Georges Brassens: »Ach wie mutig trabt das Pferd im Wind«, wobei ich an Pardaillan denken musste und mein Herz schwer wurde.

Als alles vorbei war und die Schüler sich mit ihren festlich gekleideten Eltern verstreuten, wartete ich auf Madame Florier, die sich von ihren Lehrerkollegen verabschiedete. Sie musste noch den Blumenstrauß vom Bürgermeister holen, den Nicolas für sie ins Klassenzimmer gebracht hatte. Ich wartete vor der Tür, in der brütenden Hitze. Später würde der Hausmeister kommen, der alte Theo mit seinem zu kurzen Bein, würde ein letztes Mal die alten Holzböden putzen, die Papierkörbe leeren und alle Schulzimmer schließen. Bald entfernten sich die Stimmen. Wagentüren wurden zugeschlagen, Reifen knirschten auf dem Kies. Ich hörte Madame Floriers Schritte auf der Steintreppe hallen; eilig kam sie den Gang entlang. Sie trug ein rotes Leinenkostüm und ebenfalls rote Sandalen mit hohen Absätzen, die gut zu ihren langen Beinen passten.

»Leonie! Was machst du denn hier?«

Ich schluckte und sagte: »Ich … ich muss Sie etwas fragen.«

»Was ist denn, Leonie? Und warum so düster! Freust du dich nicht auf die Ferien?«

»Nein, Madame.«

Die Antwort hatte sie nicht erwartet, das sah ich an ihrem Gesicht.

»Ach, da bist du wohl die Einzige. Und warum nicht, Leonie?«

Sie drückte die Klinke herunter und ging ins Klassenzimmer. Ich schlurfte hinterher.

»Kein Wunder, dass du Pferde magst, du gehst ja selbst wie ein Pferd«, hatte Isabelle, eine Mitschülerin, mal abschätzend zu mir gesagt.

Madame Florier setzte sich hinter ihren Tisch, auf dem der Blumenstrauß lag.

»Hübsch ist der«, meinte sie. »Ich mag gelbe Rosen. Du auch?«

Ich verneinte.

»Die stechen.«

»Ist schon geschehen.«

Sie zeigte mir lachend ihren Finger, an dem ein winziger Blutstropfen perlte.

»Aber die Sonnenblumen sind schön«, sagte ich, um etwas Nettes zu sagen.

»Ja, das finde ich auch.«

Sie deutete auf einen Stuhl.

»Nun setz dich doch.«

Ich tat, was sie sagte. Stühle und Tische waren

schon alt. Schüler hatten ihre Namen eingeritzt und neuerdings auch andere Sprüche. Monsieur Martin hatte das Kummer gemacht, aber die neue Lehrerin nahm solche Sachen nicht einmal zur Kenntnis.

»Es ist wegen der Bücher«, sagte ich.

Sie runzelte fragend die Stirn.

»Welche Bücher?«

»Die Bücher aus der Bibliothek.«

Madame Florier schnippte mit den Fingern.

»Ach ja, natürlich.«

Monsieur Martin war immer der Meinung gewesen, dass die Schüler mehr lesen sollten, statt vor der Glotze zu sitzen. Er hatte es geschafft, den Eltern Geld für eine Buchspende aus der Tasche zu locken und so nach und nach eine Schulbibliothek eingerichtet, wobei er gewissenhaft Kartei geführt und jedes zerfledderte Buch mit höchster Sorgfalt neu eingebunden hatte. Jeden Samstag saß er dann in »seiner« Bibliothek und wartete – meistens vergeblich – auf Leser. Die Schüler fanden Computerspiele oder ihre Motorräder spannender. Immerhin kamen manche Erwachsene. Und auch einige Schüler. Ich gehörte dazu.

»Ja und was ist mit den Büchern?«, fragte die Lehrerin. »In den Ferien ist die Bibliothek doch geschlossen?«

Ich zögerte.

»Ich … ich hatte den Schlüssel.«

Sie machte ein erstauntes Gesicht.

»Du hattest den Schlüssel zur Bibliothek? In den Ferien?«

Ich nickte. Einsilbig, wie ich war, hatte ich mit jedem Wort Mühe.

»Seit zwei Jahren schon. Das ist, weil ich so gerne lese …«

Dass vom Pausenhof aus die Tür direkt zur Bibliothek führte, wusste sie ebenso gut wie ich.

»Monsieur Martin gab mir den Schlüssel und ich konnte mir so viele Bücher ausleihen, wie ich wollte. Ich musste selbst Kartei führen – ich weiß, wie man das macht – und jedes Mal die Tür gut abschließen.«

Sie sah mich interessiert an.

»Was machst du denn in den Ferien? Nur lesen?«

Ich schüttelte den Kopf.

»Nein, ich reite.«

»Hast du ein eigenes Pferd?«

Wieder ein Kopfschütteln.

»Nein, es gehört Onkel Pierre. Der hat einen Bauernhof und braucht Pardaillan zum Arbeiten.«

»Pardaillan?«

»Das ist das Pferd. So heißt es. Ich kann nur am Sonntag oder abends mit ihm ausreiten. Aber Pardaillan ist schon alt, viel älter als ich.«

Ich stockte, biss mir auf die Lippen. Von meinen Sorgen wollte ich nicht reden.

»Pardaillan?« Die Lehrerin schmunzelte. »Ein erstaunlicher Name für ein Pferd.«

»So hieß ein Ritter«, sagte ich. »In einem Buch von Paul Féval. Meine Mutter fand den Namen schön und hat das Pferd so genannt.«

Sie lächelte etwas sonderbar.

»Das Buch kenne ich zufällig. Ein gewaltiger Schmöker! Über tausend Seiten, soweit ich mich entsinne.«

»Ich mag dicke Bücher«.

Sie betrachtete mich nachdenklich.

»Leonie, du bist ein seltsames Mädchen. So verschlossen! So schwer zu durchschauen. Wie kommt das nur?«

Ich wurde rot. Was sollte ich dazu sagen?

»Ich merke das schon eine ganze Weile und finde das schade«, fuhr sie fort. »Du stößt alle immer wieder vor den Kopf.«

Ich starrte hartnäckig auf meine Füße.

»Sie sollen mich in Ruhe lassen.«

Doch sie ließ nicht locker.

»Jetzt mal ehrlich, Leonie, hast du Probleme zu Hause?«

Ich zog die Schultern hoch.

»Eigentlich nicht.«

»Ich habe deine Mutter nie gesehen. Auch heute nicht.«

Ich fuhr zusammen. Eine Sekunde lang wurde mir schwindlig.

»Die lebt nicht hier«, sagte ich, als ich wieder sprechen konnte.

»Sind deine Eltern getrennt? Geschieden?«

Ich schüttelte stumm den Kopf.

»Dein Vater? Ist er nicht hier?«

Es schien für sie ganz natürlich, mit mir über diese Dinge zu sprechen. Mein Herz schlug so laut, dass sie es hören musste. Doch ich bemühte mich, meine Stimme gleichgültig klingen zu lassen.

Ich schwieg.

»Wo lebst du denn? Bei deinem Onkel?«

»Nein, bei meiner Großmutter.«

Sie wirkte erfreut.

»Oh, kommst du gut mit ihr aus?«

Bei jeder anderen hätte ich den Mund gehalten. Aber Madame Florier brachte mich zum Reden.

»Ja, sehr gut.«

Sie nickte; ich sah im Sonnenlicht den weichen Schimmer ihrer Augen.

»Weißt du, meine Eltern sind früh gestorben. Ich bin auch von meiner Großmutter erzogen worden. Sie war eine starke Frau. Meine Brüder gingen vor Sonnenaufgang zum Fischfang und meine Groß-

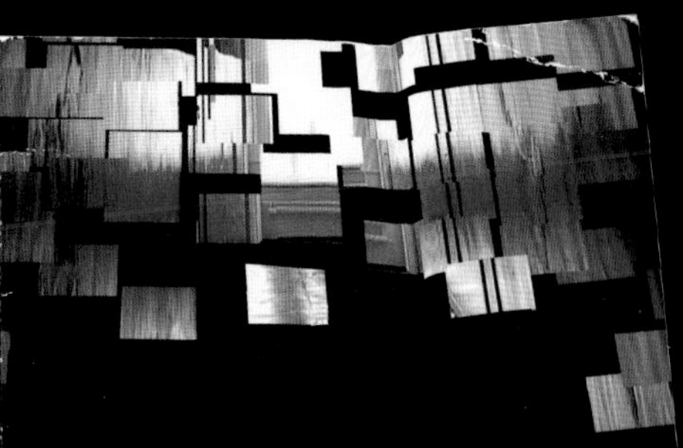

Wer bist du wirklich?
DER TRAKT

mutter stand jeden Morgen auf dem Markt. Sie hatte furchtbare Rückenschmerzen. Aber sie hat sich abgerackert, damit ich auf die höhere Schule kam. Und später habe ich ein Stipendium bekommen.«

Ich hörte aufmerksam zu. Ich war plötzlich neugierig geworden.

»Ein Stipendium? Was ist das?«

»Wenn Schüler besonders begabt sind, zahlt der Staat das Schulgeld, damit sie studieren und einen guten Beruf ergreifen können.«

»Auch hier in Frankreich?«

»Ja, natürlich.«

»Ich will auch ein Stipendium«, sagte ich.

Sie sah mich interessiert an.

»Ja, wer weiß? Vielleicht schaffst du es? Was möchtest du denn werden, Leonie? Auch Lehrerin?«

»Nein, Tierärztin.«

»So? Wie kommst du darauf?«

»Ich mag Tiere«, sagte ich. »Die lügen nicht.«

»Menschen lügen also? Ist es das, was du sagen willst?«

Ich erwiderte fest und voll ihren Blick.

»Ja.«

Jetzt zuckte ein Lächeln um ihre vollen Lippen.

»Zweifellos hast du nicht Unrecht«, meinte sie.

Sie schien zu überlegen, bevor sie ihre Handtasche öffnete. Sie suchte einen Schlüssel, an dem ein kleines Schild befestigt war. Ich hielt den Atem an. Ja, diesen Schlüssel kannte ich gut.

»Zu denselben Bedingungen wie bei Monsieur Martin, ja?«

»Danke«, flüsterte ich rau und nahm den Schlüssel aus ihren Händen. Mehr brachte ich nicht über die Lippen.

Sie blickte mich an, als hätte sie mich noch nie gesehen.

»Wenn du mal lächelst, hast du ein ganz anderes Gesicht. Wie eine Sonnenblume.«

Sie nahm den Blumenstrauß, zog eine Sonnenblume heraus und hielt sie mir hin.

»Schöne Ferien, Leonie! Wir sehen uns im September.«

2

Wir wohnten in einem alten Steinhaus, drei Kilometer südwärts von Audon. Außer Onkel Pierres Bauernhof war nur die *Villa Theotime* in der Nähe, ein eindrucksvolles Haus, seit Jahren unbewohnt. Das schmiedeeiserne Tor wurde durch eine dicke Stange in einer Halterung geschlossen. Beiderseits standen Säulen mit Steinlöwen, die den verwilderten Garten zu bewachen schienen. Gleich nach dem Löwentor verengte sich die Straße, war kaum noch breiter als der Fuhrweg, den sie jahrhundertelang gewesen war.

Unser Haus kam gleich nach der Kurve. Es war aus gutem, solidem Stein gebaut; nur das Dach war mehrmals ausgebessert worden. Das Haus war mindestens hundertfünfzig Jahre alt, sagte Großmutter. Wir hatten ein kleines, ummauertes Gartenstück, einige Obstbäume und ein großes Beet mit Rhabarber, Gemüse und allen möglichen Kräutern. Noch heute machte Großmutter lange Spaziergänge im Wald, sammelte Schoten, Samen, Blätter, Nüsse und Beeren. Ich hatte mich eigentlich nie gewundert, dass bei uns auch im Winter schmackhafte Marmelade auf den Tisch kam, dass unser einfaches Essen immer mit Pilzen, Zwiebeln, Anis und Minze gewürzt war. Die vielen Schränke in unserer Wohnküche waren mit verkorkten Fläschchen, Blechdosen, Säckchen, Steinkrügen, kleinen und großen Schachteln vollgepackt. Einer dieser Schränke enthielt Pasten und Salben, Öle und Tinkturen und alle möglichen Teesorten. Hatte ich Zahnschmerzen oder Bauchweh, gab mir Mamie Lucie einen besonderen Tee zu trinken, der jedes Mal anders schmeckte; und nach wenigen Stunden ging es mir besser. Sie hatte mir strengstens verboten, die Fläschchen oder Behälter zu öffnen. Ich durfte nicht einmal daran schnuppern. Als ich sie einmal fragte, warum, antwortete sie knapp: »Es gibt viele Anwendungen. Du kennst den richtigen Gebrauch nicht.«

Ich holperte mit dem Fahrrad über den Weg; vor dem Tor sprang ich ab und schob das Fahrrad in den Garten. Mamie Lucie jätete gerade das Zwiebelbeet. Sie bückte sich auf eigentümliche Art, wobei sie die Beine ganz steif hielt und den Oberkörper tief vornüberbeugte. Nun richtete sie sich auf, die flache Hand an die Hüfte gepresst.

»Nun?«

Ich stellte das Rad vor dem Schuppen ab.

»Alles gute Noten«, rief ich zufrieden.

Sie stapfte zu ihrem Stuhl neben der Haustür und ließ sich schwerfällig nieder. Ich setzte mich auf einen kleinen Hocker und lehnte den Kopf an ihre Knie. Abends saßen wir öfters dort und sahen zu, wie die Sonne unterging.

»Noch zwei Jahre und du bist aus der Schule«, sagte sie.

Sie sprach, als ob sie laut dachte. Ihre Stimme klang nicht unbedingt glücklich. Ich hatte plötzlich ein komisches Gefühl in der Magengegend. So als ob ich unterwegs wäre und nicht wüsste, wohin.

»Eigentlich möchte ich auf die höhere Schule.«

Sie streckte die Hand aus, kraulte zärtlich mein Haar. Ich liebte diese Geste.

»Kind, ich kann dir kein Geld fürs Studium geben.«

»Ich werde mir eine Stelle suchen. Und vielleicht bekomme ich ein Stipendium.«

Ich erzählte ihr von dem Gespräch mit Madame Florier und sie hörte aufmerksam zu.

»Ich bin froh, dass du weißt, was du tun willst.«

Ich lachte ein wenig und schüttelte den Kopf.

»Ich habe keine Ahnung, ob ich es schaffe. Wenn ich obendrein arbeite und todmüde bin.«

Sie kniff beide Augen zu. Das war ihre Art zu lächeln.

»Du kannst alles lernen, wenn du es wirklich willst. Was du brauchst, ist Vertrauen.«

»Vertrauen?«

Sie nickte gelassen.

»Vertrauen ist, wenn du glaubst, die Dinge kommen schon in Ordnung.«

Ein tiefes Glücksgefühl durchströmte mich. Ja, das war die Art von Gedanken, die mich weiterbrachte. Nach einer Weile sagte Mamie Lucie: »Da ist wieder ein Brief für mich gekommen. Er liegt auf dem Tisch.«

»Soll ich ihn vorlesen?«

»Ja, die Schrift ist zu klein.«

Mamie Lucie war längst über siebzig; ihre Augen waren noch gut, aber manchmal brauchte sie Hilfe. Eine Brille wollte sie nicht tragen. »Ich kann das Gestell auf dem Gesicht nicht haben«, sagte sie immer.

Ich holte den Brief. Er war in Avignon aufgegeben worden. Ich zog ihn aus dem Umschlag und las ihn laut vor.

»Liebe Frau Demestre. Ich habe viel von Ihnen gehört und möchte Sie sehen. Ich leide seit Monaten unter einer Gürtelrose. Können Sie etwas für mich tun? Bitte, schreiben Sie mir zurück. Pierrette Arlan.«

Mamie Lucie hob den Kopf. Im Gegenlicht konnte ich die vielen Jahre erkennen, die ihr Gesicht gezeichnet hatten. Die tiefen Linien um Mund und Augen, die faltige Haut, die scharfe Kante des Kinns.

»Schreib ihr, sie soll am Sonntag kommen. Um vier. Wenn du den Brief gleich zur Post bringst, hat sie ihn noch morgen.«

Unser Haus hatte keinen Telefonanschluss, das war das Problem. Als meine Mutter so alt war wie ich, hatten wir weder Strom noch fließendes Wasser. Wenn Leute meine Großmutter sehen wollten, ging ich zu Onkel Pierre telefonieren. Die Leute wunderten sich oft, dass ein Mädchen anrief. Ich sagte, ich sei die Enkelin, das beruhigte sie zumeist. Aber manche bestanden ausdrücklich auf einer schriftliche Antwort. Der Besuch bei meiner Großmutter war ihnen peinlich; sie befürchteten, dass sich die Sache herumsprach.

Ich ging in die Küche und trank ein Glas Wasser. Dann setzte ich mich an den Tisch und schrieb, was mir Mamie Lucie beauftragt hatte.

»Wir haben kein Brot mehr«, sagte sie, als ich gerade losfahren wollte, um den Brief einzuwerfen. »Aber der Bäcker wird schon geschlossen haben.«

»Macht nichts«, sagte ich. »Ich gehe zum Supermarkt.«

»Sei vorsichtig«, mahnte Mamie Lucie.

Ich wusste genau, was sie meinte. Der Supermarkt lag gleich neben dem Spielsalon. Da trieben sich immer unangenehme Typen herum. Die leider alle wussten, wer ich war. Ich nickte ihr beruhigend zu.

»Ich will sehen, ob ich Pardaillan haben kann.«

Fünf Kilometer hin und zurück mit dem Fahrrad waren eigentlich kein Problem für mich, ich kannte die Abkürzungen. Nur im Winter, wenn Schnee lag, musste ich auf der Landstraße bleiben; aber es schneite zum Glück nicht oft. Ein steiniger Pfad, zuerst durch die Weinberge, dann durch den Kastanienwald, lief geradewegs auf Onkel Pierres Haus zu. Ein großes Holztor war in der Mauer eingelassen. Die Zweige eines Feigenbaumes hingen über die Mauer, Wasser plätscherte. In einer Rinne floss ein Bach unter freiem Himmel; weiter unten, im Dorfzentrum, hatte man ihn mit Steinplatten bedeckt. Ich ging durch das Tor in den Hof. Neben den Kühen hielt Onkel Pierre Ziegen, Kaninchen, Gänse und Truthähne. Der Hof gehörte eigentlich Pierres Frau Mireille. Ihre Eltern besaßen Maulbeerhaine, Früchteplantagen und zehn Hektar Land: Mais, Korn und Roggen. Mireille war das einzige Kind. Der Vater war früh gestorben und Brüder hatte sie keine.

Neben dem Haus stand eine Hundehütte. Cachu, der alte Schäferhund, kam würdevoll wedelnd auf mich zu. Ich streichelte ihn hinter den Ohren. Seine feuchte Nase zog meinen Geruch ein, während er die halb blinden Augen zu mir emporhob. Pardaillan war noch vor den Milchkarren gespannt. Onkel

Pierre kam gerade aus dem Kuhstall und winkte mir zu.

»Gute Noten?«

»Geschafft«, rief ich fröhlich zurück.

»Kluges Mädchen!«

Pierre war ein großer, stämmiger Mann mit einem dunklen Gesicht und Augen, tiefbraun wie Baumrinde. Die breiten Wangenknochen und die scharfe Nase verrieten Stärke, doch die freundlich geschwungenen Lippen zeigten Sanftheit. Dass ich gut in der Schule war, erfüllte ihn mit Stolz. Er selbst hatte das gehabt, was man Legasthenie nennt – Schwierigkeiten beim Erlernen des Lesens und Schreibens. Als er ein Kind war, sah man das als Beschränktheit an. Und keine Behörde hatte sich eingeschaltet, als man ihn mit vierzehn aus der Schule nahm.

»Kann ich Pardaillan reiten?«, fragte ich.

»Ja, wir sind fertig für heute.«

Ich ging zur Pardaillan, der geduldig wartete. Er spitzte die Ohren, als er mich hörte. Er war ein großer dunkler Wallach. Seine Mähne war halb schwarz, halb grau, genauso wie das Haar eines alternden Menschen. Pardaillan kannte meine Mutter – und kannte mich; er gehörte zu meiner verlorenen Kindheit. Pardaillan wusste, dass mein innerstes Ich in Schweigen lag, verschlossen und dunkel, unzugänglich. Da waren Dinge, über die ich nicht nachdenken wollte, über die ich nicht reden wollte, die ich mit mir selber ausmachen musste. Pardaillans Zuneigung gab mir Kraft dazu.

Ich streichelte ihn und rieb mein Gesicht an seinem Kopf. Er wieherte leise und freundlich.

»Wir reiten jetzt zusammen aus, ja?«, flüsterte ich. »Wir machen einen Spaziergang. Nicht zu schnell, damit du nicht zu müde wirst.«

Pardaillan sah mich von der Seite an; ich bemerkte das rötliche Adernetz um seine Augen. Die Blutgefäße kamen mir dunkel und erweitert vor.

»Findest du nicht, dass er schlecht aussieht?«, fragte ich Pierre.

»Mir scheint er eigentlich recht gut in Form.«

Da trat Mireille mit ihrem kleinen Sohn Christian auf dem Arm aus dem Haus. Sie nickte mir zu, weder freundlich noch unfreundlich.

»Ferien? Da bist du sicher froh.«

»Klar«, sagte ich, um ihr eine Freude zu machen. Sie war eine Frau mit dunklen, strähnigen Haaren und erschreckend schwarzen Augenbrauen. Sie sah immer aus, als ob sie ihre Kleider zum Schlafen nicht ausgezogen hätte. Wir mochten uns nicht besonders, was an verschiedenen Dingen lag. Wir hatten keinen Krach, nein. Es war nur einfach so, dass wir uns aus dem Weg gingen.

Mireille züchtete Seidenraupen; sie hatte viele

Reihen von dünnen Holzrahmen auf dem Speicher, an denen netzartige Geflechte hingen, bedeckt mit Seidenraupen. Bevor sie sich in ihren ovalen weißen und gelben Kokons einspannen, waren die Seidenraupen die reinlichsten kleinen Geschöpfe der Welt. Mireilles Vorfahren hatten viel Geld mit der Seidenspinnerei verdient. Sie besaß noch heute einen besonderen Ofen für das Abtöten der Larven. Mit ihrem alten Spinnrad verspann sie ihre kleine Kokonernte und verwob sie zu Seidenstoffen, die in Avignon an Touristen verkauft wurden.

Inzwischen nahm Pierre dem Pferd das Geschirr ab, führte es aus der Deichsel. Pardaillan ritt ich immer ohne Sattel, weil Pierre keinen hatte. Außer den Zügeln, die ziemlich verschlissen waren, verwendete ich nur einen geflochtenen Lederriemen, der über der Zunge des Pferdes lag und unter dem Kinn verschnürt wurde. Mamie Lucie hatte mir gesagt, man dürfe einem Pferd kein schweres Gebiss aufzwingen. Das hatte sie – vor vielen Jahren – von einem Zigeuner gelernt. Der Mann arbeitete in einem Zirkus und kannte sich gut mit Pferden aus. Er hatte ihr erklärt, dass ein Pferdemaul sehr empfindlich ist und ein Reiter, der sich auf ein Kräftemessen mit seinem Pferd einlässt, das Vertrauen des Tieres nie richtig gewinnen kann. Er hatte einen solchen Lederriemen für sie angefertigt, zum

Dank dafür, dass sie seine Verbrennungen geheilt hatte.

Pardaillan wusste, dass ich bei ihm nur diesen Lederriemen verwendete und ihn oft nur mit einem Zügel lenkte. Meine Wünsche drückte ich meistens mit Hochziehen der Knie oder mit einem leichten Zurücklehnen aus. Bei Pardaillan genügte das; er konnte vorausfühlen, was ich wollte. Jetzt ergriff ich die Zügel, legte die Hand auf seine Schulter. Dann nahm ich einen kurzen Anlauf, schwang mich auf seinen Rücken, wobei ich die Zügel ganz locker in der Hand hielt. Pierre wunderte sich immer wieder, wie ich das fertigbrachte, denn Pardaillan war – im Grunde – kein freundliches Tier. Er mochte nur mich.

»Wo willst du denn hin?«, fragte Mireille.

»Zur Post und dann zum Supermarkt. Brot kaufen.«

Sie runzelte die Stirn.

»Mit dem Pferd? Musst du unbedingt auffallen?«

»Auf dem Besen kann ich ja nicht reiten.«

»Hör mit dem blöden Zeug auf«, sagte sie gereizt. »Kein Wunder, dass du Probleme hast.«

»Mir egal.«

Ich ließ Pardaillan wenden und ritt aus dem Tor. Ich wusste, dass der Wallach keine Mühe hatte, mein leichtes Gewicht zu tragen. Während ich durch den

Wald ritt, streichelte ich liebevoll seinen Nacken. Pardaillan schnaubte und ich hatte das Gefühl, dass er und ich ein einziges Wesen waren. Es war fast schon dunkel, aber ich mochte die Dunkelheit lieber als die pralle Sonne. Als wir den Wald hinter uns hatten, ließ ich Pardaillan eine Weile traben. Als wir die ersten Häuser erreichten, ging er wieder im Schritt. »Vieil Audon« – das »Alte Audon«, wie sein voller Name lautete, war tatsächlich ein sehr altes Dorf, mit gewundenen Straßen und wuchtigen Mauerresten. Die Bewohner lebten früher von der Ziegenzucht; der im Ort hergestellte Käse war berühmt. Während ich mich der Kirche näherte, hallten Pardaillans Hufe auf dem Kopfsteinpflaster. Touristen fanden nur selten den Weg nach Audon, selbst jetzt nicht, zur Hauptsaison im Sommer. Die Händler schlossen bereits ihre Geschäfte, brachten ihre Körbe mit Gemüse und Obst vom Stand in die Läden. Einige alte Männer saßen auf der Steinbank am Brunnen. Die Bar mit dem Perlenvorhang vor dem Eingang war noch offen. Ein paar Männer spielten Dame, beugten sich in kleinen Gruppen über ihre Gläser. Ich dachte oft, dass Pardaillan, genauso wie ich, den Ort als Gefängnis empfinden musste.

An der Post kaufte ich eine Briefmarke am Automaten und schob den Brief in den Kasten. So, das wäre gemacht! Dann wartete ich, bis die Ampel grün wurde, und ritt über den Platz. Der Supermarkt befand sich etwas außerhalb der Ortschaft; dort war zugleich die Haltestelle der Buslinie nach Avignon. Für ein paar Minuten musste ich an der Schnellstraße entlangreiten. Pardaillan störte das nicht. Er wusste genau, dass die Autos immer in dieselbe Richtung fuhren und für uns nicht gefährlich waren, auch wenn sie viel Lärm machten. Die roten Neonlichter vor dem Spielsalon zuckten und ich fühlte eine tiefe Unruhe. Nur schnell weg von hier!, war mein einziger Gedanke. Vor dem Supermarkt saß ich mit einem leichten Sprung ab. Pardaillan würde sich nicht von der Stelle rühren, das wusste ich. Trotzdem knotete ich die Zügel um einen kleinen Pfosten vor dem Eingang. Im Supermarkt waren nur ein paar Leute, viel Brot gab es auch nicht mehr. Noch während ich vor der Kasse wartete, hörte ich draußen das kreischende Aufheulen von Motorrädern, die lauten Stimmen übermütiger Jugendlicher. Mein Herz tat einen Sprung. Ich zählte das Kleingeld mit zitternden Händen, steckte das Brot in den Rucksack und trat nach draußen. Die Kerle hatten ihre Maschinen auf der anderen Straßenseite angehalten, lachten und lärmten. Ich wusste genau, wer sie waren. Eilig band ich Pardaillan los und sprang auf. Kaum hatte ich die Zügel aufgenommen, ging es auch schon los. Die Kerle hatten mich erkannt.

Sie grölten, klatschten in die Hände und sangen das bekannte Spottlied, das mir Schauer des Entsetzens über den Rücken jagte.

»Hexenkind, Hexenkind,
Hol 'ne tote Ratte schnell!
Häng sie an die Kirchentür,
Zieh 'n Kreis und tanze nackt …«

Mein Herz hämmerte. Ich biss die Zähne zusammen, holte tief Luft. Jetzt ruhig bleiben, ganz ruhig. Sie nicht beachten. Als ob du nichts gesehen, nichts gehört hättest. Mach, dass du wegkommst, und reite durchs Dorf, da werden sie dir nicht folgen.

Ich ließ Pardaillan wenden; statt die gewohnte Strecke neben der Schnellstraße nahm ich das steile Straßenstück, das in einer Kurve zum Dorf führte. Immer noch hörte ich hinter mir das höhnische Lied.

»Hexenkind, Hexenkind …«

Dann kurze Stille, bevor sämtliche Motoren wie Pistolenschüsse knatterten. Die Fahrer gaben Gas, brausten davon. Zum Glück in die andere Richtung. Rasch entfernte sich der Lärm. Wahrscheinlich fuhren die jetzt nach Pont d'Arc, in die Disco. Ich atmete erleichtert auf. Bald war das Aufschlagen der Hufe das einzige Geräusch. Mal wieder Glück gehabt! Ich lenkte Pardaillan im schnellen Schritt; erst nach der Kurve ließ ich ihn langsamer gehen. Der Halbmond leuchtete jetzt. Ich betrachtete unseren dunklen Schatten auf dem Weg, wie ein fliegender Vogel kam er mir vor, der nicht von unserer Seite wich. Nach einer Weile legte ich meine Hand auf den gewölbten Nacken des Pferdes und flüsterte mit einer Stimme, in der die Angst noch nachklang: »Alles überstanden, Pardaillan! Die tun uns jetzt nichts mehr.«

Ich hatte es kaum gesagt, als die Stille explodierte. Lichter durchbohrten die Dunkelheit. In heulender Fahrt rasten mir zwei Motorräder entgegen. Zwei andere näherten sich von der Seite, wobei sie mit halsbrecherischer Geschwindigkeit über den steinigen Hang brausten. Die hüpfenden Lichtkegel warfen gespenstische Schatten. Einen Atemzug lang war ich wie gelähmt. Dann begriff ich: Sie hatten Zeit gehabt, den Hügel von Audon zu umfahren, und schnitten mir jetzt von der anderen Seite den Weg ab. Wohin jetzt? Der Bach! An dieser Stelle war er schmal genug. Schaffte Pardaillan den Sprung auf die andere Seite, war ich gerettet. Ich drückte dem Wallach die Fersen in die Flanken und wie immer verstand Pardaillan sofort, was ich vorhatte. Schon waren die Maschinen so nahe, dass ich das Gefühl hatte, ihnen nicht mehr ausweichen zu können. Die Scheinwerfer warfen zuckende Lichtbahnen. Die

Motoren kreischten. Inzwischen hatten die beiden anderen Motorräder den Hang erklommen, die Straße erreicht. Oben angekommen, beschrieben sie Kreise in Form einer Acht, um mir den Rückweg zu versperren. Das Heulen der Motoren schien die ganze Welt in Stücke zu reißen. Ich hatte das Gefühl, mein Trommelfell würde platzen. Schon raste uns der erste Fahrer entgegen, sauste so dicht an uns vorbei, dass der heiße Atem des Motors uns streifte. Jedes andere Pferd hätte mich abgeworfen, wäre in wilder Panik davongestürzt. Pardaillan nicht. Ein Wiehern erschütterte seinen mächtigen Körper, ein Wiehern voller Kraft und Angriffslust. Seine Ohren lagen flach am Kopf. Er bäumte sich zu seiner ganzen Größe auf; die Hufe schlugen in die Luft. Dann fiel er so schwer auf die Vorderfüße zurück, dass die Erde bebte. Sein mächtiger Rücken spannte sich. Wie eine Masse zornig geballter Kraft sprang er dem Motorrad entgegen. Der angegriffene Fahrer schlug einen Haken. Pardaillan wendete blitzschnell, ging erneut auf ihn los. Ich konnte das Tier nicht mehr lenken, fühlte mich hilflos mitgerissen. Ein Stoß, ein brutaler Schwung. Die Maschine schien sich vom Erdboden zu lösen. Bremsen kreischten. Das Motorrad schlängelte in Zickzack über die Straße, kippte über den Hang und löste einen Steinsturz aus. Vom Geröll erfasst, überschlug sich das Motorrad, krachend und scheppernd. Benzin floss aus dem Tank, stinkender schwarzer Qualm stieg auf. Der Fahrer war aus dem Sattel geschleudert worden; ein paar Sekunden lag er benommen da, bevor er sich auf die Seite wälzte und weg von der verunglückten Maschine kroch. Die anderen hatten am Straßenrand angehalten, riefen und gestikulierten. Schnell sollte er machen, bevor der Tank explodierte! Da – ein dumpfer Knall, dunkelrote Flammen. Der Fahrer kam auf die Füße, lief taumelnd weiter. Doch ich sah nicht mehr hin. In großen Sätzen stürmte Pardaillan über den Hang dem Bach entgegen. Ein Stoß, ein kurzes Schweben, schon ließ Pardaillan den Bach hinter sich. Erst jetzt – als die Gefahr vorüber war – verlangsamte er seinen Schritt. Schaum stand ihm vor dem Maul, klebriger Schweiß bedeckte seine Flanken. Wir beide waren am Ende unserer Kraft. Mein ganzer Oberkörper bebte von den Schlägen meines Herzens. Ich warf beide Arme um den Hals des Tieres, drückte meine Wange an seinen klebrigen Hals und schluchzte vor Dankbarkeit und Erschöpfung.

»Oh, Pardaillan, mein gutes Pferd«, flüsterte ich, »du hast mich gerettet.«

Allmählich beruhigte sich mein Zittern, während Pardaillan im schwachen Mondlicht über den Weinberg schritt und allmählich wieder zu Atem kam. Er war alt, ich durfte ihm solche Strapazen gar nicht zumuten. Aber was, wenn die Kerle mich vom Pferd geholt hätten? Vor drei Jahren, mitten in der Nacht, waren sie auf ihren Motorrädern vor unserem Haus hin und her gefahren, immer wieder das Spottlied grölend. Sie hatten Steine geworfen, eine unsere Fensterscheiben zerschlagen. Mamie Lucie war an die Tür gegangen; sie sollen jetzt verschwinden, hatte sie gerufen. Da hatte sie ein spitzer Stein neben dem Auge getroffen. Am nächsten Tag war Mamie Lucie mit mir zur Polizei gegangen, um Anzeige zu erstatten. Man hatte den Tätern eine Verwarnung aufgebrummt. Seitdem hatten sie uns in Ruhe gelassen. Zurück blieb ein schmerzhaft bitteres Gefühl. Plötzlich kam mir meine Mutter in den Sinn und mir wurde übel. Ich spürte, wie mein ganzes Gesicht zuckte. Nein, ich durfte nicht an meine Mutter denken. Nicht hier. Nicht jetzt.

Ich murmelte: »Nimm dich zusammen!«

Alles war still; ich hörte nur meinen Atem und das Schleifen der Hufe auf dem trockenen Boden. Im Gebüsch raschelte ein Igel. Ich hatte gute Augen und sah die stachelige Kugel hastig über den Weg tapsen. Jetzt noch ein paar Augenblicke und wir erreichten den Hof. Das Tor stand weit offen. Der Schäferhund spitzte die Ohren und winselte. Sein Schwanz schlug auf den Boden. Im Haus brannte

Licht. Ich sah durch die Scheiben die hohe Standuhr mit dem glänzenden Pendel, den alten Geschirrschrank. Mireille und Pierre saßen noch am Tisch. Der Fernseher lief. Sie hörten uns nicht. Ich führte Pardaillan in den Stall, rieb ihn ab, bis er ganz trocken war, und vergewisserte mich, dass er genügend Heu und frisches Wasser hatte. In der Sommerzeit waren die Ziegen auf der Weide. Nur Jeannot, das Maultier, ließ ein kräftiges Schnauben hören. Ich trat zu ihm und kraulte ihn zwischen den Ohren.

»Weißt du, wir haben eine schlimme Geschichte hinter uns. Pardaillan wird dir erzählen, wie es war! Sei froh, dass du schön friedlich hier im Stall sein kannst.«

Ich ging aus den Stall, auf das Haus zu. Die Fenster war offen, es roch nach Essen. Mireille kochte gut. Ich zögerte kurz. Jetzt, wo alles vorbei war, hatte ich entsetzlichen Hunger. Aber dann würden sie mein Gesicht sehen und fragen, was los war. Und Mireille, wie das so ihre Art war, würde sofort über mich herfallen. »Das hast du dir selbst eingebrockt. Sieht man dir richtig an, dass du immer nur Mist baust. Und du kannst von Glück sagen, dass der Fahrer nicht ums Leben kam!« Pierre würde wie immer den Mund halten. Das war so etwas wie ein Kräftemessen zwischen ihnen. Als ob Pierre sich nicht traute, eine eigene Meinung zu haben. Irgendwie hing das wohl damit zusammen, dass er als armer Mann in Mireilles Familie eingeheiratet hat. Nein, über die Geschichte durfte ich nicht reden. Natürlich würde sie Mireille früher oder später zu Ohren kommen, aber inzwischen hatte ich Zeit, mir eine Ausrede auszudenken. Ich schlich geduckt weiter, immer im Schatten der Hauswand. Der Schäferhund schüttelte den Kopf, ließ die Kette klirren. Ich kraulte ihn und flüsterte: »Sei ruhig, Cachu«, bevor ich lautlos an ihm vorbei zu meinem Fahrrad lief.

3

Die Nacht war stockdunkel; aber ich kannte den Weg, mir war jeder Stein vertraut. Noch ein paar Minuten – und ich klopfte an die Tür. Ich hörte Großmutters schlürfende Schritte; der Riegel sprang zurück. Wie immer fand ich es in der Wohnküche viel zu heiß. Auf dem alten Elektroherd dampfte ein Topf; es herrschte die größte Unordnung. Dafür war die »gute Stube«, wo Großmutter ihre Patienten empfing, untadelig aufgeräumt. »Das muss so sein«, sagte Mamie Lucie, sonst haben die Leute kein Vertrauen. Gleich dahinter lag der kleine Schlafraum, den ich mit Großmutter teilte. Toilette und Dusche waren erst später angebaut worden und ziemlich modern.

»Wo bist du so lange gewesen?«, fragte Mamie Lucie. »Ich habe mir schon Sorgen gemacht.«

Meine Wangen wurden heiß. Ich schluckte, bevor ich Antwort gab.

»Es tut mir leid.«

Sie holte den Topf vom Herd, nahm einen Teller aus dem Schrank und füllte ihn. Ich nahm einen Löffel aus der Tischschublade. Mamie Lucie hatte einen

Eintopf gekocht; Tomatensuppe mit Nudeln und Lammfleisch. Ich pustete auf meinen vollen Löffel und hoffte vergeblich, Mamie Lucie würde keine Fragen stellen. Sie konnte jedes Geheimnis aus mir herausholen, wie man einen Vogel aus dem Käfig lockt. Und richtig – es dauerte nicht lange und schon fragte sie: »Warum atmest du so schnell?«

Ich tat, als hätte ich die Frage nicht gehört.

»Schmeckt gut, die Suppe.«

Sie ließ mich nicht aus den Augen.

»Ich habe dich etwas gefragt, Leonie.«

»Nichts – ich bin schnell gelaufen.«

Sie schüttelte den Kopf.

»Du riechst.«

Ich führte den Löffel aus dem Teller zum Mund und wieder zurück, ohne aufzusehen.

»Ich … ich muss mich waschen.«

»Nein, du riechst anders. Du riechst nach Angst.«

Ich warf den Löffel in den Teller, dass er klirrte.

»Die Ricardo-Brüder. Jean und Bruno. Mit zwei Typen von auswärts. Alle auf ihren Motorrädern, wie damals.«

Mamie Lucies Gesicht war wie aus Stein. Nur ihre Pupillen bewegten sich leicht hin und her.

»Haben sie dich belästigt?«

Eine plötzliche Schwäche überfiel mich. Ich stand wie unter einem Schock.

»Sie … sie haben das Lied gesungen. Du weißt schon … Und dann haben sie mich verfolgt. Sie wollten, dass ich vom Pferd fiel.«

»Und Pardaillan?«

»Pardaillan hat einen Fahrer angegriffen. Seine Maschine ist nur noch Schrott. Der Tank explodierte.«

»Der Fahrer, ist er …«

Ich spürte ihre Besorgnis, schüttelte hastig den Kopf.

»Nur verletzt. Er kam rechtzeitig auf die Beine.«

»Dann ist ja alles gut«, murmelte sie. »Iss deine Suppe, bevor sie kalt wird«

Ich griff automatisch nach dem Löffel.

»Mamie Lucie … hast du früher auch solche Sachen erlebt?«

Ein Lächeln, voller Bitterkeit und Hohn, zog ihre Lippen hoch.

»Ich? Noch schlimmere Sachen. Natürlich verfolgten sie mich nicht auf Motorrädern. Die konnten sich zu meiner Zeit nur die ganz Reichen leisten.«

Ich ließ ein paar Atemzüge verstreichen. Gefühle, gegen die ich nicht gewappnet war, überwältigten mich. Ich wischte mir mit dem Handrücken die Lippen ab.

»Ich … ich habe an meine Mutter gedacht. Vielleicht sollte ich das nicht. Aber …«

Mamie Lucie seufzte.

»Sie war nicht stark genug.«

Ich schluckte. Auf einmal war die Vergangenheit, die ich nie ganz verdrängen konnte, grell und in ihrem ganzen Ausmaß wieder da. Meine schöne, begabte Mutter! Ihr Körper lebte, in vier Wänden gefangen. Doch ihr Geist war zerstört. Sie schrie in ihrem Kopf, in ihrer eigenen Stille. Wer hörte sie? Keiner. Nicht einmal ich. Vielleicht würde sie sterben, als blasser Schatten ihrer selbst? Der Gedanke war ganz unerträglich. Den Kloß der Verzweiflung im Hals, erwiderte ich Mamie Lucies Blick.

»Glaubst du, dass sie einmal wieder sein wird wie früher?«

Großmutters raue, warme Hand legte sich auf meine. Ich spürte ihre Berührung wie elektrischen Strom. Und ich wusste, dass andere Menschen es auch so empfanden.

»Ich glaube es ganz fest, Leonie. Ich spreche jede Nacht mit ihr; ich weiß, dass sie mich hört. Jahrelang antwortete sie nicht. Jetzt habe ich das Gefühl, dass sich etwas in ihr regt. Aber ich bin alt. Meine Kräfte lassen nach.«

Ich hatte ein trockenes Gefühl im Mund.

»Du musst an deine Gesundheit denken.«

Ein langer Atemzug hob ihre Brust.

»Wir arbeiten mit unserer tiefen Lebenskraft, anders geht es nicht. Und je mehr Kraft wir anderen Menschen geben, desto schwächer werden wir. Das ist normal. Nun, die Kranken suchen mich nicht täglich auf; zwischendurch habe ich Zeit, mich zu erholen. Bei Coralie ist es anders. Es hört nie auf. Ich gebe ihr alle Kraft, die ich aufbringen kann. Aber mir bleibt nur noch wenig Zeit. Ich werde nicht mehr lange leben.«

Es war plötzlich etwas in ihr, das ich nicht kannte, eine Stumpfheit in den Augen. Wohin gingen ihre Gedanken? Mein Herz wurde schwer.

»Mamie Lucie, sag… kann ich es nicht auch mal versuchen?«

Sie schüttelte langsam den Kopf.

»Kind, du hast nicht die Gabe.«

»Vielleicht doch.«

»Nein, du nicht.«

»Auch nicht, wenn ich mich richtig anstrenge?«

Sie erwiderte traurig, aber mit großer Entschiedenheit: »Auch dann nicht. Es sei denn, es gibt jemand, der dir hilft.«

Ich fuhr auf, mein Gesicht glühte.

»Wer, Mamie Lucie?«

Sie seufzte.

»Ich kann es dir nicht sagen.«

»Ja, aber dann…«

Sie legte die Hand auf meinen Kopf, wie sie es oft tat, ließ die Finger durch mein Haar gleiten.

»Du wirst es schon herausfinden«, sagte sie.

4

Am Sonntag öffnete ich weit die Fensterläden, ließ Licht in »die gute Stube«. Sonnenschein fiel in den Raum, der Kronleuchter mit seinem Glasgehänge trat aus der Dunkelheit hervor wie eine Erscheinung. Die Wanduhr war stehen geblieben; ich zog sie an der rasselnden Kette auf. Die verblichene Tapete zeigte ein Veilchenmuster. Ein zerkratzter, runder Tisch stand zwischen einem kleinen Sofa und zwei mit Samt bezogenen Sesseln. Ich schüttelte die Spitzendeckchen aus, wischte sorgfältig Staub, stellte frische Blumen in die Vasen. Großmutters kleiner Schreibsekretär verfügte über Dutzende von Kästchen, Nischen, Fächern. Hier bewahrte Mamie Lucie die vielen Briefe und Postkarten ihrer Patienten auf, die ihr für die wiedergewonnene Genesung dankten. Es waren auch einige Heiligenbilder dabei, sowie ein großes, handkoloriertes Bildnis der Muttergottes von Lourdes.

Auf dem Sekretär stand eine Fotografie in einem ledernen Stehrahmen. Es war ein Porträt meiner Mutter, als Fünfzehnjährige und halb von der Seite gesehen. Ich nahm das Bild und trat näher an das Fenster heran. Noch ein paar Monate und ich würde dasselbe Alter haben. Wie hübsch sie war! Der Kopf erhob sich klein und eigensinnig über den schmalen Hals, aus ihrer Haltung sprachen Energie und Lebensfreude. Üppige Locken fielen auf ihre Schultern und aus ihrem freimütigen Blick leuchtete eine Verzauberung, ein Licht, das von innen kam. Ich betrachtete sie nachdenklich, bevor ich vor den alten Wandspiegel trat und Coralies Bild mit meinem eigenen Bild verglich. Nach einer Weile schüttelte ich traurig den Kopf. Es war ein völlig anderes Gesicht, finster und trotzig. Mein Haar war widerspenstig und schwarz, die Stirn zu niedrig, der Mund zu groß. Nur die Augen, lang und dunkel, mit einer leichten Schrägneigung nach oben, mochten als schön gelten. Mit zitternden Händen stellte ich die Fotografie an ihren Platz zurück. Mein Herz pochte; ich atmete rasch, fast keuchend. Ich spürte plötzlich die wahre, die unheilbare Verletzung. Denn das Schlimmste war nicht nur das, was man ihr angetan hatte. Das Allerschlimmste war das Geheimnis, mit dem ich leben musste.

Ich wandte mich ab, schüttelte den Staublappen aus dem offenen Fenster, atmete ein paar Mal tief ein und aus. Ich wollte hinaus, an die frische Luft, fort aus diesem Zimmer, das nach Staub und alten

Teppichen roch, weit weg von dieser Welt der Erinnerungen!

Um drei hielt ein Peugeot vor unserem Gittertor. Die junge Frau, die am Steuer gesessen hatte, ging um den Wagen, half einer älteren Frau hinaus. Diese war blass, leicht vornübergebeugt und ging mit unsicheren Schritten. Ihre Begleiterin führte sie durch den Garten, als Mamie Lucie an der Tür erschien. Sie trug ihr altmodisches Sonntagskleid und eine schöne, alte Brosche. Wie immer, wenn Besuch kam, hatte sie Hals und Ausschnitt gepudert. Ihre Lippen waren gekräuselt wie Seidenpapier. Sie begrüßte die beiden Frauen, führte sie ins Haus. Der frisch aufgebrühte Kiefernadeltee duftete gut. Ich hatte eine kleine Kanne und drei unserer schönen Tassen in die »gute Stube« gestellt. Ich wünschte den Besucherinnen höflich einen guten Tag und hielt mich im Hintergrund. Als Mamie Lucie mit den beiden Frauen in die »gute Stube« ging und die Tür hinter sich schloss, wusste ich, dass sie mich jetzt eine Zeit lang nicht brauchen würde.

Sofort lief ich los, zu Pardaillan. Pierre und Mireille waren sonntags nicht da; sie fuhren zum Mittagessen nach Avignon, gingen auf dem Boulevard spazieren, sahen sich die Schaufenster an. Sonntags war nur der alte Sebastian anwesend. Als Mireilles Mutter noch lebte, hatte er den Hof verwaltet und seine Sache sehr gut gemacht. Jetzt war er längst über achtzig und litt an einer schweren Knochenkrankheit. Aber er war immer noch froh, dass er gebraucht wurde. Im Hof staute sich die Hitze. Über den Misthaufen brummten Fliegen, der Traktor stand still in der glühenden Sonne. Ich ging an die offene Haustür und klopfte.

»Ja, wer ist da?«, knurrte eine heisere Stimme.

Die Luft war stickig und voller Zigarrenrauch. Sebastian, ganz klein, ganz alt, saß vor dem Fernseher und sah sich ein Fußballspiel an. Er trug ausgebeulte Hosen, dazu ein Unterhemd, das seine verkrüppelten Schultern freiließ. Seine Arme waren blass und mager wie die eines Kindes. Traurig erinnerte ich mich an den kräftigen Mann, der er vor einigen Jahren noch gewesen war.

»Ach, du bist es, Leonie!«

Er nickte mir freundlich zu. Die Zigarre hing in seinen verkrümmten Fingern. Er roch nach Schweiß und alten Kleidern. Sein Gesicht war mit braunen Flecken übersät, das Haar borstig und schneeweiß.

»Sebastian, wie geht es dir?«

»Ich lebe, mein Kind. Und solange ich lebe, geht es mir gut.«

»Und die Schmerzen?«

»Sie kommen und gehen. Man gewöhnt sich daran.«

»Was macht Pardaillan?«, fragte ich schnell.

Er furchte sorgenvoll die Stirn.

»Er hat Koliken. Gestern stand er den ganzen Tag unter einem Baum im Schatten.«

Mein Herz verkrampfte sich.

»Im vorigen Sommer auch. Die Hitze bekommt ihm nicht. Aber sobald es kühler wird, erholt er sich. Großmutters Mittel hat ihm doch gut geholfen.«

Sebastians Augen mit der gelblichen Hornhaut hielten meinen Blick fest.

»Sicher. Aber für wie lange? Das ist es ja gerade.«

Ein paar Sekunden folgten. Etwas Unausgesprochenes lag in der Luft. Ich hörte mich atmen.

»Kann ich mit ihm ausreiten?«, brach ich das Schweigen.

Sebastian steckte seine Zigarre zwischen die Lippen.

»Er hat gut gefressen und ich habe ihm zu trinken gegeben.«

Pardaillan stand allein im dunklen Stall; die Ziegen und das Maultier waren draußen auf der Weide. Mein Herz schlug vor Freude, als er sich mit anmutigen Schwung umwandte, um mich anzublicken. Seine Augen glänzten mit einem bläulichen Schimmer. Ich legte ihm die Hand auf die Schulter und fühlte das Fell in freudiger Erwartung aufzucken.

»Guten Tag, Pardaillan«, begrüßte ich ihn. »Komm, wir machen einen Spaziergang.«

Ich befestigte die Zügel und führte den Wallach nach draußen; er folgte mir mit peitschendem Schweif. Ich zog mich auf seinen Rücken hoch, als Sebastian hustend und röchelnd aus der Tür humpelte.

»Lass ihn im Schritt gehen«, brummte er. »Nicht zu weit und nicht in der prallen Sonne. Das Tier braucht Ruhe.«

Ich hob verstehend die Hand.

»Ich passe schon auf.«

Sebastian klemmte die Zigarre zwischen die Lippen und sah mir nach, während ich Pardaillan aus dem Hof führte. Ich ritt ein wenig befangen, beobachtete seine Gangart. Der Wallach bewegte sich schwerfällig, sein Atem hörte sich rau an, aber er gab mir wie immer ein absolut sicheres Gefühl. So schlimm wird es nicht sein, dachte ich, schon wieder beruhigt. Wir ritten im Wald, wo der Schatten noch kühl war. Alles war still; das Schleifen der Hufe auf den Waldboden war das einzige Geräusch. Nach einer Kurve kam plötzlich die alte Mauer in Sicht, die drei Seiten der verlassenen Villa umschloss – eine Abgeschlossenheit, die mich an alte Märchen erinnerte. Der Eindruck wurde noch verstärkt durch das geheimnisvolle Dunkelgrün des Gartens, wo die

Pflanzen dicht und wirr durcheinanderwuchsen. Die steinernen Löwen auf ihren Säulen hielten Wache beiderseits des Tors. Doch als ich näher kam, sah ich voller Erstaunen, dass die Torflügel offen standen. Hinter der glühend heißen Mauer leuchtete die Sonne auf die Fassade der alten Villa, ein Bauwerk aus verschiedenen Stilepochen – jedoch harmonisch zusammengefügt. Alle Fensterläden im oberen Stockwerk standen offen. Ja, wahrhaftig, das Haus war bewohnt. Zum ersten Mal seit vielen Jahren! Es musste tatsächlich verkauft worden sein. Die Sache ging mich nichts an und doch empfand ich plötzlich ein Flattern in der Magengegend. Eine ungeduldige, beglückende Erwartung erfüllte mich. Ich hatte das merkwürdige Gefühl, dass das Haus auch für mich lebendig geworden war.

5

Ich drückte Pardaillan leicht die Fersen in die Flanken und ritt weiter, unter Bäumen bergauf. Ich atmete die Geräusche des Waldes ein, während das Sonnenlicht durch das Laub funkelte. Bald hörte ich das Tosen von Wasser. Zwischen hohen Felswänden brauste die *Ardèche* ins Tal, wirbelte neblige Schleier empor. Das Wasser war nicht tief, aber wild, schimmerte smaragdgrün und an manchen Stellen fast lila. Die Felsen erhoben sich turmartig, formten sich zu Mauern wie alte Festungen. Ganz unten, am Wasser, bildete das flache Gelände eine Art Strand. Hier war das Gestein ganz sonderbar gefaltet, als ob irgendwann mal – vor vielen Jahrtausenden – ein Erdbeben die Spalten zusammengequetscht hätte. Eine Landschaft, die schon uralt war, bevor die Menschen hier ihre Dörfer bauten. Aber was war vorher da? Ich wusste, dass es hier viele Höhlen gab, die vor langer Zeit von Menschen bewohnt gewesen waren. Wir hatten das Thema in der Schule durchgenommen, ich hatte viele Bücher darüber gelesen und sogar einmal gesehen, wie ein aufwendig ausgerüstetes Forscherteam, mit allen möglichen Geräten beladen, auf dem Weg zu einer dieser Höhlen waren. Das interessierte mich mächtig. Manche Grotten waren für fremde Besucher gesperrt, andere durfte man besichtigen. Und eine ganze Menge gab es, die noch gar nicht entdeckt worden waren.

Pardaillan schritt sehr zielstrebig aus, als sei er hier oben der eigentliche Herr. Er hatte die Richtung von selbst eingeschlagen. Ich ließ die Zügel locker und ließ ihn gehen, wohin er wollte. Eine Weile ritten wir immer der Schlucht entlang. Ich hatte den Eindruck, dass es hier einen Pfad gab; einen Pfad, den ich mit bloßen Augen nicht sehen konnte, aber Pardaillan mit dem sechsten Sinn eines Tieres durchaus wahrnahm. Dieser Pfad war gewunden, eine Folge scheinbarer Sackgassen, und außerdem sehr steil. Die Sonne stand hoch am Himmel, die Steine strahlten Hitze aus. Pardaillans Fell klebte an meinen Beinen. Ich dachte, ich sollte ihn lieber zum Fluss führen, damit er trinken konnte. Gerade in diesem Augenblick – ohne das leiseste Zeichen von mir – blieb Pardaillan stehen. Offenbar wollte er nicht weiter.

»Du bist müde, nicht wahr?«, sagte ich zu ihm. »Komm! Du brauchst frisches Wasser.«

Doch er rührte sich nicht vom Fleck. Und während ich geradeaus blickte, glaubte ich, unter einem überhängenden Sandstein eine schmale dunkle Öffnung zu sehen. Eine Höhle? Hier? Und Pardaillan benahm sich wahrhaftig sehr merkwürdig. Er hielt die Ohren gespitzt, ließ ein kehliges, halb ersticktes Wiehern hören. Angst war es nicht, nur Aufmerksamkeit. Jetzt setzte er sich wieder in Bewegung, machte ein paar Schritte auf die Öffnung zu und legte den Kopf schräg, als ob er lauschte.

»Was ist los, Pardaillan?«, murmelte ich. »Was hast du gefunden?«

Ich stupfte ihn leicht mit der Ferse in die Flanke: erfolglos! Das, was er entdeckt hatte, nahm seine ganze Aufmerksamkeit gefangen. Ich ließ die Zügel los und sprang zu Boden.

»Warte, Pardaillan! Ich bin gleich wieder da.«

Ich ging ein paar Schritte auf die Felsen zu und betrachtete neugierig die Felswand. Vor Jahrtausenden war hier Sand über einen erkalteten Lavastrom geweht und hatte erstaunliche Figuren geformt. Sie sahen fast aus wie Menschen, für die Ewigkeit erstarrt. Eine dieser Statuen hatte die Form einer Frau: Ihr Körper war deutlich zu erkennen. Hoch aufgerichtet schien sie über die Öffnung zu wachen, die unter ihrem steinernen Gewand ihren Schatten warf. Vorsichtig trat ich näher; der Spalt war größer, als er den Anschein erweckte. Vor mir tat sich ein Durchbruch auf, schmal und gewunden wie ein

Schlangenleib. Der gewölbte Gang führte tiefer in den Berg hinein. Wohin? Weitergehen war unmöglich: Der Gang verlor sich im Dunklen. War da unten eine Quelle? Nein, Wasser gab es hier nicht. Oder doch? Ich hielt den Atem an und plötzlich hörte ich in tiefer, unendlicher Ferne ein Plätschern. Und gleichzeitig war da ein ganz seltsames Geräusch, als ob jemand mit Holzschuhen über die Steine ging. Dann das Aufspritzen von Wasser und danach Stille – eine Stille, die endgültig zu währen schien. Eine Gänsehaut überlief mich. Was konnte das nur gewesen sein? Die Sache war mir unheimlich und doch wieder nicht. Ich zögerte. Was nun? Länger konnte ich hier nicht bleiben. Vorsichtig tastete ich mich dem Ausgang entgegen. Als ein Lichtschein von draußen die Wand beleuchtete, fiel mein Blick auf ein Zeichen, das ich vorhin übersehen hatte. Es sah aus wie ein M. Ich fuhr mit der Hand darüber. Nein, das Zeichen war nicht gesprayt, wie ich zuerst angenommen hatte, sondern in den Stein gemeißelt. Ich hatte nicht die geringste Ahnung, was es darstellen konnte.

Ich trat aus der Grotte, blinzelte im hellen Sonnenschein. Pardaillan stand geduldig an derselben Stelle, schlug mit dem Schweif, um Fliegen zu verscheuchen, und graste bedächtig, Zentimeter um Zentimeter, die spärlichen Halme ab. Während ich zu ihm ging, hob ich unwillkürlich den Blick zu der Skulptur über dem Eingang und blieb verwundert stehen. Die Frau war verschwunden, nur der Stein war sichtbar. Ich schüttelte verwirrt den Kopf. Hatte mir meine Fantasie etwa nur ein Trugbild vorgegaukelt?

Die ganze Zeit, während ich bergabwärts ritt und Pardaillan im Stall versorgte, stürmten Fragen auf mich ein. Was bedeutete das Zeichen in der Höhle? In welchem Zusammenhang stand es mit der geheimnisvollen Skulptur, die ich zu sehen geglaubt hatte? Warum hatte Pardaillan mich zur Höhle geführt? Der Weg war mir vertraut wie fast alle Pfade im Gebirge. Wie kam es nur, dass ich niemals zuvor diese Figur gesehen hatte? Und was war dieses seltsame Geräusch in der Höhle gewesen? Hatte Pardaillan es vor mir gehört und wollte deswegen nicht weitergehen? Fragen über Fragen – aber keine Antwort!

Ich sah schon von Weitem, dass der Wagen der Besucherinnen nicht mehr vor der Tür stand. Großmutter hatte bereits die Fensterläden zugezogen, die »gute Stube« der Dunkelheit zurückgegeben. Am Sonntag arbeitete sie nicht im Garten. Sie saß an ihrem gewohnten Platz vor der Haustür. Sie trug immer noch ihr Sonntagskleid und die goldene Brosche. Doch ihr langes schwarzes Haar, bei Tage straff geknotet, lag jetzt wie ein Schal um ihre Schultern, sodass sie jünger aussah.

»Hast du Pardaillan auch nicht zu viel zugemutet?«

Ich setzte mich neben sie und schüttelte den Kopf.

»Ich glaube nicht. Ich habe ihn gut abgerieben und trinken lassen, so viel er wollte. Jetzt hat er genug zu fressen. Sebastian sagt, dass ich mich gut um ihn kümmere. Besser, als er es tun würde.«

»Da stimme ich ihm zu«, meinte sie, mit einem kleinen Lächeln um den geschminkten Mund.

»Und du?«, fragte ich. »Hast du die Frau heilen können?«

»Die Röte ist schon zurückgegangen. Sie sagt, auch die Schmerzen klingen ab. Aber ich werde sie noch ein paar Mal behandeln müssen.«

»Gürtelrose, was ist das für eine Krankheit?«

»Eine Infektion der Nerven. Sie entsteht, wenn man sich Sorgen macht. Die Ärzte wissen nicht immer Rat. Deswegen kommen die Leute zu mir.«

Doch ich hörte nur mit halbem Ohr zu. Ich hatte andere Dinge im Kopf.

»Mamie Lucie, Pardaillan hat mich zu einer Höhle geführt, die noch keiner kennt.«

Die Sonne stand jetzt schräg und blendete. Mamie Lucie hielt die Augen halb geschlossen.

»Das ist gut möglich. Der ganze Berg ist ja voller Löcher wie eine Bienenwabe. Viele Grotten sind noch unerforscht.«

Ich nickte aufgeregt.

»Über der Öffnung stand eine Skulptur.«

Sie öffnete blinzelnd die Augen.

»So? Sie wird wohl über Nacht gewachsen sein.«

Sie neckte mich. Ich schüttelte heftig den Kopf.

»Nein, die steht dort schon seit Jahrtausenden.«

Mamie Lucie hielt die Hände ineinander verschränkt; es war eine Angewohnheit von ihr. Ihre Hände waren braun und wohlgeformt. Sie trug an drei Fingern breite goldene Ringe.

»Wahrhaftig?«, murmelte sie. »Und wie sah sie aus?«

»Es war eine Frau. Sie war riesengroß und schien aus dem Felsen zu wachsen. Und gleich unter ihren Füßen war der Höhleneingang! Mir will nicht in den Kopf, dass ihn noch keiner entdeckt hat.«

»Warum meinst du das?«

»Weil sonst der Ort voller Touristen wäre! Die Figur wird auch in keinem Buch beschrieben. Dabei habe ich schon so viele gelesen.«

Sie saß ganz ruhig da. Der Abendwind blies ihr ein paar Haarsträhnen ins Gesicht.

»Und warum glaubst du, dass es so ist?«

Ich dachte gründlich nach, rief mir die seltsame

Erscheinung in Erinnerung. Nein, es war keine Einbildung gewesen: Ich hatte sie ganz deutlich gesehen, bevor sie, nur ein paar Minuten später, verschwunden war.

»Vielleicht kann man sie nicht immer sehen«, sagte ich laut. »Nur manchmal.«

»Hmmh?«, grunzte sie fragend.

»Vielleicht hing es vom Licht ab?«

»Das klingt nicht schlecht«, meinte Mamie Lucie. »Weiter.«

»Es könnte ja sein, dass man zur richtigen Jahreszeit da sein muss. Und an der richtigen Stelle, wenn die Sonne eine bestimmte Höhe erreicht. Und ihre Strahlen die Felswand in einem besonderen Winkel treffen. Sonst kann man tausendmal an dem Ort vorbeigehen und sieht nichts.«

Sie nickte anerkennend.

»Gut. Ich bin froh, dass du denken kannst.«

Ich war so glücklich, dass ich aufsprang und in die Hände klatschte.

»Dann habe ich also richtig geraten?«

»Das war kein Rätselspiel«, erwiderte sie, »sondern eine logische Überlegung. Setz dich!«

Ich tat, was sie sagte. Mamie Lucie sprach weiter.

»Als die Skulptur geschaffen wurde, sollten Unwissende sie nicht zu Gesicht bekommen und zerstören. Deshalb diese List. Und jene, die Bescheid wussten, gaben das Geheimnis unter dem Siegel der Verschwiegenheit an ihre Nachkommen weiter.«

Ich starrte aufgeregt zu ihr empor.

»Und du, Mamie Lucie? Hast du die Statue gesehen?«

Eine längere Pause trat ein, bevor sie endlich antwortete.

»Als ich mit dreizehn eine Frau wurde, hat mich meine Mutter zur richtigen Jahreszeit an die richtige Stelle geführt.«

Schlagartig verschwand mein Glücksgefühl.

»Und meine Mutter? Hast du mit ihr das Gleiche gemacht?«

»Ja.«

»Auch, als sie dreizehn wurde?«

Sie nickte wortlos. Ich fühlte, wie sich alles in mir verkrampfte.

»Im Januar werde ich fünfzehn«, stieß ich hervor.

Schweigen.

»Das ist nicht fair.«

Schweigen.

»Worüber grübelst du?«

Mamie Lucies Stimme klang sanft und rücksichtsvoll. Ich antwortete, mit einem Kloß im Hals: »Meine Mutter konnte mir die Figur nicht zeigen. Und du wolltest es nicht! Ohne Pardaillan hätte ich sie nie gesehen! Warum hat er das gemacht?«

Sie suchte tastend meine Hand und drückte sie.

»Das war eine besondere Sache zwischen dir und ihm.«

»Ja … aber … warum.«

»Er muss gespürt haben, dass Coralie dazu nicht imstande war. Und er wusste, was er zu tun hatte.«

»Aber woher wusste er das?«

»Kind, das ist etwas, das viele nicht wissen: Das Geschenk der Beobachtung wurde nicht nur den Menschen gegeben. Und inzwischen hat Pardaillan auch mir etwas beigebracht, nämlich dass ich versagt habe.«

Ich starrte sie an.

»Wie kommst du darauf?«

Der Anflug eines Lächelns zeigte sich auf ihrem Gesicht.

»Alle Menschen machen Fehler. Ich war blind und taub, aber Pardaillan nicht. Eigentlich beschämend, findest du nicht auch?«

»Ich … ich weiß nicht …«

Ihr Lächeln verschwand. Sie seufzte.

»Tiere haben einen Instinkt, der ihnen hilft, wenn wir Menschen im Dunklen tappen. Wie das funktioniert, weiß keiner.«

»Warum?«

»Weil wir nicht dazu bereit sind. Weil wir unsere Wahrnehmung mit zu viel schlechten Gedanken beladen. Es tut mir leid, Leonie. Du kennst meine Sorgen. Sie hängen mit … mit deiner Geburt zusammen.«

Es war ein Moment absoluter Hilflosigkeit; er ließ sich nicht aufhalten und ich war ihm ausgeliefert.

»Ziemlich heikles Thema«, sagte ich bissig. »Aber was kann ich dafür?«

»Habe ich dir jemals die Wahrheit verheimlicht?«

»Nein, das hast du nicht«, erwiderte ich beschämt.

Sie drückte meine Hand noch fester.

»Hör zu. Bei uns ist es immer die Mutter, die ihre Tochter unterrichtet. Coralie war nicht dazu in der Lage. Dazu kommt etwas anderes: Du hast nicht die Gabe.«

Ich warf trotzig mein Haar aus der Stirn.

»Das hast du mir schon so oft gesagt.«

»Denkst du, das ist gemein, kalt?«

Ich wollte meine Hand zurückziehen, doch Mamie Lucie hielt sie fest.

»Ich gebe zu, dass ich lange Zeit ratlos war. Unser Wissen darf nicht vergeudet werden. Ich dachte, warten wir ab. Vielleicht erhalte ich ein Zeichen. Und siehst du nun, mein Warten hat sich gelohnt. Es ist Pardaillan, der für mich entschieden hat. Das hat eine besondere Bedeutung.«

Mein Zorn verging ebenso schnell, wie er aufgeflammt war. Ich rückte näher an ihre Seite.

»Warum, Mamie Lucie?«

»Weil die Statue die Göttin Epona darstellt.«

Ich sah sie fragend an und sie fuhr fort: »Bevor sich die Menschen einem männlichen Gott zuwandten, waren es die Göttinnen, die Himmel und Erde beherrschten. Epona war die Göttin der Pferde und der Fruchtbarkeit. Die heiligen Mächte waren die Kräfte der Natur: Wind, Wasser, Feuer, Erde. Epona lehrte die Menschen, alle Dinge zu lieben: die Berge, die Bäume, die Pflanzen und die Tiere. Es war eine wunderbare Art zu leben. Die Menschen waren frei. Sie nahmen sich nur, was sie brauchten, nicht mehr. Sie hörten die Bäume sprechen und die Tiere viele alte Geheimnisse erzählen. Die Menschen haben diese Zeit nicht vergessen. Sie lebt in ihrer Erinnerung unter der Bezeichnung ›das Goldene Zeitalter‹ weiter.«

»Warum ging diese Zeit zu Ende?«

»Weil männliche Götter die Göttinnen verdrängten. Die Götter sagten, der Mensch hat die Natur zu beherrschen und der Mann die Frau. Daraus entstand alles Übel. Der Mann sah sich als Ebenbild Gottes, versklavte die Frau und tötete die Tiere zu seinem Vergnügen. Das Zeitalter der Gewalt und der Kriege, das daraufhin losbrach, besteht noch heute. Nun, auch diese Epoche geht ihrem Ende entgegen. Viel zu langsam, meine ich. Großes Leid wird noch geschehen und vielleicht wird ein Teil der Menschheit vernichtet werden, bevor endlich Friede und Gerechtigkeit herrschen. Ich werde es nicht erleben. Nicht einmal du, Kind. Aber mein Weg ist bald zu Ende. Deiner beginnt. Du wirst schon deine Aufgabe finden. Und wenn ich heute Abend so mit dir spreche, Leonie, so deshalb, weil du diese Dinge verstehst.«

»Du sagtest doch, dass ich nicht die Gabe habe.«

»Du hast eine andere Gabe.«

»Welche denn, Mama Lucie?«

»Die Tiere beschützen dich. Sie wissen, dass du sie liebst. Ja, Kind, alle Geschöpfe haben Gefühle. Tiere ähneln uns mehr, als wir glauben.«

»Das spüre ich auch. Aber ich rede nie darüber.«

Sie nickte.

»Ja, das ist auch besser. Viele Menschen können mit solchen Gedanken nicht umgehen. Aber du bist den Tieren nahe. Vielleicht kannst du sie deshalb auch später heilen?«

Mein Herz klopfte.

»Tierärztin, ja, das wäre mein allergrößter Wunsch!«

»Dann darfst du die Dinge, die ich dir beigebracht habe, niemals vergessen. Aber du musst auch viel Neues dazulernen. Bis der Tag kommt, an dem du genug weißt.«

Was ich vorhatte, kam mir plötzlich groß und schwierig vor. Fast zu schwierig für mich. Doch wie stets schien Mamie Lucie in meinen Gedanken zu lesen.

»Ich weiß, du kannst es schaffen.«

Ich zerrte nervös an meinem Haar.

»Ich … ich weiß nicht …«

»Was redest du dir da ein? Hat Pardaillan dir nicht die Höhle gezeigt?«

Letzten Endes hatte sie immer recht. Das dumpfe Gefühl in mir verschwand. Ich war wieder voller Leichtigkeit und Glück.

»Dann wollte er also, dass ich die Höhle sah?«

Sie antwortete nachdenklich: »Wer kennt die Seele eines Tieres?«

»Haben Tiere eine Seele?«

Mamie Lucies Gesicht glänzte, trotz der Puderschicht, und hatte fast die Farbe von Kupfer.

»Die Heiligen Schriften billigen ihnen keine zu.«

»Ach, das glaube ich nicht.«

Sie lächelte. Ihr Lächeln war jugendlich und lebhaft.

»Glaube an das, was du für richtig hältst, Kind. Ich gehe schon lange nicht mehr zur Messe.«

In diesem Augenblick fiel mir etwas ein, etwas Wichtiges.

»Als ich in der Höhle war, habe ich etwas gehört.«

»Was hast du gehört, Leonie?

»Ein Geräusch, als ob jemand durchs Wasser watete.«

Sie hörte aufmerksam zu, während ich erzählte, und nickte dann.

»Vor vielen tausend Jahren war die *Ardèche* ein gewaltiger Strom. Als ein Erdbeben das Land verwüstete, trat der Fluss über die Ufer und bedrohte das Heiligtum der Göttin. Die Sage berichtet, dass Epona mit einem Zauberwort den Lauf des herabstürzenden Stromes aufgehalten hat. Dabei blieb Wasser in der Höhle gefangen und bildete drei kleine Seen. Epona aber verwandelte sich in einen Stein, um fortan ihr Heiligtum zu bewachen und jedem Menschen den Zutritt zu verwehren.«

Ich schüttelte den Kopf.

»Aber ich habe ganz deutlich Schritte gehört.«

»Das Echo deiner eigenen Schritte, vielleicht? Oder Steine, die von Felsen zu Felsen sprangen?«

»Schon möglich«, gab ich zu.

Die Sonne war jetzt ein rotes Glühen. In der durchsichtigen Dämmerung huschten Fledermäuse. Mamie Lucie sprach weiter, in Gedanken versunken.

»Eine Sage ist nur eine Sage. Jedoch, die Seen sind da. Man schrieb ihnen besondere Heilkräfte zu. Im Wasser wachsen Wurzeln und Pflanzen, die alle Düfte der Gräser, der Blumen und der Bäume in sich vereinen.«

Ich wartete und sie fuhr fort: »Es kamen viele Leute, um geheilt zu werden. Man tauchte die Kranken in das Wasser, so lange sie es aushielten, bis sie glaubten, ihre Glieder würden zu Eis erstarren.«

»Und dann?«

»Dann wurden sie in warme Decken eingehüllt und kräftig abgerieben, damit sie sich erwärmten.«

»Und danach wurden sie gesund?«

»Das jedenfalls war früher. Später gerieten die Seen in Vergessenheit. Nur ganz wenige Menschen kannten den Zugang zur Höhle. Und die hielten den Mund. Man hätte ihnen Aberglaube vorgeworfen; die moderne Medizin galt als unfehlbar.«

Ich überlegte.

»Vielleicht war gerade jemand in der Grotte, der gesund werden wollte?«

So unwahrscheinlich sich das anhörte, Mamie Lucie schien nicht wirklich erstaunt.

»Wer weiß?«

Sie tätschelte meine Hand, bevor sie sich in ihrem Stuhl zurücklehnte. Eine Fledermaus schoss dicht an unseren Köpfen vorbei. Ich folgte ihr mit den Augen. Nach einer Weile sagte Mamie Lucie: »Du hast Ferien. Du solltest Coralie besuchen.«

Ich fuhr leicht zusammen. Es war immer eine große Qual, meiner Mutter zu begegnen. Es gab Tage, an denen ich sie fast vergaß. Aber jedes Mal, wenn ich kurz dabei war, sie völlig zu vergessen, erinnerte mich Mamie Lucie an sie.

»Ich nehme an, dass es ihr an nichts fehlt«, sagte ich schroff.

»Sie möchte dich sehen«, sagte Mamie Lucie.

»Mich sehen? Ach, wirklich? Wie oft bin ich schon da gewesen? Für nichts.«

»Du musst Geduld haben.«

»Wie lange noch?«

Das letzte Tageslicht war verschwunden. Dumpf erhob ein Käuzchen seine Stimme.

»Vielleicht ändern sich die Dinge bald«, sagte Mamie Lucie.

»Glaubst du?«, murmelte ich verwirrt.

Und wenn ich auch den Sinn ihrer Bemerkung nicht ganz begriff, so versprach ich doch, am nächsten Tag nach Avignon zu fahren, um den Wunsch meiner Großmutter zu erfüllen.

6

Das Krankenhaus in Avignon war ein Bau aus den Siebzigerjahren, mit viel Glas und Beton und lag in einer kleinen Parkanlage mit holprig gepflasterten Wegen. Einige Frauen gingen unter den Bäumen spazieren; manche von ihnen hatten seltsam geformte Gesichter, bewegten sich auf Krücken oder saßen im Rollstuhl. Alle trugen die gleichen grauen Kittel, die gleichen gelben Socken und Sandalen aus Plastik. Auf einer Terrasse saßen ein paar Leute im Schatten und rührten sich nicht. Ich ging die paar Stufen hinauf. Am Empfang saß eine Ordensschwester und telefonierte. Sie legte den Hörer auf und lächelte mir freundlich zu.

»Leonie! Wie geht es dir?«

»Danke, gut, Schwester Bernarda«, antwortete ich höflich. »Ich habe Ferien.«

Sie zwinkerte mir zu.

»Die Ferien sind das Schönste an der Schule, nicht wahr? Kommst du wieder deine Mutter besuchen? Ich rufe eben mal an und sage, dass du da bist. Aber du kennst ja den Weg.«

Schwester Bernarda nahm den Hörer wieder auf, drückte einen Knopf. Sie sagte ein paar Worte und nickte mir zu. Eine Treppe führte zum ersten Stockwerk. Dann rechts, den Gang entlang. Es war sehr heiß, Fliegen summten. Vor einer geschlossenen Tür mit einer Glasscheibe wartete ich, bis mir aufgeschlossen wurde.

»Leonie! Wie nett dich zu sehen!«

Schwester Romana strahlte mich an. Sie war klein und gedrungen, mit einem runzeligen Apfelgesicht und leuchtenden blauen Augen. Wir begrüßten uns herzlich.

»Schön, dass du da bist! Deine Mutter wartet bestimmt auf dich.«

Was für eine Floskel, dachte ich bitter. Doch ich behielt den Gedanken für mich und fragte stattdessen: »Wann kann ich sie sehen?«

»Jetzt gleich, wenn du willst.«

»Wie geht es ihr, Schwester Romana?«

Ihr Gesicht wurde nachdenklich.

»In letzter Zeit habe ich den Eindruck, dass es ihr besser geht. Sie antwortet, wenn man zu ihr spricht. Ich gehe mit ihr oft im Garten spazieren. Mir scheint, dass sie die Dinge um sich herum besser wahrnimmt.«

Schwester Romana führte mich in einen großen, verdunkelten Raum, dessen grün gestrichene Wände Kühle vermittelten. Außer einem großen Kruzifix hing ein Kalender an der Wand, sonst nichts. Ein paar Tische waren da, Stühle und zwei große Sofas, knallrot bezogen. Einige Frauen waren mit irgendeiner Strick- oder Stickereiarbeit beschäftigt, eine ziemlich dicke Frau saß vor dem Fernseher. Eine andere spielte auf dem Tisch mit Papierservietten, aus denen sie Schiffchen formte. Schwester Romana ging zielsicher durch den Raum, bis zu einer Frau, die einsam auf einem Stuhl vor dem Fenster saß. Sie blickte auf die Rollvorhänge, still, die Hände im Schoß.

»Coralie, Ihre Tochter ist da.«

Die Frau rührte sich nicht. Ich sah sie nur im Profil. Auch sie trug wie alle anderen einen grauen Kittel und knallgelbe Socken. Die Socken waren eine Art Erkennungszeichen, falls eine von ihnen mal weglief.

»Coralie?«, fragte Schwester Romana. »Wollen Sie nicht mit Leonie sprechen?«

Die Frau wandte langsam den Kopf. Ihr kupferbraunes Haar war früher lang gewesen; man hatte es kurz geschnitten, damit es leichter zu pflegen war. Schwester Romana brachte mir einen Stuhl, bevor sie sich entfernte.

»Guten Tag, Maman«, sagte ich. »Wie geht es dir?«

Sie betrachtete mich mit leerem Blick wie aus weiter Ferne. Ihr Atem ging so ruhig, dass ich ihn kaum hörte. Ich verzog den Mund zu einem Lächeln.

»Maman, ich dachte, weil ich Ferien habe …«

Es gab eine Art Bewegung in ihr. Sie rutschte etwas mehr herum, wie um mich besser zu sehen. Ihr Gesicht hatte den Ausdruck, den man zuweilen bei ganz kleinen Kindern sieht, eine Art Verträumtheit, in sich geschlossen und behütet. Der verkniffene Mund passte nicht dazu und auch nicht die tiefen Schatten unter den Augen, blau wie zerquetschte Trauben.

»Wer bist du?«, fragte sie.

Diese Frage hatte sie mir schon früher gestellt. Es geht also wieder los, dachte ich, schmerzerfüllt.

»Maman, ich bin Leonie.«

»Wer bist du?«, wiederholte sie.

Sie sprach leise, im schleppenden Tonfall. Ich war mir nie ganz sicher, ob sie meine Antwort überhaupt wahrnahm.

»Ich bin deine Tochter«, sagte ich.

Sie schüttelte den Kopf.

»Ich habe keine Tochter.«

Ich schluckte schwer.

»Maman, hör zu …«

»Wo kommst du her?«, fiel sie mir ins Wort.

»Aus Audon.«

Sie zitterte plötzlich.

»Da war ich noch nie.«

»Doch, Maman! Du hast da gewohnt, vor langer Zeit …«

Ihre Stimme wurde schrill.

»Nein, ich war immer hier.«

»Aber Maman, du weißt doch …«

Ein merkwürdiges Flackern belebte ihre Augen. Ruckartig drehte sie sich von mir ab, ich sah nur noch ihren schmalen Hinterkopf.

»Geh weg«, keuchte sie. »Geh weg oder ich schreie!«

Ihre Muskeln verkrampften sich, sie streckte die Beine auf merkwürdige Art, atmete heftig und knirschte mit den Zähnen.

»Nein, Maman, bitte«, rief ich erschrocken. »Du tust dir ja weh!«

Schwester Romana war auf einmal wieder da, wie aus dem Nichts aufgetaucht.

»Schon gut, Coralie, schon gut«, sagte sie beschwichtigend. »Hier tut Ihnen niemand etwas Böses an, das wissen Sie doch.«

Sie berührte meine Schulter.

»Es tut mir leid, sie ist heute nicht gut aufgelegt. Vielleicht solltest du lieber gehen.«

Ich stand mit steifen Beinen vom Stuhl auf. Mein Gesicht glühte, meine Augen brannten.

»Ja, dann also … bis zum nächsten Mal, Maman.«

Sie starrte an mir vorbei, wobei sie ganz unverständliche Worte murmelte. Sie bewegte fieberhaft die Hände; ihre Füße in den grob gestrickten Socken zuckten und stampften. Es war, als ob sie mit unsichtbaren Stricken an den Stuhl gefesselt war, sich losreißen wollte und nicht konnte.

Schwester Romana zog mich behutsam fort.

»Hab keine Angst. Ich werde ihr gleich ein Beruhigungsmittel geben.«

Ich folgte ihr wie eine Schlafwandlerin. Draußen holte ich tief Luft. Meine Stirn fühlte sich klebrig an und ich hatte einen schalen Geschmack im Mund. »Willst du dich ein Weilchen ausruhen?«, fragte die Schwester besorgt.

Ich riss mich gewaltsam aus meiner Benommenheit.

»Nein, danke, es geht schon.«

Schwester Romana ging wie eine Halbwüchsige, schnell, elastisch und etwas nachlässig. Vor der Tür angekommen, kramte sie einen Schlüssel aus ihrer Tasche. Ich schluckte.

»Glauben Sie ... dass sie eines Tages wieder so wird wie früher?«

Sie verzog die Lippen zu einer kleinen Grimasse.

»Wie früher? Nein, das ist unmöglich. Sie ist ja schon zwölf Jahre hier.«

Ich spürte Tränen in mir aufsteigen.

»Das ist eine lange Zeit.«

Ich hörte ihre Stimme weit weg, wie hinter einem Nebelmeer.

»Siehst du, Leonie, der Mensch besteht aus verschiedenen Teilen, die sich im Laufe seines Lebens zusammenfügen. Coralies Tragik besteht darin, dass sie einen Teil ihres Lebens nicht sehen will.«

Ich wischte mit dem Handrücken über mein Gesicht.

»Kann sie geheilt werden?«

Sie nickte nachdenklich.

»Immerhin scheint sie dich trotz allem jetzt besser zu akzeptieren. Das ist ein gutes Zeichen.«

Ich bewegte mühsam die Lippen. Ich fühlte mich scheußlich.

»Wissen Sie noch, Schwester Romana? Früher, da wollte sie mich nicht sehen, einmal hat sie sich sogar unter dem Tisch versteckt.«

Die Erinnerung an meine Mutter, unter den Tisch gekauert, war mir noch heute wie ein Albtraum im Gedächtnis.

Sie legte mir tröstend die Hand auf den Arm.

»Ja, ich entsinne mich. Denk nicht mehr daran. Das ist vorbei.«

Ich knetete hilflos meine Finger.

»Wenn ich nur wüsste, ob ich wieder kommen soll oder nicht.«

Sie lächelte ihr schönes, warmes Lächeln.

»Soll ich dir was sagen? Ich glaube, sie freut sich, wenn du sie besuchst. Auch wenn sie selbst es nicht wahrhaben will.«

7

Pardaillan geht es nicht gut«, sagte Onkel Pierre am nächsten Tag zu mir.

Ich erschrak.

»Was ist los mit ihm?«

»Ich habe ihn den ganzen Tag im Stall gelassen. Mamie Lucies Mittel wirken nicht mehr. Die Koliken werden schlimmer.«

Zitternd stand ich da. Jeder Atemzug presste mein Herz zusammen.

»Und der Tierarzt?«

»Der war schon da. Er sagt, da ist nichts zu machen.«

Ich schüttelte heftig den Kopf.

»Er wird sich schon erholen.«

Er zog die Schultern hoch.

»Schon möglich. Aber für wie lange? Das ist es ja gerade.«

Ich lief an ihm vorbei in den Stall. Die Abendsonne fiel schräg herein. Pardaillans Fell schimmerte kupfern. Ich legte dem Tier die Hand auf die Schulter. Das warme Fell zuckte. Ich hatte Pardaillan ein Stück Salz mitgebracht, das er sehr liebte. Der Wallach leckte es von meiner flachen Hand; seine Lippen fühlten sich weich an, an seinen Nüstern perlten winzige Tropfen. Seine dichte, gekräuselte Mähne wehte über die lang bewimperten Augen. Ich sah Pierre, der mir gefolgt war, herausfordernd an.

»Er ist nicht krank! Überhaupt nicht.«

Das Pferd ließ die Ohren spielen. Ein Schauer lief durch den warmen Körper. Er blähte die Nüstern; ein sanftes Schnauben kam tief aus seiner Brust. Von dem wuchtigen Tier ging eine seltsame, gewaltige Ausstrahlung aus. Und doch spürte ich in mir nur Traurigkeit und Panik.

»Pardaillan, mein Schöner«, flüsterte ich.

Das Pferd stand still, horchte auf den Klang meiner Stimme. Plötzlich senkte es den Kopf und legte ihn an meine Schulter. Onkel Pierres kurzes Auflachen klang wie ein Seufzer.

»Kein Zweifel, er mag dich. Nur leider braucht das Pferd eine Spritze.«

Ich wirbelte herum und schrie ihn an.

»Das ist nicht wahr!«

»Also, wenn du der Meinung bist …«

Er wandte sich ab, machte sich mit der Heugabel zu schaffen. Ich holte ein paar Mal tief Luft.

»Komm, Pardaillan«, sagte ich, als ich mich wieder beruhigt hatte. »Ein wenig frische Luft wird dir guttun.«

Ich legte Pardaillan Zaumzeug und Mundstück an und führte das Tier wie gewohnt ungesattelt aus dem Stall. Der Himmel war saphirblau, vom Rand her rot gefärbt. Eine Ziege meckerte, Mückenschwärme tanzten im Dämmerlicht. Ich schlang die Zügel um mein Handgelenk, schwang mich auf den Pferderücken. Im Schritt ritt ich aus dem Hof, an der Weißdornhecke entlang und dem Kastanienwald entgegen.

Wir bewegten uns in einer Natur, die noch ihren Zauber bewahrt hatte, in einer Stille, in der nur der Bach mit gurgelnden Geräuschen floss. Die Sonne sank glutrot, in den Bäumen erklang das letzte, unsichtbare Zwitschern verschlafener Vögel. Mir kam die Skulptur am Felshang in den Sinn. Der richtige Zeitpunkt war vorbei. Die Göttin war nicht mehr zu sehen. Erst im nächsten Jahr wieder, dachte ich, zur geeigneten Stunde. Aber ich würde da sein und inzwischen ihr Bild in meinem Herzen tragen.

Wir ritten an dem Löwentor vorbei; hinter der Villa überragten die Bäume das Haus. Alle Fenster waren weit offen, auf der großen Terrasse standen Gartenmöbel. Jemand spielte Klavier, ziemlich schlecht, wie ich fand. Die Melodie begann immer wieder von vorn und endete in einem Klimpern. Ein Mann rief fröhlich ein paar Worte, eine Frau lachte. Das Haus war voller Leben und Stimmen. Wahrscheinlich, dachte ich, sind die Leute nur für die Ferien hier. In einigen Wochen würde das Haus in seine Einsamkeit und Stille zurückfallen. Ich ritt weiter, bis zu einer Steigung. Da spürte ich, dass Pardaillan müde war. Onkel Pierre hatte nicht Unrecht gehabt. Pardaillans Schritt war schwerfällig und schlürfend, sein Atem ging schwer und sein Fell, das ich streichelte, fühlte sich glitschig an.

»Bist du wirklich so krank?«, murmelte ich. »Kann das möglich sein? Vielleicht ist es besser, du kommst wieder in den Stall.«

Ich ließ das Pferd wenden, führte es auf dem vertrauten Pfad zurück. Die Sonne zog sich zu einer purpurnen Kugel zusammen und verschwand, während auf der anderen Himmelsseite der zunehmende Mond über den Berg stieg. Pardaillan stolperte mehrmals, sein Atem rasselte. Plötzlich blieb der Wallach röchelnd stehen. Mit aufgeblähten, zitternden Flanken und gesenktem Kopf rührte er sich nicht mehr vom Fleck. Die Zunge hing geschwollen zwischen den langen gelben Zähnen. Ich sah, voller Schreck, wie dunkles Blut aus seinen Nüstern tropfte. Hastig glitt ich zu Boden.

»Pardaillan! Hab keine Angst! Ich führe dich zurück.«

Ich umfasste seinen klebrigen Hals; seine Ohren spitzten sich, wie um meine Stimme aufzufangen.

»Komm, wir gehen ganz langsam! Du wirst wieder gesund werden ... das verspreche ich dir.«

Pardaillan machte taumelnd ein paar Schritte; auf einmal sackte er langsam in die Knie und dann auf die Seite. Er kam mir wie ein riesiger schwarzer Felsblock vor, ein Felsblock, der zuckte und atmete.

»Pardaillan!«

Schluchzend kniete ich neben dem Pferd nieder, strich über den mächtigen Kopf, rief seinen Namen. Pardaillan ließ ein Schnauben hören; sein Kopf bewegte sich schwach. Er wollte sich aufrichten, aber es gelang ihm nicht. Die Stille wurde jetzt nur noch von den leisen Geräuschen der einbrechenden Nacht unterbrochen. Zweige knackten und rieben aneinander, der weiche Ton einer Eule ertönte. Ein Frösteln überlief mich. Es war die Stimme, die die Sterbenden rief. Was nun? Onkel Pierre holen? Nein, ich wollte Pardaillan nicht verlassen, nicht jetzt! Das Pferd war von Krämpfen geschüttelt, unter ihm hatte sich eine dunkle Lache gebildet, der beißende Geruch war kaum zu ertragen. Ich kauerte dicht neben dem Kopf des Tieres. Mit den Nägeln strich ich leicht und zärtlich über die Stirn, zwischen die Augen, sprach leise, tröstende Worte zu ihm. Stoßweiser Atem stieg aus Pardaillans gepeinigten Lungen. Der Wallach krümmte sich manchmal, wölbte den Hals und streckte den Kopf verzweifelt aufwärts, während seine großen, glänzenden Augen fast aus den Höhlen traten. Dann beruhigte er sich unter meinen Liebkosungen, fiel kraftlos auf die Flanke zurück, bis ein letzter, noch heftiger Krampf ihn schüttelte. Die verdrehten Augen gaben das von einem rötlichen Adernetz durchzogene Weiß des Augapfels frei. Ich schlang beide Arme um seinen Kopf, streichelte verzweifelt seinen Hals, seine Mähne. Allmählich beruhigte sich das schmerzgeplagte Tier, die furchtbaren Krämpfe ließen nach, der Atem ging regelmäßig. Eine Zeit lang lag das Pferd ganz still. Mit einem Mal hob ein tiefer, lang anhaltender Seufzer seine Flanken. Der schwere Körper zuckte, streckte sich ein letztes Mal, schied Blut und Schleim aus, bevor er sich endgültig entspannte. Ein Schweigen folgte, so dicht, als würde die Welt den Atem anhalten. Dann kam ein Luftzug auf, erzeugte in den Büschen ein Knistern und Rascheln. Ein Flattern bewegte die Luft. Die Eule, die ganz in der Nähe auf einem Ast gesessen hatte, glitt durch die Nacht davon, wie ein riesengroßer, lautloser Schmetterling. Ich hob mein nasses Gesicht zu ihr empor. Es war, als ob sie, unter ihren Flügeln verborgen, den Geist des verstorbenen Tieres in die Weite der Nacht trug.

Einige Augenblicke verstrichen; ich spürte auf den

Lippen den salzigen Geschmack meiner Tränen. Er ist glücklich jetzt, dachte ich, er hat keine Schmerzen mehr. Nach einer Weile fuhr ich mit dem Handrücken über mein verweintes Gesicht, putzte mir die Nase an meinem Ärmel. Ich wusste, dass Pardaillan mich immer beschützen würde, solange ich sein Andenken bewahrte. Das Gefühl empfand ich ganz stark, ohne es erklären zu können.

Ich nahm Pardaillan Mundstück und Zügel ab, bevor ich aufseufzend den Blick von ihm wandte. Dann richtete ich mich auf und wanderte in der Dunkelheit den Weg entlang. Der leichte Wind trocknete die Tränen auf meinem Gesicht. Der Mond stand jetzt höher am Himmel, aber er leuchtete nur schwach durch das Buschholz. Ich tastete mich den Weg entlang, den Blick auf den Boden gerichtet. Plötzlich hörte ich ein Geräusch, das nichts mit den üblichen Geräuschen des Waldes zu tun hatte. Es klang wie das Schleifen von Schritten. Ich zuckte zusammen, hob den Kopf. Fassungslos blieb ich stehen: Vor mir, auf dem Weg, stand ein Elfenkind.

8

Benommen starrte ich auf die Erscheinung. Wirklich erschrocken war ich nicht. Ich hatte meine Sinne gut geschult, ich spürte nichts Böses, als plötzlich, fast ohne einen Laut, diese helle Gestalt aus dem Nichts vor mir auftauchte. Ich empfand Neugierde und Unsicherheit und spürte, dass mein Gegenüber genauso verwirrt war ich. Natürlich war es kein Elfenkind, sondern ein ungefähr gleichaltriger Junge. Überrascht und erstaunt zugleich, blickten wir einander an. Der Junge trug weite Shorts, ein riesiges T-Shirt darüber. Sein blondes Haar leuchtete; das Mondlicht teilte sein Gesicht in zwei Hälften, die eine hell, die andere dunkel. Einige Herzschläge lang rührte sich keiner von uns. Endlich tat der Junge den Mund auf: »Du hast eben geweint, nicht wahr?«

Ich nickte unwillkürlich, ohne ein Wort über die Lippen zu bringen.

»Warum hast du geweint?«

Ich antwortete nicht.

»Hast du dich verlaufen?«

Stille. Die Tränen erstickten mich.

»Hey, was ist denn los mit dir?«

Endlich konnte ich sprechen. Ich sagte: »Mein Pferd ist gestorben.«

»Wann?«

»Jetzt gerade.«

»Jetzt gerade? Wo ist es?«

Ich ging voraus und führte ihn zu der Stelle, wo Pardaillans gewaltige Masse den schmalen Weg versperrte. Der Junge beugte sich über das Pferd, betrachtete es aufmerksam, soweit es die Dunkelheit zuließ. Dann hob er den Kopf und sah mich an.

»Koliken?«

Ich nickte schmerzerfüllt.

»Und der Tierarzt?«

»Der konnte nichts machen. Pardaillan war zu alt.«

»Ach, hieß er Pardaillan? Wie der Ritter?«

Ich nickte abermals.

»Tut mir wirklich leid, dass er tot ist«, sagte der Junge.

Dann Schweigen. Wir wussten uns nichts mehr zu sagen. Meine Wangen glühten, mir war zum Erbrechen übel. Nach einer Weile putzte ich mir die Nase am Ärmel.

»Ich … ich muss jetzt gehen.«

»Wohnst du weit von hier?«

Ich schüttelte den Kopf.

»Nein, ganz in der Nähe. Und du?«

»In der *Villa Theotime.*«

»Die mit dem Löwentor?«

»Ja, genau! Die gehörte früher meinem Onkel. Außen ein Kitschpalast – innen eine Bruchbude. Zum Krummlachen, kann ich dir sagen. Jetzt hat meine Mutter das Haus geerbt. Wir müssen alles instand setzen, den Fußboden sanieren, eine Heizung einbauen. Mein Vater sitzt auf der Leiter, streicht die eine Wand rot, die andere blau an. Und die nächste womöglich grün. Er ist Theaterregisseur, musst du wissen, und lässt sich das verrückteste Zeug einfallen.«

Die Art, wie er das sagte, war so komisch, dass ich unwillkürlich die Lippen verzog. Es war kein Lächeln, nein, nur eine kaum angedeutete, belustigte Grimasse.

»Wie heißt du?«

»Colin. Und du?«

»Leonie.«

»Klingt echt cool«, meinte er.

Wir gingen wieder zurück. Im Wald war es vollkommen still. Kein Lebewesen strich umher, nicht einmal die Eule war zu hören. Allmählich wurde mein Kopf wieder klarer. Irgendwie war ich froh Colin begegnet zu sein. Es half mir, den Schmerz zu überwinden.

Nach einer Weile erreichten wir den Pfad, der an Onkel Pierres Hof vorbeilief. Ein ferner Lichtschein schien durch die Nacht. Ich blieb stehen und sagte: »Da wohnt mein Onkel. Ich muss ihm sagen, dass Pardaillan tot ist.«

Er zögerte.

»Alles in Ordnung mit dir?«

Ich seufzte.

»So richtig nicht. Aber es geht schon.«

»Kann ich morgen mal anrufen? Bloß um zu wissen, wie es dir geht?«

»Wir haben kein Telefon.«

»Wo wohnst du denn?«

»Gleich unten am Weinberg.«

»Da steht nur ein Haus, eins aus Stein.«

»Das gehört meiner Großmutter.«

»Ich sah eine Alte, die im Garten arbeitete.«

»Ja, das ist sie.«

»Oh«, murmelte er verlegen. »Vielleicht ist sie gar nicht so alt ...«

»Doch. Sie ist über siebzig.«

Er pfiff zwischen den Zähnen.

»Ehrlich? Mensch, wie die noch den Spaten schwingt! Fran sagt, da muss man Übung haben.«

»Fran?«

»Meine Mutter. Eigentlich heißt sie Françoise. Den Namen kann sie nicht ausstehen.«

»Ach so.«

Wieder Schweigen. Endlich tat Colin den Mund auf.

»Dann also … Gute Nacht …«

»Ja, Gute Nacht«, murmelte ich, bevor ich mich umwandte und auf das Tor zulief. Ich hörte Cachu scharf bellen. So gutmütig, wie er war, bei Fremden wurde er misstrauisch.

»Still, Cachu«, beruhigte ich ihn. Aus der Wohnküche flackerte ein bläulicher Schein. Pierre und Mireille saßen vor dem Fernseher. Zögernd und zitternd stieß ich die Tür auf und erzählte. Mireille stellte den Fernseher leiser. Für Gefühle hatte sie wenig übrig. Immerhin tat es ihr leid, man sah es ihr an.

»Das Pferd war todkrank. Aber du wolltest es ja nicht einsehen. Das hast du jetzt davon.«

»Ich wusste nicht … ich wusste doch nicht …«

Ich konnte nicht weitersprechen, Tränen strömten über mein Gesicht. Pierre legte mir den Arm um die Schulter. Seine Stimme kam von weit her, durch das Geräusch meines Schluchzens.

»Mamie Lucie und der Tierarzt haben getan, was sie konnten. Es tut mir leid, Leonie. Jetzt hat er keine Schmerzen mehr. Das ist doch was, oder?«

Ich fuhr mit dem Handrücken über mein klebriges Gesicht.

»Ich … ich bin froh für ihn.«

»Es ist der Verlust, der so schmerzt«, sagte Pierre. »Nur der Verlust …«

Als ich wieder reden konnte, ohne zu weinen, beschrieb ich den Ort, wo das Pferd zusammengebrochen war. Pierre meinte, er würde das Tier gleich morgen wegschaffen. Er konnte das tote Pferd nicht der Natur überlassen, wie es früher üblich war. Die Leiche musste verbrannt werden.

Ich hatte schon einige tote Tiere gesehen – Hunde, Katzen, Esel. Nichts war mir bisher einfacher, natürlicher, der Ordnung der Natur angemessener erschienen. Ein Leichnam … ein Aas … nichts anderes. Aber Pardaillan, nein! Pardaillan war nicht mehr da. Er war fort … aber wohin?

Wie immer war es meine Großmutter, die mir in meinem Schmerz weiterhalf. Als ich durch die Tür kam, saß sie am Küchentisch und strickte. Über dem Spülbecken brannte nur eine schwache Neonröhre. Mamie Lucie brauchte nicht viel Licht, wenn sie strickte. Ihre Hände arbeiteten von selbst.

»Pardaillan ist tot«, stieß ich zitternd hervor.

Sie legte ihre Strickarbeit in den Schoß.

»Seine Zeit war abgelaufen. Das gilt für jedes Lebewesen, Mensch oder Tier.«

Ich zitterte stärker. Und jetzt war ich es, die Mamie

Lucies Hand ergriff und sie presste, als ob sie mich vor dem Ertrinken retten konnte. Dabei erzählte ich, was ich erlebt hatte und wie das Käuzchen gerufen hatte, gerade als Pardaillan starb. Sie nickte vor sich hin.

»Siehst du nun? Die Natur zeigt uns mehr, als wir erkennen können.«

»Jetzt bin ich allein«, stöhnte ich. »Ganz allein.«

Sie streichelte meine Hand.

»Aber nein. Das meinst du nur. Komm, der Tee ist noch warm«, fügte sie hinzu.

Sie holte die Kanne, brachte zwei Becher und ein Steingutgefäß mit Honig, den wir vom Imker bezogen. Während ich meinen Becher unberührt ließ, schlürfte sie gleichmütig ihren Tee.

»So. Und jetzt hör zu. Pardaillan ist immer noch hier.«

Mein Herz tat einen Sprung.

»Wo denn, Mamie Lucie?«

»Bei dir, solange du an ihn denkst.«

Ich trank zögernd einen Schluck. Der Tee schmeckte frisch und belebend.

»Ich … werde immer an ihn denken, mein Leben lang.«

Sie antwortete mit ihrer halb heiseren, halb sanften, doch auch fast singenden Stimme: »Gerade das ist wichtig. Pardaillan war immer bei deiner Mutter, in guten und in bösen Zeiten. Nur einmal, da war er nicht bei ihr und da geschah es. Es war nicht sein Fehler. War es Schicksal? Vielleicht eine Prüfung? Ich weiß es nicht. Ich bin sehr traurig, Kind, weil es dich schmerzt. Aber ich kann diese Sache nicht heilen.«

Ich betrachtete sie mit großen Augen.

»Auch du nicht?»

»Nein. Und schließlich, wozu auch? Was immer es war, was auch immer es ausgelöst hat, das Unrecht muss gutgemacht werden. In unserer Familie sind die Pferde Wächter. Wenn es sein muss, erschaffen wir uns unseren eigenen Ahnenkult. Das hilft, du wirst schon sehen. Die Welt ist ja ganz anders. Warum sollten wir geradeaus denken wie alle anderen?«

Ich lächelte ihr flüchtig zu, um ihr zu zeigen, dass ich mich besser fühlte, und kratzte den Rest des Honigs zusammen, wie Kinder es tun.

»Danach … nach dieser Sache … als ich auf dem Weg zu Onkel Pierre war, traf ich einen Jungen. Colin heißt er.«

»Kein Junge aus dem Dorf, also?«

Ich schüttelte den Kopf.

»Er wohnt in der *Villa Theotime* und ist nur in den Ferien hier. Seine Mutter hat das Haus von einem Onkel geerbt.«

Sie blinzelte.

»Mir scheint, das war kein Zufall.«

Ich zerknüllte mein Taschentuch, das schon ganz nass war.

»Ach, wie meinst du das?«

Ein kleines Lächeln umspielte ihre Lippen.

»Putz dir endlich die Nase, Kind. Du wirst schon sehen, alles wird gut.«

»Woher weißt du das so genau?«, fragte ich.

Sie stellte den Becher auf den Tisch und nahm gelassen ihre Strickarbeit wieder auf.

»Pardaillan wollte nicht, dass du traurig bist.«

9

Am nächsten Morgen, in aller Frühe, stand Colin vor dem Gartentor. Ich sah ihn vom Fenster aus, als ich mein Bett machte, und hatte ein komisches Gefühl. Pardaillan war tot und plötzlich war Colin da! Dazu noch um diese Zeit! Was wollte er von mir? Ich hatte gerade erst meinen Milchkaffee getrunken. Und an einen Zusammenhang, wie Mamie Lucie es mir weismachen wollte, hatte ich Mühe zu glauben. Inzwischen spazierte Colin geduldig vor dem Tor auf und ab. In den Garten traute er sich nicht. Ich stand mit angehaltenem Atem und beobachtete ihn, als ich Mamie Lucies Stimme hörte: »Leonie! Wie lange soll der Junge noch da draußen warten?«

Ich strich mir hastig eine Haarsträhne hinter die Ohren.

»Ich … ich gehe schon!«

»Tag«, rief mir Colin zu, als ich an die Haustür kam.

»Tag«, sagte ich spröde.

Gestern Abend hatte ich sein Gesicht kaum gesehen. Jetzt bemerkte ich das strohblonde Haar, das ihm weich über die Stirn fiel, das hübsche Gesicht, die braunen, freundlichen Augen. Jungen mit großen Händen und Füßen wirken oft ungelenkig. Aber ich fand, dass Colin gut aussah, weil er sich so unbefangen bewegte und ein offenes Lächeln hatte, ganz anders als das überhebliche Grinsen der anderen Jungen aus dem Dorf.

»Tut mir leid, wenn ich störe.« Colin zog entwaffnend die Nase kraus. »In den Ferien schlafen und essen wir, wie es uns gefällt, und platzen zu unmöglichen Zeiten bei den Leuten herein.«

»Das macht nichts«, sagte ich.

»Ich wollte nur wissen, wie es dir geht.«

»Ach, ich habe gedacht, ich werde krank.«

»Weißt du, was?«, sagte er. »Ich habe die ganze Nacht kein Auge zugetan.«

Ich wurde ein bisschen rot.

»Meinetwegen?«

»Irgendwie schon.«

Ich ging ans Tor, zog den Riegel zurück.

»Komm doch rein.«

Da trat Mamie Lucie in ihrem altmodischen, geblümten Kleid aus der Haustür. Colin grüßte befangen. Er wusste ja nicht, was ich erzählt hatte. Die Begegnung mit der »spatenschwingenden Alten«, machte offenbar, dass er sich unbehaglich fühlte.

»Sie haben einen schönen Garten«, sagte er etwas steif.

»Ja, das finde ich auch.« Mamie Lucie lächelte ihn freundlich an. »Willst du sehen, was hier alles wächst?«

Ich dachte, für einen Jungen ist das doch wirklich nicht spannend. Aber Colin war sofort hellauf begeistert. Mamie Lucie wanderte mit ihm zwischen den Beeten umher, zeigte ihm Sellerie, Steckrüben, Lauch, Rettich, Knoblauch, Möhren und alle möglichen Kräuter. Ebenso interessant fand Colin die Sträucher und Bäume – Kirschbaum, Mandelbaum, Rosskastanie, Esche, Eukalyptus, Holunder, Zitronen- und Feigenbaum. Er stellte pausenlos Fragen und Mamie Lucie erklärte ihm alles bereitwillig und sehr genau.

»Wie sieht man, dass eine Frucht reif ist? Wenn sie abfällt?«

»Nein. Blätter und Früchte müssen gesund sein, denn sowohl das Blatt wie auch die Frucht ernähren sich von ihrem Träger, dem Baum. Fällt eine Frucht vom Baum, so ist sie nicht zur richtigen Zeit gepflückt worden. Wir sagen: Wenn eine Frucht vom Baum fällt, ist sie eine tote Frucht.«

Was mich am meisten überraschte, war, dass sich Mamie Lucie so entgegenkommend und gesprächig zeigte. Für gewöhnlich schlug sie Fremden die Tür vor der Nase zu. Und Tee bot sie nur ihren Patienten an. Aber jetzt saß Colin in der Wohnküche und schlürfte mit Behagen ihren Holundertee. Dabei trinken Jungen doch viel lieber Cola!

Später, als sich Mamie Lucie im Haus zu schaffen machte, gingen wir nach draußen und Colin sagte: »Mann! Ich bin echt beeindruckt.«

»Wieso interessieren dich diese Dinge?«

»Meine Mutter ist Physiotherapeutin. Von Naturheilkunde redet sie in sämtlichen Variationen. Wir hören kaum noch zu. Irgendwie nervt mich der Kram. Und irgendwie auch nicht. Und deine Großmutter, die ist wirklich Spitze. Medizin hat sie doch nicht studiert, oder?«

Ich schüttelte den Kopf.

»Sie ist nie zur Schule gegangen.«

Er starrte mich an.

»Sag bloß, sie ist Analphabetin?«

»Nicht ganz. Was sie lesen will, das kann sie schon lesen, auch wenn ich ihr manchmal dabei helfen muss. Ihre Augen sind nicht mehr so gut wie früher.«

Colin war immer noch verblüfft.

»Ja, aber woher weiß sie denn so viele Dinge?«

»Das liegt bei uns in der Familie. Ihre Mutter wusste genauso viel.«

»Und deine Mutter?«

Mein Atem blieb in der Brust stecken. Es war wie ein Klumpen, groß und kalt, und tat so entsetzlich weh.

»Sie ist nicht da.«

Ich drehte den Kopf zur anderen Seite und Colin hielt den Mund. Wahrscheinlich hatte er gemerkt, dass ich nicht reden wollte. Als mir das Schweigen zu lange dauerte, fragte ich: »Und du, wo kommst du her?«

Colin erzählte bereitwillig. Seine Mutter kam aus Annecy, aber sein Vater war Schweizer.

»Wir wohnen in Lausanne.«

»Am Genfer See, nicht wahr?«

Er schien erfreut, dass ich mich auskannte.

»Also, Lausanne liegt an einem Abhang und alle Straßen sind steil. Geht man zu Fuß, ist man total außer Atem. Aber zum Skaten ist Lausanne der beste Ort der Welt! Warst du mal da?«

»Nein.«

Colin fuchtelte begeistert mit beiden Händen.

»Stell dir vor, man saust bergab bis zum See, fährt mit der Drahtseilbahn ins Zentrum zurück; und dann das Gleiche noch einmal, bis man nicht mehr kann. Macht irrsinnig Spaß! Fährst du auch Inlineskates?

Ich schüttelte den Kopf. Colin erzählte weiter.

»Jetzt, wo wir das Haus haben, werden wir öfter hier Ferien machen. Vorige Woche haben wir eine Höhle besichtigt.«

Ein Prickeln überlief mich.

»Hier gibt es eine ganze Menge.«

Er nickte.

»Mein Vater hat 'ne Vorliebe für Höhlen. Da kommen ihm die besten Einfälle für seine Bühnenbilder. Menschen und Höhlen, die stimmen überein, meint er. ›Wechselbeziehungen‹, nennt er das.«

Ich spürte erneut eine Gänsehaut.

»Was will er damit sagen?«

»Habe mir noch nie den Kopf darüber zerbrochen. Jedenfalls, gute Ideen hat er schon. Die werden auf der Bühne umgesetzt und sehen ganz toll aus, das muss ich schon sagen.«

»Ich ... ich glaube, ich habe eine Höhle gefunden, die noch keiner kennt«, sagte ich, als ob ich laut dachte.

»Wo? Hier?«

»Ganz in der Nähe.«

»Wieso meinst du, dass sie keiner kennt?«

Zu spät wurde mir klar, dass ich ein Geheimnis ausgeplaudert hatte.

»Da ist eine Steinfigur, die man nur sehen kann, wenn die Sonne in einem bestimmten Winkel fällt«, erklärte ich zögernd. »Und gleich darunter ist der Eingang zur Höhle.«

»Mensch!«, rief Colin. »Die will ich sehen! Mich interessieren nämlich Höhlen, genauso wie meinen Vater. Nur anders.«

»Anders?«

Er nickte und gestikulierte, wie das so seine Art war.

»Ich – ich will Höhlenforscher werden. Oder Archäologe, jedenfalls etwas in der Richtung. Zu Hause suche ich täglich im Internet und finde immer neue Infos. Fran sagt: ›Hör auf, die Schule ist wichtiger‹. Also, ich weiß nicht! Wenn sie mir in der Schule bloß Sachen beibringen, die mich nicht interessieren? Surfst du auch im Internet?«

Ich schüttelte den Kopf.

»Ich habe keinen Computer. Aber ich lese jede Menge Bücher«, fügte ich schnell hinzu. Dank der Schulbibliothek und meines »Schlüssel-Abkommens« hatte ich mir ja auch ein nicht unbeachtliches Wissen angelesen.

Er zog die Schultern hoch.

»Ein Computer ist besser.«

»Na ja, es geht auch ohne«, meinte ich starrköpfig und dachte, hoffentlich redet er nicht mehr von der Höhle. Aber Colin ließ sich nicht so einfach ablenken.

»Und die Steinfigur? Zeigst du mir, wo sie ist?«

Ich schüttelte den Kopf.

»Das nützt dir nichts. Der richtige Zeitpunkt ist vorbei.«

»Und wann kommt der nächste?«

»Erst wieder im nächsten Jahr.«

»Ach, hör doch auf!«

»Ehrenwort!«

Colin zog die Nase kraus.

»Macht den Eindruck, als wäre das eine ganz schön verrückte Sache«, meinte er. »Und was sieht man dann im nächsten Jahr? Einen Drachen mit Flügeln oder so 'n Zeug?«

»Nein, Epona.«

»Die Göttin der Pferde?«

Ich war freudig überrascht, dass er das wusste.

»Ja und kennst du auch die Legende?«

Ich erzählte von den drei unterirdischen Seen und ihren Heilpflanzen.

»Meine Großmutter sagt, dass die Seen in alten Büchern erwähnt wurden. Aber heute sind sie völlig vergessen.«

»Und du?«, fragte er. »Bist du in der Höhle gewesen?«

»Nur am Eingang. Ich hatte ja keine Taschenlampe. Und weißt du, was? In der Grotte, da habe ich Schritte gehört. Schritte im Wasser.«

»Da war also jemand?«

»Ja … nein.«

»Ja oder nein?«

»Ich meine … vielleicht war es kein Mensch, sondern ein Tier.«

»Ein großes?«

»Kein kleines, jedenfalls.«

Er pfiff durch die Zähne. Die Sache hatte ihn gepackt.

»Den Eingang? Könntest du ihn wiederfinden?«

»Ich habe die Stelle gut im Kopf.«

»Und die Göttin? Vielleicht schickt sie uns giftige Dämpfe? Oder einen Dinosaurier?«

Ich lachte.

»Nein. Wer die Göttin sieht, darf in die Höhle.«

»Alles klar.« Colin lachte mit mir. »Hast du Lust, ein bisschen zu schnüffeln? Mit der Taschenlampe?«

»Wann denn?«

»Nach dem Essen, wenn du willst. Können wir zu Fuß gehen?«

»Wir müssen ein bisschen klettern, aber nicht lange.«

»Gut.«

Er sah auf die Uhr.

»Wir treffen uns hier. Um drei, geht das?«

Mir kam es plötzlich so vor, als hätte ich Flügel. Sie waren einfach da, über Nacht gewachsen. Mit diesen Flügeln konnte ich hoch über die Berge steigen, schneller als Pardaillan zu galoppieren vermochte. Ich sagte: »Mamie Lucie schläft nach dem Essen. Ich warte draußen auf dich.«

10

Seit einer Viertelstunde wartete ich vor der Haustür auf Colin. Ich hatte Mamie Lucie gesagt, dass er am Nachmittag vorbeikommen würde. Sie hatte nicht gefragt, was wir vorhatten. »Netter Junge und gar nicht hochnäsig«, hatte sie lediglich gesagt, als wir mittags am Küchentisch saßen und geröstetes Weißbrot mit Knoblauch aßen. Nun saß ich in der brütenden Mittagshitze, verfolgte mit dem Blick die Flaumwölkchen am Himmel und fühlte mich zunehmend schläfriger. Endlich sah ich Colins gelbes T-Shirt hinter der Weißdornhecke aufleuchten und hörte zwei Sekunden später seine Schritte.

»Tut mir leid, dass ich zu spät bin«, rief er atemlos.

Ich stand auf, gähnte und streckte mich.

»Ich wäre fast eingeschlafen.«

»Ich musste erst meine Sachen zusammensuchen.«

»Was für Sachen?«

Er deutete auf den kleinen Rucksack, der an seiner Schulter baumelte.

»Taschenlampe, Batterie. Seil. Werkzeug. Und eine Wasserflasche und mein Handy. Für alle Fälle.«

»Du bist wirklich gut organisiert«, meinte ich anerkennend.

»Hauptsache, uns passiert nichts.«

»Und deine Eltern? Wissen die Bescheid?«

Er grinste ein wenig verlegen.

»Eigentlich nicht. Fran hätte sich aufgeregt und Denis – mein Vater – hätte sofort gesagt: »Nicht ohne mich.« Nein danke. Der würde ja nur von der Oper reden, die er gerade inszeniert.«

»Was für eine Oper?«

»Turandot.«

»Von Puccini?«

Er starrte mich verblüfft an.

»Menschenskind! Bist du aber gescheit.«

»Es geht auch ohne Internet«, sagte ich.

Er lachte und machte das V-Zeichen.

»Eins zu null für dich! Jetzt sag mal, wo geht's lang?«

Wir machten uns auf den Weg. Nur das einschläfernde Zirpen der Zikaden war zu hören. Beiderseits des Pfades ragten Sandsteinwände in den diesig blauen Himmel. Gelegentlich gab es Brüche im Sandstein; Schieferstreifen glitzerten darin wie Strassperlen. Als kleines Mädchen hatte ich sie für eine tropfende Flüssigkeit gehalten und daran geleckt.

Die Kletterei war problemlos; es gab viele Abzweigungen, aber ich wusste, dass ich mich nicht verlaufen würde. Es war drückend heiß. Colin wischte sich den Schweiß aus der Stirn.

»Ist es noch weit?«

»Wir sind gleich da«, sagte ich.

Wir überquerten eine natürliche Brücke aus Sandstein; tief unten stürmte grünes Wasser, Gischtschleier wehten empor. Auf der anderen Seite fiel eine Felswand fast achtzig Meter senkrecht in die Tiefe. Colin und ich wanderten über einen Pfad, den Ziegen und Esel im Laufe der Zeit in den Boden getrampelt hatten; jener Pfad, der Pardaillan auch so vertraut gewesen war. Die Luft über den Steinen flimmerte, sonst regte sich nichts in der Landschaft. Ich wunderte mich, wie laut unser Atem ging. Obwohl ich in der Gluthitze vor Schweiß klebte, liefen mir kalte Schauer über den Rücken. Bald näherten wir uns der Felswand; ich hielt die Augen auf den Kalkstein gerichtet, bis ich den Einschnitt fand, stehen blieb und Colin bedeutungsvoll ansah.

»Hier.«

Er ließ seinen Rucksack zu Boden fallen, entkapselte eine Flasche und hielt sie mir hin. Unsere Finger berührten sich. Ich spürte ein ganz merkwürdiges Gefühl, eine Art Kribbeln. Ich konnte nicht sagen, was es war. Es kam wieder, mit jedem Atemzug, und hing irgendwie mit Colin zusammen. Ich warf ihm einen Seitenblick zu. Spürte er es auch? Unsere

Augen trafen sich; seine Wangen waren plötzlich rot geworden.

»Hast du keinen Durst?«, murmelte er.

Ich wandte hastig das Gesicht ab, nahm einen großen Schluck. Der Augenblick der Befangenheit war vorbei. Wir tranken abwechselnd und fühlten uns besser. Schließlich wischte sich Colin mit der Hand über die nassen Lippen.

»Und wo ist die Göttin?«

»Die kannst du nicht sehen. Erst wieder im nächsten Jahr, das habe ich dir ja schon gesagt.«

»Ganz schön clever, die Leute, die sich das ausgedacht haben«, meinte Colin.

»Ich glaube, dass die Menschen früher mehr wussten als wir«, sagte ich.

»Mag ja sein. Aber das Internet haben sie nicht erfunden.«

»Sie hatten andere Dinge, das ist nun mal sicher. Das Problem lag darin, dass kluge Menschen über das, was sie wussten, nicht reden durften. Weil man sie sonst beschuldigt hätte, mit dem Teufel im Bund zu stehen.«

»Ach, Blödsinn!«

»Doch. Solche Leute wurden gefoltert und verbrannt. Am schwersten hatten es die Frauen. Man wollte nicht, dass sie selbstständig dachten und handelten.«

»Warum denn nicht?«

»Kirche und Staat bangten um ihre Macht. Alle mussten sich fügen; wer eine eigene Meinung hatte, musste sterben. Also wurden diese Frauen hingerichtet. Aber bevor es so weit war, wendete man die schlimmsten Foltermethoden bei ihnen an, damit sie gestanden, dass sie den Teufel gesehen hatten. Natürlich gestanden alle. Die Kirchenväter protokollierten, salbungsvoll und gewissenhaft. Zum Schluss segneten sie die Frauen ›Ego te absolvo‹ und der Henker setzte den Scheiterhaufen in Brand.«

Colin verzog das Gesicht.

»Also, das finde ich widerlich. Ich meine, man sieht so was in Horrorfilmen, aber das ist nicht dasselbe. Bin ich froh, dass ich nicht im Mittelalter lebe. Ich kriege ja schon Panik, wenn der Zahnarzt mit der Spritze kommt. Prost!«

Wir tranken. Die Flasche war leer und Colin presste das Plastik zusammen und stopfte es in seinen Rucksack.

»Man soll das Zeug ja nicht liegen lassen. Also los. Sehen wir uns das Loch mal an!«

Wir kletterten über die Steine, bis wir dicht unter der Felswand standen. Die Luft über den erhitzten Felsen flimmerte.

»Und jetzt?«, fragte Colin.

»Immer geradeaus.«

Noch ein paar Schritte und wir standen vor dem Spalt; die Öffnung war eng, aber groß genug, dass wir uns hineinzwängen konnten. Nach der Tageshitze war es drinnen kalt. Da wir beide nass geschwitzt waren, fröstelten wir sofort.

»Warte«, murmelte Colin.

Er wühlte in seinem Rucksack, brachte die Taschenlampe zum Vorschein und knipste sie an. Der helle Strahl huschte über die von glitzernden Schieferadern durchzogenen Kalksteinwände. Colin hob den Lichtstrahl. Mir stockte der Atem. Die Decke verlor sich in weitem, unsichtbarem Dunkel.

»Mindestens dreißig Meter hoch«, flüsterte Colin.
»Mehr, würde ich sagen! Und wo ist das Zeichen, das du gefunden hast?«

»Hier.«

Ich deutete auf das in die Felswand gemeißelte M-Zeichen.

»Irgendjemand hat den Buchstaben eingeritzt«, sagte ich, ohne Überzeugung. »Maurice? Mario? Marie?«

Colin fuhr mit der Hand über das Zeichen.

»Aber doch nicht fingertief! Stell dir mal die Arbeit vor. Und warte … das ist kein M!«

»Nein?«

»Nein. Das ist keltisch. Das Zeichen für Pferd und gleichzeitig für Sonne.«

Ich spürte ein Zittern in mir, in meinem Körper. Meine Kopfhaut prickelte.

»Woher weißt du das?«

»Alte Schriften und Zeichen interessieren mich eben. Sind noch andere da?«

Ich schüttelte den Kopf.

»Keine Ahnung. Weiter bin ich nicht gekommen.«

»Und wo hast du das Geräusch gehört?«

»Das kam von unten.«

»Komm!«

Colin hatte das Entdeckungsfieber gepackt. Er ging voraus, leuchtete mit der Taschenlampe. Der Lichtstrahl tanzte über tiefe Spalten und merkwürdige Steingebilde, die mich an ausgedrückte Zahnpasta erinnerten. Der Hang schien geradeaus nach unten zu führen. Die Wände leuchteten in verschiedenen Grautönen und waren glatt geschliffen. In dem Schacht war es so still, dass sogar unsere Atemzüge von den Wänden widerhallten und als schwaches Echo zurückgeworfen wurden. Der Stollen führte immer weiter abwärts. Zum Glück war die Luft nicht stickig.

Ich muss weiter, dachte ich, tiefer. Was erwartet mich in dieser Höhle? Was es auch sein mochte, es war ungeheuer wichtig für mich. Warum, das konnte ich nicht sagen. Das Gefühl war einfach da und ließ mich nicht los.

»Was meinst du«, fragte Colin, »sollen wir …?«

Ich fuhr mit der Zunge über meine trockenen Lippen. Jungen haben keinen Sinn für Gefahr. Die Kletterei sah einfach aus, aber auf jeden Fall täuschten wir uns. »Wir sind verrückt und leichtsinnig«, seufzte ich.

»Ach was! Wir müssen nur gut aufpassen.«

Meine Kehle wurde eng. Warum hatte ich mir das bloß in den Kopf gesetzt?

»Und wenn das Licht ausgeht?«

»Ich habe eine zusätzliche Batterie.«

Das Ganze war völliger Irrsinn. Wir fühlten uns wie Kinder, die vor Angst laut singend in den Keller gehen. Ich sagte: »Du hast an alles gedacht, wie?«

Wir kicherten beide, um uns Mut zu machen.

»Nicht an alles, nein«, sagte Colin. »Es kann auch schiefgehen …«

11

Allmählich wurde der Stollen kurvenreicher und schmaler. Die glatt geschliffenen Felsen reckten ihre Türme und Kamine empor. Merkwürdige Umrisse zeichneten sich ab. Steine aus verschiedenen Zeitepochen bildeten ein fantastisches Chaos, für eine Space-Oper das ideale Set.

»Menschenskind, mein Vater würde ausflippen«, stöhnte Colin. Ich hielt den Mund, achtete auf meine Füße. Wie leicht konnten wir ein Loch übersehen und hundert Meter in grauenhaft finstere Tiefen stürzen! Plötzlich blieb Colin so unerwartet stehen, dass ich gegen seinen Rücken prallte.

»Da, was ist das?«

Irgendwo in der Dunkelheit war ein Geräusch, aber so leise, dass wir zweifelten, ob wir überhaupt etwas gehört hatten. Wir standen wie erstarrt und lauschten. Einige Atemzüge lang war alles still. Dann hörten wir es beide: Irgendwo plätscherte Wasser. Im selben Augenblick sprühte die Taschenlampe nach oben wie ein Zauberstab, warf helle Flecken auf die Wand. Genau über unseren Köpfen war ein Zeichen geritzt, eine Art Spirale. Colin zog zischend die Luft ein.

»Das Zeichen für Wasser.«

»Hab ich doch gesagt! Mamie Lucie erzählt keine Lügenmärchen.«

»Ich habe gedacht, das kann nicht sein.«

»Doch. Das Wasser fließt unter der Erde.«

»Ja, aber woher kommt es?«

Ich versuchte nachzudenken. Aufgewühlt, wie ich war, brachte ich kaum eine vernünftige Erklärung zustande.

»Kann sein, aus der *Ardèche*. Irgendwann hat der Fluss die Höhle überschwemmt.«

Bis auf einer Höhe von drei oder vier Metern war der Felsen nahezu ausgehöhlt; der Fluss, der einst durch die Grotte brauste, musste gewaltig gewesen sein.

»Und dann hat sich das Wasser zurückgezogen.«

»Aber nicht von heute auf morgen.«

Tatsächlich musste der Vorgang Millionen von Jahre gedauert haben.

»Wir sollten aber …«, begann Colin.

Weiter kam er nicht. Aus der Tiefe drang lautes, regelmäßiges Plätschern. Es dauerte ein paar Sekunden – dann wieder Stille. Im Licht der Taschenlampe starrten wir uns fassungslos an. Es hörte sich wahrhaftig so an, als ob jemand durchs Wasser watete.

»Also doch Touristen?«, flüsterte Colin.

Ich schüttelte den Kopf.

»Unmöglich! Es sei denn, die Höhle hat zwei Eingänge.«

»Ich will sehen, was da unten ist«, sagte Colin.

»Ich auch.«

Vorsichtig wanderten wir weiter. Wir gingen gebückt, denn stellenweise hing die Decke bloß einige Zentimeter über unsere Köpfe. Streckten wir beide Arme zur Seite aus, stießen wir mit den Handflächen an den Stein, so eng war der Stollen jetzt. Auf einmal machte Colin ein warnendes Zeichen. Ich trat aufmerksam näher und erblickte ein Loch, das – wie es schien – waagerecht in die Tiefe fiel.

»Dahinter ist noch eine Höhle. Eine größere.«

Wir sahen einander an und zögerten.

»Wollen wir weiter?«

»Durch das Loch? Ist das nicht gefährlich?«

»Halt mal die Taschenlampe«, sagte Colin.

Er kauerte sich neben der Öffnung nieder, tastete die Ränder des Abgrundes von einer Seite zur anderen ab. Das Loch war ziemlich regelmäßig und hatte einen Durchmesser von etwa einem Meter; im Licht der Taschenlampe konnte man sehen, dass es zunehmend breiter wurde. Die Wände waren fast vollkommen glatt. Abgerundete Felsen ragten stellenweise heraus und glänzten matt im Halbdunkel.

»Es geht ganz leicht«, meinte Colin.

Er legte beide Hände flach auf den Boden, schob die Beine nach unten. Dann stützte er sich hinten mit den Händen ab, drückte das Kreuz durch und ließ sich in das Loch gleiten. Ein paar Sekunden später stand er wieder auf den Füßen und blickte mir von der anderen Seite entgegen.

»Komm!«

Ich reichte ihm die Taschenlampe, damit ich wiederum beide Hände frei hatte, und zwängte mich ebenso mühelos wie er durch die Öffnung. Colin zeigte mir einen Stein, auf dem ich bequem stehen konnte. Ich sah nach unten und schnappte hörbar nach Luft.

»Das ist aber tief…«

»Nicht so schlimm.«

Wieder ging Colin als Erster und leuchtete. Vorsichtig turnten wir hinab. Plötzlich wurde mir die Größe dieser Kammer bewusst; sie war hohl und steil wie ein Brunnen. Was mir merkwürdig vorkam, war, dass die Höhle nicht in völliger Dunkelheit lag. Von irgendwoher flutete Licht als schwacher, flimmernder Nebel herab. Inzwischen klang das Plätschern ziemlich laut. Es hörte sich an, als klatschten Steine ins Wasser, aber zu sehen war noch nichts. Ich fühlte, dass ich innerlich zitterte, und grub die Zähne in meine Unterlippe. Wir kletterten gemeinsam einige Meter abwärts. Tastend umgingen wir ein Steingebilde; da endlich gab uns der Schacht die Sicht frei. Was wir sahen, raubte uns den Atem. Unter der Felskuppe, auf der wir standen, fiel der Boden fast senkrecht ab. Und vor unseren Füßen, von Schieferwänden eingeschlossen, lagen drei kleine Seen, einer höher als der andere. Die Wasserspiegel schimmerten glatt und dunkel. Keine schwappenden Wellen, kein niederstürzender Sprühregen. Wie von unsichtbaren Deichen zurückgehalten, trat nicht einer der Seen über sein randvolles Becken. Unter der unbeweglichen Fläche musste das Wasser beständig und ruhig durch unterirdische Kanäle sickern und wieder abfließen.

Wir waren wie verzaubert – weder erschrocken noch erstaunt. Wahrhaftig, wir waren in das Reich der Geister gedrungen! Würden sie uns willkommen heißen oder strafen?

Noch während ich darüber nachdachte, brach wieder das geheimnisvolle Plätschern die Stille. Etwas regte sich im Schatten. Und auf einmal sah ich im kleinsten, höher gelegenen Becken ein Pferd stehen. Das Wasser warf sein Spiegelbild zurück; es war, als ob zwei identische Tiere – in der Luft und im Wasser – im Helldunkel leuchteten.

Mein Atem stockte. Das konnte nicht wahr sein! Das konnte es ganz einfach nicht geben. Es musste ein Traum, eine Einbildung sein! Ich schloss die Augen vor Angst, das Bild könnte sich von einer Sekunde zur anderen in nichts auflösen. Blinzelnd öffnete ich sie wieder. Nein, es war Wirklichkeit!

Es war ein junger Fuchs, feingliedrig und ziemlich mager. Sein Fell hatte ein ganz helles Rot, das im Helldunkel fast grünlich schimmerte. Seine lockige Mähne war mit Tropfen besprüht. Ein paar Atemzüge stand das Tier unbeweglich da, den Hals argwöhnisch erhoben. Endlich bewegte es sich; kleine Blitze zuckten im Wasser, teilten sein Spiegelbild. Das Tier senkte den Kopf und drehte sich leicht, als ob es einfach eine bequemere Stellung suchte. Da bemerkte ich an seiner rechten Hinterhand eine lange und breite Wunde, ein Gemisch aus rotem Fleisch und grässlich zerfetztem Fell. Die Verletzung musste ihm furchtbare Schmerzen bereiten.

Ein paar Atemzüge standen wir da, unfähig, uns zu rühren. Auf einmal hob Colin im Bemühen, besser zu sehen, die Taschenlampe. Der Lichtstrahl zuckte auf. Im selben Augenblick ließ der Fuchs ein heiseres Schnauben hören. Sein Rücken spannte sich. Er machte eine Wendung und stob durchs Wasser, den schwarzen Spiegel in glitzernde Scherben zersprühend. Ein ungelenkiger Sprung brachte ihn auf den Rand des Beckens; humpelnd entfernte er sich in der Dunkelheit.

Sekundenlang warfen die Felswände das hämmernde Echo der Hufe zurück. Dann kehrte Stille ein; die Wasserfläche schwappte träge glitzernd, bevor sie wieder zur Ruhe kam.

Ich merkte, dass ich die Nägel in die Handflächen bohrte, und spreizte die Finger.

»Das Geräusch ... klar doch, das war das Pferd!«

Die Taschenlampe in Colins Hand zitterte, als er fragend hervorstieß: »Wie ... wie kommt bloß das Tier in die Höhle?«

»Ein zweiter Eingang«, sagte ich. »Und groß genug, um ein Pferd durchzulassen.«

»Kennst du das Tier?«

Ich schüttelte den Kopf.

»Nie gesehen.«

»Irgendwas ist nicht in Ordnung mit ihm. Es ist kein Wildpferd, aber es sieht völlig verwildert aus. Und die Wunde! Vielleicht Stacheldraht? Ziemlich schrecklich, finde ich.«

»Es gibt Leute, die mit Tieren nicht umgehen können.«

»Aber was hat das Pferd in der Höhle zu suchen?«

Allmählich kehrte mein Verstand zurück.

»Meine Großmutter sagt, das Wasser heilt Krankheiten.«

»Das kann ja stimmen. Aber woher soll das Pferd das wissen?«

Ich gab ihm die einzige Erklärung, die mir einfiel. »Vielleicht hat es gemerkt, dass es ihm gut tut?«

Vor Aufregung brach mir der Schweiß aus. Hätte das Tier nicht so einen verwahrlosten Eindruck gemacht, wäre es das schönste Pferd gewesen, das ich jemals gesehen hatte. Was für ein herrliches Gefühl musste es sein, das Vertrauen eines solchen Pferdes zu gewinnen! Aber ein Tier, das misshandelt wurde, vergisst nicht. Und um Freundschaft zu schließen, muss ein Pferd dem Menschen auf halbem Weg entgegenkommen. Was nun? Ich wollte auf jeden Fall wissen, wohin das Tier geflohen war. »Der andere Eingang, wo kann der sein?«

Ich sprach atemlos und flüsternd. Colin trat vorsichtig einen Schritt nach vorn und leuchtete über den Hang. Einige aufgetürmte Felsblöcke bildeten eine Art Leiter. Diesen Weg abwärts konnten wir schon nehmen, vorausgesetzt, dass wir einen sicheren Fuß hatten. Colin suchte die richtige Stelle, schwang sich mit einem Klimmzug abwärts. Er fand einen Stein, auf dem er stehen konnte, und winkte mir mit der Taschenlampe zu.

»Komm!«

Auf beide Handflächen gestützt, ließ ich mich behutsam hinunter. Dann rutschte ich noch ein Stückchen weiter, bis ich neben ihm stand. Absatz um Absatz kletterten wir tiefer. Es war nicht besonders schwierig. Bald hatten wir ebenen Boden unter den Füßen. Im Helldunkel leuchteten die Seen wie dunkle Spiegel. Wir traten ganz nahe an den Rand heran. Das Wasser war nicht sehr tief, uns hätte es knapp bis an die Hüfte gereicht. Der felsige Boden war deutlich sichtbar. Ein seltsamer Duft stieg aus dem Wasser, so frisch, leicht und würzig, als ob alle Gerüche der Gräser, der Blumen und der Bäume sich in ihm vereinten. Staunend beugten wir uns über das Becken.

»Da wachsen ja überall Pflanzen!«, rief Colin.

Ich tauchte einen Finger ins Wasser und zog ihn sofort zurück.

»Eiskalt! Hier scheint ja nie die Sonne.«

»Irgendwo muss es Licht geben.«

Colin schwenkte die Taschenlampe. Der Strahl erleuchtete den Saal mit einem Schlag von unten. Vor Staunen blieb uns die Luft weg. Über einer gewaltigen Steinplatte, die flach war wie ein Altar, waren die Wände mit Gravuren bedeckt. Sie zeigten nichts als Pferde: springende, galoppierende, sich aufbäumende Pferde! Die größte Figur nahm fast ein Viertel der Felswand ein. Hoch aufgerichtet wie ein Wächter, schien das Tier auf die Seen herabzublicken. Die Gegensätze von Licht und Schatten hoben die Figuren noch deutlicher hervor. Aber da war noch mehr: Auf dem Altar lagen einige Gegenstände, die wir erst klarer erkannten, als Colin das Licht auf sie richtete. Der Anblick machte uns betroffen: Ja wahrhaftig, es waren Pferdeschädel! Doch nichts Unheimliches haftete an ihnen. Mit ihren entblößten Zähnen, den hohlen, leeren Augenwölbungen wirkten sie wie afrikanische Masken, golddurchströmt und edel.

Wir hörten nur unsere Atemzüge, bis Colin sagte: »Ich glaube, die haben hier Pferde geopfert.«

Ich schluckte.

»Sieht danach aus.«

»Ganz schön brutal«, meinte er.

»Noch früher gab es Menschenopfer. Auf der ganzen Welt war das so.«

»Warum wohl?«

Ich überlegte. »Die Menschen hatten Angst vor Dingen, die sie nicht kannten. Sie opferten etwas besonders Schönes und dachten: Jetzt kann uns nichts mehr passieren.«

»Waren die vertrauensselig …«

»Das sind sie heute doch auch noch.«

»Eigentlich merkwürdig, oder?«, meinte Colin. »Solche Dinge sollten sie doch etwas cooler sehen!«

»Manche bringen das eben nicht fertig.«

Wir schwiegen. Als ich den Blick hob, bemerkte ich, dass Colins Augen auf mich gerichtet waren. Sein Lächeln, offen und arglos, schuf zwischen uns eine ganz eigenartige, vertraute Übereinstimmung. Wer bist du?, dachte ich verwirrt. Wie hätte ich ahnen können, dass es einen Jungen gab, der so empfand wie ich? Ich hatte das Gefühl, als ob ich ihn schon lange kennen würde. Oder bildete ich mir das nur ein? Scheu lächelte ich zurück, wandte dann rasch das Gesicht ab.

»Wir sollten lieber gehen.«

Vorsichtig setzten wir uns in Bewegung. Bis auf eine Höhe von acht oder zehn Metern war der Felsen nahezu ausgehöhlt. Der Gang schien geradeaus zu führen und allmählich wurde es heller. Als der Stollen eine Kurve machte, heftete sich plötzlich ein heller Schimmer an Colins Haar. Wir hatten den zweiten Eingang gefunden! Tastend gingen wir weiter, schneller jetzt. Plötzlich fühlten wir, wie uns die Sonne den Kopf, die Schultern wärmte. Unsere Lungen sogen frische Luft ein. Eine große Öffnung kam in Sicht, von Sträuchern und dornigen Ranken verdeckt. Ein Wasserfall toste, jetzt plötzlich ganz nahe. Noch ein paar Schritte und wir waren draußen!

»Wo sind wir hier?«, schrie Colin.

Die Sonne schien uns waagerecht in die Augen. Vorsichtig trat ich aus dem Schatten. Unter einem Felsvorsprung schillerte glasig grün ein Wildbach. Ich brauchte ein paar Augenblicke, bis ich mich orientieren konnte. Wir befanden uns auf der anderen

Seite der Felswand. Ein Nebenarm der *Ardèche* hatte hier eine Schlucht gegraben; das reißende Wasser war für Kanu- und Kajaktouren nicht tief genug.

»Die Stelle ist gefährlich«, schrie ich zurück. »Kommt ein Gewitter, steigt das Wasser.«

»Sofort?«

»In Minutenschnelle. Das Verkehrsamt warnt die Touristen. Aber es gibt ständig Unfälle.«

»Beschissen.«

»Tja. Die Leute sind leichtsinnig.«

Colin wischte sich den Schweiß vom Gesicht.

»Und das Pferd? Das sah doch irgendwie komisch aus, in der Höhle, nicht ganz wirklich, meine ich.«

Eine Feder schien mir über den Nacken zu streifen. Colin sprach genau das aus, was ich auch fühlte. Er hatte wie ein Traum vor uns gestanden, der rotgold schimmernde Hengst. Ich hatte sofort die scharfen Hufe bemerkt, die gefährlich zuckenden Muskeln, und gleich danach die Angst, die aus dem gebogenen Hals, den weit aufgerissenen Augen sprach. Es sah aus wie ein Tier, dass selbst im Schlaf noch wachsam war, gespannt, und sein Mut war noch stärker als seine Furcht.

»Möchte mal wissen«, sagte Colin, »wie es den Eingang gefunden hat. Durch den Bach?«

»Wahrscheinlich. Das Wasser ist nicht tief. Da kann man gut rüber.«

»Und auf der anderen Seite?«

»Da ist ein Weg, siehst du? Unter der Felswand, da geht's am leichtesten.«

Ich streckte den Arm aus, doch Colin sah nicht hin. Er starrte an mir vorbei, mit einem merkwürdigen Ausdruck im Gesicht, die Augen aufs Gebüsch gerichtet. Ich folgte seinem Blick. Nur einige Schritte von uns entfernt ragte reglos ein orangeroter Pferdekopf aus den Sträuchern. Er war so unbeweglich, dass er fast unheimlich wirkte, als ob der Kopf vom Körper getrennt im Gebüsch hing. Die ganze Zeit über, während wir sprachen, hatte sich das Tier verborgen gehalten und mit keiner Bewegung seine Anwesenheit verraten. Meine Halsmuskeln wurden steif, trotz der Hitze hatte ich plötzlich kalte Füße. Der wilde, leuchtende Kopf schien aus einer anderen Welt auf uns herabzublicken. Das Pferd rührte sich nicht im Geringsten. Ich spürte, wie angstvoll es war, trotz seiner gespannten Feindseligkeit.

Colin riss sich als Erster aus seiner Erstarrung.

»Vielleicht … wenn wir mit ihm reden …«

Ich drückte heftig seinen Arm.

»Bloß nicht! Das kann gefährlich sein. Bei manchen Pferden muss man aufpassen. Ich habe da Erfahrung. Komm, weg von hier! Wir tun einfach so, als hätten wir es nicht gesehen.«

Das Pferd hatte die Ohren zurückgelegt und

schien aufmerksam zuzuhören. Behutsam wichen wir ein paar Schritte zurück. Ich ging voraus und Colin folgte mir, etwas verwirrt. Der unbewegliche Kopf war immer noch da, die großen Augen sahen uns nach, so angstvoll und drohend, dass es mir kalt über den Rücken lief. Nach ein paar Minuten fanden wir einen Abstieg, über den wir den Bach erreichen konnten. Er war ziemlich steil und nach mühsamer Kletterei hatten wir es endlich geschafft. Unsere Beine zitterten und der Mund war so trocken, dass uns die Zunge am Gaumen klebte. Wir beugten uns über den Bach, tauchten die Hände in das eiskalte Wasser.

»Trink nicht zu schnell«, warnte ich Colin. »Langsam, Schluck für Schluck.«

Er tat, was ich sagte. Die Sonne war aus dem Tal verschwunden, die blauen Abendschatten wurden länger. Aus den Sträuchern und Bäumen erhob sich das leichte Rauschen, das die Nacht ankündigte. Schon kehrten die Vögel in ihre Nester zurück. Die Dunkelheit kam und sie kam schnell. Der Weg über den Bach verlangte Vorsicht. Eine Weile leuchtete die Taschenlampe, dann war auch die letzte Batterie verbraucht. Vorsichtig hielten wir uns im Gleichgewicht, tasteten mit den Füßen jeden Stein ab, bis wir das andere Ufer erreichten. Colin sah die Leuchtziffer seiner Uhr und seufzte.

»Meine Eltern denken garantiert, dass ich irgendwo mit Knochenbrüchen liege.«

»Jetzt nur noch durch den Wald«, sagte ich. »Wir sind gleich da.«

»Was für ein Tag«, stöhnte Colin. »Ich habe Blasen an den Füßen.«

»Und ich ein blaues Knie.«

Colin sprach weiter, als ob er sich in der Dunkelheit Mut machen wollte.

»Hier gibt es tausend Höhlen und ausgerechnet wir finden eine, die noch keiner entdeckt hat. Wenn ich das nachher meinen Eltern erzähle …«

Ich blieb ruckartig stehen.

»Nein, warte! Noch nicht.«

Er starrte mich in der Finsternis an.

»Was soll ich denn sagen? Die wollen doch wissen, wo ich war! Und mein Vater, der ist ganz wild auf solche Geschichten.«

Ich schüttelte den Kopf. Ich wusste auf einmal, was ich zu tun hatte.

»Von der Höhle kannst du schon erzählen. Aber nicht von dem Pferd. Noch nicht, bitte! Ich … ich will nicht, dass es noch mehr Angst hat. Vielleicht … vielleicht kann ich dem Tier helfen. Aber das geht nicht, wenn wir zu zweit sind. Halt dich da raus, Colin, tu mir den Gefallen! Nur ein paar Tage lang. Es ist wirklich ganz wichtig.«

Er wirkte ein wenig gekränkt, aber immerhin, er lachte.

»Na schön, wenn dir so viel daran liegt…«

»Versprochen?«

»Versprochen! Ich sag kein Sterbenswörtchen von dem Pferd, solange du mir nicht grünes Licht gibst. Und von der Höhle, da erzähle ich einfach irgendwas. Okay?«

Ich nickte, ungeheuerlich erleichtert. Ja, er verstand mich! Es hätte auch anders sein können. Aber nein, er war so feinfühlig in diesen Dingen. Eine Art Schwäche überfiel mich. Wie ein unsichtbares Feuer, das mit sanftem Streicheln mein Gesicht erfasste. Es war ein aufwühlendes Gefühl, wie Fieber. Colins Augen glitten zu mir herüber, doch nur für eine Sekunde. Er ließ ein kleines Lachen hören; es klang verstört, als ob er nicht wusste, was er von sich selbst halten sollte. Stattdessen sagte er:

»Du bist wirklich seltsam.«

Ich fuhr zusammen, sofort wieder ganz Abwehr.

»Wie meinst du das?«

Meine Stimme klang schroff, doch er zog bloß die Schultern hoch.

»Keine Ahnung. Du bist anders als andere. Aber ich muss schon sagen, du hast Mut.«

Ich holte gepresst Luft.

»Das ist überhaupt nicht wahr«, sagte ich matt.

»Doch.«

Ich schüttelte den Kopf. Es beunruhigte mich, dass er das so empfand. Ich hatte ein schlechtes Gewissen. Eigentlich wusste ich nicht genau, warum. Wahrscheinlich hing es mit allen anderen zusammen. Schon als Kleinkind hatte man mir beigebracht, dass es besser war, manche Dinge für mich zu behalten. Aber mit Colin war alles anders. Ich wollte nicht, dass er böse auf mich war. Allein die Tatsache, dass ich mit jemandem reden konnte, war neu für mich. Ein großer Schritt vorwärts, sozusagen. Irgendwie wurde mir dabei leichter ums Herz. Aber echtes Vertrauen ist etwas, was ich erst lernen musste. Und das ging nicht von heute auf morgen, wenn man seit Jahrhunderten Angst hatte.

12

Atemlos stieß ich das Tor auf, lief durch den Vorgarten. Das Küchenfenster war erleuchtet. Ein Nachtfalter schlug an die Scheiben. Ich blieb vor der Tür stehen, klopfte auf besondere Art mit den Fingerknöcheln. Mamie Lucie zog abends immer den Riegel vor. Drinnen schlurften träge Schritte. Die Tür ging quietschend auf. Ich schlüpfte durch den Spalt, zog gleich wieder den Riegel hinter mir zu.

»Du kommst spät«, sagte Mamie Lucie im strengen Tonfall.

Ich versuchte, wieder zu Atem zu kommen.

»Es tut mir leid.«

Mamie Lucie ging zum Ofen; sie drehte mir ihren mageren Rücken zu, rührte in einem Topf. Dann füllte sie einen Teller mit Gemüsesuppe und stellte ihn auf den Tisch.

»Iss, solange die Suppe noch warm ist.«

Ich setzte mich; ich hatte das Gefühl, dass mein Herz in meinen Wangen klopfte. Jetzt erst merkte ich, wie ausgehungert ich war. Wortlos leerte ich meinen Teller; die Suppe, mit Kastanien und Speck vermischt, schmeckte gut. Mamie Lucie setzte mir noch ein paar Schnitten Brot vor, füllte einen Wasserkrug und brachte ein Glas. Ich trank nicht: Ich soff. Mamie Lucie ließ sich schwerfällig auf einen Stuhl fallen, sah zu, wie ich wieder zu Kräften kam, und sprach erst, als ich den Löffel mit leisem Klirren in den leeren Teller legte.

»Nun?«

»Ich war in der Höhle«, sagte ich.

»Alleine?«

Ich schüttelte den Kopf. Sie ließ mich nicht aus den Augen.

»Irgendjemand, den ich kenne?

»Colin. Er hatte eine Taschenlampe.«

Sie nickte vor sich hin.

»Ja, dieser Junge ...«

»Anders ging es nicht«, rief ich lebhaft. »Sag mir, dass du mir nicht böse bist, Mamie Lucie.«

»Ich bin dir nicht böse.«

Ihre Mundwinkel zuckten, als ob sie lächelte.

»Und, was habt ihr gefunden?«

Ich wollte es ihr sachlich erklären. Alles schön der Reihe nach; doch sie sah mich an mit ihren schwarzen, lichterfüllten Augen und alles, was ich mir zurechtgelegt hatte, flog mir aus den Kopf. Ich wusste sofort, dass ich nicht vernünftig reden konnte. So sprach ich von allem fast gleichzeitig; von dem geheimnisvollen Zeichen, den drei Seen, dem Altar mit den blanken Pferdeschädeln. Und schließlich von dem roten Hengst im Wasser.

»Er ist wunderschön, Mamie Lucie! Wenn du nur wüsstest! Und so voller Zorn und Angst! Er hat eine schreckliche Wunde an der Hinterhand, rechts. Das Fleisch ist aufgerissen.«

Mamie Lucies Gesicht war ausdruckslos, aber die Stellung ihres Kopfes wirkte merkwürdig wach.

»Das Wasser hat eine große Heilkraft«, sagte sie langsam.

Ich beugte mich über den Tisch.

»Aber wie kann ein Pferd das wissen?«

»Vor langer Zeit«, sagte Mamie Lucie, »waren die Tiere unsere Lehrer. Wir lernten von ihnen, welche Pflanzen essbar und welche giftig waren. Die Tiere wussten, wo man Wasser fand. Sie zeigten den Menschen, wie sich das Wetter veränderte, wenn Sturm drohte oder Dürre ausbrach. Die Tiere wussten diese Dinge. Und sie teilten ihre Erfahrungen mit den Menschen.«

»Jetzt nicht mehr?«, fragte ich.

Auch wenn sie mit mir sprach, kam es mir vor, als blicke sie auf etwas, das nicht da war, etwas, das ihre tiefe Aufmerksamkeit erregte.

»Seit zweitausend Jahren nicht mehr«, sagte sie. »Aber manche Menschen erinnern sich heute wieder, dass die Tiere nicht unsere Sklaven, sondern unsere Freunde und Gefährten sind.«

Ich fühlte meine Wangen heiß werden.

»Und der Hengst?«

Ihr Blick wanderte über mich hinweg; sie hörte nicht, was ich sagte, sie lauschte in eine große Stille hinein, die in ihr war. Oder bildete ich mir das nur ein?

»Die Pferde haben es nicht vergessen«, sagte sie. »Das weißt du von Pardaillan.«

Worte können manchmal kompliziert sein. Aber ich glaubte zu wissen, was sie meinte.

»Ich möchte, dass er mein Freund wird«, sagte ich.

Mamie Lucie saß ganz ruhig, die Hände im Schoß verschränkt. So saß sie immer, wenn sie Besucher empfing. Sie hatte faszinierende Hände, die mehr Geschichten zu erzählen schienen als ihr Mund.

»Vielleicht gelingt es dir«, erwiderte sie.

Ein Gefühl von froher Leichtigkeit durchdrang mich.

»Glaubst du das wirklich?«

Sie nickte sinnend vor sich hin.

»Dieses Pferd ist ein Wesen, das Schutz braucht. Es muss sich sicher bei dir fühlen.«

»Bei Pardaillan fühlte ich mich sicher«, warf ich ein.

»Ja, das ist der Unterschied«, meinte sie. »Jetzt musst du die Führende sein.«

In dieser Nacht hatte ich einen merkwürdigen Traum. Ich ritt den roten Hengst am Meeresufer; seine Wunde war geheilt und sein Schritt wunderbar weich. Ich fühlte, wie das Pferd mir vertraute und jede meiner Bewegungen vorausahnte. Das glitzernde Meer war ruhig und blau, aber unvermittelt kamen Wogen auf, riesige Wellentürme, hoch wie Berge. Es wurde plötzlich dunkel. Von Panik ergriffen, wendete ich das Pferd, jagte landeinwärts in wilder Flucht. Aber die grausigen Wellen verfolgten uns. Schon hatten sie den Strand überspült. Es gab kein Entkommen! Die Wassermassen holten uns ein, schlugen über uns zusammen. Ich hatte mit fürchterlicher Klarheit das Gefühl, dass die Welt unterging. Da bemerkte ich, dass die Wellen in Wirklichkeit Nebel waren. Wir ritten unversehrt weiter; vor uns schimmerte klares helles Licht. Plötzlich erblickte ich in der Ferne einen Schatten; er verwandelte sich in eine Gestalt, die Gestalt einer Frau. Das Licht warf auf ihr Haar einen kupfernen Schein. Sie breitete die Arme aus und rief meinen Namen »Leonie«. Ich sah sie an und all meine Sinne, mein ganzer Körper, sehnte sich nach ihrer Umarmung. Doch ich hatte das Gefühl, dass ich nicht vom Fleck kam, und trieb das Pferd zu voller Geschwindigkeit an. Vergeblich! Die Gestalt verschwand im Nebel, der Traum verblasste. Ich schrie verzweifelt auf – und wachte auf. Das Morgenlicht schien mir ins Gesicht und ich hörte die Hähne krähen.

Der Traum war zerronnen. Warum hinterließ er mir nicht den Kummer eines Verlustes? Ja, es war ein guter Traum gewesen. Vielleicht war es meine Mutter, die ihn mir geschickt hatte? Sprach sie zu mir, von Geist zu Geist? Wollte sie mir sagen, dass ich die Hoffnung nicht aufgeben sollte? Dass sie irgendwo auf mich wartete, vollkommen lebendig und bewusst? Dass es nur an mir lag, die Entfernung zwischen uns zu überwinden? Die Vorstellung raubte mir den Atem. Es war ganz ungeheuer wichtig, dass ich es schaffte. Aber wer half mir, wenn selbst Mamie Lucie nicht weiterwusste? Ein Bild flimmerte vor meinen inneren Augen, nahm die Gestalt eines Pferdes an. Das Bild festigte sich in mir, während die Sonne stieg, golden und warm. Ich warf die Decke zurück, richtete mich auf und öffnete tastend das Fenster. Tief atmete ich die würzige Morgenluft ein. Ja, ich glaubte zu wissen, was ich tun musste.

Ich zog mich an und trank eine große Schale Milchkaffee, aß eine Brotschnitte. Zwei weitere Schnitten bestrich ich mit Kastanienmarmelade, wickelte sie in

Papier. Ich nahm auch eine Schachtel Streichhölzer, ein Taschenmesser und stopfte alles in den kleinen Rucksack, den ich über meine Schulter hing. Aus dem Schlafzimmer meiner Großmutter drang kein Laut. Bevor ich mich auf den Weg machte, klopfte ich an ihre Tür. Ich dachte, vielleicht schläft sie noch. Doch ich hörte ihre raue Stimme.

»Ja?«

Ich öffnete die Tür einen Spaltbreit. Sie lag auf ihrem Bett, steif wie eine Tote, ihr strenges, stolzes Gesicht mir zugewandt. Das Haar, das sie nachts löste, umrahmte sie wie ein dunkler Schleier, fein wie gesponnene Seide.

»Mamie Lucie, ich… ich muss weg. Das Pferd wartet auf mich.«

Sie lag ganz still. Ihre Pupillen waren das Einzige, das sich bewegte.

»Bist du ganz sicher?«

Ich nickte wortlos und heftig. Die Sonne blendete und eine Fliege summte an der Scheibe.

»Dann musst du ihm einen Namen geben«, sagte sie, bevor sie sich langsam auf die andere Seite drehte.

Frühmorgens war der Himmel klar und der Duft wohlriechender Sträucher erfüllte die Luft. In der weiten und einsamen Landschaft leuchteten die Ginsterbüsche. Ich wanderte höher über Pfade, die uneben, steinig und voller Löcher waren. Es waren die sogenannten »Drailles«, die uralten Wege, auf denen die Schafherden aus der Ebene im Frühsommer auf die Weiden des Hochlandes getrieben wurden. Hier und da ragten zerfallene Reste von alten Burgen oder Festungsmauern. Gestern Abend hatte die Dunkelheit sie verhüllt, doch im Morgenlicht warfen die Ruinen schwarze Schatten. Bald hörte ich das Rauschen der *Ardèche*. Das grüne Wasser schoss gegen die Felsen, Gischtschauer sprühten empor. Ich ließ den Fluss hinter mir, folgte dem Rinnsal im Schatten der Schlucht. Es dauerte nicht lange, da fand ich die Stelle, die zum anderen, höher gelegenen Ufer führte. Schritt für Schritt watete ich durch den Bach, kletterte den Hang empor. Plötzlich bemerkte ich einen handtellergroßen, merkwürdig abgeflachten Stein. Seine violette Farbe war ganz ungewöhnlich. Ich hob ihn auf; er zeigte ganz deutlich den Abdruck einer Muschel. Vor Jahrmillionen hatte hier das Meer die Berge überspült. Solche Versteinerungen, die man ab und zu fand, trugen die Kraft alter Zeitepochen in sich und waren als »Schutzsteine« sehr begehrt. Freudig schob ich meinen Fund in die Jeanstasche, und als ich den Kopf hob, sah ich das Pferd. Es stand ganz ruhig hinter den Ginsterbüschen und blickte mich an.

Mein Herz begann, heftig zu schlagen. Was nun?

Die erste Begegnung zwischen Mensch und Tier ist ein empfindlicher Vorgang. Ich durfte den Hengst um keinen Preis erschrecken. Langsam ließ ich mich nieder, setzte mich auf den Boden. Wollte ich sein Vertrauen gewinnen, brauchte ich Zeit. Tiere spüren, wenn ein Mensch eine Beziehung zu ihnen sucht. Zufriedenheit, Langeweile, Freude oder Angst kann man bei ihnen ebenso gut erkennen wie bei Menschen auch. Was war mit dem Pferd? Wurde es misshandelt? Und die Verletzung? Selbst verursacht oder nicht? Lauter Fragen ohne Antwort! Mir fiel auf, dass sein Bein gut heilte; die Wunde war noch immer dunkelrot, aber die Schwellung nahm ab. Offenbar hatte das kalte Wasser die Entzündung gelindert.

Ich holte den Schutzstein hervor und hielt ihn fest in der Hand. Die Brandung vieler Jahre hatte den spiralenförmigen Tierkörper zu einer Art Rosenknospe geschliffen. Schutzsteine schenken ihren Trägern Macht und Stärke und die brauchte ich jetzt. Ich versuchte, meine Gefühle auf das Pferd zu konzentrieren. Ich mag dich, rief ich ihm im Geist zu, ich möchte dich kennenlernen! Ich hatte keine Ahnung, was in dem Hengst vor sich ging, doch ich sah ein gutes Zeichen in der Tatsache, dass er weder Schrecken noch Angriffslust zeigte. Nach einer gewissen Zeit begann das Pferd, sich leicht abzuwenden und ruhig zu grasen. Ein Tier kann Gefühle anhand von Körpersignalen entschlüsseln; scheinbar empfand er meine Anwesenheit nicht als bedrohlich. Was ich zu tun hatte, war nicht schwierig: mich still und unauffällig verhalten, mehr nicht. Ich musste versuchen, Teil der Umgebung dieses Pferdes zu werden.

So verging die Zeit; ich rührte mich kaum, achtete nur darauf, was das Pferd tat und warum. Mir fiel auf, dass es seine Umgebung sehr aufmerksam beobachtete, jedes Geräusch wahrnahm und oft aufhörte zu fressen, um sich misstrauisch umzusehen. Es brauchte immer sehr lange, bis es eine Störung nicht mehr beachtete. Manchmal wehten Stimmen undeutlich aus der Ferne herüber: Touristen, die mit dem Kanu den Fluss hinunterfuhren. Sofort ging das Pferd in Alarmbereitschaft. Es tänzelte jedoch nicht, wie angstvolle Pferde das manchmal tun, sondern stand mit zurückgelegten Ohren unbeweglich da. Es dauerte ziemlich lange, bis es sich beruhigte. Dann benahm es sich wieder ganz friedlich: Es scharrte nicht viel, schüttelte wenig den Kopf, scheuerte sich auch nicht an Baumrinden. Das bedeutete, dass es aufmerksam und kampfbereit blieb, immerzu, jeden Augenblick.

Und wie schön es war! Seine lockige Mähne war dicht und lang wie Frauenhaar und sein Fell schimmerte in jenem besonderen Rotorange der aufgehenden Sonne. »Du musst dem Tier einen Namen geben«, hatte Mamie Lucie gesagt. Mir fiel der alte Name »Solal« ein. Solal, der »Sonnige«. Ich sprach leise zu dem Pferd.

»Bestimmt hattest du früher einen anderen Namen. Aber das macht nichts. Von jetzt an heißt du Solal.«

Ich wiederholte mehrmals den Namen, zunächst flüsternd, dann zunehmend lauter. Der Hengst richtete die Ohren auf, blieb jedoch ruhig.

»Der Name gefällt dir, was?«

Ich wollte, dass er auf den Namen hörte. Ich wollte, dass er mir gehörte. Sein Anblick machte mich glücklich und froh. Und gleichzeitig weckte er in mir den Wunsch zu weinen. Irgendetwas an diesem Tier berührte mein Herz.

Mittag war längst überschritten, ich hatte gerade meine Brote verzehrt, als Solal sich plötzlich abwandte und zielstrebig auf die Grotte zuging. Mich beachtete er nicht mehr; offenbar tolerierte er meine Anwesenheit. Ich richtete mich behutsam auf, folgte dem Tier in gebührender Entfernung. Der Höhleneingang war völlig im Gestrüpp verborgen; ich selbst hätte Mühe gehabt, die Stelle wiederzufinden. Furchtlos trat Solal in den dunklen Spalt. Ich indessen zögerte. Ohne Taschenlampe konnte es gefährlich sein. Ich hatte Streichhölzer, aber ich wollte das

Pferd nicht erschrecken. Anderseits fiel die Sonne ziemlich tief in das Loch, sodass der Gang nicht völlig dunkel war. Ein merkwürdiger Gedanke kam mir: Fast sah es so aus, als ob der Hengst ausgerechnet auf den Augenblick gewartet hatte, da die Sonne den Gang beleuchtete. Er ging zielstrebig weiter und wusste genau, wo der Weg enger wurde. Das Gestein funkelte grünlich und rostrot. Tropfsteingebilde hingen von dem Gewölbe herunter. Hier war es so still, dass jedes Geräusch widerhallte; ich hörte deutlich meine Atemzüge und das Klackern der Hufe dröhnte beunruhigend. Was, wenn Solal erschreckte, kehrtmachte und zum Ausgang floh? Er würde mich an die Wand quetschen und womöglich töten. Aber daran wollte ich nicht denken.

Nun hörte ich von weit her das gleichmäßige Plätschern von Wasser, roch den eigentümlichen Duft von frischen Blüten und Gräsern. Es kam eine heikle Stelle, in der es stockdunkel war, doch nach ein paar tastenden Schritten wehte mir kühle Luft entgegen. Der Stollen erweiterte sich; die Höhle war plötzlich von Dämmerlicht erfüllt, das durch Löcher in der Felswand drang. Wie feiner Nebel hingen die Lichtstrahlen über den Seen. Jedes Becken hatte seine eigene Farbe: Smaragdgrün das eine, Nachtblau und Schwarz die anderen. Sterne funkelten auf der dunklen Fläche, als der Hengst in das Becken schritt.

Eine Weile stand er ganz ruhig und trank. Als ich mich langsam näherte, hob es das nasse Maul, an dem Wassertropfen glänzten und schlug mit dem Schweif. Doch aus seiner Haltung sprach kein Argwohn. Es hatte Vertrauen gefasst! Ich lächelte vor mich hin. Ich fühlte mich großartig. Behutsam trat ich an das Becken heran, tauchte meine Hand in das eiskalte Wasser und zog sie sofort wieder hinaus. Solal rührte sich kaum. Ich kam in die Versuchung, mich dem Pferd zu nähern, es zu berühren. Nein, heute nicht! Das Tier duldete mich in seiner Nähe, aber manche Dinge brauchen Zeit. Ich spürte, dass ich jetzt lieber gehen sollte.

»Bis morgen, Solal«, flüsterte ich, bevor ich mich Schritt für Schritt entfernte. Als ich mich ein letztes Mal umwandte, sah ich das Pferd im Wasser stehen, leuchtend wie eine Figur aus Kupfer. Der Anblick war so atemberaubend schön, dass es mir die Kehle zuschnürte. Ich fühlte, dass es ein Band zwischen uns gab, irgendwo in einer Wirklichkeit am Rande der Träume.

Als ich aus der Höhle trat, merkte ich an der Stellung der Sonne, dass ich fast den ganzen Tag mit dem Pferd verbracht hatte. Mühelos kletterte ich den Hang hinunter, sprang über die Steine durch den Bach. Eine halbe Stunde später kam ich an der steinernen Einfassung der Villa vorbei; die Löwen auf ihren Säulen hielten unverändert Wache. Ein paar Atemzüge lang stand ich zögernd vor dem Tor. Ich hatte solche Sehnsucht nach Colin! Warum nicht durch den Garten gehen und dann die Steinstufen hinauf zur Villa? Ganz locker, ganz unbefangen, wie jedes andere Mädchen auch? Vielleicht würde Colin selbst an die Tür kommen und ich konnte mit ihm reden. Aber nein, völlig unmöglich! Colin kam aus einer Welt, die so ganz anders war als die Welt, in der ich lebte. Rasch wandte ich mich ab, lief durch den Kastanienwald unserem Haus entgegen. Bald wurde durch das Grün das alte Schieferdach sichtbar. Von dem schmalen, ungepflasterten Weg aus führte das kleine Tor in den Garten. Mamie Lucie saß wie immer auf ihrem strohgeflochtenen Stuhl neben der Tür. Und ihr zu Füßen, den Rücken an die Hauswand gelehnt, erblickte ich Colin.

13

Da ist sie ja«, hörte ich Mamie Lucie sagen, als ich den Garten betrat. Colin sah mich im selben Augenblick und sprang auf.

»Wo warst du die ganze Zeit?«

»Er hat sich Sorgen gemacht«, sagte Mamie Lucie im beiläufigen Ton.

Ich blinzelte argwöhnisch.

»Warum?«

Colin wurde rot. Wir schwiegen beide. Mamie Lucie stand auf und schlurfte ins Haus. Wir hörten die Bienen summen. Schließlich sagte Colin: »Hast du das Pferd gesehen?«

»Es heißt Solal«, erwiderte ich.

»Woher weißt du das?«

»Weil ich es so genannt habe.«

»Schöner Name«, meinte Colin. »Kennt es dich jetzt?«

Statt zu antworten, fragte ich: »Worüber hast du mit Mamie Lucie gesprochen?«

»Ach, über alles Mögliche.« Colin zeigte sein hübsches, aufrichtiges Lächeln. »Sie hat mir ein bisschen erzählt, warum sie abseits von der Menge und dem täglichen Kleinkram lebt. Sie will ihre Ruhe haben, sagt sie. Da kann sie besser über Dinge nachdenken, die wirklich wichtig sind.«

»Findest du das nicht verrückt?«

Er schüttelte den Kopf.

»Keine Spur! Das hört sich doch irgendwie großartig an.«

»Großartig?«

»Finde ich. Die meisten Leute, die erzählen immer das Gleiche. Die haben ein großes Maul, leben blindlings drauflos. Und jeder will mehr Geld verdienen als der andere. Wer das nicht schafft, macht Zoff. Deine Großmutter, die hat kein Auto, keinen Fernseher, keinen Computer. Die erzählt von Pflanzen und Tieren. Echt cool, finde ich.«

Ich holte gepresst Luft.

»Vielleicht denkst du, sie faselt nur was vor sich hin.«

»Überhaupt nicht.«

»Das denken aber manche Leute.«

»Nein, du kannst mir glauben, es ist mein tiefer Ernst! Deine Großmutter sagt, sie sieht die Leute an und kann sehen, was später aus ihnen wird. Aber sie sagt es den Leuten nicht. ›Warum?‹, wollte ich wissen. ›Stell dir vor‹, hat sie gesagt, ›ich erzähle einem Jungen, dass er mit zwanzig ein Unfall haben wird und im Rollstuhl leben muss.‹ Ich war echt erschrocken. Meinte sie womöglich mich? Sie hat sofort gemerkt, was ich dachte. Nein, ich würde alt werden und viele interessante Dinge erleben. Ich habe gefragt: ›Woher wissen Sie das?‹ Da hat sie gelacht. ›Die Vögel haben es mir gezwitschert!‹ Das ist natürlich nur eine Redensart. Ich denke einfach, dass sie scharf beobachtet. So ähnlich wie Fran, die sofort sagen kann, ob ein Kind starke oder schwache Knochen hat, ob es zu klein oder zu groß ist oder ob es genügend zu essen hat. Das habe ich ihr gesagt und sie meinte, das sei richtig. Deine Mutter hätte das auch gekonnt, genauso. Und sie hätte viele Leute geheilt, bevor sie selbst krank wurde und in eine Klinik musste.«

Ich zuckte heftig zusammen. Ein Schauer lief mir durch den ganzen Körper, bis in die Kniekehlen hinunter.

»Sei still«, sagte ich rau.

Er blickte mich überrascht an.

»Wieso? Was ist los?«

Ich presste die Zähne zusammen.

»Hör auf, ich will nicht davon reden.«

Er machte ein betroffenes Gesicht.

»Aber das hat mir deine Großmutter erzählt! Ehrenwort! Es tut mir leid, wenn …«

In diesem Augenblick stieß Mamie Lucie die Haustür auf.

»Kinder, wollt ihr nicht reinkommen und etwas trinken?«

Ich ging mit raschen, wütenden Schritten an Colin vorbei ins Haus. Auf dem Tisch stand kalte Milch in einem Krug, mit Sanddornmark verrührt und mit Wasser verdünnt. Wir setzten uns und Mamie Lucie füllte zwei Gläser. Ich konnte nicht vermeiden, dass ich zitterte. Sie warf mir einen aufmerksamen Blick zu.

»Nun, Leonie, was beschäftigt dich?«

Ich starrte auf mein Glas, ohne es anzurühren. Sie hob wie beiläufig die Hand, strich mit den Fingerspitzen über meine Schulter. Nur mal so. Es hätte auch Zufall sein können. Ich griff nach dem Glas und trank in großen Schlucken. Sie nickte mir zu.

»Jetzt erzähl mal, wie es mit dem Pferd war.«

Mit dem Pferd? Ich hob mein verschwitztes Gesicht zu ihr empor. Mamie Lucie tat und sagte nichts ohne Absicht. Aber was hatte sie diesmal im Kopf? Was nur?

Ich holte tief Luft und erzählte.

». . . und dann ist er in die Höhle gegangen. Ich bin ihm gefolgt.«

»Ohne Taschenlampe?«, rief Colin ganz erschrocken.

Ich zog die Schultern hoch.

»Ach, viel Gefährliches war nicht dabei. Ein kleiner Abschnitt war stockdunkel, das schon, aber gleich danach kam wieder Licht in die Höhle.«

»Und was war mit dem Pferd?«

»Zuerst hat es getrunken. Und dann hat es sich einfach ins Wasser gestellt und seine Wunde gekühlt.«

»Hattest du keine Angst?«, fragte Colin.

Ich schüttelte den Kopf, steckte die Hand in die Jeanstasche und zog die Versteinerung hervor. Sie war noch warm von meiner Körperwärme. Ich hielt sie Colin hin; er nahm sie in die Hand und betrachtete sie interessiert, wobei er leise durch die Zähne pfiff. Mamie Lucies Gesicht zeigte eine Mischung aus Belustigung, Zuneigung und Rührung.

»Ein Schutzstein! Es war kein Zufall, dass du ihn heute gefunden hast.«

»So einen möchte ich auch«, seufzte Colin mit einer Spur von Neid. »Aber ich habe nicht so viel Glück wie du.«

»Ich habe überhaupt kein Glück«, entgegnete ich, plötzlich herb und verschlossen.

Mamie Lucie lächelte auf ihre verstohlene Art.

»Nun, wer weiß? Das Glück kann nicht von außen kommen. Solal lässt dich in seine Nähe. Warum wohl? Die meisten Tiere werden mit Vertrauen geboren; sie vertrauen allem und jedem, solange sie keine Ursache haben, es nicht zu tun. Solal hat sein Grundvertrauen verloren, das ist eine tragische

Wendung in seinem Leben. Aber ich denke, dass du ihn heilen kannst.«

»Wovon redest du?«, murmelte ich unhöflich.

»Von der Gabe. Von der Gabe, die in dir ist. Sei bitte nicht stur, Leonie. Ist dein Gehirn verrostet?«

Colin verbiss sich ein Lachen. Ich wurde rot und zog die Schultern hoch. Ich wollte einfach nicht begreifen, was sie sagte. Doch Mamie Lucie sprach unbeirrt weiter.

»Es gibt kein Feuer, das nicht brennt, keinen Regen, der nicht nass macht. Natürliche Dinge lügen nicht.«

Colin wird denken, die ist nicht bei Trost, dachte ich bitter. Doch er hörte aufmerksam zu und fragte: »Woher wissen Sie das alles?«

Sie antwortete freundlich: »In unserer Familie vergessen wir die Wahrheiten nicht.«

»Und Leonie?«

Sie warf mir einen kurzen, intensiven Blick zu.

»Leonie wird anders sein. Es ist nicht ihre Schuld. Nun, sie wird Neues erfinden.«

Ich versteifte mich und hob abwehrend die Hand.

»Warum erzählst du ihm das alles?«, rief ich wütend.

Sie sah an mir vorbei und ihr Lächeln galt Colin.

»Warum? Weil er richtig zuhören kann«, erwiderte sie gelassen.

14

Seit mehreren Stunden kauerte ich am Boden und betrachtete den Hengst, der ruhig graste. Ich saß näher bei ihm als gestern und er zeigte keine Scheu. Ich beobachtete ihn genau. Er hatte einen flachen Rücken, starke Muskeln und kräftige Vorderbeine. Der Widerrist war schmal. Er musste ein fantastisches Rennpferd sein! Ich empfand ein seltsames Gefühl für diesen Hengst. Er konnte zwar Pardaillan nicht ersetzen; Pardaillan war für mich ein Beschützer gewesen. Aber dieser Hengst kam mir wie sein jüngerer Bruder vor. Auf besondere Art zeigte er Eigenschaften, die mir vertraut waren: Schüchternheit, Misstrauen und gleichzeitig ein starkes Bedürfnis nach Freundschaft. Unwillkürlich hörte ich mich sagen: »Du und ich, wir sind uns irgendwie gleich.«

Ich hatte kaum die Lippen bewegt, aber Solal hatte ein feines Gehör. Er hob den Hals, blickte wachsam in meine Richtung. Ich hielt den Atem an. So groß und prachtvoll war das Tier und doch so verletzlich, jeden Augenblick zur Flucht oder zum Angriff bereit.

»Hab keine Angst«, flüsterte ich. Mir war, als ob ich zu mir selbst sprach. »Es wird schon alles gut werden.«

Das Pferd stand still, bewegte nur die Ohren. Einer plötzlichen Eingebung folgend, erhob ich mich und trat langsam auf ihn zu. Solal beobachtete mich; jeden Augenblick konnte sich seine mächtige Körperkraft in einem Ausbruch wilder Panik gegen mich wenden.

»Sei ruhig …«, flüsterte ich, »ganz ruhig …«

Solal wich nicht zurück, beobachtete mich abwartend. Wieder ein Schritt, dann der nächste. Und noch einer … Behutsam streckte ich den Arm aus und legte dem Hengst die Hand auf die Schulter, so leicht und ruhig, als ließe sich ein Insekt darauf nieder. Ich sah, wie das goldene Fell in ängstlichem Misstrauen leicht zusammenzuckte.

»Ich tue dir nichts«, sagte ich, während ich über Widerrist und Mähne strich. Meine Finger bewegten sich Zentimeter für Zentimeter. Jede Bewegung war langsam, aber fest. Viele Pferde sind empfindlich am Bauch und an den Flanken, deswegen berührte ich sie nur mit größter Vorsicht. Nach einer Weile drehte Solal langsam den Kopf zu mir, beschnupperte mein Haar. Ich rieb ein wenig seine Ohren, bevor ich die Hand wieder den Hals hinunterwandern ließ. Solal bewegte sich immer noch nicht, doch nach einigen Minuten trat er einen Schritt zurück, als wollte er sagen: »Genug für heute.« Dann wandte er sich ab, ging langsam und entspannt der Grotte entgegen. Diesmal folgte ich ihm nicht. Das Tier hatte meine Annäherung geduldet, aber ich durfte nichts überstürzen. Morgen würden wir weitersehen.

Überglücklich machte ich mich auf den Heimweg. Ich ging in meinen eigenen Spuren, zur Sicherheit, aber auch, weil Tiere immer derselben Fährte folgen. Ich tat es im Bewusstsein, dass ich ihr Leben begreifen konnte, ein Teil ihrer Fähigkeiten besaß, die in mir waren wie Träume. War das die Gabe, von der Mamie Lucie gesprochen hatte? Ich wollte es glauben. Aber ich brauchte Kraft, viel Kraft, um mit ihr umzugehen. Ich durfte mich nicht vor ihr fürchten, im Gegenteil: Ich musste mich nur endlich klar für sie entscheiden. Vielleicht musste ich auch aufhören, mich auf Mamie Lucies Worte zu verlassen und meine eigenen Antworten suchen?

Als ich das Löwentor von dem schmalen Waldpfad aus erblickte, wollte ich schnell vorbeigehen, doch da entdeckte ich Colin mit einem Buch in der Hand, der auf der Mauer saß. Er sah mich im selben Atemzug, sprang auf die Füße und kam mir entgegen.

»Ich habe auf dich gewartet«, sagte er und grinste mich an.

Ich blieb stehen. Mein Herz schlug laut. Das plötzliche Aufleuchten in mir, woher kam es? Doch unwillig antwortete ich: »Hast du nichts Besseres zu tun?«

Er lächelte entwaffnend.

»Nein. Ich habe Ferien. Komm! Meine Eltern wollen dich schon lange kennenlernen.«

Ich zog die Schultern hoch.

»Ach wo.«

»Sei doch nicht so«, sagte er beschwichtigend. »Sie sind schon richtig neugierig.«

Ich wich finster seinem Blick aus.

»Auf mich?«

»Auf wen denn sonst? Los! Stell dich nicht so an!«

Er nahm meine Hand; ich holte tief Luft und folgte ihm widerwillig durch das Löwentor. Mir war, als betrat ich eine andere Welt, ein neues Leben. Ich sagte nichts, während wir über den gewundenen Kiesweg gingen, vorbei an dem silbrigen Blau der Zypressen. Jeder Baum, jeder Zweig warf einen langen Schatten. Noch nie hatte ich jemanden so gerne leiden gemocht wie Colin. Doch tiefer als jede Zuneigung lag in mir eine grundsätzliche Angst, gegen die ich machtlos war. Am liebsten wäre ich davongerannt.

Inzwischen lichteten sich die Bäume; das Haus kam in Sicht. Wie groß es war, mit seinen hohen Fensterflügeln! Die Wände waren aus uralten, dicken Steinen und an der Ostseite befand sich ein Turm. Der schwere Duft schneeweißer Jasminblüten, süß, ölig und geheimnisvoll, mischte sich mit dem frischen Geruch der Zitronenmelisse. Eine weit ausschwingende Steintreppe führte zu einer Terrasse, die in der heißen Sommerzeit als Wohnraum diente. Ein Tisch und ein paar Korbstühle mit bunten Kissen standen dort; aus einem dieser Stühle erhob sich jetzt eine junge Frau. Sie hatte ein freundliches, ruhiges Gesicht, das kastanienbraune Haar war kurz geschnitten. Sie trug ein T-Shirt, weiß, nicht zu weit, nicht zu eng. Dazu Shorts. Sie hatte lange braune Beine und war barfuß.

Wir gingen die Treppe hinauf. Ich grüßte befangen und sie sagte: »Du bist Leonie, nicht wahr? Colin hat schon so viel von dir erzählt, dass ich den Eindruck habe, dich zu kennen. Aber das stimmt natürlich nicht«, fuhr sie schelmisch fort. »Komm, setz dich. Sag ruhig Fran zu mir.«

»Fran«, flüsterte ich rau.

Sie lachte.

»Etwas lauter, bitte.«

Sie wies mir einen Korbstuhl zu; auf dem Tisch standen eine Karaffe und einige Gläser. In diesem Augenblick trat ein Mann aus dem Haus. Er war hochgewachsen, mit einem mächtigen Kopf und grauschwarzen Locken. Seine Kleider wiesen etliche Farbflecken auf.

»Das ist Denis, mein Vater«, sagte Colin.

Denis reichte mir die Hand, die ebenfalls gelb und blau befleckt war.

»Malen und Pinseln, das ist mein Ferienvergnügen«, sagte er heiter und zwinkerte mir zu. »Diese Villa braucht Make-up, wie bei *Romeo und Julia* – wenn Julia über vierzig ist.«

Ich musste lachen. Seine lebendige Art gefiel mir. Inzwischen goss Fran Orangensaft ein, frisch gepresst. Denis schob einen Teller mit Mandelgebäck über den Tisch.

»Ihr habt offenbar eine Höhle gefunden. Und ein Pferd.«

Colin sah mich unschlüssig an. Ich nickte stumm.

»Chaos und Komplexität«, seufzte Denis. »Ihr macht es spannend.«

»Sie bringen mich auf die Palme«, sagte Colin zu mir. »Sie platzen vor Neugierde, aber ich halte den Mund.«

»Ich würde eher sagen, wir sind beunruhigt«, meinte Fran. »Höhlen können tückisch sein.«

Colin grinste.

»Wir haben ein Frühwarnsystem.«

Fran schnitt ein Gesicht.

»Colin, damit spaßt man nicht! Ein Unfall ist schnell passiert. Und was, wenn ihr um Hilfe ruft und euch keiner hört?«

Das klang ziemlich dramatisch. Immerhin, sie hatte nicht Unrecht. Ich sagte beschwichtigend: »Eigentlich ist die Grotte ungefährlich.«

»So, dass teilweise Sicherheit herrscht?«, meinte Denis sarkastisch.

Ich lächelte schwach.

»Wem gehört denn das Pferd?«, fragte er. »Es muss doch jemandem gehören.«

Meine Kehle war trocken. Ich trank einen Schluck Orangensaft.

»Ich denke, es ist ausgerissen.«

»Sie hat es gut beobachtet … sie kennt sich mit Tieren aus«, sagte Colin.

»Nicht gerade beobachtet …«, murmelte ich.

»Na schön.« Colin blinzelte mir zu. »Du hast gefühlt, was das Pferd fühlt, oder?«

Ich nickte stumm.

»Leonie kann das«, setzte Colin treuherzig hinzu.

Denis hob seine buschigen Brauen.

»Ach, kann man das?«

»Es hat eine schlimme Verletzung am Bein«, sagte ich. »Und es hat herausgefunden, dass das Wasser in der Höhle gut für die Wunde ist.«

Fran wurde plötzlich lebhaft.

»Heilendes Wasser. Ja, natürlich! Heilendes Wasser hilft wundes Gewebe wieder aufzubauen.«

Ich schlug nach einer Mücke auf meinen Arm.

»Das sagt auch meine Großmutter.«

»Ihre Großmutter ist Ärztin, aber anders als du«, sagte Colin zu Fran. »Ich meine … sie hat nie Medizin studiert. Aber sie weiß trotzdem Bescheid.«

Fran nickte.

»Mir ist klar, dass solche Kenntnisse die Schulmedizin durchaus bereichern könnten.«

Ich sah sie an und dachte, diese Frau lächelt mit den Augen. Mir gefiel das sehr.

»Meine Urgroßmutter war schon Heilerin«, sagte ich. »Und ihre Vorfahren auch.«

Mir wurde ganz schwindelig, wenn ich an alle die Generationen dachte, die vor mir da waren, und an all die schlimmen Dinge, die sie durchgemacht hatten. Ich wunderte mich, dass ich überhaupt davon reden konnte.

»Dann ist die Erfahrung umso größer«, bemerkte Fran. »Die Leistung der modernen Medizin ist ja unbestritten. Aber ihre Erfolge wecken auch Zweifel und synthetische Medikamente sind nicht immer beliebt.«

»Früher brachte man den Heilern Geschenke und küsste ihnen die Hand«, sagte Denis. »Das hört sich merkwürdig an, ist aber in manchen Teilen der Welt auch heute noch so. Leider erfanden wir den Teufel, als Gegenspieler zu Gott. Die Heiler wurden als Magier und Anbeter der Dämonen verfolgt. Aber

Magier und Dämonen sind nur auf der Bühne unterhaltsam. Und stimmt die Beleuchtung nicht, lachen die Zuschauer.«

Ich schwieg und dachte mir meinen Teil. Fran wollte wissen, ob Mamie Lucie ihre Arzneien selbst herstellte.

»Oh ja,«, rief ich. »Sie verwendet alle möglichen Blätter, Harze oder Rinden. Manchmal macht sie Medizin aus Hufen oder Knochen von Schafen. Mineralische Pulver sind schwieriger herzustellen. Man braucht dazu Metalle: Gold, Silber, Zink, Kupfer, Eisen.«

»Hochinteressant«, meinte Fran. »Metalle – das weiß man heute – sind Präzisionswaffen gegen verschiedene Krankheiten.«

»Mamie Lucie arbeitet auch mit Lehm«, sagte ich. »Aber die Erde muss gesund sein, sonst wirkt der Lehm wie Gift.«

Warum erzähle ich das alles?, dachte ich verwirrt. Aber die Worte kamen mir ganz leicht über die Lippen. Colin sah mich fragend an, doch Fran schien nicht im Geringsten erstaunt.

»Alte Menschen wissen, dass Lehmumschläge Entzündungen aus dem Körper ziehen. Lehm ersetzt Penizillin, das damals ja noch nicht entdeckt war.«

»Manchmal verwendet meine Großmutter nur

Wasser«, erklärte ich. »Oder ihre Hände. Sie spricht mit den Kranken und kümmert sich um das, was sie essen sollen und was nicht. Das Essen muss den Jahreszeiten, dem Ort und der Krankheit angepasst werden.«

»Heutzutage nennen wir das Hydrotherapie, Diät und Massage«, bemerkte Fran. »Willst du die Arbeit deiner Großmutter fortsetzen?«, setzte sie dann ganz unbefangen hinzu.

Ich spürte meine Wangen heiß werden.

»Nein, so nicht. Ich muss es anders machen.«

Fran ließ mich nicht aus den Augen. Ihr Gesicht hatte in der Dämmerung einen samtartigen Glanz.

»Was hast du denn für Pläne für die Zukunft?«

Ich sah Colin an, der ungeduldig mit dem Korbstuhl wippte.

»Hey, nun rede doch! Die beiden sind keine Menschenfresser!«

Ich gab mir einen Ruck. Jetzt oder nie.

»Also, ich will zuerst Tierärztin werden. Und dann beides verbinden.«

»Sie würde das ganz toll machen!», rief Colin dazwischen. »Sie kennt die Tiere besser als andere, das könnt ihr mir glauben!«

Denis nickte feierlich.

»Wir glauben dir durchaus.«

Colin hörte auf zu wippen.

»Ich wollte doch nur sagen ...«

Er sank tiefer in seinen Stuhl und wusste nicht weiter. Wir tauschten einen befangenen Blick. Wieder spürte ich in mir, ruhelos und heiß, die kleinen, pulsierenden Flammen ...

Fran sprach weiter zu mir, im sachlichen Ton: »Dazu musst du aufs Gymnasium. Geht das denn hier?«

Ich seufzte. Ja, das war der wunde Punkt.

»Mamie Lucie kann mir kein Geld fürs Studium geben. Ich brauche ein Stipendium. In zwei Jahren komme ich aus der Schule. Dann gehe ich nach Avignon und jobbe. Ich lese ziemlich viel und will Abitur machen. Das schaffe ich schon. Und dann kann ich auch öfter meine Mutter besuchen.«

Die Worte waren mir einfach entschlüpft. Meine Gedanken sprudelten durcheinander wie Wassertropfen. Warum, warum nur, hatte ich von Coralie gesprochen?

»Ach, lebt deine Mutter nicht hier?« Frans' Stimme klang beiläufig. In meinen Ohren summte es. Hätte ich doch bloß meinen Mund gehalten!

»Sie ist krank«, sagte ich rau.

»Schlimm?«, fragte sie ernst.

Ich nickte wortlos.

»Oh, das tut mir aber leid«, sagte sie mitfühlend. »Hoffentlich geht es ihr bald besser. Liegt sie im Krankenhaus?«

Tränen stiegen mir in die Augen. Ich blinzelte heftig.

»Nein. Sie … sie lebt … in einem Heim.«

Ein Schweigen folgte. Colin saß wie erstarrt. Mir fiel auf, dass es plötzlich dunkel geworden war. Die Nacht war lau und süß und in den Sträuchern zirpten Grillen. Nach einer Weile fragte Fran behutsam: »Ist sie schon lange krank?«

Mein ganzer Körper schmerzte. Ich schloss die Augen.

»Seit vierzehn Jahren.«

»Du bist doch auch vierzehn«, sagte Colin.

Ich hatte beide Knie angezogen und umklammerte sie fest mit meinen Armen.

»Sie wurde krank … als ich auf die Welt kam.«

»Und seitdem ist keine Besserung eingetreten?« Frans Stimme klang aufmerksam und betroffen. Ich verneinte stumm.

»Wie äußert sich denn ihre Krankheit?«

Es tat weh, überall tat es weh und ich verspürte Übelkeit.

»Sie … sie redet fast nie. Und sie rührt sich auch nicht.«

Fran nickte langsam.

»Erkennst sie dich nicht?«

»Doch, das schon.«

»Und?«

Ich schüttelte nur stumm den Kopf.

Nach ein paar Augenblick fragte Denis: »Kann deine Großmutter nichts für sie tun?«

Ich zog die Knie bis unter mein Kinn und fühlte mich geborgen. Eine kleine Brise wehte herüber, eine kleine, warme Brise, die nach Lavendel duftete. Glühwürmchen warfen ihre kleinen blauen Lichter zwischen den Büschen.

»Sie hat es immer wieder versucht. Aber ich glaube, sie … sie will nicht geheilt werden.«

Fran sprach sehr vorsichtig, als ob sie jedes Wort genau prüfte, bevor sie es aussprach. »Wie kommst du darauf?«

Ich fühlte, wie ich schwitzte, mein T-Shirt war ganz nass.

»Es ist nun mal so …«

Fran zögerte.

»Gab es irgendetwas, das sie … in diesen Zustand gebracht hat?«

Die Tränen liefen mir übers Gesicht, ohne dass ich versuchte, sie zurückzuhalten. Meine stolze, begabte Mutter! Sie hatte das schönste Lächeln der Welt, sagte Mamie Lucie. Und was für Haare! Lockig, kastanienbraun, Haare wie eine Prinzessin. Doch ihr Leben war umgeben von bösem Gekicher, von Geschnüffel, von dörflichem Klatsch. Man brauchte nur gewisse Stichworte zu sagen, um das schmutzige Lachen hervorzurufen. Da gab es das engstirnige Minderwertigkeitsgefühl der kleinen Leute, den Dreck, die Verleumdungen. An diese Sache, die damals vor hundert Jahren mit ihrer Großmutter Dorata geschah, erinnerten sich manche alte Leute heute noch. Und Coralie – man sah sie am Sonntagmorgen nie in der Kirche. Sie war etwas Fremdes, sie warf Fragen auf. Sie zeigte beim Gehen eine Haltung, so anmutig, so beschwingt, die viele Leute auf schlechte Gedanken brachte. Weil sie anders als andere war, galt ihre Schönheit als bösartig, als verdorben. Deswegen musste sie bestraft werden; nicht wie Dorata, nein, die Zeiten hatten sich geändert. Sie machten das auf andere Weise. Und weil sie Angst hatten, trauten sie sich nicht einzeln an sie heran. Nein. Sie kamen zu fünft. Fünf Männer, besoffen noch dazu, gegen eine einzelne junge Frau. Für sie ging eine Linie zurück zu ihren Vorfahren – ich aber hatte keine Abstammung. So war das eben, und das ließ sich nicht ändern. Ich war – auf ganz besondere Art – namenlos.

Ich konnte nicht mehr reden; doch Colins Eltern waren feinfühlig und verschonten mich mit weiteren Fragen. Zitternd stand ich auf. Jeder Muskel schmerzte.

»Ich … ich muss jetzt gehen.«

Colin sprang auf. Ich hielt ihn mit einer Handbewegung zurück.

»Nein, lass nur.«

»Bleib hier, Colin«, sagte Fran mit sanfter Stimme.

»Danke«, flüsterte ich, bevor ich mich abwandte. Ich hielt mich am Geländer fest, wobei ich mit den Füßen jeden Stufenrand abtastete. Das Mondlicht bleichte die Farben zu einem silbrigen, verwaschenen Blau und die Nacht war voller flüsternder Geräusche. Mein Herz klopfte und alle meine Nerven schienen zu vibrieren. Für einen Augenblick kam ich mir vor, als hätte ich ganz rasch viele zukünftige Jahre erlebt und sei ebenso schnell wieder in mein richtiges Alter zurückgeschnellt. Mit nassen Augen erblickte ich die Löwen beiderseits des Tors und sah auf einer der Steinfiguren eine große schwarze Grille sitzen. Ihr Zirpen verstummte, als ich vorbeiging, und begann erst wieder, nachdem ich mich entfernt hatte.

15

Solal stand im Gebüsch und betrachtete mich aus sicherer Entfernung, den Kopf aufmerksam erhoben. Für ein Pferd war es gefährlich, allein zu sein, denn überall in der Umgebung gab es Feinde. Es war ein Tier, das wild reagieren würde, um sich zu schützen. Aber ich spürte auch seine Traurigkeit, sein Bedürfnis nach Freundschaft. Als ich ganz langsam an ihn herantrat, glaubte ich, in den feuchten mandelbraunen Augen Interesse zu bemerken. Vielleicht war ich zu voreilig, nicht behutsam genug. Doch es ging nicht anders, ich musste herausfinden, ob Solal mir traute.

Schon mehrfach war ich ihm in die Höhle gefolgt, wo er seine inzwischen fast verheilte Wunde im Wasser kühlte. Manchmal, wenn das Licht ganz schräg fiel, erkannte ich die Zeichen an der Wand, bevor sie wieder ins Dunkle tauchten. Solal wusste, dass ich da war, und ich wusste, er hatte sich an mich gewöhnt, auch wenn er meine Gegenwart nicht beachtete.

An diesem Morgen, bevor ich zur Grotte ging, hatte ich mich in Onkel Pierres Stall geschlichen und

Pardaillans geflochtenen Lederriemen mitgenommen. Als ich mich nun mit dem Zügel in der Hand dem Pferd näherte, klopfte mein Herz wie verrückt. Es konnte ja sein, dass Solal Riemen und Zügel nicht annahm, dass er mir einen Hufschlag versetzte oder mit den Zähnen nach mir schnappte.

Das Pferd sah mich kommen und schaute mich aufmerksam an.

»Hab keine Angst…«, sagte ich leise. »Ich tu dir nichts Böses.«

Bei jedem Wort kam ich ein Stückchen näher, und als ich ihm die geflochtene Leine ins Maul schob, geschah etwas sehr Merkwürdiges: Solal öffnete vollkommen ruhig das Maul! Ich legte den geflochtenen Lederriemen über seine Zunge und verschnürte ihn unter dem Kinn. Meine Hände klebten vor Schweiß, aber es kam mir vor, als geschähe alles ganz von selbst. Solal betrachtete mich, schüttelte nur ein wenig seine Mähne. Mit den Fingerkuppen strich ich ihm leicht und zärtlich über die Stirn.

»Siehst du, wir verstehen uns schon«, flüsterte ich.

Das Aufsitzen ist nicht leicht und wird noch schwieriger, wenn man keine Steigbügel hat. Aber ich hatte Pardaillan immer ohne Sattel geritten, weil das dicke Leder die Verbundenheit zwischen Reiter und Pferd empfindlich störte. Jetzt war es so weit. Ich musste es tun. Konnte Solal meine Absicht erkennen? Ja, Pferde können das. Los jetzt, Leonie! Entweder du schaffst es oder du landest am Boden. Ich verlagerte mein Gewicht auf das linke Bein, legte die linke Hand, die die Zügel hielt, auf den Widerrist. Dann schwang ich das rechte Bein so weit es ging zurück und sprang. Für den Bruchteil einer Sekunde hatte ich das Gefühl, dass das Pferd viel zu groß für mich war. Aber das stimmte nicht, Pardaillan war noch größer gewesen. Und dann lag ich oben auf dem Bauch, das Gesicht auf dem pulsierenden Hals des Pferdes; der Hengst ließ ein Schnauben hören, trat zur Seite, doch ich saß bereits oben und hielt die Zügel.

»Gut«, murmelte ich. »Ja, so ist's gut… Du hast keine Angst mehr, nicht wahr?« Hinter dem Schulterblatt des Pferdes spürte ich die Vertiefung, in die meine Beine hineinpassten, als wären sie dafür gemacht. Solal stand ganz ruhig, beide Ohren mir zugewandt. Offenbar wollte er wissen, was ich vorhatte.

»Du bist also schon geritten worden«, sagte ich.

Das erleichterte mir die Sache. Und gleichzeitig hatte ich Angst. Ich kannte nicht seine Bedürfnisse, seine eventuellen schlechten Gewohnheiten. Ich wollte nicht aus Gedankenlosigkeit oder Eile das zarte Band des Vertrauens zwischen uns zerstören. Jetzt stand mir der schwierige Teil der Übung bevor: Ich musste das Pferd aus der Schlucht lenken. Behutsam stützte ich mich auf die Innenseite meiner Schenkel, lehnte mich nach vorn. Mein Herz schlug heftig, als sich das Pferd in Bewegung setzte.

Was ich von Pardaillan gelernt hatte, war dies: Hatte ich Zweifel, musste ich mein Pferd fragen. »Was würdest du tun?« Irgendwie konnte ich mich in ein Pferd hineinversetzen und fand immer eine Antwort. Aber Pardaillan hatte viel Erfahrung; er ging zwar dahin, wo ich wollte, allerdings kam es vor, dass er mir seinen Willen zeigte. Bei Solal war das nicht möglich, das spürte ich. Der Fuchs war jung, nervös und verängstigt. Es lag an mir, ihn zu führen und zu beruhigen. Und so lenkte ich ihn den Hang hinunter, der nicht sehr steil war. Aufgepasst, Leonie, jetzt kommt der Bach! Ob der Hengst sich wohl fürchtet? Die Steine waren glitschig. Ich ritt langsam und vorsichtig, doch Solal fand immer die richtigen Stellen, bis wir mühelos das Wasser überquert hatten und ich erleichtert aufatmete. Alles gut, ausgezeichnet! Ich hatte das Tier richtig eingeschätzt! Ich beugte mich vor, streichelte Solals Hals.

»Großartig, Solal! Du bist ein kluges Pferd! So klug wie …«

Ich wollte sagen »wie Pardaillan«, aber das stimmte nicht. Das stimmte überhaupt nicht! Ich biss mir hart auf die Lippen. Die Erkenntnis traf mich wie ein kalter Strahl. Eine Befürchtung, die ich schon lange in mir spürte und nicht wahrhaben wollte, überkam mich: Die Gewissheit nämlich, dass ich Solal nicht einfach so behalten konnte.

Denis hatte recht, das Pferd gehörte jemandem. Brachte ich Solal ins Dorf, fiel ich zwangsläufig auf. Jemand würde mich beschuldigen, das Pferd gestohlen zu haben. Vielleicht kam die Polizei, weil der rechtmäßige Besitzer Anzeige erstattet hatte, vielleicht musste Mamie Lucie eine hohe Buße zahlen. Vielleicht kam ich sogar ins Gefängnis. Oh, das wäre furchtbar! Ich empfand ein entsetzliches Gefühl aus Angst und Hilflosigkeit, wusste ich doch genau, dass man mir nicht glauben würde.

Anderseits war es klar, dass ich das Pferd aus einer gefährlichen Lage befreit hatte. Touristen hätten das Tier erschrecken können; oder sie hätten versucht es einzufangen. Wer weiß, was dabei passiert wäre. Nein, es war schon besser, den Hengst dahin zu bringen, wo er vorläufig in Sicherheit war. Und wo jemand vielleicht herausfinden konnte, wem das Tier gehörte. Darum dreht es sich ja eigentlich, dachte ich mit schmerzlicher Klarheit. Das ist ja gerade die Frage.

Es gab nur einen Ort, wo ich das Pferd unterbringen konnte: bei Pierre und Mireille. So bog ich kurze Zeit später in den schmalen Weg ein, der zu ihrem kleinen Besitz führte, und ritt durch das Tor in den Hof. Cachu, der Schäferhund, war viel zu beschäftigt, um uns zu beachten. Er hatte eine große Heuschrecke entdeckt. Immer, wenn Cachu nahe dabei war, sie zu fangen, sprang sie mit einem gewaltigen Satz weiter und Cachu knurrte enttäuscht. Der Hengst fühlte, dass von ihm nichts Drohendes ausging, schüttelte die Mähne, doch er beruhigte sich sofort, als ich ihn zwischen den Ohren kraulte. Mireille hatte das Klackern der Hufe gehört und kam aus dem Haus; sie rollte offenbar einen Teig, ihre Arme waren bis zum Ellbogen mit weißem Mehlstaub überpudert. Jetzt stand sie im prallen Sonnenlicht, fassungslos blinzelnd.

»Leonie! Woher hast du dieses Pferd?«

»Gefunden.«

»Was du nicht sagst!«

»Ist es nicht prächtig?«

Sie schüttelte erbost den Kopf.

»Nimm doch mal Vernunft an! Willst du dich strafbar machen? Bring das Pferd sofort seinem Besitzer zurück!«

»Das kann ich nicht.«

»Und warum nicht?«

»Weil ich nicht weiß, wem es gehört.«

Sie kniff die Augen zusammen.

»Was erzählst du da für einen Unsinn?«

»Es ist die reine Wahrheit.«

»Das ist eine faule Sache«, meinte Mireille, trocken und bestimmt. »Das sage ich dir, ganz gleich, wie du es siehst.«

Ich schluckte.

»Kann ich einen Kaffee haben?«

Mireille warf ihr krauses Haar aus der Stirn.

»Na, komm schon.«

In der Wohnküche strampelte der kleine Christian in seinem Laufgitter. Ich streckte die Arme aus. Christian krabbelte auf mich zu, ich nahm ihn in die Arme und drückte ihn zärtlich an mich. Das Kind fühlte sich heiß und verschwitzt an.

»Er zahnt«, sagte Mireille. »Hast du gesehen? Seine Wange ist ganz rot.«

Auf dem Boden glänzte Sonnenlicht und ein merkwürdiges Geräusch erfüllte den Raum. Es waren die Seidenraupen im oberen Stock; sie fraßen Maulbeerbaumblätter, ein ununterbrochenes Nagen erfüllte den Raum mit leisem Rascheln. So klingt es, wenn Regen auf dürre Blätter niederfällt oder aus Dachrinnen tropft. Ich hätte hier nicht schlafen können, aber Mireille und Pierre sagten, dass sie die Geräusche überhaupt nicht mehr hörten.

Ich trank den schwarzen Kaffee, den Mireille für mich aufgewärmt hatte. Solal hatte ich in den Stall gebracht und gut versorgt. Ich hatte ihm zu trinken gegeben, aus dem Eimer gefüttert und sauberes Stroh unter seine Hufe geschüttet. Während ich redete, schlug Mireille den Teig zusammen, rollte ihn unermüdlich wieder aus. Zum Essen würde es *Caillettes* geben, eine Art Knödel mit Kräutern und gehacktem Schweinefleisch.

Als ich alles erzählt hatte, brachte sie sogar ein Lächeln zustande.

»Also, deine Geschichte ist schon anders, als ich dachte.«

»So richtig gestohlen habe ich das Pferd aber nicht, oder?«

»Nein, so richtig nicht.«

»Ich möchte es so gerne behalten.«

Ihr Ausdruck wurde wieder herb und verschlossen.

»Schlag dir das aus dem Kopf! Aber Pierre ist gleich wieder da. Vielleicht kann er mehr über die Sache sagen.«

»Ich habe Angst«, flüsterte ich.

»Die kannst du schon haben«, meinte sie achselzuckend.

»Ich will nicht, dass man mir das Pferd wieder wegnimmt! Es ist so zutraulich geworden! Und wenn es jetzt ein anderer reitet …«

»Tja, das lässt sich wohl nicht ändern.«

»Es wird sich wehren. Das macht mich krank.«

»Unsinn, davon wirst du nicht krank!«

»Was soll ich tun?«

»Nichts. Auf Pierre warten. Ich bin froh, dass bald wieder die Schule anfängt«, setzte sie, scheinbar beziehungslos, hinzu. Sie befühlte Christians Stirn und steckte ihm den Schnuller in den Mund.

»Ich glaube, er hat Fieber.«

Es war mir schon aufgefallen, wie viel mehr Pierre verstehen konnte als Mireille. Mireille war zu sachlich und vielleicht fürchtete sie sich auch davor, gewisse Dinge zu begreifen. So ist das eben, dachte ich voller Kummer.

Eine Stunde später fuhr Pierre mit dem Traktor durch das Tor. Cachu lief ihm fröhlich bellend entgegen. Pierre rollte mit dem Traktor vor die Scheune, sprang von seinem Sitz und klatschte Cachu freundlich auf den Rücken. Dann stapfte er in die Küche, strich Christian über das verschwitzte Haar und holte Bier aus dem Kühlschrank.

»Leonie, du bist dünn geworden.«

Ich nickte; ja, das mochte schon sein.

»Das kommt, weil ich Sorgen habe.«

Er öffnete mit leisem Knall die Bierbüchse und witzelte: »Ich dachte, du hättest Ferien!«

Mireille wischte sich mit dem Handrücken über die Stirn.

»Sorgen? Die wirst du auch bald haben.« Mireille

wandte sich gereizt an ihren Mann. »Bist du schon im Stall gewesen?«

»Noch nicht. Warum?«

»Deine Sorgen stehen im Stall«, sagte sie trocken.

Pierre trank sein Bier aus und nickte mir zu.

»Sehen wir uns die mal an.«

Wortlos ging ich mit ihm über den Hof. Die Sonne schien durch das Fenster, Staubteilchen hingen in der Luft. Im warmen Schattenspiel stand Solal ruhig da. Sein Fell schimmerte wie blankes Gold. Als der Hengst mich sah, hob er wachsam den Kopf. Seine lockige Mähne fiel tief zwischen die Augen herab. Pierre blieb ruckartig stehen.

»Woher, zum Teufel, kommt dieses Tier?«

Seine Stimme klang hart. Es war ja nur natürlich, dass er beunruhigt war.

»Ach Pierre«, seufzte ich kläglich. »Ich habe nichts Böses getan.«

»Du musst doch verrückt sein, so ein Pferd hier unterzubringen«, knurrte er erbost. »Was soll ich jetzt der Polizei sagen?«

»Die kommt nicht, die kommt ganz bestimmt nicht.«

»So? Ich an deiner Stelle würde da nicht so sicher sein. Das ist nämlich kein Ackergaul, wie Pardaillan es war. Das ist ein Rennpferd.«

Ich konnte nicht anders, ich fing an zu zittern, und zwar so stark, dass es mich am ganzen Körper schüttelte. Pierre merkte es und hatte Mitleid mit mir. Er legte mir seine schwere Hand auf die Schulter.

»Komm, du bist ja ganz blass. Du musst etwas essen. Und dann erzählst du mir, was geschehen ist.«

So gut Mireilles *Caillettes* auch schmeckten, ich brachte kaum einen Bissen herunter, stocherte in meinem Teller herum. Pierre wartete geduldig, bis ich alles erzählt hatte. Er verfolgte meine Sätze genau, achtete auf die Zwischentöne. Seine Hände mit den gelb verfärbten Nägel, kurz und rissig, lagen ganz ruhig auf dem Wachstuch. Nach dem Essen zündete er sich eine Zigarette an. »Hm ja«, meinte er. »Jetzt sehe ich klarer.«

Ich lächelte zaghaft.

»Das geschieht nicht alle Tage, wie?«

»Ich will das Tier nicht bei uns haben!«, sagte Mireille. »Unter keinen Umständen.«

Pierre hob gelassen die Schultern.

»Als wenn ich das nicht wüsste.«

Ich ballte die Fäuste.

»Scheiße.«

Mireille holte zwei Tassen aus dem Schrank und goss Kaffee ein.

»Dann kommt das Tier also weg.«

Ich zuckte zusammen.

»Auf gar keinen Fall!«

»Schrei nicht so«, sagte Mireille.

Pierre griff nach dem Aschenbecher.

»Ich werde mal in Ruhe nachdenken.«

»Du solltest lieber überlegen, wo du einen Handwerker findest. Einer, der im August arbeitet. Da klappern seit Tagen drei Lüftungsziegel. Willst du, dass sie uns beim nächsten Sturm auf den Kopf rutschen?«

»Nein, das will ich nicht.«

»Onkel Pierre!«, rief ich. »Bitte!«

Er nickte mir zu.

»Warte ab, Leonie. Ich muss erst mit ein paar Leuten reden.«

Ich schluckte.

»Wirst du ihnen auch sagen, dass wir eine Höhle entdeckt haben?«

Pierre wirkte unschlüssig, eher besorgt als zufrieden.

»Felszeichnungen bringen Gewinn, aber auch jede Menge Scherereien. Wie leichtsinnig Touristen sind, weiß jeder. Und die Unfälle gehen auf Kosten der Gemeinde. Unzureichende Sicherheitsvorkehrungen, heißt es dann. Das gibt Ärger ...«

»Aber was ist mit dem Pferd?«, versteifte sich Mireille. »Was sollen wir da machen?«

Ich wischte mir den Schweiß aus der Stirn. Mein ganzer Körper stand unter Spannung und das Essen kam mir beinahe hoch.

»Wenn es nicht hierbleiben kann, dann ... dann reite ich eben mit ihm weg! Mir ist egal, wohin.«

»Gar nichts tust du.« Pierre sprach bestimmt. »Du lässt das Pferd hier und wartest ab.«

Mireille schüttelte den Kopf, dass die Haare flogen.

»Pierre, das geht nicht! Das Tier hat bei uns nichts zu suchen.«

»Auf ein oder zwei Tage kommt es jetzt auch nicht mehr an. Ich habe da so meine Vermutung.«

Ich starrte ihn an.

»Wie meinst du das?«

Er zog seine buschigen Augenbrauen zusammen.

»Da war mal eine komische Geschichte. Ich glaube, sie stand sogar in der Zeitung.«

»Was für eine Geschichte?«

»Ich weiß nicht mehr. Ging mich ja nichts an. Ich werde ein paar Fragen stellen, Augen und Ohren offen halten. Kann sein, dass ich etwas in Erfahrung bringe. Warte mal ab, Mädchen. Hast du Vertrauen zu mir?«

Sein Blick berührte mein Herz mit Wärme. Ich nickte mit einem kleinen, schmerzlichen Lächeln.

»Ja, Onkel Pierre. Ich danke dir.«

Mireille räumte den Tisch ab, dass die Teller klirrten.

»Wenn die Sache nichts bringt, dann kriegst du deinen Teil«, sagte sie wütend zu mir. »Ich will die Polizei nicht am Hals haben.«

16

Das Klopfen der Pferdehufe klang im raschen, gleichmäßigen Rhythmus. Ich stand in der Mitte des Hofes, hielt eine kleine Peitsche in der Hand und ließ Solal an der Leine traben. Ich stand ganz ruhig, während das Pferd mit wippender Mähne unermüdlich und graziös seine Kreise zog. Der Hals war in einer anmutigen Linie gebogen und die Mähne wehte wie ein langer, lockiger Haarschopf. Solal trabte regelmäßig und willig, zeigte nicht den geringsten Widerwillen. Die Wunde war trocken und sauber. Mich um mich selbst drehend, hielt ich die Longe ganz locker in den Händen. Die Peitsche benutzte ich nur, um das Tier zu führen, den Rhythmus anzugeben. Colin stand selbstvergessen und bewundernd da, ließ das Pferd nicht aus den Augen. Nach einer Weile stieß ich einige Pfeiflaute aus. Solal ließ ein Schnauben hören, verlangsamte seinen Trab, näherte sich mit langsamen, wiegenden Schritten. Dicht hinter mir blieb er stehen, pustete mir seinen Atem in den Nacken und stieß mich sanft mit dem Maul an. Ich umfasste mit beiden

Armen den Kopf des Pferdes. Colin trat vorsichtig näher.

»Kennst du mich noch?«, fragte er den Hengst.

»Natürlich kennt er dich. Pferde vergessen nie eine Stimme oder einen Geruch.«

Solal ließ die Ohren spielen. Er blähte die Nüstern, stieß ein zärtliches Prusten aus.

»Ich habe heute Nacht bei ihm geschlafen«, sagte ich.

Colin war fassungslos.

»Einfach so, im Stroh?«

»Ich hatte eine Decke.«

»Schläfst du oft bei den Pferden?«

»Ich wollte Solal nicht allein lassen. «

»Warum?«

Ich drückte mich enger an den warmen Pferdekörper.

»Tante Mireille glaubt, dass die Polizei ihn holen wird.«

Colin machte ein erschrockenes Gesicht.

»Dein Onkel hat doch gesagt, dass er die Sache in Ordnung bringt.«

»Ich weiß nicht, ob er das kann.«

»Wieso denn nicht? Er kennt doch viele Leute hier, oder?«

»Was nützt das schon?«, sagte ich traurig. »Er kann herausfinden, wer der Besitzer ist. Und was dann?«

Wir sahen uns an. Colin zog traurig die Schultern hoch.

»Der will sein Pferd zurückhaben, ist ja klar. Da kannst du nichts machen, Leonie.«

In meinen Ohren dröhnte der eigene Atem. Ich ballte die Fäuste.

»Das weiß ich schon.«

Wir brachten Solal in den Stall. Ich rieb das Tier ab und Colin schleppte frisches Wasser in einem Eimer herbei.

»Du hast meine Eltern mächtig beeindruckt«, meinte er.

Ich zog die Nase hoch.

»Die können mir auch nicht helfen.«

»Nein. Aber ich wollte es dir sagen.«

Ich hatte einen schlechten Geschmack im Mund, salzig wie die Tränen, die ich mühsam runterschluckte.

»Ich bin so müde«, seufzte ich.

»Du hast nicht genug geschlafen«, sagte er. »Im Stall, also, ich weiß nicht …«

Ich bekam heiße Ohren.

»Stinke ich?«

Er grinste.

»Na ja, ein bisschen schon. Nimm doch eine Dusche.«

»Nein. Mit Mireille rede ich nicht mehr. Und Pierre ist nicht da.«

»Komm doch zu uns! Das Badezimmer ist okay. Mein Vater hat schon die Fliesen gelegt.«

»Nein. Ich bleibe bei Solal …«

Er starrte mich an.

»Hast du gefrühstückt?«

Ich wehrte eine Fliege ab.

»Auch nicht.«

»Jetzt hör mal«, sagte Colin. »Du kannst doch nicht den ganzen Tag mit leerem Magen herumlaufen.«

»Mir egal. Stell dir mal vor, sie kommen und holen Solal, wenn ich nicht da bin.«

»Ob du nun da bist oder nicht …

»Sag so was nicht!«, schrie ich ihn an. »Ich kann das nicht ertragen.«

Er tippte sich an die Stirn.

»Hör mal, hast du einen Dickschädel! Glaubst du wahrhaftig, dass du die Sache verhindern kannst?«

Ich schluckte.

»Ich weiß nicht … Gestern Abend habe ich mit Mamie Lucie geredet und ihr gesagt, was ich tun will.«

»Und was hat sie gesagt?«

»Dass sie das auch so machen würde.«

»Aber was bringt das schon?«, fragte Colin verwirrt.«

»Vielleicht kann sie etwas sehen, was ich nicht sehen kann.«

»Na gut. Deswegen schläfst du im Kuhstall?«

»Früher, im Winter, da saßen die Bauern oft stundenlang im Stall. Da konnten sie Brennholz sparen. Bei den Kühen war es immer warm.«

»Kühe machen Fladen.«

»Jetzt sind sie ja draußen.«

Colin gab es auf.

»Ist deine Tante deswegen so wütend?«

»Die hat getobt, als ob es das größte Verbrechen wäre. Sie wollte mich nicht hier haben. Auf keinen Fall, hat sie gesagt.«

»Der Polizei wegen?«

»Schon möglich. Aber Pierre hatte nichts dagegen, dass ich bei Solal schlief. Er hat mir sogar eine Decke gebracht.«

»Dein Onkel ist nett.«

»Er ist einer von uns. Nicht ganz, aber er versteht diese Dinge.«

Colin zog die Stirn kraus.

»Wie meinst du das?«

Ich wurde rot und wandte das Gesicht ab. Ich hasste es, wenn mich seine Fragen so verwirrten.

»Ach, nichts.«

Er holte tief Luft.

»Also, jetzt hör zu. Bleib du bei deinem Pferd und ich ...«

Ich fuhr zusammen.

»Bei meinem Pferd? Aber ...«

»Es ist nicht dein Pferd, ich weiß. Aber ich kann mir nicht vorstellen, dass irgendjemand kommt und sagt, es ist meins! Ehrlich, das kann ich nicht.«

Ich nickte, stumm und steif, aber irgendwie fühlte ich mich besser. Colin wusste, welche Angst ich hatte. Und er wusste auch, wie wichtig Solal für mich war. Er war der Einzige, mit dem ich darüber reden konnte.

»Also, was ich sagen wollte …«

Er runzelte die Stirn, dachte nach. Ich lächelte zaghaft.

»Was wolltest du sagen?«

»Dass du da bleiben sollst, wo du bist, und ich schnell nach Hause gehe und dir was zu essen hole.«

»Ich kann nichts essen. Mein ganzer Magen ist verkrampft.«

»Das kommt vom Hunger. Warte, in zehn Minuten bin ich wieder da.«

Ich setzte mich zu Solal ins Stroh. Der Hengst stand ganz ruhig, bevor er den Kopf senkte und ihn mit unendlicher Zartheit gegen meine Schulter lehnte. Die feuchten, heißen Nüstern streiften meine Wange. Ich warf beide Arme um des Pferdes Hals, wiegte mich leicht hin und her. »Es muss schrecklich sein, von dir getrennt zu werden«, flüsterte ich.

17

Ich hatte nicht bemerkt, wie die Zeit verging; plötzlich hörte ich leichte Schritte, ein Schatten fiel auf den Steinboden.

»Da bin ich«, rief Colin atemlos. Er trug einen kleinen Rucksack, den er jetzt von der Schulter nahm.

»Es hat etwas länger gedauert, Fran hat Kaffee für dich gekocht. Da! In der Thermosflasche. Und von heute Morgen sind noch zwei Croissants da. Die müssen sofort gegessen werden, sonst werden sie weich und schmecken nicht mehr.«

Ich bedankte mich gerührt. Ich merkte plötzlich, was für einen entsetzlichen Hunger ich hatte. Nach ein paar Schlucken Milchkaffee fühlte ich mich sofort besser.

»Oh, das tut gut.«

Colin saß neben mir im Stroh und nickte zufrieden.

»Fran hat viel Zucker hineingetan. Das gibt dir Kraft.«

Ich hielt ihm die Thermosflasche hin.

»Da! Nimm dir auch. «

Er kicherte.

»Es ist das erste Mal, dass ich im Kuhstall Kaffee trinke.«

»Und, wie schmeckt er?«

»Wie im Grand-Hotel.«

Wir lachten.

»Hat dein Onkel nicht gesagt, wann er wieder da ist?«, fragte Colin.

»Nein.«

»Und wenn er heute nichts erfährt?«

»Dann bleibe ich eben noch eine zweite Nacht hier.«

»Kannst du überhaupt schlafen?«

»Nicht gut. Das Stroh kratzt.«

Er seufzte.

»Weißt du, was? Manchmal glaube ich, du spinnst.«

Ich legte den Kopf auf die Arme. Vielleicht hatte er recht. Vielleicht hatte ich wirklich einen Stich.

»Leonie …«, sagte er kehlig. »Es tut mir leid. Sag, bist du mir böse?«

Ich schüttelte wortlos den Kopf. Er legte mir den Arm um die Schulter.

»Es ist nur so … du redest manchmal komische Dinge und ich verstehe nur die Hälfte.«

Ich sah ihn von der Seite an; Colin war genau das, was ich jetzt brauchte, mit seinem Verständnis und Mitgefühl und wie sich das ausdrückte, in seiner Art zu lächeln, mich anzusehen, mit mir zu sprechen.

»Irgendwie hast du schon recht«, sagte ich leise. »Ich glaube langsam auch, dass ich spinne.«

»Weil wir hier im Kuhstall sitzen?«

»Nicht nur deswegen.«

Du bist ein albernes Ding, sagte ich zu mir selbst. Dir kann niemand helfen. Auch Colin nicht. Er wird nur denken, du bist nicht richtig im Kopf. Aber was sollte bloß aus mir werden? Vielleicht war es die Aufregung, die schlaflose Nacht im Stroh, das abscheulich kratzte. Es ist besser, du hältst den Mund. Er wird das nicht ertragen, ohne zu kotzen.

Langsam bewegte ich die Hände, vergrub sie zwischen meinen Knien. Krallte beide Hände ineinander, so fest, dass sich meine Nägel in die Handfläche bohrten.

»Scheiße, du tust dir ja weh«, rief Colin.

Er riss meine Handgelenke hoch, zwang mich, die Hände zu öffnen.

»Was ist denn eigentlich los? Nun rede doch endlich!«

Ich saß still. Eine Art Starre hatte mich befallen. Er packte mich an den Schultern und schüttelte mich.

»Da ist nicht nur die Sache mit dem Pferd, nicht wahr?«

»Ich kann es nicht sagen ... ich weiß es nicht mehr.«

»Doch, du weißt es! Mensch, Leonie, stell dich nicht so an! Ich will endlich wissen, was mit dir los ist.«

Einen Atemzug lang saß ich da wie in einem Schockzustand. Auf einmal hatte ich ein Gefühl, als ob tief in mir ein Faden riss.

»Meine… Urgroßmutter… sie wurde gesteinigt.«

Er starrte mich an.

»Was wurde sie?«

»Gesteinigt. Sie galt als Hexe.«

Mein Kopf war plötzlich zu schwer für meinen Hals. Ich brach in Schluchzen aus. Colin drückte mich an sich, sprach ganz leise zu mir.

»Komm, weine nicht! Klar ist das schlimm, aber das ist doch schon lange her.«

»Nicht so lange. Das war 1918. Die Sache stand sogar in der Zeitung.«

»Und die Polizei?«

»Das Dorf liegt sehr abgelegen. Jeder kennt jeden. Die Polizei hat sich nicht eingemischt. Man hat die Angelegenheit als Unfall getarnt. Aber für meine Urgroßmutter wurde kein Gottesdienst abgehalten. Sie… wurde auch nicht auf dem Friedhof beigesetzt.«

»Wo denn?«

»Auf der anderen Seite. Hinter der Friedhofsmauer. Als ich geboren wurde, wuchsen schon Bäume über das Grab. Ihre Knochen waren irgendwo verstreut. Aber sie ist immer noch hier und spricht noch heute zu mir, leise, leise…«

Meine Stimme kippte. Ich wischte mit dem Ärmel über mein nasses Gesicht. Colin schluckte.

»Was hatte sie denn getan, dass die Bewohner so wütend wurden?«

»Sie … sie war Heilerin, wie Mamie Lucie. Sie hieß Dorata. Früher, vor fünfhundert Jahren, da waren meine Vorfahren Zigeuner. Sie kamen aus Ungarn und waren in Audon sesshaft geworden. Da war eine Frau im Dorf, die schon neun Kinder hatte. Sie war erst dreißig und hatte ein schweres Rückenleiden, weil sie in einer Wäscherei arbeitete und Körbe schleppen musste. Als sie ihr zehntes Kind erwartete, ging sie zu Dorata und bat sie um ein Mittel. ›Hilf mir! Bringe ich dieses Baby zur Welt, muss ich sterben, und was wird aus meinen Kindern?‹«

»Und der Vater?«

»Der saß im Wirtshaus und trank. Er schlug seine Frau, war brutal zu den Kindern. Alle hatten Angst vor ihm. Dorata untersuchte die Schwangere. Ganz früher waren die Frauen in meiner Familie auch Hebammen, das gehörte dazu. Sie nahmen kein Geld dafür, dass sie ein Kind auf die Welt brachten, sie wurden nur mit Nahrungsmitteln oder Brennholz entlohnt. Ihre Berufung war, den Menschen zu helfen. ›Warum hast du so lange gewartet?‹, fragte Dorata die Schwangere. Die Frau weinte: ›Es ist eine schlimme Sache.‹

›Du kannst das Kind nicht austragen‹, sagte Dorata. ›Dein Körper hat keine Kraft mehr.‹ Sie gab der Frau ein Mittel. Aber es war schon zu spät: Die Frau verblutete. Man entschied, dass die Kinder in ein Waisenhaus untergebracht wurden. Aber die Dorfbewohner waren sehr aufgebracht. Man beschuldigte Dorata, den Tod der Frau herbeigeführt zu haben. Ein Verfahren wurde gegen sie eingeleitet. Inzwischen war Ostern. Dorata, die sehr gläubig war, besuchte mit ihrer kleinen Tochter Lucie die Ostermesse. Der Pfarrer erblickte sie und verurteilte von der Kanzel aus die teuflischen Mächte, die dem Dorf Schande machten und einer rechtschaffenen Mutter das Leben genommen hatten.«

Ich putzte mir die Nase am Ärmel und Colin fragte nach einer Weile betroffen: »Hat er das wirklich so gesagt?«

Ich nickte mit zugeschnürter Kehle.

»Dann stimmt das also, was mein Vater erzählte? Ich dachte immer, der hat zu viel Fantasie.«

»Es ist wahr«, sagte ich.

»Und dann?«

»Nach dem Gottesdienst fielen die Kirchgänger über Dorata her. ›Hexe, Hexe‹, schrien die Leute und warfen mit Steinen nach ihr. Dorata wollte sich in die Kirche retten, aber die kleine Lucie stolperte, schlug der Länge nach hin. Dorata schützte sie mit ihrem Körper. Ein schwerer Stein traf sie an der Schläfe und brach ihr den Schädel.«

Ich schwieg. Mein Atem ging heftig. Colin starrte mich an. Sein Gesicht war sehr ruhig, die Stimme aber fast heiser. Eine ganz neue Stimme.

»Warum wurde Dorata als Hexe bezeichnet?«

Ich holte tief Luft.

»Weil das Wissen damals noch Männersache war. Wussten die Frauen zu viel, bekamen es die Männer mit der Angst. Deswegen mussten die Frauen bestraft werden, verstehst du?«

»Das ist heute nicht mehr so.«

»In manchen Gegenden hat sich da wenig geändert.«

»Und Mamie Lucie … als sie noch klein war … hatte sie da auch Probleme?«

»Weißt du, das war ganz merkwürdig«, sagte ich und wurde auf einmal ganz lebhaft. »Man war gut zu ihr und ist es sogar heute noch! Irgendwie hatten die Leute ein schlechtes Gewissen. Pierres Großeltern nahmen sie bei sich auf. Sie waren Winzer und hatten zwei Söhne: Marius und Andrea. Lucie wurde mit ihnen groß. Sie heiratete Marius und zog mit ihm in das Haus, das wir heute noch bewohnen. Marius starb, als Coralie zwölf Jahre alt war. Er fiel von einem Gerüst und brach sich das Rückgrat.«

»Und dein Onkel Pierre?«

»Pierre ist Andreas Sohn, verstehst du jetzt endlich?«

»So nach und nach. Und was war mit Coralie... mit deiner Mutter, meine ich? Du hast gesagt, dass sie krank ist?«

»Ja, sie wurde wahnsinnig.«

Ich stockte, biss mir hart auf die Lippen. Was sagte ich da? Am liebsten würde ich jetzt davonlaufen.

»Wie ist das gekommen?«

Alle Kraft wich plötzlich aus mir. Meine eigene Stimme klang wie die einer Fremden, so rau und schwach.

»Sie ... sie wurde vergewaltigt.«

Es war sehr heiß im Stall, Staubkörnchen tanzten im Sonnenlicht. Nur Solals ruhiges Schnauben brach die Stille. Colin streckte den Arm aus, schraubte die Thermosflasche auf und goss den Rest Milchkaffee in den Becher.

»Trink!«

Er hielt den Becher an meine Lippen. Ich trank gierig, verschluckte mich, hustete.

»Nicht so schnell!«, sagte Colin.

Ich fuhr mit der Hand über die schwitzende Stirn.

»Mir dreht sich alles.«

Mit geschlossenen Augen hörte ich, wie er die Thermosflasche zuschraubte. Er setzte sich wieder zu mir und nahm mich in die Arme. Ich klammerte mich an ihn. Er streichelte mich sanft. Ich spürte seine Atemzüge an meiner glühenden Wange. So war es gut. Ich beruhigte mich.

»Ich will nicht davon reden ...«

»Weißt du, was? Die ganze Geschichte mit deiner Mutter ... die macht dir das Leben schwer.«

Ich hob die Schultern.

»Ist doch meine Sache.«

»Tut mir leid, du hast davon angefangen. Und jetzt möchte ich von dir hören, was passiert ist.«

»Das bringt nichts.«

»Doch. Ich mag dich nämlich. Ich mag dich sehr.«

»Mich?«

Jetzt war es Colin, der rot wurde.

»Ja ... ich lüge nicht. Ehrenwort! Und ... und ich finde es schlimm, dass du Probleme hast und nicht davon reden willst. Das macht dich doch kaputt!«

»Nein.«

»Verdammt, ich will dir helfen, merkst du das nicht?«

Ich legte mein Gesicht an seines.

»Doch.«

Er sprach zu mir ganz leise, Stirn gegen Stirn.

»Na also. Nun rede doch endlich.«

Ich holte tief Luft.

»Wir haben hier in Audon einen Campingplatz. Ein kleiner Junge hatte etwas gegessen, was nicht gut war. Er hatte hohes Fieber und Durchfall. Das war an einem Samstag. Ein Arzt war nicht aufzutreiben. Jemand hatte den Eltern gesagt, da sei eine junge Frau im Dorf, die dem Kind vielleicht helfen kann. ›Die Reiterin‹, so wurde sie genannt. Onkel Pierre hatte Pardaillan auf dem Viehmarkt gekauft. Er war noch nicht zugeritten und äußerst wild. Pierre, der ein Ackerpferd brauchte, bereute schon bald, das Tier gekauft zu haben, und wollte es wieder loswerden. Aber dann kam Coralie. Sie zähmte mühelos das Pferd und eine Zeit lang ließ sich Pardaillan nur von ihr versorgen und striegeln. Sie ritt täglich mit ihm aus, damit er genügend Bewegung hatte. Vielleicht auch aus reinem Instinkt, weil sie in einer gefährlichen Einsamkeit lebte und Schutz suchte. Keiner sollte sie berühren, ihr wehtun. Natürlich machte man am Anfang hämische Bemerkungen und Kommentare, aber später dann kaum noch. Weil die Leute im Grunde Angst vor ihr hatten. Und die Sache mit meiner Urgroßmutter noch nicht vergessen war.

An dem Tag aber, als Coralie das kranke Kind aufsuchte, hatte sich Pardaillan an einem rostigen Blechkanister verletzt. Die Wunde war ungefährlich, aber er brauchte Ruhe. Coralie ging also zum Campingplatz, sah sich das Kind an. Es sei nicht schlimm, sagte sie und gab den Eltern ein Säckchen mit der Rinde eines Weidenbaums, zu Pulver zerrieben. Sie sollten das Pulver und sieben Stück Zucker in einem Liter Wasser aufkochen und gut durchsieben. Der Kleine sollte täglich drei Tassen voll davon trinken. Am nächsten Tag, frühmorgens, ging Coralie wieder zum Campingplatz. Sie wollte sehen, wie es dem Kleinen ging. Die Eltern waren ganz glücklich: Das Fieber war gesunken, der Junge hatte die ganze Nacht ruhig geschlafen. Auf dem Rückweg dann… wurde Coralie von einer Bande Jugendlicher verfolgt. Sie waren zu fünft. Wo die herkamen? Neben dem Campingplatz gab es eine Diskothek. Die Jungen hatten die ganze Nacht gefeiert, waren mit Alkohol und Drogen voll gepumpt. Sie kannten Coralie, kannten auch Doratas Geschichte. Sie waren ja alle aus dem Dorf. Coralie hat sich gewehrt. Vergeblich! Sie haben sie am Boden festgehalten und vergewaltigt. Einer nach dem anderen. Zum Schluss haben sie ihr eine Bierflasche an den Kopf geschmettert und sie bewusstlos liegen lassen. Die Narbe sieht man noch heute… Leute von dem Campingplatz fanden sie, brachten sie zum Arzt. Sie hatte das Gedächtnis verloren, wusste nicht einmal mehr ihren Namen. Sie blieb wochenlang im Krankenhaus…«

Ich stockte. Mein Herz schlug wie verrückt. Colin war völlig ruhig und streichelte mich. Er sprach ganz leise, unser Atem vermischte sich.

»Es ist schlimm, ich weiß. Hör zu… ich muss dir

auch was sagen. Etwas, das ich noch keinem gesagt habe. Es ist nur so … manchmal schäme ich mich ein Junge zu sein. Weil es so brutale Typen gibt. Typen, die sich nur dann stark fühlen, wenn sie Schwächere erschrecken können. Das gefällt ihnen, da fühlen sie sich wichtig. Davon gibt es eine ganze Menge bei uns in der Schule.«

Ich schluckte schwer. »Ja, bei uns auch. Überall, glaube ich.«

»Und wie ging es weiter?«

»Coralie kam aus dem Krankenhaus, aber sie war ganz anders als früher. Sie hatte viele Dinge vergessen. Sie stand vor dem Haus und sagte: ›Was für ein Haus ist das?‹ Mamie Lucie sagte, komm, du musst dich hinlegen, und brachte sie in ihr Zimmer. Coralie fragte: ›Wer schläft hier?‹ Sie saß stundenlang auf einem Stuhl im Garten, starrte vor sich hin. Es wurde Herbst; Mamie Lucie fragte: ›Ist dir nicht kalt?‹ Sie sagte Nein. Sie hatte nur ihr Unterkleid an und eine Strickjacke darüber. Sie war barfuß. Mamie Lucie tat alles, was sie konnte, um sie gesund zu machen. Es war, als ob sie gegen eine Wand stieß. Als sie merkte, dass Coralie ein Kind erwartete, war sie bestürzt. Aber dann dachte sie, vielleicht gibt ihr das Kind ihren Lebenswillen zurück.«

Ich biss mir auf die Lippen. Colin sah mich an, aber ich hielt die Augen hartnäckig gesenkt.

»Das Kind«, fragte er behutsam. »Von wem war das Kind?«

Mir schmerzte der Hals, dass ich fast erstickte.

»Von einem dieser Dreckskerle eben ... es konnte jeder von ihnen gewesen sein.«

Er schloss mich noch enger in die Arme.

»Und dann?«

»Sie ... sie brachte das Kind zur Welt. Es war eine schwere Entbindung, weil sie ... innerlich ... so furchtbar verletzt worden war. Coralie wollte ihre Tochter nicht sehen. Sie sagte zu Mamie Lucie: ›Bring sie weg!‹«

Colin holte gepresst Atem.

»Das Kind ... das warst du, nicht wahr?«

Ich nickte nur. Das Schlimmste war gesagt. Meine Augen waren trocken, aber brannten ganz entsetzlich.

»Und weiter?«

»Coralie wollte mir keine Milch geben, mich nicht in die Arme nehmen, mich nicht einmal ansehen. Mamie Lucie kümmerte sich um alles. Sie gab mir den Namen Leonie, weil eine ihrer Vorfahren auch so hieß. Inzwischen lebte meine Mutter wie in einem Eisblock gefangen. Wenn man mit ihr redete, antwortete sie nicht oder gab irgendeine widersinnige Antwort. Sie bekam Krämpfe und fiel zu Boden. Sie wurde ganz steif, zerbiss sich die Zunge. Wenn sie in einem solchen Zustand war, hatte Mamie Lucie nicht mehr die Kraft, sie zu halten oder sie daran zu hindern, sich selbst ganz furchtbar zu verletzen. Es ging einfach nicht mehr, sie schaffte es nicht. Manchmal verließ sie das Haus, man fand sie kilometerweit wieder, im Wald und einmal sogar auf der Autobahn. Der Arzt sagte: ›Sie gehört in eine Anstalt.‹ Mamie Lucie weigerte sich zunächst, aber sah nach und nach ein, dass es nicht anders ging.

Jahre vergingen. Ich merkte erst allmählich, dass mit mir etwas nicht stimmte. Ich hatte keinen Vater und meine Mutter war krank. Einmal im Monat fuhr Mamie Lucie mit mir nach Avignon, zu Coralie. Sie saß einfach da, redete kaum ein Wort oder nur schreckliche Sachen. ›Hab Geduld‹, sagte Mamie Lucie zu mir: ›Hab Geduld und sei immer nett und freundlich zu ihr, hast du gehört? Deine Mutter hat das absolut Böse erlebt, das Schlimmste, was eine Frau durchmachen kann. In ihrem Kopf gehen sonderbare Dinge vor. Sie liebt dich, aber sie will es dir nicht zeigen. Wenn sie es dir zeigen würde, hieße es, dass sie verzeiht. Sie kann nicht verzeihen, sie will es einfach nicht.‹

Und mein Vater? Mein Vater konnte irgendjemand sein, dem ich im Dorf oder auf der Straße begegnete. Der ganz normal aussah, ein freundliches Gesicht machte und eine nette Familie hatte. Mein Vater war für mich kein Mensch; nichts als ein dunkler Fleck, mit bloßen Augen unsichtbar …«

Ich stockte, atmete tief durch. Ein Schweigen folgte.

Dann fragte Colin mit ruhiger Stimme: »Und deine Mutter? Was macht sie heute?«

»Nichts. Sie sitzt einfach da, still und unbeteiligt. Mamie Lucie sagt jedes Mal: ›Du darfst den Mut nicht verlieren, Leonie! Ich weiß, dass sie wieder gesund wird.‹ Mamie Lucie irrt sich selten. Aber ich glaube, in dieser Sache … da ist nichts zu machen.«

Wieder Schweigen. Colin saß ganz still neben mir. Ich spürte nur seine Wärme.

»Eigentlich wollte ich nie davon reden.«

Er rückte leicht von mir ab, sodass er mich ansehen konnte.

»Jetzt geht es dir doch besser, oder?«

»Irgendwie schon …«

Ich zögerte, bevor ich zaghaft sein Lächeln erwiderte. Seltsam! Die schrecklichen Dinge berührten mich viel weniger als zuvor. Die Schmerzen waren abgeklungen, die Schatten aufgelöst. In mir war eine neue Frische, eine neue Unbeschwertheit.

»Und die Leute im Dorf?«, fragte Colin nach einer Weile. »Kennen sie die Geschichte?«

»Aber sicher. Manche reden nicht mit mir. Eigentlich logisch, ich will ja auch nicht mit denen reden. Andere sind echt brutal. Unsere Familie hat einen schlechten Ruf, verstehst du? Ich muss sehr vorsichtig sein, damit mir nicht das Gleiche wie meiner Mutter passiert. Wenn ich ein Pferd habe, ist alles gut. Auf einem Pferd, da fühle ich mich sicher. Pardaillan hat mich immer beschützt; Tiere sind immer ehrlich. Deshalb will ich Tierärztin werden. Mein Leben mit Tieren verbringen. Ich wünsche mir nichts anderes im Leben.«

»Du wärst eine tolle Tierärztin«, meinte Colin und sah mich liebevoll an. »So, wie ich dich kenne …«

Ich stimmte ihm lebhaft zu.

»Irgendwie weiß ich, dass ich es schaffen werde. Ich will für die Tiere da sein. Genauso, wie Mamie Lucie für die Menschen da ist. Mit dem Unterschied, dass Tiere nie gemein sind. Oder nur, weil die Menschen sie so gemacht haben.«

»Du bist ganz schön verbittert.«

»Sicher denkst du, ich habe 'ne Meise. Dass ich eines Tages auch in der Klapsmühle lande …«

»Nein, das denke ich nicht.«

»Was denkst du denn?«

»Dass du wirklich Mut hast.«

Ich kicherte.

»Ach, komm! Hör doch auf.«

»Doch. Andere würden jetzt einen Haufen Probleme haben, mit Drogen und Alkohol und solchen Kram. Du nicht.«

»Das fehlte mir gerade noch.«

»Du bist verdammt stark.«

»Du machst dich lustig über mich«, sagte ich, etwas traurig.

»Nein. Ehrenwort! Und was du über Menschen und Tiere sagst … irgendwie stimmt das schon. Bloß wagt das kaum einer zu sagen! Und was nun?«

»Ich bleibe bei Solal. Auch eine zweite Nacht, wenn es sein muss.«

»Dann bleibe ich bei dir.«

Ich sagte das Erste, was mir in den Sinn kam: »Du musst doch etwas essen.«

»Ich hole Sandwiches. Und Cola. Wir picknicken hier.«

»Du kannst nicht im Stroh schlafen! Das juckt ganz fürchterlich!«

»Ich denke auch nicht daran. Ich habe meinen Schlafsack. Da ist sogar Platz für zwei.«

Ich wurde rot.

»Ach, das geht doch nicht.«

Er grinste mich an.

»Wieso nicht? Ich will mich nicht die ganze Nacht kratzen.«

18

Draußen war es stockdunkel. Die Lampe im Stall spendete nur trübes Licht. Wir saßen auf dem Schlafsack. Die Daunen fühlten sich so schön weich an, nichts, was juckte oder kratzte. Wir aßen Käsesandwich, Mandelplätzchen und tranken Cola. Ich fühlte mich eigentlich gut, obwohl mich die Spannung ganz kribbelig machte. Ich hatte meine Uhr nicht dabei und fragte immer wieder: »Wie spät ist es?«

»Spät. Und jetzt reg dich ab. Dein Onkel kümmert sich um deine Sache. Das hat er doch gesagt, oder? Wer weiß, wo der rumfährt.«

Da – plötzlich Schritte; ich schreckte hoch. Mein Herz klopfte wie rasend, alle möglichen Gedanken purzelten durch meinen Kopf. Die Stalltür ging auf. Es war nur Mireille. Sie trug ihr weißes T-Shirt und eine Jogginghose, die ihre runden Hüften noch runder machte.

»Was ist?«, fragte ich trotzig.

»Bist du noch da?«, fragte sie Colin. »Wird langsam Zeit, dass du nach Hause gehst, meinst du nicht auch?«

»Ich bleibe bei Leonie«, sagte Colin.

»Leonie geht auch nach Hause.«

»Kommt überhaupt nicht infrage!«, rief ich.

»Wir haben alles dabei, was wir brauchen«, sagte Colin.

Mireille hatte schlechte Laune. Im schummrigen Licht wirkte ihr Haar noch widerspenstiger, ihre Augenbrauen, die sie niemals zupfte, noch schwärzer.

»Das gehört sich einfach nicht, dass du hier übernachtest«, sagte sie streng zu Colin. »Und du, Leonie, wenn du nicht gleich hier verschwindest …«

Ich ließ sie nicht ausreden.

»Ich warte auf Onkel Pierre.«

»Der kommt heute Abend nicht mehr.«

Ich starrte sie an. Mein Gesicht glühte.

»Was?«

»Er hat vorhin angerufen. Er fährt nach Sète und trifft da einen Dachdecker. Er ist erst morgen wieder da.«

»Er hat mir doch versprochen …«, stammelte ich.

»Glaubst du denn, er hat nichts anderes zu tun? Was hast du dir eigentlich eingeredet? Dass du das Tier behalten kannst?«

»Er hat aber gesagt …«

»Ich weiß, was er gesagt hat, aber er hat im Augenblick Wichtigeres im Kopf. Zum Beispiel unsere kaputten Ziegel. Colin, ich denke, du willst vielleicht deine Sachen zusammenpacken? Leonie geht auch.«

»Nein!«, stieß ich trotzig hervor.

Colin räusperte sich.

»Also … wenn Leonie nicht gehen will, dann gehe ich auch nicht.«

»Geh, Colin! Deine Eltern fragen sich sicher, wo du steckst«, erwiderte sie scharf. Er schüttelte den Kopf.

»Stimmt gar nicht.«

Sie starrte ihn an.

»Was?«

»Die wissen, wo ich bin. Sie haben gesagt, ich soll Leonie nicht im Stich lassen. Meine Mutter hat mir Proviant mitgegeben, ein Stück Seife, ein Handtuch und zwei Zahnbürsten. Sie hat an alles gedacht, sogar an Klopapier.«

Mireille stopfte wütend ihr Haar hinter die Ohren.

»Deine Mutter ist wirklich sehr großzügig.«

Colin nickte gelassen.

»Ja, die ist schon in Ordnung.«

Schweigen. Dann sagte Mireille spitz: »Ich will mal mit deinen Eltern reden.«

»Um diese Zeit? Die sind schon im Bett. Und das Handy, das haben sie abgeschaltet.«

»Morgen, gleich nach dem Frühstück«, sagte Mireille schroff, drehte sich um und schlurfte davon. Colin grinste.

»So. Die wären wir los.«

Ich ließ mich zurückfallen, den Kopf auf den Schlafsack. Mir war elend zumute.

»Pierre hat gesagt, ich soll ihm vertrauen. Genau das hat er gesagt ...«

»Leonie, hör zu. Vielleicht hat er ...«

Ich drehte mich zur Wand; an den Steinen klebten alte Spinnennetze, mit Staub vermischt.

»Geh weg!«

»Leonie ...«

Er legte sich zu mir, zog mich an sich. Ich drückte den Kopf an seine Schulter. Er umfasste mein Gesicht, küsste mich zuerst auf die Stirn, dann auf die Wangen und schließlich auf den Mund. Ich hatte noch nie einen Jungen geküsst und hatte ein ganz merkwürdiges Gefühl dabei. Ich entdeckte, dass Jungen gut und voller Zärtlichkeit sein können, genauso wie Mädchen. Der Gedanke war neu für mich. Ich hatte immer Angst vor Jungen gehabt. Aber vor Colin nicht, niemals. Ich war zu viele Jahre einsam gewesen. Ich war fort gewesen, so schmerzhaft weit fort, dass ich gar nicht wusste, wie es ist, jemandem nahe zu sein. Außer Mamie Lucie natürlich, aber dies war etwas anderes. Nie hatte ich mir vorstellen können, wie es sein kann, wenn man einem Jungen vertraut. Wenn sich neue Gefühle öffnen, eine Stimme leise und zärtlich spricht. Ich hatte stets mit dem

Gedanken gelebt, dass Liebe – oder vielmehr das, was man so nennt – in Wirklichkeit schmutzig und grausam und brutal ist. Das war jetzt vorbei. Meine Ängste und Hemmungen legte ich ab, ganz langsam, Stück für Stück. Ich war glücklich in den Armen eines Jungen, ein Junge, der sanfte Hände hatte. Der sich Zeit nahm, mein Gesicht zu streicheln, mich auf Lider und Nasenspitze zu küssen. Und obwohl wir noch zögerten, obwohl unsere Hände linkisch waren und zitterten, entdeckten wir gemeinsam unsere Körper, zart, behutsam, gaben uns unseren Gefühlen und unserer Liebe hin.

Lange Zeit verging, bis Colin sagte: »Schlaf ein wenig.«

»Ich kann nicht«, flüsterte ich.

»Doch. Du musst schlafen. Ich bin ja bei dir.«

»Ja, das ist gut«, flüsterte ich.

Das Pferd stand ruhig, scharrte manchmal mit dem Huf oder prustete, wie entspannte Tiere das tun. Ich lag neben Colin im Schlafsack und hörte sein Herz schlagen und hörte es noch später, im Traum, als ich tief und fest einschlief.

Als ich erwachte, sah ich, das Gesicht noch zur Wand gekehrt, einige helle Lichtstreifen auf den Steinen. Traumbilder, die ich nicht deuten konnte, schwebten in meinem Kopf. Ich streckte tastend die

Hand aus. Wo war Colin? Ich richtete mich auf den Ellbogen auf.

»Colin?«

»Der holt Wasser für das Pferd«, sagte eine Stimme, die ich kannte. Ich setzte mich ruckartig hoch. Vor mir, im Gegenlicht, stand Onkel Pierre. Und daneben stand ein Polizist.

Mein Herz blieb stehen. Panik kroch in mir hoch.

»So, jedenfalls bist du wach«, sagte Pierre.

Ich hockte mit angezogenen Knien im Schlafsack, konnte mich nicht bewegen. Der Polizist trat einen Schritt vor, gab dem Pferd einen Klaps auf die Kruppe. Das Pferd stampfte und schüttelte die Mähne.

»Prachtvolles Tier«, sagte er.

»Rühren Sie es nicht an«, zischte ich.

»Nur ruhig, Mädchen«, grunzte der Mann. »Nicht gleich so aufgeregt sein.«

Was sollte das bedeuten? Warum war ich nicht fortgeritten, mitten in der Nacht, hatte Solal irgendwo versteckt? Warum hatte ich bloß geschlafen? Ich hatte Tränen in den Augen. Meine Augen waren so nass, dass ich nicht richtig sah. Alle Gesichter wurden undeutlich, verschwommen.

»Wem … wem gehört es?«, stammelte ich.

»Ganz eindeutig diesem Dreckskerl«, sagte der Polizist. »Der Typ hat uns nichts als Scherereien gemacht. Er wusste genau, dass er mal dran glauben musste. Er war zu verflucht niederträchtig.«

Ich saß wie erstarrt, versuchte nachzudenken, die Situation zu verstehen. Pierre stand daneben, mit einem merkwürdigen Ausdruck im Gesicht. Als ob er grinsen wollte und sich zurückhielt. Ich konnte nicht mehr schlucken, meine Kehle war ganz dick geschwollen.

»Was … was für einem Dreckskerl?«, stammelte ich.

Pierre deutete auf den Polizisten.

»Frag ihn doch! Das ist übrigens Alain Bovet«, setzte er hinzu. »Wir haben zusammen die Schulbank gedrückt. Jetzt ist er Kommissar. Und hat mir alles erzählt.«

»Was?«, flüsterte ich.

Undeutlich sah ich im Gegenlicht eine Gestalt, die sich bewegte. Es war Colin, der mühsam einen Eimer schleppte. Er stellte den Eimer vor den Hengst, das Wasser schwappte über und Solal begann sofort zu trinken.

Colin rieb sich die Hände am nassen T-Shirt ab und sah mich an.

»Haben sie dir schon gesagt, wie es war?«

Ich schüttelte stumm den Kopf, starrte den Kommissar an, der Alain Bovet hieß. Er sah irgendwie froschartig aus: klein, fett, mit einem fleischigen

Gesicht, weder freundlich noch unfreundlich. Alles in allem eine schmuddelige, aber nicht unsympathische Erscheinung.

»Tja«, knurrte er, »wir beobachteten den Kerl und warteten darauf, dass er einen Fehler machte. Hatten die Handschellen schon bereit. Larzac hieß der, Alphonse Larzac. So 'n richtiges Aas, für jedes krumme Geschäft zu haben. Hatte ein Café-Restaurant gleich hinter der Autobahnraststätte von Causse. Damit ist er zu Geld gekommen, wollte das Lokal in einen Nightclub ausbauen, ein richtig schicker Kasten, mit Go-go-Girls und Spielsalon. Dazu brauchte er eine Genehmigung, die ihm nicht erteilt wurde. Von Mafia-Bossen und Drogenhändlern haben wir die Nase voll. Eines nachts wartete Larzac, bis alle weg waren, schüttete Benzin aus und legte Feuer. Ein schlauer Trick war das: Als Täter würde ihn keiner verdächtigen. Wer ist so blöde und setzt sein Eigentum in Brand? Larzac hatte alles einkalkuliert: totaler Brandschaden, garantierte Abfindung und legale Baugenehmigung. Aber diesmal hatte er Pech: Ein Luftzug schlug ihm die Tür vor die Nase zu. Wir fanden seine verkohlte Leiche und daneben einen Kanister.«

Colin warf mir einen Blick zu, das spürte ich genau, aber ich starrte nur geradeaus, auf den Kommissar, besser gesagt, auf seine dreckigen Schuhe, gleich vor meiner Nase.

»Und das Pferd?«, flüsterte ich.

»Ja, das Pferd …«

Bovet bohrte in der Nase. Es sah aus, als ob er Schnupfen hatte. Ich hielt den Atem an.

»Nun, das Pferd gehörte zweifellos ihm. Hatte es von irgendeinem Typ, der ihm Geld schuldete und ihm dafür ein Rennpferd andrehte. Das Tier war zu Beginn seiner Karriere gut gelaufen. Larzac hatte es in ein paar Rennen eingesetzt und Geld dabei verloren, weil der Hengst nur noch auf den fünften oder sechsten Platz kam. Zu eigenwillig. Zu nervös. Spitzenklasse würde das Tier nie sein. Und mit jeder Niederlage sank sein zukünftiger Zuchtwert ein Stück in Richtung null. Am Ende war das Pferd nur ein Klotz am Bein, aus dem Rennalter heraus. Larzac versuchte vergeblich, das Tier loszuwerden. Er kam ums Leben, bevor er einen Käufer fand. Und in der Nacht, in der der Brand ausbrach, setzte das Pferd über den Stacheldraht und floh. Und zunächst interessierte sich keiner dafür, was aus ihm geworden war.«

Mein Herz klopfte wie rasend.

»Und … was nun?«

Kommissar Bovet räusperte sich gewichtig.

»Also … die Lage sieht folgendermaßen aus: Wir haben in Sachen Erbschaft nachgeforscht. Larzac war geschieden. Die Frau treibt sich irgendwo in

Brasilien herum. Sein einziger Sohn kam vor zwei Jahren ums Leben. Keine krummen Geschäfte, nein. Ein Motorradunfall. War zu schnell gefahren. Larzac hat also keine Familie mehr, die Erbanspruch stellen könnte. Keine Eltern, keinen Onkel, keine Tante. Bedauerlich, aber so was kommt vor. Die Gemeinde setzt keine Hoffnung mehr darauf, dass plötzlich jemand auftaucht, und wird das Grundstück versteigern. Tja und was sollen wir mit einem Rennpferd, das nie gewinnt?«

Mein Herz klopfte stürmisch. Ich schaute Bovet in die vorstehenden Augen und konnte darin keine Arglist erkennen, nichts, außer vielleicht einem winzigen Funken Ironie, einem kaum wahrnehmbaren Schalk, sodass ich mich nicht traute, es überhaupt zur Kenntnis zu nehmen.

»Ja … was wird jetzt aus ihm?«, flüsterte ich heiser.

»Das ist eben die Frage.« Kommissar Bovet schnalzte mit der Zunge.

»Warum so nervös, Kleine?«

»Ich …«

»Dein Onkel hat von einer Höhle erzählt, die du entdeckt haben willst. Ganz in der Nähe, so viel er gesagt hat. Mit einer Quelle, richtig?«

Ich schluckte schwer.

»Eigentlich ist es ein kleiner See … will sagen, drei kleine Seen.«

»Mit Pflanzen im Wasser«, warf Colin ein.

Ich wischte mir das klamme Haar aus der Stirn.

»Heilpflanzen, hat meine Großmutter gesagt. Und die kennt sich aus.«

Bovet schnalzte mit der Zunge.

»Heilpflanzen? So, so? Im Wasser?«

»Die duften ganz irre gut«, sagte Colin. »Und das Wasser ist eiskalt.«

»Algen duften nicht«, sagte Bovet im belehrenden Ton. »Algen stinken. Und eiskaltes Wasser?« Der Dicke mimte Schüttelfrost. »Brrrrr! Wer holt sich schon gerne eine Lungenentzündung? Eine Thermalquelle wäre besser gewesen.«

Aber Colin sprach aufgeregt weiter.

»Da sind auch Felszeichnungen. Und eine Art Altar, mit Pferdeschädeln.«

»Pferdeschädel? Auf einem Altar?« Kommissar Bovet ließ ein Schmatzen hören.

»Ulkige Idee, würde ich sagen. Na gut, ich bin kein Fachmann. Man muss die Höhle erforschen. Könnte eine Attraktion werden. Vielleicht lässt sich ein Platz für Picknicktische und einen Kiosk errichten. Den Touristen gefällt das.«

Pierre nickte, nicht unbedingt glücklich.

»Hoffentlich muss die Höhle nicht eines Tages durch Stahltüren und Fernsehüberwachung geschützt werden, wie die *Grotte Chauvet.*

Alain Bovet zuckte mit den Schultern.

»Werde die zuständigen Stellen informieren. Aber bevor da was läuft, können Jahre vergehen. Gottes Mühlen mahlen langsam, die Mühlen der Verwaltung trödelig und plangemäß«, setzte er hinzu und zeigte beim Grinsen, dass er noch recht gute Zähne hatte.

Was redet er sich da zusammen?, dachte ich verzweifelt. Geschmackloses Zeug, offenbar. Ich hatte nur Solal im Kopf.

»Und … und das Pferd?«

»Ach so … das Pferd.« Kommissar Bovet wandte den Kopf. Sein Blick richtete sich auf Solal, der mit aufgerichteten Ohren wie ein sonnenhelles Bild im Halbdunkeln stand.

»Schönes Tier, aber aus dem Rennalter heraus. Da hat was mit dem Training nicht gestimmt. Von Anfang an, würde ich sagen.«

Sein Blick richtete sich auf Pierre, der sich ein Lächeln verkniff, und dann auf wieder auf mich. »Tja, ich denke, dass es hier gut aufgehoben ist.«

Ein paar Sekunden vergingen. Ich rührte mich nicht. Was sagt er?, dachte ich, wie betäubt. Was hat er wirklich gesagt? Mein Mund bewegte sich, aber die Worte blieben aus. Ich konnte nicht reden. Es ging einfach nicht.

»Mensch, bist du taub?«, rief Colin. »Hast du nicht

gehört, was er gesagt hat? Das Pferd gehört dir! Du darfst es behalten! Wow!«

Er streckte beide Arme aus, drehte sich um die eigene Achse, bis er taumelte. »Wow!«, rief er noch einmal, und zwar so laut, dass Solal die Ohren spitzte. Er wandte den Kopf mit anmutigem Schwung, horchte auf den Klang unserer Stimmen. Seine Augen glänzten wie dunkle Spiegel. Tiere spüren, was Menschen empfinden, ob Schrecken oder Freude.

Ich saß stocksteif da, starrte zu dem Polizisten empor. Endlich gelang es mir zu sprechen.

»Ist das wahr? Ist das wirklich wahr?«

Es hörte sich wie ein Krächzen an, aber er lächelte zum allerersten Mal, mit einer Andeutung von Freundlichkeit.

»Tja, was soll ich sagen? Wenn du mit dem Tier umzugehen weißt, wird er sich ganz gut reiten lassen. Allerdings würde ich nie einen Euro auf ihn setzen!«

19

Ach, Leonie! Wie nett, dass du da bist.«

Schwester Bernarda lächelte mich an.

»Ich soll dir Grüße von Schwester Romana ausrichten, sie hat ein paar Tage Urlaub genommen.«

Ich erwiderte ihr Lächeln.

»Wie geht es meiner Mutter?«

»Sie sitzt auf der Terrasse. Die frische Luft tut ihr gut.«

Die *Tramontane*, der Südwind, heulte um die Ecken. Der Himmel war tiefblau, mit ziehenden Wolken. Durch die breite Verbindungstür sah ich die Terrasse, trat blinzelnd nach draußen. Die Blumen nickten hin und her, die Äste schaukelten, die silbrigen Blätter der Eukalypten rauschten. Meine Mutter saß auf einem Stuhl, unnatürlich still wie eine Steinfigur. Sie blickte über den Garten, die Hände im Schoß. Sie war offenbar so hingesetzt worden. Doch das Licht, das schräg auf sie fiel, machte, dass sie irgendwie hell aussah. Die abwesenden Augen leuchteten und auf dem Gesicht lag ein ruhiger Glanz. Ihre Augen starrten ins Nichts, ihre Gedanken – wenn sie welche hatte – kreisten irgendwo, abgeschnitten und unerreichbar. Ihre Schönheit und Anmut, wie ich sie auf einem alten Foto gesehen hatte, kamen mir in den Sinn, als ich vor ihr stand und mein Schatten auf sie fiel. Oder war ich es, die im Schatten stand, während ihr Licht auf mich herüberschien? Ich ahnte plötzlich den Zauber, der einst von ihr ausging und ihr mit so brutaler Gewalt entzogen worden war. Alle Erinnerungen, die ich um sie gebildet hatte, kamen wieder mit dem Bedürfnis, bei ihr zu sein, mit ihr zu reden, sie zu umarmen – alles Dinge, die für mich unerreichbar blieben.

»Es tut mir leid, dass ich nicht früher gekommen bin. Wie fühlst du dich?«

Keine Antwort. Ich seufzte, suchte mit den Augen einen Stuhl. Ich holte mir einen, setzte mich meiner Mutter gegenüber. Doch in Wirklichkeit saß meine Mutter nicht hier. Hier saß eine Kranke, der ich nichts zu sagen hatte – und gleichwohl so viel, dass mein Herz voll davon war. Wie jedes Mal musste ich einen Anfang finden. Zuerst würde es mir schwer fallen, aber dann würde ich einfach drauflosreden und irgendwie würde die Zeit schon vergehen.

»Soll ich dir erzählen, was ich in den Ferien gemacht habe? Soll ich? Sag ja! Ich habe ganz andere Ferien als sonst erlebt. Manchmal frage ich mich, ob das alles wahr ist, ob ich nicht geträumt habe …«

Ich dachte, ist ja egal, wenn ich alles durcheinanderbringe. Wichtig ist nur, dass sie meine Stimme hört. So erzählte ich, wie Pardaillan mich zu der Felswand gebracht hatte. Und wie ich unter der Steinfigur den Eingang zu einer Höhle entdeckt hatte, die keiner kannte.

»Aber alleine traute ich mich nicht hinein. Und inzwischen starb Pardaillan und ich lernte Colin kennen. Sicher willst du wissen, wer Colin ist. Nun, er ist in den Ferien da und wohnt mit seinen Eltern in der *Villa Theotime*. Du weißt doch, Maman, der Garten mit dem Löwentor. Colin ist ganz anders als die Jungen hier im Dorf und ich … ich mag ihn sehr.«

Ich stockte, biss mir auf die Lippen.

»Colin und ich wollten wissen, was in der Höhle war. Du meinst, dass wir leichtsinnig waren? Ja, das schon. Aber wir waren so neugierig! Und stell dir vor, Maman, wir fanden einen Saal so hoch wie eine Kathedrale. Und einen Altar, wo sie früher Pferde opferten. Und drei unterirdische Seen! Im Wasser wachsen Pflanzen, die ganz herrlich duften. Und – du glaubst es nicht, Maman, im Wasser stand ein Pferd! Es hatte sich am Bein verletzt und schien zu wissen, dass es im Wasser schneller gesund werden konnte.«

»Ja, das wusste Pardaillan auch. Alle Pferde wissen das, seit Jahrtausenden.«

»Aber Maman«, unterbrach ich sie lebhaft. »Dann haben Pferde also ein Gedächtnis wie wir? Aber sie reden doch nicht! Wie können sie dann …«

Mitten im Satz brach ich ab. Stille. Das Schweigen um uns herum war mit einem Mal so tief, dass ich das Rauschen der Blätter, das vereinzelte Zwitschern der Vögel vernahm.

Meine Mutter hatte gesprochen!

Der Klang ihrer Worte tönte in meinem Bewusstsein wie ein fernes Echo. Sie hatte ihr Gesicht mir zugewandt. Die plötzliche Veränderung raubte mir den Atem. Ihre goldbraunen Augen blickten klar und wach. Ihr eben noch so verkniffener Mund zeigte den Anflug eines zärtlichen, schelmischen Lächelns.

»Ich kenne die Höhle«, sagte sie ruhig. »Auch Pardaillan war damals verletzt und kühlte seine Wunde im Wasser. Aber das war lange, bevor du geboren wurdest …«

Die Tränen liefen mir über die Wangen. Ich spürte ihren salzigen Geschmack auf den Lippen und hörte mein eigenes Schluchzen.

»Ich habe dich immer geliebt, Maman. Ich … ich war noch klein und habe immer auf dich gewartet. Ich entsinne mich gut, einmal, da war ich krank. Ich hustete und hatte hohes Fieber. Da hast du dich … nur ein einziges Mal … an mein Bett gesetzt und deine Hand auf meine Stirn gelegt. Und bald danach ging es mir besser. Hast du das vergessen, Maman? Ich nicht. Niemals!«

Sie schüttelte sanft den Kopf.

»Manchmal … da habe ich geträumt. Von früher. Hier fühlte ich mich manchmal sehr … einsam.«

Unsere Blicke begegneten sich. Ich sah alles verschwommen und wagte mich nicht zu rühren. Dann, plötzlich, beugte ich mich vor und nahm ihre Hand, die etwas klamm in ihrem Schoß lag. Unsere Finger verschränkten sich zu einem Knoten, fest und warm. Ich nickte ganz langsam, die Augen auf ihr Gesicht gerichtet. Die Zeit stand still. Ich fühlte nichts anderes mehr als dieses helle, schmerzliche Glück, etwas, das ich vorher nie gekannt hatte, nicht einmal im Traum.

»Das ist jetzt vorbei, Maman. Du wirst wieder gesund werden, Maman! Ich weiß es … ich weiß es ganz sicher.«

»Ja«, murmelte sie, mit abwesendem Ausdruck. »Ich muss wohl krank gewesen sein. Wie lange denn schon?«

Welche Bilder wanderten durch ihren Geist? Fühlte sie sich in die Jahre zurückversetzt, als sie auf Pardaillan durch Ginster- und Lavendelfelder ritt? Sah sie die steinerne Göttin wieder, die nur einmal im Jahr erscheint? Die eiskalten Seen mit den duftenden Heilkräutern? Bilder aus den Zeiten »davor«, als die Welt noch voller Zeichen und Wunder war und jeder Tag ein frisches Lebensgefühl brachte? Dazwischen lag nichts – ein finsteres Loch. Doch jetzt hatte sie eine Brücke gefunden, eine Brücke zwischen damals und dem, was jetzt war. Die Erinnerung kam wieder, unmerklich und sachte wie bei einem Kind, das beginnt, in den Farben, Lauten, Berührungen und Geräuschen um sich herum die Welt zu entdecken. Und ich – ich hatte jetzt eine Aufgabe. Es kam nur noch auf mich an. Aber darauf war ich vorbereitet.

»Ziemlich lange, ja«, beantwortete ich ihre Frage. »Etwas steckt in dir, Maman, schon jahrelang. Das musst du loswerden. Ich werde dir helfen. Ich weiß, es wird dir wehtun. Aber ich bin stark, glaube mir, ich mache die Dinge jetzt richtig. Ich werde dir helfen! Alles wird gut, Maman, das verspreche ich dir!«

Sie betrachtete mich mit unstetem Blick, der plötzlich aufmerksam und klar leuchtete.

»Ja«, flüsterte sie, »du bist jetzt kein Kind mehr. Ich weiß, dass du es kannst …«

20

Sie war zerstört«, sagte Mamie Lucie, »zerstört und in Stücke zerbrochen und irgendwie zusammengeklebt wie ein zertrümmertes Spielzeug. Sie war fort, so schmerzlich weit fort, dass sie gar nicht mehr wusste, wie es ist, jemandem nahe zu sein. Jetzt besteht Hoffnung. Bald ist sie wieder bei uns.«

»Wann, Mamie Lucie?«

»Es kann noch einige Wochen dauern. Ein paar Monate vielleicht. Die Ärzte werden sie untersuchen. Vielleicht gibt es einen Rückfall, ja, das ist möglich. Aber sie wird geheilt werden.«

»Wird sie wieder so sein wie früher?«

Die alte Frau wiegte sinnend den Kopf.

»Jahrelang war sie weit entfernt und unberührbar. Für sie kann es unglaublich schwierig sein, sich in diesem Leben wieder zurechtzufinden. Sie wird Hilfe brauchen.«

»Das weiß ich schon.«

»Macht dir das Angst?«

»Nein. Jetzt nicht mehr.«

»Gut.«

Ich saß bei Mamie Lucie, im Garten. Sie auf ihrem Stuhl, ich auf dem kleinen Schemel daneben, wie immer die Stirn an ihre Knie gelehnt. Sie hatte diese ganz eigene Geste, meinen Hinterkopf zu umfassen, mein Haar zu kraulen. Ich hob das Gesicht zu ihr empor.

»Warum hat es so lange gedauert?«

»Die äußeren Wunden heilen schnell und vernarben. Die inneren Wunden, die seelischen, bluten lange.«

Die Sonne ging langsam unter, die Hitze wurde schwächer. Auf den Weiden grasten Ziegen, wir hörten das ferne Bimmeln ihrer Glöckchen.

»Als ich von dem Pferd in der Höhle sprach, da war sie plötzlich wie verwandelt.«

Und ich erzählte einmal mehr und in allen Einzelheiten, wie das ausdruckslose Gesicht meiner Mutter plötzlich den Blick und das Lächeln einer sehr schönen, jungen Frau getragen hatte. Mamie Lucie hörte zu, aufmerksam wie beim ersten Mal. Sie kniff die Lider zusammen, um den Blick zu schärfen, betrachtete mich mit diesen leuchtenden Augen, die ihr altes Gesicht so jugendlich machten.

»Siehst du? Du bist nicht umsonst zu ihr gegangen.«

»Ich war auf so was nicht vorbereitet … überhaupt nicht, verstehst du? Ich war doch für sie nie vorhanden. Warum hat sie … als ich von dem Pferd sprach, auf einmal reagiert?«

»Du hast sie in jene Zeit zurückversetzt, als sie noch jung und unbeschwert war und das Leben für sie voller Zauber. Und da, wo jede Therapie versagte, hat ein vergessenes Traumbild ihr Bewusstsein geweckt und belebt.«

Ich rückte noch enger an sie heran, atmete ihren vertrauten Geruch ein, Rauch, erhitzte Haut, Olivenöl und Minze. Der Geruch meiner Kindheit.

»Ja, so wird es wohl gewesen sein. Es ist wirklich ein Wunder«

Sie streichelte lächelnd meine Hand.

»Es ist das Wunder der Pferde.«

Es war Colins letzter Ferientag. Die *Villa Theotime* würde morgen geschlossen sein, alle Fensterläden fest zugezogen; das Haus würde schlafen, eine verwunschene Welt ohne Lichtschein, die nach altem Gips und frischer Farbe roch. Ein Mann aus dem Dorf war beauftragt worden, den Garten zu pflegen und in regelmäßigen Abständen nachzusehen, ob alles in Ordnung war.

»Glaubst du, dass ich mit dir reiten kann?«, fragte Colin. »Was, wenn Solal mich abwirft?«

Ich bemühte mich um einen heiteren Ton.

»Dann bleibst du mit einem Gips hier.«

Er lachte zögernd.

»Wäre gar nicht so übel. Auch wegen der Schule, meine ich.«

Wir gingen durch den Hof auf den Stall zu. Mireille war zum Einkaufen gefahren; wir hatten uns versöhnt, wie es sich gehörte. Mireille hatte große Angst gehabt; sie wollte nicht, dass man ihr etwas Falsches nachsagte. Aber jetzt war die Sache geklärt, und solange ich in der Schule war, würde sie Solal freundlich und pflichtbewusst versorgen.

Solal stand ruhig im Kuhstall und blickte uns aufmerksam entgegen. Colin trat an ihn heran, legte dem Tier die Hand auf die Stirn. Solal blähte die Nüstern, rieb den Kopf an Colins Schulter. Er sah mich an und verzog das Gesicht.

»Ich glaube leider, dass er mich mag.«

Ich seufzte.

»Kein Gips, also.«

»Wahrscheinlich nicht. Tut mir leid …«

Solal ließ die Ohren spielen. Ein Schauer kräuselte das leuchtende Fell. Ich legte ihm Zaumzeug und Mundstück an und führte ihn aus dem Stall. Colin sah mich unschlüssig an. Ich verschränkte die Hände.

»Los!«

Er ergriff die Zügel, setzte den Fuß in meine Hände und schwang sich hinauf.

»Nicht schlecht«, meinte ich. Er verzog das Gesicht.

»Ich dachte schon, dass du über mich lachen würdest.«

Ich schlang die Zügel um mein Handgelenk und sprang vor Colin auf den Pferderücken. Er lehnte sich an mich, während ich den Hengst aus dem Hof lenkte und im Schritt den Kastanienwald entgegenritt.

»Eigentlich hatte ich keine Lust, mit meinen Eltern in die Ferien zu fahren«, gestand Colin. »Ich dachte, das wird bestimmt langweilig.«

»Deine Eltern sind klasse«, sagte ich.

Am Morgen hatte ich mich von ihnen verabschiedet. Ich hatte von meiner Mutter erzählt; nur kurz, denn sie waren am Packen. Aber sie hatten sich Zeit für mich genommen, mir aufmerksam und ergriffen zugehört. Sie würden in den Weihnachtsferien wieder da sein, hatte Fran gesagt.

»Wir hoffen, dass deine Mutter dann hier ist. Und dass wir sie kennenlernen.«

Ich hatte gelächelt.

»Ja, das hoffe ich auch.«

Denis hatte erklärt, dass er das Haus instand setzen würde, so nach und nach. Er verstand etwas von Schreinerei, aber er brauchte Zeit. Und die Kanalisation war in schlechtem Zustand.

»Auf der Bühne können wir die Welt so entwerfen, wie wir sie gerne hätten. Aber Häuser haben eigene Träume und Erinnerungen. Da müssen wir uns anpassen.«

Colin hatte mir einen Seitenblick zugeworfen.

»Er redet manchmal komisch, findest du nicht auch?«

»Ich finde das nicht komisch, nein.«

Denis hatte mir zugeblinzelt. Denis mit seinen verschmitzten Augen, die so anders waren als die von Colin und doch in ihrem Ausdruck so ähnlich.

»Leonie ist ein besonderes Mädchen. Sie versteht diese Dinge.«

Und Fran hatte noch etwas anderes gesagt.

»Leonie, hör zu. Wenn du später mal ein Stipendium beantragst und Unterstützung brauchst, du weißt, du kannst auf uns zählen. Wir kennen einige Leute, die sich für dich einsetzen werden.«

Das kam unerwartet und war fast zu viel für mich. Ich schluckte vor Rührung. Fran hatte mir die Hand auf die Schulter gelegt.

»Wenn es an der Zeit ist, reden wir darüber. Mit Mamie Lucie. Und vielleicht auch mit deiner Mutter. Und selbstverständlich mit deiner Lehrerin. Die soll nett sein, hast du gesagt?«

Ich hatte genickt, mehrmals und mit großem Nachdruck.

»Sie heißt Madame Florier. Und sie ist wirklich sehr nett.«

Nun ritten wir durch den Wald, wo der Spätsommer die ersten Blätter schon gelb färbte. Über den Weinbergen flimmerte Hitze. Am Himmel zogen zwei Falken ihre Kreise. Wir bewegten uns in einer Natur, die ihren Zauber bewahrt hatte, in einer verwunschenen Stille, in der nur die Wildbäche rauschten.

Colin lehnte das Kinn an meine Schulter.

»Ich bin echt kaputt. Weiß der Kuckuck, was mit mir los ist. Nichts ist mehr wie vorher. Und glaubst du mir, wenn ich dir sage, dass es die schönsten Ferien meines Lebens waren?«

Ich hatte mir vorgenommen kein Theater zu machen, aber das ging nicht, das fühlte ich.

»Ja«, flüsterte ich rau. »Für mich auch, genauso. Wann … wann kommst du wieder zurück?«

Er atmete dicht an meiner Wange.

»In den Weihnachtsferien, ganz bestimmt. Eigentlich wollten meine Eltern Ski fahren. Ohne mich! Ich will nicht mit einer Seilbahn auf einen Berg. Das habe ich denen ganz deutlich beigebracht. Denis hat da gesagt, na gut, ich habe noch ein paar Wände anzustreichen. Ich habe gesagt, okay, versprochen ist versprochen! Sag, was denkst du?«

Ich lachte ein wenig.

»Keine Ahnung! Ich bin einfach froh.«

»Ehrlich?«

»Doch. Die paar Monate, die gehen schnell vorbei. Inzwischen muss ich gut in der Schule sein. Und mich um meine Mutter kümmern. Aber das schaffe ich schon.«

Er legte beide Arme um meinen Körper, drückte mich eng an sich.

»Klar schaffst du das. Du hast ja deinen Glücksstein, oder? Ich habe keinen.«

Ich lächelte, wenn auch nur flüchtig.

»Glaubst du, der hilft?«

»Schon möglich. Aber ich muss ein Examen machen und meine Eltern sagen schon jetzt, die Sache ist gelaufen. Weil ich zu viel anderes Zeug im Kopf habe. Mist! Die vergessen, wie schwer das manchmal ist. Sie sollen doch verstehen, warum … warum ich …«

Er stockte, brach mitten im Satz ab.

»Die verstehen dich doch«, sagte ich.

Er räusperte sich.

»Irgendwie schon.«

Die Sonne schien uns in die Augen. Ich befreite mich sanft aus seiner Umarmung und drehte mich um, sodass mein Schatten auf Colins Gesicht fiel. Dann schob ich meine Hand in die Hosentasche, nahm den Muschelstein hervor und legte ihn in Colins Hand.

»Da, für den Fall, dass du Probleme hast. Beim Examen oder so ...«

Er war gerührt und verlegen.

»Und du, Leonie? Ist das okay für dich?«

»Macht mir nichts ohne.«

Das war keine Lüge: Ich spürte eine merkwürdige Kraft in mir, die von meinem Herzen ausging und mich froh machte.

Er stieß einen Pfiff aus.

»Das Ding nimmt den Stress, hast du gesagt. Mann, jetzt werde ich so richtig tough im Unterricht!«

»Und fällst beim Skaten nicht auf die Nase.«

»Ein Gips in den Weihnachtsferien, das wäre der Hit, oder?«

»Hör bloß auf mit dem Quatsch!«

Wir blufften, weil es uns mies ging, aber nach einer Weile hielten wir beide den Mund. Viel Zeit blieb nicht mehr übrig. Schweigend ritten wir weiter, gefangen im gemeinsamen Schmerz. Und doch war dieser Schmerz mit Hoffnung verbunden. »Ich schreibe dir, versprochen«, sagte Colin. »Du hast ja kein Telefon!«

»Und auch keinen Computer. Mailen kannst du gleich vergessen.«

Er streichelte mein Gesicht mit den Fingerspitzen.

»Bescheuert, das sagte ich doch! Zum Glück ist noch die Post da.«

Wir ritten, eng umschlungen. Wir hatten zusammen so viel erlebt! Das machte uns so leicht keiner nach. Das schuf eine Verbundenheit. Solal ging gleichmäßig. Ich sah vor mir, im Licht, seine wippenden Ohren. Er war glücklich, er hatte seine Heimat gefunden. Und die Höhle war immer da. Der Inspektor hatte gemeint, es würde Jahre dauern, bis sie erforscht wurde. Aber inzwischen gehörte sie mir. Wie wunderbar, trotz allem! Ich würde es sein, die Coralie zurückführte, bis zu den heilenden Seen, die nach Blumen und Gräser dufteten. Das, was sie wirklich benötigte, war dort, in dieser Höhle. Ich wusste nicht, was es war, aber es war vor Jahrtausenden entstanden und regte sich noch heute in uns. Was hatte Mamie Lucie gesagt? »Wo Menschen und Tiere gemeinsam träumen, entsteht eine mächtige Kraft, ein Gleichgewicht.« So ungefähr hatte sie sich ausgedrückt und recht gehabt, wie immer. Mir fiel auf, dass ich lächelte.

Pferde, Wind und Sonne

Federica de Cesco

1. Kapitel

Halb sieben Uhr: Lautes Weckergerassel riss Sophie aus dem Schlaf. Benommen stöhnte sie, streckte die Hand aus, um das blöde Ding zum Schweigen zu bringen, und verkroch sich wieder unter der Decke. Gewöhnlich kam ihre Mutter und zog die knarrenden Jalousien hoch, um sie aus dem Bett zu jagen. Aber an diesem Morgen rührte sich nichts. Erst langsam begriff Sophie: Das war ja der erste Ferientag! Gedankenlos und nur aus Gewohnheit hatte sie vor dem Schlafengehen den Wecker gestellt.

Sophie schloss behaglich die Augen und versuchte weiterzuschlafen. Es gelang ihr nicht. Licht fiel ins Zimmer; die rote Ampel an der Straßenecke hielt den Verkehr an, im Badezimmer summte Vaters Rasierapparat. Sophies Gedanken kreisten um das, was sie sich heute vorgenommen hatte: Slips und Socken waschen, T-Shirts aussortieren, bügeln oder wegwerfen. Die Mutter hatte ihr neue Jeans und Westernstiefel zum Reiten versprochen. Ein Geschenk für Mireille musste sie selbst kaufen, auch etwas für deren Bruder Alain, den sie nicht kannte. Was konnte man einem vierzehnjährigen Jungen eigentlich schenken? Dann musste sie zum Bahnhof und die Fahrkarte holen, denn morgen sollte die Reise nach Frankreich losge-

hen. Sie wollte den ganzen Juli auf einem »Mas« in der Camargue verbringen!
Das Badezimmer wurde frei: Sophie warf die Decke zurück und sprang aus dem Bett. In aller Eile duschte sie und putzte die Zähne. Eigentlich hätte sie sich die Haare waschen müssen, aber dafür hatte sie jetzt keine Zeit. Hastig schlüpfte sie in die Jeans und zog sich ein sauberes T-Shirt an. Sie stürzte in die Küche, wo ihre Mutter gerade den Kaffee kochte. Die Mutter trug einen roten Bademantel, ihre kurz geschnittenen Haare waren noch nass von der Dusche.
»Schon auf?«, fragte sie erstaunt. »Ich dachte, du würdest ausschlafen.«
»Ich Schafskopf habe den Wecker gestellt!« Sophie ließ sich auf einen Stuhl fallen und steckte zwei Scheiben Toast in den Toaster. »Hab ich einen Hunger!«
»Hunger?«, spöttelte die Mutter, »auf einmal, wo ich sonst die größte Mühe habe, dir morgens etwas einzutrichtern.«
»In den Ferien ist das eben anders.« Sophie goss ringsum Kaffee ein. »Heute Morgen habe ich verrückt zu tun!«
Vater trat in die Küche; er summte »Yellow Submarine«. Im Gegensatz zur übrigen Familie war er morgens immer bester Laune.
»Guten Morgen, Spatz! Schon wach! Du hast wohl Reisefieber?« Die Schnitten schnellten aus dem Toaster. Sophie bestrich sie mit Butter und Erdbeermarmelade.
»Mama, gibst du mir etwas Geld, damit ich die Sachen einkaufen kann?«

Ihre Mutter seufzte: »Du wirst mit Jeans zurückkommen, bei denen beim ersten Teller Spaghetti der Knopf abspringt, und Stiefel in Größe achtunddreißigeinhalb anstatt vierzig.«

»Nicht vierzig!«, protestierte Sophie aus vollem Munde. »Neununddreißigeinhalb!«

»Vergiss nicht, dass du Socken anziehen musst!« Mutter dachte immer praktisch, das war so ihre Art. »Und dann solltest du die Haare waschen, bevor du in die Stadt gehst«, fuhr sie fort, »sie sehen ungepflegt aus.«

»Ich weiß«, brummte Sophie.

Mit ihren aschblonden Haaren, die ihr in Strähnen ins Gesicht hingen, war nicht viel anzufangen. Wenn sie an Mireilles dunkle Lockenpracht dachte, Mireille, die sie morgen wiedersehen sollte! Das Herz schlug ihr höher.

Genau vor einem Jahr hatten sie sich in der Straßenbahn kennengelernt. Mireille war am Bahnhof eingestiegen. Sophie erinnerte sich an eine verwaschene Baumwollhose, an Leinenschuhe und einen mächtigen Rucksack: Das war Mireille. Sie schien zu den Trampern zu gehören, die mit Bus, Eisenbahn oder Autostopp vom Nordkap nach Afrika reisten und zwischendurch in Amsterdam oder Zürich haltmachten. Mirelle war braun gebrannt, hatte dunkle Augen, glänzend weiße Zähne und war sicher nicht älter als fünfzehn. Sophie hatte beobachtet, dass sie ohne Fahrkarte eingestiegen war. Als die Straßenbahn sich in Bewegung setzte, nahm sie aus einem Lederbeutelchen, das an ihrem Gürtel hing, etwas Geld. In Zürich aber muss man die Fahrkarten an der Haltestelle, bevor man einsteigt, lösen; aber wie soll ein Fremder das schon wissen, ein Fremder, der mit einem Stadtplan in der Hand und einem Französisch-Deutsch-Wörterbuch in der Tasche aus dem Zug steigt?

Sophie hatte damals ein Stoßgebet zum Himmel geschickt, dass kein Kontrolleur die Straßenbahn betreten möge! Aber am Paradeplatz stieg trotzdem einer ein. Sophie konnte einigermaßen Französisch: Ihre Mutter stammte aus Lausanne. Sie zupfte das Mädchen am Arm und flüsterte ihm zu: »Wenn du keine Fahrkarte hast, hau ab!« Das Mädchen kapierte sofort und bahnte sich einen Weg zum Ausgang, wobei sie mit ihrem Rucksack an alle Leute stieß. Die Straßenbahn hielt an. Das Mädchen stieg aus, und Sophie folgte ihr, obgleich das gar nicht ihre Haltestelle war. Da standen sie sich nun gegenüber, während die Straßenbahn samt Kontrolleur weiterfuhr.

»Vielen Dank! Da hab ich aber Glück gehabt!«, grinste das Mädchen. Sie sprach sehr schnell, mit südfranzösischem Tonfall. Sophie bemühte sich, ihr zu erklären, wie man eine Fahrkarte am Automaten löst.

»Hätte dich der Kontrolleur erwischt, wärst du sechzig Franken los!«

»Sechzig Schweizer Franken!« Das Mädchen war entsetzt. »Für so viel Geld kann ich dreimal essen und eine Nacht in der Jugendherberge verbringen!« Dann erzählte sie, dass sie aus Südfrankreich, aus Arles stammte, dem Hauptort der Provence an der Rhônemündung. Mireille Colomb war ihr Name. Sie reiste mit ihrem Zwillingsbruder Alain. Beide hatten ein Jugend-Generalabonnement für das ganze europäische Eisenbahnnetz und schliefen in Jugendherbergen. An jenem Morgen hatte sie sich von ihrem Bruder getrennt, der in Luzern einen Freund besuchen wollte.

»Alain ist schon in Ordnung, aber er schwärmt die ganze Zeit nur für Fußball. Schon allein bei dem Gedanken, ständig von Toren, Eckbällen und Strafstößen reden zu hören, gehe ich die Wände hoch! Meinetwegen können die beiden jetzt fachsimpeln, wir treffen uns in zwei Tagen in Basel und fahren dann gemeinsam nach Köln weiter.«

Mireille entfaltete umständlich ihren Züricher Stadtplan. »Siehst du, da ist die Jugendherberge. Ist das weit von hier?«

»Man muss die Straßenbahn nehmen und dann noch ein ganzes Stück zu Fuß gehen«, sagte Sophie.

»Dass Jugendherbergen immer am Ende der Welt liegen müssen!«, seufzte Mireille und schob ihren Rucksack zurecht. »Also dann, los! Schließlich muss ich heute Nacht doch in einem Bett schlafen.«

»Wenn du willst, begleite ich dich«, schlug Sophie vor.

»Wenn du Zeit hast!«

»Klar, ich habe Ferien!«

Bis zur Jugendherberge war es eine gute halbe Stunde. Als sie endlich verschwitzt und aufgelöst ankamen, erklärte ihnen die Herbergsmutter freundlich, aber bestimmt, dass alles besetzt sei. »Du hättest dich vorher anmelden müssen«, sagte sie zu Mireille. Bestürzt stand diese vor der Tür, mit dem schweren Rucksack, dessen Riemen in die Schultern schnitten,

einem knurrenden Magen, dem Bedürfnis nach einem WC und einer Dusche.
»Mensch, was mache ich jetzt? Schweizer Hotels sind sündhaft teuer und in der Auskunft am Bahnhof sagte man mir, dass alle billigen Zimmer schon vergeben seien.«
Sophie überlegte nicht lange.
»Du kannst ja bei uns übernachten. Ich muss allerdings erst fragen . . . du weißt ja, wie Eltern sich anstellen.«
Sie sahen sich nach einer Telefonkabine um, und Sophie rief die Versicherungsgesellschaft an, bei der ihre Mutter arbeitete.
»Was, du hast das Mädchen in der Straßenbahn aufgelesen, und nun willst du, dass sie über Nacht bei uns bleibt? Aber . . . wann hast du sie denn kennengelernt?«
»Vor einer halben Stunde . . . «, antwortete Sophie zerknirscht. Der Mutter verschlug es die Sprache.
»Weißt du denn überhaupt, woher sie kommt und ob sie . . .?«
»Mama, ich bitte dich! Du kannst sicher sein, sie ist nett . . . «
»Also gut«, seufzte die Mutter. »Ich verlasse mich auf dein Gefühl. Lad sie zum Abendessen ein, dann werden wir ja sehen. Frage sie, ob sie Käseauflauf mag. Ich bin zu müde, um groß zu kochen.«
Strahlend brachte Sophie die junge Französin mit nach Hause. Mireille kam bei Sophies Eltern gar nicht schlecht an. Für ihr Alter gab sie sich wirklich ungewöhnlich selbstsicher und war obendrein noch sympathisch, fröhlich und unternehmungslustig. Mireille

erzählte, dass ihre Eltern geschieden seien, dass sie mit ihrem Bruder bei der Mutter lebte, die in Arles eine Boutique mit einheimischem Kunstgewerbe führte. Ihr Vater hatte sich wieder verheiratet und wohnte in Nizza. Sie sahen ihn nicht oft. Die Zwillinge besuchten gemeinsam das Gymnasium.
»Wir sind in derselben Klasse, und das ist unerträglich!«, seufzte sie. »Alain und ich haben einen Altersunterschied von nur zwanzig Minuten. Gott sei Dank bin ich die Ältere, das sichert mir wenigstens einige Vorrechte!«
Im Laufe des Gesprächs erzählte sie auch von ihrer Tante Justine, die in der Camargue einen »Mas« besaß, ganz in der Nähe von Saintes-Maries-de-la-Mer.
»Was ist das, ein ›Mas‹?«, wollte Sophie wissen.
»Das ist so ein provenzalisches Wohnhaus; besonders die größten Gutshöfe werden so genannt. Viele Hofbesitzer sind Bauern«, erklärte Mireille weiter, »aber Tante Justine ist *manadière,* das heißt, sie lebt vom Ertrag ihrer Herden.«
»Züchtet deine Tante Pferde?« Sophie war ganz rot vor Aufregung, als sie danach fragte.
Mireille nickte. »Nicht nur Pferde. Sie haben auch mindestens vierzig Stiere. Tante Justine sitzt wie ihre Gardians, die Viehhirten, fast den ganzen Tag im Sattel. Seit zwölf Jahren ist sie Witwe. Onkel Renand kam bei einem Autounfall ums Leben; sein Landrover stürzte in einen Wassergraben. Er wurde verletzt, verlor das Bewusstsein und ertrank. Nach seinem Tod übernahm Tante Justine den »Mas de la Trinité«. Alain und ich verbringen die Ferien und fast jedes

Wochenende bei ihr. Wir reiten und schwimmen, wie wir gerade Lust haben.«

»Da kannst du von Glück sagen«, rief Sophie begeistert. Sie wusste, dass die Camargue ein weites Gebiet von Seen, Sümpfen und Ebenen an der Rhônemündung war; sie wusste auch, dass die Camargue als Paradies der weißen Pferde, der Stiere und Flamingos bekannt war. Doch damit endete ihr Wissen. Mireille erklärte ihr, dass die Camargue eigentlich eine Insel sei, die ständig in Bewegung ist, sodass sich die Umrisse und die Wasserarme immerzu verändern.

Die Eltern hörten aufmerksam zu, während Sophie, die leicht dazu neigte, in den Wolken zu schweben, von einem Pferd träumte, auf dem sie durch die wilde, heiße Landschaft ritt . . .

»Kannst du reiten?«, hatte Mireille gefragt, als hätte sie Sophies Gedanken erraten.

»Kaum . . . ehrlich gesagt, nein. Da in der Stadt ist es mit dem Reiten nicht so einfach. Man muss eine Reitschule besuchen, und das kostet viel Geld.«

Der Vater räusperte sich. Sophie warf ihrer Mutter einen Blick zu, aber diese tat so, als hätte sie nichts bemerkt und sagte in gleichmütigem Ton zu Mireille: »So etwas muss man sich schon verdienen. Sophie ist nicht auf den Kopf gefallen; aber dieses Jahr hat sie sich in der Schule nicht gerade überanstrengt, nicht wahr, Sophie. An sich hatten wir ihr einen Reitkurs versprochen; aber zuerst kommt eben die leidige Schule. Ohne gute Durchschnittsnoten kommt man da nicht durchs Ziel.«

Sophie stellte die Teekanne geräuschvoll auf den Tisch.

»Du weißt genau, dass wir idiotische Lehrer haben. Außerdem hasse ich Mathematik!«
Mireille blinzelte ihr zu. »Ich auch!« Da mussten beide Mädchen lachen. Die Eltern wechselten einen vielsagenden Blick, während Mireille zum dritten Mal vom Käseauflauf nahm.
»Hast du ein eigenes Pferd?«, fragte Sophie, um vom heiklen Thema abzulenken.
»Wenn ich bei Tante Justine bin, reite ich immer Follet, eine fünfjährige Stute. Auch Alain hat sein Pferd; es heißt Caprice, also Trotzkopf, weil es sehr schwer zuzureiten war. Aber der schönste Hengst in der Herde ist Etoile, unser Stern. Leider hat ihn noch niemand geritten, und er wird wohl auch niemals geritten werden.«
»Warum?«
»Weil er einen Knacks hat.« Mireille tippte sich an die Stirn. »Als er noch ein Fohlen war, raste ein Betrunkener mit seinem Motorrad in die Herde und machte sich einen Spaß daraus, die Pferde zu erschrecken. Der Idiot verletzte das Fohlen so schwer, dass Tante Justine glaubte, es müsste getötet werden. Etoile hat sich erholt, aber er lässt niemanden an sich heran.«
»Und was ist mit dem Kerl geschehen, der dies gemacht hat?«, fragte Sophie.
»Die Gardians haben ihn verprügelt.« Geringschätzig schloss Mireille: »Er war nicht aus der Gegend. Einer aus der Camargue hätte sich so etwas niemals einfallen lassen.«
Zwei Tage lang waren Sophie und Mireille unzertrennlich. Mireille zeigte ihrer neuen Freundin die

Stadt. Sie schlenderten am Limmatquai entlang, picknickten auf einer Bank am Seeufer und warfen den Schwänen Brotkrumen zu. Dann, am Nachmittag des zweiten Tages hatte Sophie Mireille beim Packen des Rucksackes geholfen. Sie war niedergeschlagen. Die letzten Ferientage, die ihr noch bevorstanden, kamen ihr endlos öde vor.

»Mach doch nicht so ein Gesicht!«, hatte Mireille zu ihr gesagt, als sie zum Bahnhof fuhren. »Wir sehen uns im nächsten Jahr wieder; außerdem schreibe ich dir.«

Sophie hatte genickt, aber sie glaubte nicht, dass Mireille ihr Versprechen halten würde. Sie hatte gewiss anderes zu tun, um auch noch ans Briefeschreiben zu denken. In ihrem Leben war so ein Aufenthalt in Zürich gewiss ohne Bedeutung. Lange Zeit behielt Sophie das Bild der jungen Französin deutlich in Erinnerung, wie sie ihr noch aus dem Abteilfenster des anfahrenden Zuges zuwinkte. Sie sah ihr Lächeln, den zerzausten Haarschopf, das Khakihemd, das vom Rucksack zerknautscht war . . .

Groß war ihre Überraschung, als sie knapp eine Woche später eine Postkarte aus Brüssel erhielt, dann eine zweite aus Amsterdam. Nach einem Monat traf ein langer Brief aus Arles ein. Die Ferien waren auch für Mireille zu Ende, und sie schilderte acht Seiten lang, was sie auf ihrer Reise erlebt hatte. Sie war also ein Mädchen, das sein Wort hielt, und auch ein Mädchen, das gerne Briefe schrieb! Da Sophie ebenfalls gerne Briefe schrieb und erzählte, was sie erlebte und was sie bewegte, ergab sich bald ein großer Briefwechsel zwischen Zürich und Arles.

Kurz nach Ostern kam der Brief, der bei Sophie eine drei Monate lange fieberhafte Ungeduld auslöste: Mireille lud sie ein, den Monat Juli auf dem »Mas de la Trinité« in der Camargue zu verbringen!

»Ich sprach mit Tante Justine über dich, und da schlug sie mir vor, dich doch einzuladen. Im »Mas« ist viel Platz, und wir haben oft Gäste. Komm! Von morgens bis abends werden wir reiten. Du brauchst keine Angst zu haben, Tante Justine wird dir ein Pferd geben, das keine Launen hat. Du wirst auch meinen Bruder Alain kennen lernen. Da fällt mir ein, ich zeigte ihm dein Foto und fragte ihn, wie er dich findet. Er antwortete: ›Nicht besonders!‹ Mädchen interessieren ihn überhaupt nicht, meint er, aber ich glaube ihm kein Wort. Na, du wirst ja selbst sehen . . .«

Nicht ohne Herzklopfen las Sophie ihren Eltern Mireilles Brief vor, wobei sie die Stelle, die Alain betraf, ausließ. Schließlich ging das niemanden etwas an. Natürlich war die Einladung wieder einmal für Mama eine gute Gelegenheit, Bedingungen zu stellen. »Grundsätzlich haben wir nichts dagegen. Aber deine Ferien in der Camargue hängen davon ab – das kannst du dir ja denken –, ob man in der Schule mit dir zufrieden ist. Schreib Mireille, dass du noch nicht endgültig zusagen kannst.«

Sophie ärgerte sich über diese Kleinigkeit, aber sie sagte nichts. Ihr Entschluss war aber schnell gefasst. Schon vom nächsten Tag an büffelte sie englische Vokabeln, schwitzte verbissen über der Algebra. Sie arbeitete selbst samstagnachmittags und sonntags,

machte ihre Aufgaben, ohne Musik dabei zu hören. Der Erfolg blieb nicht aus: Ihr Zeugnis ergab eine so gute Durchschnittsnote, dass sich die Eltern freudig überrascht zu allem bereit erklärten: Sophie durfte in die Camargue fahren, ja, sie durfte sich neue Jeans kaufen und sogar die Reitstiefel, um die sie schon seit vergangenem Herbst vergeblich gebettelt hatte!
Die letzten Einzelheiten wurden mit Mireille und ihrer Tante telefonisch besprochen. Selbst aus weiter Ferne klang Frau Colombs Stimme warm und fröhlich. Sie freute sich darauf, sie bald kennenzulernen. Danach krochen die Tage bis zur Abreise wie Schnecken dahin. Sophie konnte es kaum fassen, dass sie nun wirklich morgen reisen sollte!
»So antworte doch!« Die Stimme der Mutter riss sie aus allen Wolken. »Hast du mich gehört oder nicht?« Mama hatte sich umgezogen; sie trug jetzt eine geblümte Bluse und eine blaue Hose. »Ich sagte, du sollst mich mittags im Büro abholen. Ich komme mit zum Bahnhof, um deine Fahrkarte zu besorgen. Ach ja, fast hätte ich's vergessen – hier ist noch Geld für deine Einkäufe, aber gib es nicht für unnützes Zeug aus!«
Mutter ging; morgens hatte sie es immer eilig. Vater ließ sich beim Frühstück Zeit. Er war Typograf, und seine Druckerei lag nur fünf Minuten vom Haus entfernt, sodass er weder die Straßenbahn noch ein Auto benutzen brauchte. Er half Sophie meistens, das Morgengeschirr abzuwaschen und die Küche in Ordnung zu bringen.
»Sag Papa, leihst du mir deinen Rucksack? Ich habe keine Lust, einen Koffer zu schleppen.« Vater besaß

einen schönen roten Trekking-Rucksack mit vielen Taschen.

»Unter der Bedingung, dass du ihn mir in gutem Zustand zurückbringst, nicht mit tausend Flecken wie das letzte Mal.«

Sophie blieb allein in der Wohnung zurück. Sie wusch sich die Haare und trocknete sie mit dem Fön. Eine halbe Stunde später war sie auf dem Weg in die Innenstadt, um in den Kaufhäusern zu stöbern. Sie probierte ein halbes Dutzend Jeans an, bis sie die richtigen fand: dunkelblaue, enge Röhren mit einem Knopfverschluss. Dann entdeckte sie im Ausverkauf ein Paar tolle Westernstiefel mit flachen Absätzen. Nur die Geschenke bereiteten Kopfzerbrechen! Schließlich kaufte sie für Mireille einen Silberring, der mit einem Vögelchen verziert war, und für Alain einen Schlüsselanhänger.

Pünktlich fand sie sich im Versicherungsbüro ein. Der Mutter gefielen die Stiefel, aber sie rümpfte die Nase, als Sophie ihre Jeans zeigte. »Bist du sicher, dass das deine Größe ist? Man könnte meinen, du hättest sie in der Kinderabteilung gekauft!«

»Beim Zuknöpfen muss ich den Bauch ein bisschen einziehen«, gab Sophie zu. »Aber glaub mir, alle Jeans dehnen sich beim Tragen aus.«

Die Mutter sah nicht gerade überzeugt aus. Sie schien jedoch in nachsichtiger Stimmung zu sein. Nachdem sie die Fahrkarte besorgt und für Sophie etwas französisches Geld gewechselt hatte, schlug sie Sophie vor, eine Pizza zu essen. Für Sophie war das ein richtiger Festtag!

Danach ging Mutter ins Büro zurück, und Sophie begab sich nach Hause, um ihre Sachen zu packen. Sie breitete auf dem Boden Wäsche und Socken aus. Der blaue Bikini vom vorigen Jahr war ein bisschen verschossen, aber in der hellen Sonne würde man das kaum merken. Am Abend brauchte sie eine volle Stunde, um den Rucksack sorgfältig zu packen. Mutter kam alle paar Minuten herein und bestand darauf, dass sie früh schlafen ginge. Der Zug nach Avignon fuhr schon um sechs Uhr fünfzig. Aber Sophie fand keinen Schlaf. Sie wälzte sich im Bett herum, hörte eine Uhr Mitternacht schlagen, dann ein Uhr. Als sie die Müdigkeit trotz der Aufregung übermannte, schlief sie so tief, dass der Wecker vergeblich rasselte. Ihr Vater musste an die Tür donnern, um sie aus dem Schlaf zu reißen.
»Aufstehen, Sophie! Sonst fährt noch der Zug ohne dich ab!«
Das wäre eine Katastrophe! Sophie sprang aus dem Bett und zog sich in aller Eile an. Der Kopf wirbelte ihr. Hatte sie auch nichts vergessen? Das Frühstück stand schon auf dem Tisch, aber die Erregung schnürte ihr den Magen zu. Nur um kein Gerede aufkommen zu lassen, trank sie eine Tasse Milchkaffee und knabberte an einem Stück Brot herum. Mutter machte ihr zwei große belegte Brote, eins mit Wurst, das andere mit Käse. Auch einen Apfel und eine Orange tat sie in die Papiertüte. Vater wartete schon mit dem Autoschlüssel in der Hand, um Sophie zum Bahnhof zu bringen. Die Mutter drückte ihr einen Kuss auf die Wange.
»Also: Alles Gute und grüße Mireille von uns. Wenn

du angekommen bist, rufe uns an. Und schicke uns ab und zu eine Postkarte.«

»Ich schreib euch bestimmt, Mama!«

Unter dem Gewicht ihres Rucksacks keuchend, stolperte sie die Treppe hinunter. Vater hatte bereits den Wagen aus der Garage geholt. Sophie schnallte mit nervösen Fingern die Gurte an.

»Schnell!«

Der Vater ließ sich durch nichts aus der Ruhe bringen.

»Nur keine Aufregung! Wir haben Zeit.«

Zu dieser frühen Morgenstunde herrschte wenig Verkehr, und so kamen sie rasch zum Bahnhof. Es dauerte sogar noch zehn Minuten, bis der Zug auf dem Bahnsteig einfuhr. Vater sicherte ihr einen Fensterplatz in einem Nichtraucherabteil.

»Steig aus!«, rief Sophie immer nervöser. »Gleich fährt der Zug ab!«

»Darauf warte ich ja«, antwortete Vater gelassen. »Ich habe mir schon immer Ferien in der Camargue gewünscht . . .« Er zerzauste ihr liebevoll die Haare und stieg aus. Sophie beugte sich aus dem offenen Fenster des Abteils. »Fall nicht vom Pferd!«, rief Papa ihr zu, als sich der Zug langsam in Bewegung setzte.

Sophie winkte ihrem Vater lange zu, so wie Mireille ihr vor einem Jahr zugewinkt hatte. Der Zug fuhr an, immer schneller und schneller, der Bahnsteig entfernte sich, und die Gestalt des Vaters verschwand hinter den Betonpfeilern. Sophie machte das Fenster zu, strich sich die zerzausten Haare aus dem Gesicht und setzte sich mit einem tiefen Seufzer der Zufriedenheit. Endlich war es so weit! Die Camargue, die Sonne, der

Wind und das große Abenteuer erwarteten sie, so malte sie sich es aus, und ihrer Fantasie waren keine Grenzen gesetzt.

2. Kapitel

Sophie hatte für die lange Reise ein Buch mitgenommen; aber sie kam nicht zum Lesen. Fortwährend gab es draußen etwas zu sehen: Landschaft, Ortschaften, aber auch Menschen. Bis Bern fuhr Sophie mit einer Frau, die sich in Kreuzworträtseln vertiefte, und mit zwei bärtigen Holländern, die schmutzige Jeans trugen und schwer beladene Rucksäcke schleppten. In Bern stieg ein älterer Mann zu, der bald mit offenem Mund einschlief. Eine Fliege schwirrte um sein Gesicht. Sophie wartete gespannt auf den Augenblick, in dem er sich an der Fliege verschlucken würde. Aber als der Zug in Fribourg einfuhr, erwachte der Mann, und die Fliege verschwand. Nun fuhr der Zug durch Weinberge weiter. Der Genfer See strahlte blau wie der Himmel, die hohen hellen Häuser von Lausanne flogen vorüber, große Parks mit Zedern und exotischen Bäumen vor Genf, und schon war die Grenze erreicht. Ein kurzer Aufenthalt wegen der Grenzkontrolle und schon ging die Fahrt weiter. Jetzt war sie in Frankreich!

Kurz vor Mittag gelangte der Zug nach Lyon. Die Stadt kam Sophie groß vor. Auf dem Bahnsteig wimmelte es von Menschen, die sich mitsamt ihrem Gepäck drängelten und schubsten. Der Zug wurde überfüllt. Sophie saß eingezwängt zwischen dem Fenster und einer dicken, stark parfümierten Frau, die sie dauernd mit dem Ellbogen in die Seite stieß. Ihr gegenüber saß ein ungefähr gleichaltriges Mädchen und hielt einen Katzenkorb offen auf dem Schoß. Sophie sah die Augen der Katze gelb leuchten. Jedes Mal, wenn das Tier miauend klagte, streichelte es das Mädchen.

Sophie verschlang die beiden belegten Brote und den Apfel. Die Orange sparte sie auf. Es war heiß. Sophie kämpfte gegen den Schlaf, betrachtete das blaugraue Band der Rhône, die zwischen niedrigen Dämmen dahinfloss. Sie sah Weinberge, Getreidefelder, Zypressen. Es war eine friedliche, aber eintönige Landschaft, wo nichts Besonderes ins Auge fiel. Sophie renkte sich vor Gähnen fast die Kinnlade aus. Sie war ja heute auch in aller Frühe aufgestanden. Der Anblick dunkler Festungswälle und massiver Türme, die ins Licht aufragten, riss sie aus ihrer Stumpfheit. Das musste Avignon sein!

Sie stand rasch auf, stieß an Ellbogen und Knie von irgendjemand. Ihr Rucksack prallte unsanft mit einem Schädel zusammen. Sophie stotterte eine Entschuldigung.

Uff! Endlich stand sie auf dem Bahnsteig! Im Gegensatz zu dem Gedränge in Lyon machte der Bahnhof in Avignon einen eher verlassenen Eindruck. Der Zug nach Arles wartete bereits. Sophie fand ein fast leeres Abteil. Das wäre geschafft!, dachte sie und machte es sich bequem. Im Abteil saß nur ein alter Mann, der in ein großes Taschentuch hustete. Er schien erkältet zu sein.

Der Zug fuhr mit halbstündiger Verspätung ab. Obwohl es schon Nachmittag war, stand die Sonne immer noch hoch. Der Himmel war matt, verstaubte Zypressen standen aufgereiht in der grauen Ebene; nirgends war Schatten. Sophie hatte Durst. Sie aß die Orange. Die Augen fielen ihr zu. Sie nickte ein, fuhr aber plötzlich hoch, als der Zug verlangsamte. Sie sah weiße Häuser und eine Platanenallee.

»Entschuldigen Sie, wo sind wir?«, fragte sie noch halb verschlafen den Alten.

»In Arles!«, röchelte dieser hinter seinem Taschentuch.

Es blieb ihr gerade noch Zeit, die Orangenschalen verschwinden zu lassen und den Rucksack aufzuladen. Schon hielt der Zug! Schläfrig benommen, blinzelte Sophie auf den heißen Bahnsteig und suchte den Ausgang.

»Sophie!« Die Stimme ließ sie herumfahren. Ihr Rucksack schlug einem Mann ins Gesicht, der sich fluchend mit der Hand über das Gesicht fuhr.

»Was bin ich ungeschickt mit meinem Gepäck!«, stieß Sophie hervor und streckte Mireille die Hand entgegen, »aber das macht wohl die Hitze!«

Mireille hatte sich nicht verändert, war nur noch dünner und sonnenverbrannter. Sie trug Jeans, ein weites Hemd mit aufgekrempelten Ärmeln und die üblichen Leinenschuhe.

»Wie war die Reise?«

»Ich bin eingedöst und wäre fast weitergefahren«, stammelte Sophie.

»Zugfahren schläfert ein«, bestätigte Mireille. »Einmal, als Alain nach Nizza zu Papa fuhr, wachte er erst eine Stunde später an der italienischen Grenze wieder auf!« Sie grinste. »Aber sag ihm nicht, dass ich es dir erzählt habe, das wurmt ihn heute noch!«
»Ist Alain nicht da?«
Mireille schüttelte den Kopf. »Der ist schon seit einer Woche bei Tante Justine. Inzwischen hatte ich meine Ruhe! Er ist nämlich echt anstrengend!«, fügte sie hinzu. Sie streckte die Hand nach dem Rucksack aus. »Komm, ich helfe dir.«
»Nicht nötig, der ist ganz leicht«, log Sophie.
»Wir nehmen den Bus.« Vor dem Ausgang packte sie plötzlich Sophies Arm. »Schnell! Da kommt er schon!«
Der stark besetzte Bus hielt gerade gegenüber. Mireille benutzte die Ellbogen, um Sophie auf einen der wenigen freien Plätze zu stoßen. Sophie klemmte den Rucksack zwischen die Knie. Mit einem Ruck fuhr der Bus an, eine Wolke Abgase ausstoßend.
»Arles stinkt im Sommer. Man sollte alle Motorfahrzeuge verbieten«, erklärte Mireille und hielt sich die Nase zu.
Sophie schmunzelte. Mireille ließ sich nie eine Gelegenheit entgehen, gegen eine Luftverschmutzung zu wettern. »Und wie soll man sich dann fortbewegen? Zu Fuß?«
»Zum Beispiel. Oder zu Pferd oder in einem Pferdewagen. Das ist nur eine Sache der Gewohnheit. Die Energiekrise haben wir ja schon. In zwanzig Jahren wird Europa nur noch ein schöner, großer Autofriedhof sein!«

Sophie betrachtete die beschatteten Straßen, die von Geschäften und überfüllten Kaffeehäusern gesäumt waren. Mireille hatte recht: Arles erstickte an seinem Verkehr. Die Abgase, die die Hitze noch drückender machten, hüllten Straßen und Plätze ein. Aber war das nicht in allen Städten der Fall?
Der Bus fuhr durch den breiten Boulevard des Lices und bog dann ab. Mireille zeigte auf eine hochragende, grauschwarze Mauer, die eine abschüssige Gasse abzuriegeln schien.
»Das ist die Arena«, erklärte sie, »sie soll zu Beginn des zweiten Jahrhunderts nach Christus erbaut worden sein. Dort finden sonntags die Wettkämpfe um die Kokarde statt.«
»Was heißt das?«
»Das sind Stierkämpfe. Die Teilnehmer, die so genannten *razeteurs*, müssen eine Kokarde ergattern, die der Stier zwischen den Hörner trägt. Es gehört viel Mut und Geschicklichkeit dazu, um den wütenden Angriffen der Stiere zu entgehen.«
»Und der Stier wird dann getötet?«
»Gott behüte, nein!« Mireille schüttelte empört den Kopf. »Der Stierkampf in der Camargue ist weder eine Corrida noch ein Rodeo, sondern ein Wettkampf, bei dem das Tier auch eine Chance hat.«
»So einen Stierkampf würde ich gern einmal sehen«, sagte Sophie.
»Nichts leichter als das. Tante Justine hat zwei Stiere, die nächsten Sonntag in Aigues-Mortes kämpfen werden. Komm, hier müssen wir aussteigen!«
Sie bahnten sich einen Weg zum Ausgang. Dann

überquerten sie eine von Autos und Motorrädern vollgestopfte Straße und gelangten schließlich auf einen von großen Bäumen beschatteten Platz. Ein tumultartiges Gezwitscher tönte aus dem Laub der Bäume; es musste sich eine ungeheure Zahl von Vögeln darin niedergelassen haben. Rings um den Platz standen Restaurants, Kaffeehäuser und Geschäfte.

»Dort ist unsere Boutique«, sagte Mireille stolz.

Im Schaufenster, auf das sie wies, sah Sophie lange Volantröcke, Leder- und Korbwaren, einige handgestrickte Pullover in leuchtenden Farben und eine Anzahl jener kleinen Statuen aus Ton, in bunte Trachten gekleidet, die in Südfrankreich als Krippenfiguren aufgestellt werden.

»Nicht schlecht«, sagte Sophie.

»Du hast ja noch gar nichts gesehen!« Mireille stieß die Tür auf. Ein Glockenspiel ertönte.

In dem nach Lavendel duftenden Halbdunkel sah Sophie große, flaumweiche Wolldecken, bunte Baumwollstoffe, bestickte Leinwandtaschen, handgehäkelte, breite Schultertücher. Auf einem Gestell reihten sich zierlich geformte Gläser und bizarre Muschelkästchen. Hinter dem Ladentisch, auf dem Säckchen mit duftendem Lavendel lagen, stand eine groß gewachsene Frau mit tiefbrauner Haut und dichten schwarzen Haaren, die im Nacken zu einem Knoten geschlungen waren. Sie trug Jeans und eine Bluse aus türkisfarbener Seide.

»Mama, das ist Sophie«, sagte Mireille und schob ihre Freundin vorwärts.

Frau Colomb kam hinter dem Ladentisch hervor,

umarmte Sophie und gab ihr einen Kuss, worüber diese verlegen errötete.
»Ich freue mich, dich kennenzulernen! Mireille hat mir viel von dir erzählt!«, sagte sie mit herzlicher Stimme. »Du wirst nach der langen Fahrt gewiss todmüde sein! Geht schnell hinauf, Finette wird euch Kaffee machen.«
Finette war Mireilles Großmutter; das wusste Sophie aus den Erzählungen ihrer Freundin. Sie folgte Mireille, die eine dunkle, enge Treppe hinaufpolterte. Ein Flur führte zur Wohnung im ersten Stock. Sophie wurde in ein großes Zimmer geführt. Die Fensterläden waren wegen der Hitze geschlossen. Schwere, alte Möbel standen im Raum. An der Decke hing ein großer Leuchter. Es roch ein wenig modrig, nach Bohnerwachs und Äpfeln.
»Das Haus ist über hundert Jahre alt und ziemlich verwohnt«, bemerkte Mireille. Als sie »Finette!« rief, wurde eine Tür geöffnet, und es erschien eine ganz in Schwarz gekleidete, kleine, alte Frau. Eine Silberbrosche hielt das Schultertuch vorn auf ihrer Brust zusammen. Ihr runzliges Gesicht drückte verschmitzte Güte aus. »Du bist ein unmögliches Kind, Mireille. Da lässt du deine Freundin mit dem schweren Rucksack stehen! Komm, lass dir helfen.« Mit unerwarteter Kraft half sie Sophie, den Rucksack abzunehmen.
»Vielen Dank, Madame«, sagte Sophie unsicher.
»Ich heiße Finette«, wurde sie von der Großmutter belehrt.
»Und ich rate dir, sie ja nicht ›Großmutter‹ zu nennen«, fiel Mireille ein. »Da wird sie böse.«

»Jeder hat so seine Eigenarten, und ich habe meine«, sagte die Großmutter, packte Sophies Rucksack mit einem einzigen Ruck am Riemen und stellte ihn an die Wand. »Anstatt dummes Zeug zu reden, solltest du deiner Freundin lieber das Badezimmer zeigen. Sie muss sicher Pipi machen und sich das Gesicht waschen.«
»Komm mit!«, rief Mireille lachend und zog Sophie hinter sich her. »Erschrick nicht, es kollert in den Rohren, und das ganze Haus dröhnt, wenn du die Kette ziehst.«
Als Sophie ins Wohnzimmer zurückkehrte, standen auf dem Tisch zwei winzige Tassen mit schwarzem Kaffee, eine Zuckerdose und ein Teller mit überzuckertem Mandelgebäck.
»Versuch es mal«, forderte Mireille sie auf.
Sophie nahm davon. Das Gebäck schmolz ihr auf der Zunge. Finette lächelte sie an und verschwand aus dem Zimmer.
»Hat Finette das gebacken?«, fragte Sophie verblüfft.
»Was glaubst du denn? Dass sie es beim Konditor kauft?«
Sie tranken den Kaffee und leerten den Teller mit dem Mandelgebäck. Dann zeigte Mireille Sophie ihr Zimmer. Es war viel höher und geräumiger als ihr Zimmer zu Hause, ging aber auf eine Geschäftsstraße hinaus, von der lautes Geräusch, Stimmen und Schritte heraufdrangen. Mireille beugte sich hinaus und schloss die Fensterläden.
»Tagsüber ist es hier so laut, dass ich im Wohnzimmer arbeiten muss«, sagte sie. »Aber nachts ist es still wie

in einem Kloster.« Ein Spiegelschrank aus schwerem Eichenholz stand neben einem ungewöhnlich schmalen altertümlichen Bett.

»Das war Finettes Bett, als sie noch jung war«, sagte Mireille. »Ich bekam es von ihr zu meinem zehnten Geburtstag geschenkt. Du schläfst heute Nacht hier.« Sie klopfte auf ein Sofa, das Finette – oder jemand anders – mit frischen, nach Lavendel duftenden Leintüchern bezogen hatte. »Deinen Rucksack brauchst du gar nicht auszupacken. Mutter bringt uns morgen zum ›Mas‹.«

»So etwas, fast hätte ich's vergessen!« Sophie schlug sich an die Stirn. »Ich hab versprochen, zu Hause anzurufen, um zu sagen, dass ich gut angekommen bin.«

»Das machen wir unten im Laden«, antwortete Mireille. »Mutter wird die Vorwahl für dich heraussuchen.«

Erst nachdem die letzte Pflicht erledigt war, fühlte sich Sophie wirklich in den Ferien!

Die Zeit bis zum Abend verging wie im Fluge: Die beiden hatten sich so viel zu erzählen, dass sie gar nicht merkten, wie spät es inzwischen geworden war.

»Habt ihr denn gar keinen Hunger?«, fragte Frau Colomb erstaunt, als sie nach Ladenschluss heraufkam. »Es wird langsam Zeit fürs Abendessen. Wie ich Finette kenne, wird sie sich heute Abend mit dem Kochen übertroffen haben!« Sie deckte flink den Tisch. Teller und Besteck kamen auf eine gestickte Tischdecke. Als alles bereit war, tauchte Finette mit rotem Kopf und zufriedener Miene aus der Küche auf; sie trug mit beiden Händen eine riesige Suppenschüssel herein.

»Nach so einer langen Reise muss man sich stärken«, sagte sie und füllte energisch Sophies Teller, die bei dieser Portion an ihre zu engen Jeans denken musste. Der herrlich duftenden Fischsuppe folgte ein üppiger Ei-Käse-Salat mit Nüssen, dann geschmorte Fische und ein Brathähnchen mit Oliven und verschiedene Gemüse. Nachdem Sophie zum Schluss noch eine köstliche Schokoladencreme mit Schlagsahne zu sich genommen hatte, war ihr zumute, als könnte sie nicht einmal den kleinen Finger mehr bewegen. Ihr Magen schien prall gefüllt, und sie musste heimlich zwei Knöpfe ihrer Hose öffnen.

Frau Colomb wollte am nächsten Morgen frühzeitig aufbrechen. »Ich muss auf der Rückfahrt einen Umweg über Nîmes machen, um mit einem Töpfer zu sprechen, und ich möchte vor dem Mittagessen zurück sein.« Sie wandte sich an Sophie, die ein Gähnen zu unterdrücken versuchte: »Kaffee?«

Verlegen schüttelte Sophie den Kopf, und Finette sagte streng: »Die Kleine fällt ja vor Müdigkeit um. Sie muss jetzt ins Bett, wenn sie morgen schon wieder reisen will. Sie hat ja viel vor. Auch das Reiten ist anstrengend, wenn man es nicht gewöhnt ist.«

»Es sieht aber gar nicht schwer aus«, erwiderte Sophie.

»Das hängt auch vom Pferd ab«, sagte Mireille. »Ich habe dir ja von Etoile erzählt, dem verrückten Hengst meiner Tante.«

»Was ist aus ihm geworden?«, fragte Sophie.

»Immer das Gleiche! Der Witz ist nur, dass Alain jetzt

auch spinnt! Er hat es sich in den Kopf gesetzt, Etoile zu reiten. Ist dir klar, was das heißt? Ein Pferd, das keinen Menschen an sich herankommen lässt! Als Alain zu Tante Justine sagte, er wolle Etoile zähmen, lachte sie laut auf. ›Junge‹, sagte sie, ›wenn es dir gelingt, drei Minuten im Sattel zu bleiben, schenke ich dir das Pferd!‹ Das ließ sich Alain natürlich nicht zweimal sagen, und er sauste sofort hinaus, um sein Pferd zu satteln. Seither hat Etoile keine ruhigen Tage mehr«, schloss Mireille lachend.

»Ich würde mich wundern, wenn ihm das Zureiten gelänge«, sagte Frau Colomb. »Alain ist viel zu ungestüm, zu ungeduldig. Bei Pferden kommt man mit sanfter Energie besser ans Ziel. Alain sollte nicht vergessen, dass Etoile einen schweren Schock erlitten hat. Ich glaube kaum, dass sich das jemals wieder einrenken lässt.«

Sophie hatte ihre Müdigkeit vergessen und hörte voller Spannung zu.

»Ich habe immer davon geträumt, die Camargue kennenzulernen!«, warf sie glücklich ein.

Finette wiegte den Kopf. »Die Camargue gehört zu den letzten Paradiesen auf Erden«, sagte sie mit ihrer spröden, aber guten Stimme. »Jedoch wie alle Paradiese ist auch sie zum Untergang verurteilt.«

Sophie starrte sie betreten an. »Zum Untergang verurteilt? Wieso?«

Finette stieß einen leisen Seufzer aus. »Der Mensch verdient das Paradies nicht. Er kann es nur verderben und verwüsten.«

Mireilles Stimme unterbrach das Schweigen. »Lass

dich nicht beeindrucken, Sophie! Wir sind's gewöhnt: Nach dem Essen verfällt Finette mit Vorliebe in düsteres Grübeln.«

»Stimmt!«, erwiderte die Großmutter gleichmütig. Ein spöttischer Funke tanzte in ihren braunen Augen. »Sag, isst du gerne frische Croissants zum Frühstück?«, fragte sie Sophie.

»Du lieber Himmel! Finette, reden Sie bitte jetzt nicht von Essen. Mir ist, als könnte ich ein ganzes Jahr lang nichts mehr essen.«

Nachdem die beiden Mädchen den Tisch abgeräumt und in der Küche, die wie ein Schlachtfeld aussah, Ordnung geschafft und abgewaschen hatten, gingen sie zu Bett. Sie schliefen jedoch nicht gleich, sondern flüsterten und kicherten noch eine Zeit lang miteinander. Mitternacht war längst vorüber, als Sophie erschöpft einschlief.

3. Kapitel

Sophie rieb sich die Nase. Ein Sonnenstrahl hatte sie wach gekitzelt. Sie schlug die Augen auf, betrachtete verwirrt die Gipsdecke und erfasste erst nach einer Weile, wo sie sich befand.

»Wird auch Zeit, dass du aufwachst«, hörte sie Mireilles Stimme. »Ich wollte dich schon aus dem Bett werfen.«

Mireille stand am Spiegel und bürstete sich energisch die Haare. Die Vögel sangen laut, überlaut, fand So-

phie. Unten wurde die Straße abgespritzt. Der Geruch des feuchten Asphalts drang ins Zimmer.
Die frischen Croissants, von einer Papierserviette bedeckt, glänzten von Butter. Sophie lief das Wasser im Mund zusammen. Sie seufzte. »Sag, kannst du mir Jeans leihen, Mireille?«
»Wozu?«
»Meine sind eine Nummer zu klein. Wenn ich mich weiter so mit Genuss vollstopfe, platzen sie aus allen Nähten!«
Finette kam atemlos herein, um die großen Frühstückstassen mit Milchkaffee zu füllen. Sie trug eine weiße Schürze und duftete leicht nach Veilchen.
Kurz darauf erschien Frau Colomb. Sophie bewunderte ihre schwarze Hose und die elfenbeinfarbene Bluse, die gut zu ihrer gebräunten Haut passte. Sie fand, dass sich Frau Colomb besser anzuziehen verstand als ihre Mutter mit ihrer ewigen Vorliebe für Pastellfarben. Frau Colomb trank ihren schwarzen Kaffee im Stehen.
»Frühstückt nur in aller Ruhe«, sagte sie zu den beiden Mädchen. »Am Morgen soll man sich Zeit lassen. Ich erwarte euch bei der Garage.«
»Du solltest auch ein Croissant essen«, sagte Finette streng zu ihr, gerade in dem Augenblick, als Sophie die Hand ausstreckte, um sich das letzte zu nehmen. Alle brachen in Lachen aus, als Sophie rot vor Verlegenheit die Hand schnell zurückzog.
Einige Minuten später ergriff Mireille die Tasche, in die sie ihre Sachen hineingestopft hatte, und ging Sophie, die ihren Rucksack schleppte, die Treppe hinunter voraus.

Finette kam vorsichtig nach. Sie gab Mireille einen Kuss, tätschelte Sophie die Wange und sagte: »Lass dich nicht von Alain tyrannisieren!«

»Dafür werde ich schon sorgen«, versprach Mireille mit Nachdruck.

Finette begleitete sie bis zur Ladentür. Dort blieb sie stehen, die Hände in den Taschen ihrer Schürze, und blickte ihnen nach. Ihr fein gerunzeltes Gesicht, das die Sonne beschien, sah heiter aus. Frau Colomb, die soeben ihren Wagen getankt hatte, fuhr vor und half den Mädchen beim Verstauen des Gepäcks im Kofferraum des Peugeots.

»Mireille kann hinten sitzen, sie kennt die Gegend!«, sagte sie, nahm am Steuer Platz und setzte sich eine Sonnenbrille auf.

Der Peugeot fuhr an, schlängelte sich durch verwinkelte Gassen und bog in den Boulevard des Lices ein. Es war Markttag. Menschen, beladen mit Körben und Taschen, drängten sich um die Stände. Sophie sah Pyramiden von Früchten und Gemüse, Berge von grünen und schwarzen Oliven, reihenweise Gläser mit Eingemachtem und Honigtöpfe. Rinds- und Kalbsviertel wurden feilgeboten und Eisstücke schützten die frischen Fische vor der Sonnenwärme. In winzigen Käfigen hockten traurige Hühner, zappelnde Hasen wurden von den Verkäufern an den Ohren hochgehalten. Der Peugeot fuhr die Textilstände entlang, wo Hosen und Pullover an den Pfählen hingen und ganze Stöße von Unterwäsche auf den Tischen lagen. Bei der roten Ampel staute sich eine dreifache Schlange Lastwagen, Motorräder und

Pkws. Alle Motoren liefen auf vollen Touren, Sophie hielt sich die Nase zu.

Frau Colomb schob ihre Sonnenbrille auf die Stirn und sagte: »Bald haben wir das Gewühl hinter uns.«

Die Ampel wechselte auf Grün, und alle brausten in derselben Sekunde los. Der Peugeot bog in eine Straße ab, dann in eine andere. Bald schon waren sie am Stadtrand. Auf einem sandigen, von Platanen beschatteten Gelände spielten alte Männer das Boule-Spiel. Todernst und gesammelt, berechneten sie den Wurf und warfen dann die Kugel mit ausholender Bewegung. Die Sonne stieg höher. Frau Colomb fuhr schnell, mit offenem Fenster. Warmer Wind durchzog den Wagen. Der Weg führte jetzt durch eine weite, ebene Landschaft, wo dunstige Luftspiegelungen bläulich schimmerten.

»Das ist schon die Camargue«, sagte Mireille.

»Ich dachte, es wäre wildes, unbebautes Land«, sagte Sophie. »Aber das sind ja überall grüne Felder.«

»Das sind Reisfelder«, sagte Frau Colomb. »Irgendein kluger Kopf ist auf den Gedanken gekommen, die seichten Süßwasserweiher für den Reisbau zu nutzen. Seit einigen Jahren bezieht Frankreich neunzig Prozent seines Reisbedarfs aus der Camargue. Für die Leute da ist das natürlich gut; aber von der unberührten Wildheit ist so wieder ein Teil verloren gegangen.«

Sosehr Sophie auch den Kopf wendete und drehte, es gab nicht viel zu sehen. Der Blick reichte nur bis zu einer Wand aus Zypressen und Tamarinden oder verlor sich in gräulichem Dunst, der über dem salzglitzernden Boden lag.

»Wo sind denn die Pferde?«, fragte sie etwas enttäuscht. Frau Colomb lachte.
»Nur Geduld, du wirst sie bald sehen.«
Immer mehr wurde die Landschaft von Wasserläufen und Tümpeln durchzogen. Es staute sich in den Kanälen und in den natürlichen Vertiefungen, die von Grundwassern durchsickert wurden. Wie große, stumpfe Spiegel glänzten die Weiher.
Plötzlich packte Frau Colomb Sophie am Arm. »Da, schau!«
Zwei rosa Flamingos glitten über das Wasser; ihre Flügel schlugen hoheitsvoll und gemächlich. Andere standen auf einem Bein; die Vögel sahen wie bizarre Blumen aus, die sich auf ihrem Stängel im Gleichgewicht hielten. Einige stolzierten durch den Schlamm, wobei ihr langer Hals im Takt auf und ab wippte.
Frau Colomb fuhr langsamer. Autos mit schweizerischen oder deutschen Nummernschildern überholten sie. Einige parkten am Straßenrand. Sophie sah, wie auf der anderen Seite Touristen irgendetwas filmten. Ein begeisterter Schrei entfuhr ihr: Stiere weideten im hohen Schilf. Die mächtigen Rücken, die schweren, hochmütigen Köpfe mit den sichelförmigen Hörnern durchdrangen ruhig und gewaltig die biegsamen Rohre.
Frau Colomb hatte den Wagen angehalten, damit Sophie besser sehen konnte.
»Die Weiden sind mit Stacheldraht eingezäunt«, sagte sie. »Den Touristen ist es an sich verboten, sich den Stieren zu nähern. Trotzdem gibt es manchmal Unfälle.«

»Geschieht ihnen ganz recht«, sagte Mireille. »Ein Stier ist kein sanfter Hammel!«
Frau Colomb setzte den Wagen wieder in Gang. Abermals stieß Sophie einen Freudenschrei aus: Hinter einem Wassergraben, gerade neben der Straße, grasten friedlich zwei Schimmel. Es waren gedrungene Tiere mit runden Rücken, üppiger Mähne und zottigem Haar. Aus sanften dunklen Augen betrachteten sie ohne Scheu die Touristen, die sie streicheln wollten und zu ihnen vordrangen, soweit es der feste Boden erlaubte.
Frau Colomb lächelte über Sophies Begeisterung.
»So! Jetzt sind wir den drei berühmtesten Exemplaren der einheimische Fauna begegnet. Bist du nun zufrieden?«
»Es ist . . . ganz toll!«, stieß Sophie einfältig hervor.
Es fehlten ihr einfach die Worte. Die Camargue erschien ihr wie ein wunderbares, großes Bilderbuch.
»Ach was!«, sagte unbeeindruckt Mireille. »Das ist nur eine Frage der Zeit. In ein paar Tagen wird dich selbst eine stürmende Herde kühl wie eine Gurke lassen!«
Sophie tat so, als hörte sie nicht, und brach weiterhin beim Anblick eines jeden Pferdes in lautes »Ah!« und »Oh!« aus. Da sie jedoch im Verlauf einer Viertelstunde eine große Anzahl Pferde zu sehen bekam, legte sich ihre Aufregung. Der Reiz des Neuen verschwand. Mireille hatte recht: Es war Gewohnheit!
Binsen und Sträucher wurden spärlicher. Soweit die Sicht reichte, zog sich die Straße durch eine eintönige Ebene dahin. Der Boden wirkte karg; er war schmutzig grau, rissig und salzverkrustet.

»Diese weiten Flächen nennt man *sansouires*«, erläuterte Frau Colomb. »Siehst du die dunkelgrauen Büschel? Das sind Salicornia, das heißt Pflanzen, die salzige Erde lieben. Hier wächst auch die lila Saladellenblume, das Wahrzeichen unserer Gardians.«
Mireille beugte sich vor, um Sophie auf etwas am Horizont aufmerksam zu machen. »Dort ist schon Saintes-Maries-de-la-Mer zu sehen.«
»Die Ortschaft hat sich in den letzten Jahren sehr verändert«, sagte Frau Colomb, »leider nicht zum Guten.«
Sophie kniff die Lider zusammen. Dort, wo der dunstig glänzende Horizont die Ebene zu begrenzen schien, glimmerte im Sonnenlicht eine weißliche Linie. Je mehr sich der Wagen näherte, desto deutlicher konnte man helle, gleich gestaltete Häuser zu beiden Seiten der Straße erkennen. Einige typische getünchte Hütten mit Binsendach spiegelten sich im Wasser eines Salzteiches. Aus der Nähe wirkte die Gegend eintönig und reizlos. Ein neues Wohnviertel war hier entstanden. Zwischen den Stein- und Betonbauten verkündeten grellbunte Schilder: »Eigentumswohnungen zu verkaufen«, und versprachen günstige Abzahlungsmöglichkeiten. Andere Schilder forderten zu »Spazierritten« auf. Angeführt von einem Operetten-Gardian zog soeben eine schwerfällige Reitergruppe vorbei. Sie trugen Stiefel, breitkrempige Hüte und bunte Filztücher nach bester »Western«-Tradition.
Mireille schnaubte vor Verachtung. »Hier kann jeder Blödian sich einen dreistündigen Ritt über zwanzig Kilometer kreuz und quer durch die Gegend kaufen,

genau so, wie man ein Paket tiefgekühlte Bohnen im Supermarkt kaufen kann.«

»Das Reiten ist sicher eine gute Sache für Leute, die das Stadtleben bedrückt«, sagte Frau Colomb; »aber alles hat seine Grenzen. Leichte Verdienstmöglichkeiten führen häufig zu Missbrauch. Erst kürzlich musste sich die französische Liga zum Schutz der Pferde einschalten. Die Pferde, die für diese Reitausflüge vermietet werden, waren unterernährt und wurden unter erbärmlichen Verhältnissen gehalten.«

Niedergeschlagen erinnerte sich Sophie an Finettes Worte: »Der Mensch verdient das Paradies nicht. Er kann es nur verderben oder verwüsten.«

»Gott sei Dank gibt es die echte Camargue noch«, fuhr Frau Colomb fort, »auch wenn sie sich abseits verbirgt und sich mit Stacheldraht umgeben muss, um den Frieden zu erhalten.«

Sie war vor den Neubauten abgebogen und fuhr jetzt auf einem sandigen Weg einen kleinen Kanal entlang. Wind fuhr durch die Binsen, die in dichten Garben auf den ausgedörrten, rissigen Böschungen wuchsen.

»Wir sind gleich da«, sagte Mireille.

»Wo?«, gab Sophie verdutzt zurück. »Ich sehe nichts.«

Frau Colomb lachte. »Die Camargue ist ein Land voller Überraschungen.« Sie schaltete in den ersten Gang, um vorsichtig an einer seichten Stelle den Kanal zu überqueren. Ein schmaler Pfad führte zwischen dem Schilf hindurch.

Sophie sah ein gespaltenes Holzschild, das an einem schiefen Pfahl hing. Sie konnte im Vorbeifahren die eingeschnitzte Inschrift »Mas de la trinité« lesen. Immer noch verdeckten die hohen Binsen die Aussicht. Das Rauschen des Windes drang durch das offene Fenster, und die Sonnenglut war erfüllt von flimmernden Staubteilchen. Plötzlich lichtete sich das Ried. Sophie sah eine Reihe hoher Schirmpinien, deren breite Kronen in der Luft wie riesige dunkle Kissen leicht hin und her schaukelten. Das Haus unter den Bäumen war groß. Es war dem Süden zugekehrt, um sich vor dem Mistral, dem heftigen Wind aus dem Rhônetal, zu schützen. Die schweren, weiß getünchten Mauern trugen ein niedriges, braunrotes Ziegeldach. Der Bau war so zweckmäßig und schlicht, dass man ihn aus der Ferne für eine Scheune halten konnte. Erst beim Näherfahren sah Sophie die geöffnete Tür, die freundlichen, grün gestrichenen Fensterläden. Blumenkästen und zwei breite Steinbänke standen an der Mauer. Frau Colomb fuhr den Wagen unter ein Schutzdach aus Binsen, wo schon ein staubiger Landrover geparkt war. Während Mireille und Sophie das Gepäck aus dem Kofferraum holten, kam eine Frau aus dem Haus, die sich die Hände an ihrer Schürze abtrocknete. Sie war groß gewachsen und hielt sich sehr gerade. Ein freundliches Lächeln erhellte ihr knochiges, sonnengebräuntes Gesicht.

»Das ist Regine«, erklärte Frau Colomb. »Ihr Mann, Constantin, ist der ›Baile‹, der Oberaufseher der Herden.«

»Reitet er Etoile?«, fragte Sophie unbefangen, und sie wurde rot wie eine Tomate, als sich alle Augen verwundert auf sie richteten und Regine in lautes Lachen ausbrach.

»Lieber Jesus, er wird sich hüten!«, stieß sie hervor.
»Jedenfalls ist er nicht so verrückt wie mein Bruder«, meinte Mireille. »Aber wo ist Tante Justine?«
»In ihrem Arbeitszimmer«, antwortete Regine. »Sie sitzt über den Abrechnungen. Genau gesagt, über der Steuererklärung«, fügte sie hinzu.
»Mir scheint, wir haben einen schlechten Augenblick gewählt«, meinte Frau Colomb.
»Ich glaube, sie hat bei dem Wind das Auto nicht gehört«, sagte Regine. »Kommen Sie herein, ich hole sie.«
Sophie hätte nicht gedacht, dass es im Innern des Hauses so kühl wäre; es kam ihr vor, als beträte sie einen kühlen Keller. Am Ende eines schmalen Flurs führte eine Treppe zum Obergeschoss. Es gab keine Diele, sondern man gelangte sofort in den Hauptraum, der gleichzeitig als Wohn- und Esszimmer diente. Der Fliesenboden glänzte. Die weiß getünchten Wände ruhten auf dicken Balken. Auf dem Sims des mächtigen Kamins umrahmten zwei große Kupferleuchter eine Anzahl Steingutvasen, die mit frischen Blumen gefüllt waren. Zwei unbequem aussehende Lehnstühle standen zu beiden Seiten des Kamins. Im Raum befanden sich außerdem eine hohe Standuhr mit glänzendem Pendel, ein riesiger Geschirrschrank und ein langer Tisch, der mit einer bunten Wachstuchdecke überzogen war. Oben knallte eine Tür ins Schloss, schwere Schritte polterten die Treppe hinunter. Die Frau, die jetzt hereinkam, mochte um die fünfzig sein. Sie war breit, stämmig und kräftig, trug Jeans und ein kariertes Hemd, dessen aufgekrempelte Ärmel harte, braun gebrannte Arme

sichtbar werden ließen. Sie hatte struppiges, kurz geschnittenes graues Haar, scharfe Falten an den Mundwinkeln, buschige Brauen und lebhafte, kluge Augen.

»Herzlich willkommen!«, rief sie mit dröhnender Stimme. Sie umarmte Frau Colomb, drückte Mireille einen Kuss auf beide Wangen und wandte sich dann mit ausgestreckter Hand Sophie zu, deren Finger in der mächtigen Pranke verschwanden.

»Das ist also die kleine Schweizerin!« Sie drückte Sophies Hand, dass diese fast aufheulte. »Ich kenne die Gegend gut. Zürich ist eine hübsche Stadt, aber zu viele Menschen und nicht genug Platz. Und dann die Berge . . . « Sie verzog das Gesicht. »Sie beschränken den Horizont und schränken auch hier ein . . .« Sie schlug sich gegen die Stirn. »Stimmt's oder nicht, Kleine?«

»Na ja . . . «, stieß Sophie fast tonlos hervor.

Aber Tante Justine war schon längst verschwunden.

»Regine, bring uns was zu trinken. Was möchtet ihr haben? Wein? Saft? Brunnenwasser? Wir haben das beste Wasser in der ganzen Camargue!«

Sie zog einen Stuhl über die Steinfliesen heran, setzte sich und forderte alle mit einer Handbewegung auf, Platz zu nehmen. Sie begann, sich mit Frau Colomb in einer melodischen Sprache zu unterhalten, und schlug dann so plötzlich mit der Faust auf den Tisch, dass Sophie zusammenfuhr. Mireille blinzelte schelmisch.

»Hast du verstanden, um was es geht?«

»Keine Ahnung!« Sophie zog kläglich die Schultern hoch.

Frau Colomb wandte sich heiter lächelnd an sie.
»Wir sprechen provenzalisch. Nur sagen wir leider keine Gedichte von Mistral auf, sondern sprechen ganz prosaisch über Steuern. Du wirst gemerkt haben, dass dieses Thema Justine zur Weißglut bringt.«
Regine erschien mit einem Wasserkrug und einem Körbchen voll süßer Feigen. Sie füllte die Gläser, die Mireille auf den Tisch gestellt hatte. Sophie probierte einen Schluck: Das Wasser war herrlich erfrischend und duftete nach Orangenblüten.
»Regine hat viel Arbeit«, erklärte Tante Justine. »Unsere Hüter kommen auch mittags zum Essen, und ihr hilft nur ein Mädchen aus dem Dorf.«
»Sechs hungrige Männer zu füttern, ist nun mal mein tägliches Los!«, sagte Regine.
»Nicht eingerechnet mein Bruder, der für vier isst!«, warf Mireille dazwischen.
»Ja, wo steckt Alain eigentlich?«, erkundigte sich Frau Colomb.
»Wie soll ich das wissen? Er ist in aller Frühe mit Caprice fortgeritten. Wahrscheinlich ist er hinter Etoile her.«
Tante Justine lachte schallend. »Wisst ihr, dass die Hüter Wetten abgeschlossen haben, ob ihm das Zureiten gelingen wird oder nicht?«
Ihr Gesicht wurde nachdenklich.
»Ich meine es ernst: Wenn er's schafft, bekommt er das Pferd. Er hat es dann wirklich verdient. Du kannst doch reiten, Kleine?«
Die Worte galten Sophie, die verlegen die Schultern bewegte.

»Ein bisschen, ja . . .«
»Ein bisschen ist nicht genug«, entschied Tante Justine.
»Du musst lernen, mit den Tieren umzugehen. Mireille wird's dir beibringen. Sie versteht etwas von Pferden.«
Mireille schnitt eine Grimasse.
»Ebendarum käme mir nicht in den Sinn, Etoile nachzurennen. Ich habe keine Lust, mir die Knochen zu brechen.«
»Dein Bruder hat keine derartigen Bedenken. Er glaubt, dass . . .« Tante Justine unterbrach sich und lauschte nach draußen. »Da scheint er ja zu kommen! Wenn man vom Teufel spricht . . .«
Fast im selben Augenblick wurde die Tür aufgestoßen. Sophie sah im Gegenlicht die schlanke Gestalt eines Jungen. Erst als er näher kam, unterschied sie seine einzelnen Züge. Er hatte den wirren Lockenkopf und die gleichen dunklen Augen wie Mireille. Aber das Gesicht war grobknochiger und wirkte trotz der offenherzigen, warmen Ausstrahlung spottlustig und anmaßend.
»Aha, da ist das Mädchen aus dem Norden«, sagte er und drückte ihr flüchtig die Hand. »Gut angekommen?«, fragte er leichthin.
»Ja, danke«, antwortete Sophie kurz.
Er setzte sich rittlings auf einen Stuhl, nahm sich aus dem Körbchen eine Feige und verschlang sie mit zwei Bissen.
»Nun, hast du Etoile heute gesehen?«, erkundigte sich Tante Justine.
»Gesehen, ja, so kann man's ausdrücken.«

Alain sprach sehr schnell. »Er war bei den Salinen. Caprice wollte dorthin nicht mitkommen. Zwei Stunden bin ich im Schlamm herumgepatscht! Unmöglich, sich an das verdammte Vieh heranzumachen. Plötzlich war es verschwunden. Man hätte meinen können, es habe einen Propeller unter dem Schwanz!«

Tante Justine runzelte die Brauen. »Wieso verschwunden?«

»Ja, verschwunden, wie in Luft aufgelöst!«

Er schnipste mit den Fingern. »Wenn einem die Sonne in die Augen scheint, kann man nicht mehr sehen. Überall spiegelt sie sich.«

Tante Justine wiegte verständnisvoll den Kopf.

»Das war genau der richtige Augenblick, die Sache aufzugeben und zum Mittagessen zurückzukehren.«

»Das habe ich mir auch gesagt.« Alain kaute schmatzend eine Feige.

Ein dünnes Mädchen von ungefähr fünfzehn Jahren mit einem blassen, schüchternen Gesicht kam herein, grüßte scheu und machte sich daran, Geschirr aus dem Schrank zu nehmen. »Du lieber Gott, es ist ja schon bald Mittag!«, rief Tante Justine. »Louise will den Tisch decken.«

Frau Colomb erhob sich.

»Ich muss gehen.«

»Wie, du bleibst nicht zum Essen?«

»Nein, ich bin in Nîmes mit Rémy verabredet, das ist der Weber, der mir die Schultertücher liefert. Er hat immer so herrliche Farben, und ich möchte mir seine neuen Sachen ansehen.«

Alle begleiteten sie. Sophie blinzelte in die grelle Son-

ne hinein. Unter dem Schutzdach war jetzt neben dem Wagen ein Pferd angebunden. Es war gedrungen und kräftig. Die struppige, weißgelbliche Mähne fiel ihm in die Augen und gab ihm ein missmutiges Aussehen.
»Das ist Caprice«, sagte Mireille und hielt Sophie, die es streicheln wollte, am Arm zurück. »Vorsicht, geh nicht von hinten an ihn heran. Das mögen Pferde nicht, und dieses hier ist besonders reizbar.«
»Weder Caprice noch ich schätzen plumpe Vertraulichkeiten«, bemerkte Alain schnippisch.
Frau Colomb verabschiedete sich von Tante Justine und ihren Kindern. Sie wünschte Sophie schöne Ferien und fügte hinzu: »Hoffentlich plagen dich die Mücken nicht zu sehr. Im Sommer gibt es hier viele.«
»Dieses Jahr ist es nicht so schlimm«, sagte Tante Justine. Wie um ihren Worten zu widersprechen, zerklatschte sie eine Mücke auf ihrem Arm und schnippte sie weg. Alle winkten, während Frau Colomb den Peugeot wendete. Der Wagen verschwand in einer Staubwolke, gerade als am anderen Ende des Weges eine Reitergruppe auftauchte.
»Da kommen die hungrigen Mägen«, sagte Tante Justine.
Die Gardians stiegen vom Pferd, führten die Tiere unter das Schutzdach, wo Caprice unmutig zur Seite wich und stampfte.
Die Männer umringten Mireille und begrüßten sie auf provenzalisch. Tante Justine schob Sophie nach vorne, um sie vorzustellen. »Das hier ist unser Gast aus der Schweiz. Sie wird den Juli bei uns verbringen.«
Die Männer hoben die Hand an den Hut. Sie waren

sehnig, muskulös und tief gebräunt. Fast alle trugen Jeans. Nur zwei waren in der überlieferten Tracht der Gardians gekleidet: enge Hosen mit aufgesteppten Nähten, buntes Hemd, ein weicher, breitkrempiger Hut. Alle hatten ein dreieckig gefaltetes Tuch um den Hals, zum Schutz vor den Insekten. Keiner trug Sporen an den Stiefeln. Sophie versuchte sich die Namen einzuprägen: Jackie, Manuel, Pierre, Martin. Nicolas, der als Letzter absaß, war ein schmächtiger Alter mit O-Beinen; er kaute an einer schlecht riechenden Zigarre herum. Constantin, der »Baile«, war ein schweigsamer Mann mit strohblondem Haar und durchdringend blauen Augen. Sophie dachte, dass er genau so aussah, wie sie sich einen Cowboy im Film vorstellte.

Die Gardians sorgten zuerst für die Pferde. Sie nahmen ihnen den Sattel ab, gaben ihnen zu trinken und Hafer in die Krippen.

Erst dann gingen sie nacheinander ins Haus, wobei sie den Hut abnahmen. Der Tisch war gedeckt, das Essen stand bereit. Tante Justine nahm oben am Tisch Platz, Nicolas, als Ältester, saß ihr auf der anderen Seite gegenüber. Regine, die neben ihrem Mann saß, ließ die Schüsseln herumreichen. Es gab Reis, Ratatouille, ein Gemüse aus Paprikaschoten, Auberginen und Tomaten, dazu große Rindsleberschnitten mit Zwiebeln.

Während des Essens unterhielten sich Tante Justine und die Gardians in ihrer Sprache. Sophie warf Mireille über ihren Teller hinweg einen fragenden Blick zu.

»Sie haben Schwierigkeiten mit Caraque.«

»Wer ist denn das?«
»Einer von den Stieren«, sagte Alain. Fast hätte er hinzugefügt: »Das ist doch klar.«
»Ja und? Was ist denn mit ihm?«, fragte Sophie verdutzt. »Er ist streitsüchtig«, sagte Alain.
Sophie schaute ihn an und wartete auf eine nähere Erklärung, aber sie blieb aus. Alain nahm sich Reis aus der Schüssel und kaute weiter. Jedes weitere Gespräch darüber mit Mädchen schien er für überflüssig zu halten.
»Gerade sagte Tante Justine, dass sie morgen die Stiere besichtigen will«, übersetzte Mireille. »Wenn du keine Angst hast, können wir mitgehen.«
»Angst?«, erwiderte Sophie verächtlich. »Bestimmt nicht!«
Wieder begegnete ihr Alains Blick, und sie sah den spöttischen Schimmer in seinen Augen, der ihr allmählich auf die Nerven ging.
»Das sind keine braven Schweizer Kühe!«, sagte Alain, wie um sie zu reizen.
Sophie zuckte zusammen; sie schluckte ihren Zorn und suchte nach einer passenden Antwort. So wütend sie auch war: Es wollte ihr einfach nichts einfallen.

4. Kapitel

Nach dem Essen wurde es still. Die Glut der Sonne lag drückend auf Mensch und Tier. Mireille und Sophie gingen auf ihr Zimmer. Es war einfach, fast bescheiden eingerichtet. Ein Fliegengitter hielt die Insekten ab. Zwei Betten waren vorhanden, mit gestreifter Steppdecke, eine Kommode, auf der eine Kupferlampe stand. Nur ein Kruzifix, hinter dem etwas Lavendel steckte, schmückte die Wände.

»Das Badezimmer ist nebenan«, sagte Mireille. Sie gähnte, zog sich die Schuhe aus und warf sich auf das Bett.

»Sobald die Sonne tiefer steht, machen wir uns auf den Weg.«

Tante Justine hatte Manuel beauftragt, Follet, Mireilles Stute, bereitzustellen. Für Sophie sollte er ein besonders sanftes Tier aussuchen.

Es war heiß. Sophie hatte keine Lust, ihre Sachen auszupacken. Sie knöpfte ihre Jeans auf und streckte sich ebenfalls aus. Es war angenehm, sich auszuruhen.

»Hör mal«, sagte sie, »glaubst du, dass ich Etoile zu sehen bekomme?« Seltsamerweise drehten sich alle ihre Gedanken um dieses Pferd.

»Zu sehen vielleicht schon«, antwortete Mireille mit geschlossenen Augen. »Aber mach dir keine falschen Hoffnungen. Er lässt keinen an sich heran, auch kann er sofort angreifen, was gefährlich ist. Alain weiß ein Lied davon zu singen. Übrigens, wie findest du ihn?«

»Alain? Weißt du . . .«

Mireille winkte ab. »Lass nur, ich verstehe schon.

Aber beruhige dich, er gibt nicht nur bei dir so an, er ist mit allen so. Tante Justine lässt ihm die Zügel zu locker. Sie hatte keine Kinder, verstehst du. Manchmal sollte sie strenger mit ihm sein, wenn er es auf die Spitze treibt.«

Gegen vier Uhr kam Manuel und brachte die Pferde. Als die beiden Mädchen herunterkamen, trank er gerade ein Bier, das Gesicht ganz verschwitzt.
»Der Teufel soll Follet holen! Ganz hinten im Schilfrohr war sie. Ich hatte die größte Mühe, sie einzufangen. Du musst behutsam mit ihr umgehen, sie ist nicht mehr an die Zügel gewöhnt.«
»Vielen Dank, Manuel.« Mireille blinzelte ihm zu. »Und Sophie? Für sie hast du Etoile eingefangen, nehme ich an.«
»Dass du das so genau erraten hast!«
Der Gardian sah Sophie freundlich lächelnd an. »Keine Sorge, Kleine! Ich habe dir Rose gesattelt. Das ist ein Tier, das noch niemandem Kummer bereitet hat.«
Die beiden Pferde waren unter dem Schutzdach angebunden, in einiger Entfernung von Caprice. Follet war eine mittelgroße, auffallend zierliche Stute. Über den glänzenden Augen zuckten lange weiße Wimpern. Die viel schwerere Rose hatte den gedrungenen Körper und die stämmigen Beine der Camargue-Pferde.
»Das ist kein Pferd, das ist ein Sofa mit Beinen«, hörte Sophie Alain mit verächtlicher Stimme sagen. Sie drehte sich um, sie hatte ihn nicht kommen hören.
»Für mich ist heute ein Sofa genau richtig«, antwortete sie trocken.

»Kannst du wenigstens aufsteigen? Oder brauchst du dazu einen Schemel?«
Ich könnte ihn ohrfeigen, dachte Sophie. Er reizt mich absichtlich; aber wenn ich die Beherrschung verliere, hat er nur seinen Spaß daran. So ein Ekel! Auf den Schlüsselanhänger, den ich ihm mitgebracht hatte, kann er lange warten.
Wütend auf ihrem Kaugummi kauend, belud sich Sophie mit dem Zaumzeug, das an einem Balken unter dem Schutzdach hing. Als sie die Zügel angelegt hatte, schwang sie den Sattel auf den Rücken des stampfenden Pferdes. Gelassen tätschelte sie den Hals des Tieres.
»Ruhig, ruhig! Zuerst müssen wir uns beide mal kennenlernen.« Der Sattel war anders als der, den sie gewohnt war. Sattelknopf und Sattelsteg lagen höher. Es war nicht einfach, ihn anzuschnallen. Rose blähte den Bauch, ein Zeichen schlechter Laune. Sophie brach sich einen Nagel ab, als sie versuchte, den Gurt zu befestigen. Aber schließlich gelang es ihr doch.
»Du machst das gar nicht schlecht«, stellte Manuel fest, der dageblieben war, um ihr zuzusehen.
Sophie wurde rot vor Freude. Alain sagte nichts. Er war schon aufgesessen und schaute von der anderen Seite gleichgültig zu ihr hin. Sie richtete die Steigbügel und hob sich in den Sattel. Sicher, die Leichtigkeit eines Cowboys hatte sie nicht. Aber sie hatte wenigstens ihr Gesicht nicht verloren.
Sie ritten los. Sophie, die mit Mireille Seite an Seite ritt, fiel ein langes Seil aus geflochtenen Pferdehaaren auf, das an des Mädchens Sattelknopf hing.

»Was ist das?«, fragte sie.
»Man nennt es ›Seden‹. Es wird wie ein Lasso benutzt. Ich werde Tante Justine bitten, dir auch einen zu geben.«
»Und wozu gebraucht man es?«
»Um ein Kalb einzufangen!«, höhnte Alain. »Du kannst es ja mal versuchen!«
»Halt den Mund, oder mach dein Rodeo alleine!«, verwies ihn Mireille ärgerlich.
Alain lachte und trabte davon. Caprices Hufe wirbelten Sand auf.
Mireille seufzte. »Seit du da bist, benimmt er sich wirklich kindisch. Diese drei Wochen können ja lustig werden!«
Der Weg bog ab. Hinter dem Schilf breitete sich eine weite Ebene aus, wo die Hufspuren der Pferde und Stiere zu sehen waren. Am Horizont glänzte und schillerte ein sich lang ausdehnendes Band.
»Das Meer«, sagte Mireille.
Der Wind hatte sich gelegt. Mitunter durchbrach der raue Schrei einer Möwe die Stille, Mücken umtanzten die Reiter. Sie verfingen sich in ihren Haaren, setzten sich in die Augenwinkel und flogen ihnen in den Mund. In kurzer Zeit waren Sophies Arme und ihr Gesicht schmerzhaft zerstochen. Sie spuckte angewidert.
»Scheußlich!«
Zu ihrer größten Verwunderung schienen weder Mireille noch Alain von den Mücken geplagt zu werden. Natürlich ließ sich Alain die Gelegenheit zu einer Stichelei nicht entgehen.

»Die Mücken stechen nur Touristen. Die Leute von hier sind immun. Da schau!«
Stolz zeigte er ihr seinen bloßen braunen Arm. Sophie begnügte sich damit, die Schultern hochzuziehen.
Der Weg führte quer durch das angeschwemmte, flache Land. Der rissige Boden glitzerte von Salzkristallen. Hier wuchs nur die Salicornia und die Mücken wurden seltener. Die Pferde hatten einen kleinen Galopp angeschlagen, der nicht ermüdend war. Sophie schwelgte in Glückseligkeit. Die warme Luft, die nach Salz roch, fächelte ihr Gesicht, und Rose war tatsächlich so sanft wie ein Schaukelpferd. Sie hatten fast die gleichförmigen kleinen, runden Dünen erreicht, als Alain unvermittelt sein Pferd zügelte und die Hand hob.
»Halt! Hört ihr . . .«
Sie lauschten. Aus der Ferne, vom Strand her, vernahmen sie Wiehern.
»Am Strand sind Pferde«, sagte Mireille. »Wir müssen uns gegen den Wind nähern. Sonst flüchten sie.«
»Sind es Wildpferde?«, fragte Sophie.
»Eigentlich nicht. Sie gehören alle zu einem Gestüt. Aber manche sind vollkommen ungezähmt.«
»Wildpferde gibt es ja gar nicht mehr«, sagte Alain. »Außer vielleicht einem einzigen . . .«
Sophie sah ihn an, verwundert über die eigenartige Rührung in seiner Stimme, die nichts mehr vom üblichen Spott an sich hatte. Als wenn er bedauerte, seine Gefühle verraten zu haben, setzte er Caprice brüsk in Bewegung. Einer hinter dem anderen ritten sie durch die Dünen. Die Pferde hatten die Nähe ihrer Artge-

nossen gewittert. Sie spitzten die hellhörigen Ohren. Plötzlich wieherte Rose. Der ungestüme Ausbruch, der ihre Flanken blähte, kam für Sophie überraschend. Alain fuhr herum und warf ihr einen wütenden Blick zu.

»Du hättest verhindern müssen, dass sie wiehert!«

»Verhindern? Wie denn?«, stotterte Sophie verdutzt.

»Indem du ihr die Nüstern zuhältst, so . . .!«

Er machte es ihr vor.

»Jetzt haben sie uns gehört und suchen das Weite!«

»Falkenauge muss nicht verzweifeln«, spöttelte Mireille.

»Wir finden die Mustangs sicher, bevor die Nacht anbricht.«

Als sie die Dünen hinter sich hatten, lag der Strand vor ihnen. Angeschwemmte Algen bildeten dunkle Flecken auf dem weißen Sand. Das ruhige, flache Meer warf den wolkenlos blauen Himmel in schimmerndem Spiegelbild zurück. Eine Gruppe von Pferden verweilte genau an der Grenze von Wasser und Sand. Es waren Stuten mit runden Flanken und zwei oder drei noch nicht ausgewachsene Jungtiere. Ohne sich zu rühren, beobachteten sie die Reiter. Der erhobene Kopf und die geblähten Nüstern drückten Unruhe und Misstrauen aus. Ein Pferd hielt sich abseits. Sowie Sophie es erblickte, glaubte sie, ihr Herz würde stillstehen. Es war nicht gedrungen wie die meisten Camargue-Pferde, sondern außergewöhnlich hoch gewachsen. Hals und Brust waren so mächtig, die Beine so feingliedrig, dass es, von Weitem betrachtet, an Majestät und Schönheit alle Pferde übertraf, die Sophie jemals gesehen hatte. Der Wind spielte in seiner prächtigen, dichten Mähne, und sein Schweif war so lang, dass er im Wasser schleifte. Ungebrochene Kraft und Feurigkeit gingen von seinen breiten Schultern, den festen gewölbten Flanken aus. »Etoile und sein Harem!«, flüsterte Mireille. »Ist ja nicht zu glauben! Noch nie habe ich ihn so nahe gesehen . . .«

»Schnauze!«, zischte Alain.

Er schien erstarrt, wie hypnotisiert zu sein.

Plötzlich stieß der Hengst so etwas wie ein Knurren aus. Einer der Hufe stampfte den Sand. Sophie spürte, dass Rose zitterte. Sie senkte so überraschend den Kopf, dass die Zügel in Sophies Handflächen einschnitten, und stieß ein spitzes, hysterisches Wiehern aus. Es war wie ein geheimnisvolles Signal, das sich unter der Herde verbreitete. Im gleichen Augenblick setzten sich alle Pferde in Bewegung und galoppierten davon. Etoile bäumte sich auf der Hinterhand auf und wandte den Eindringlingen wiehernd den Kopf zu. Sophie hatte gerade noch Zeit, sein starkes gelbes Gebiss und sein schwarzes, leuchtendes Auge zu sehen und schon trug ein gewaltiger Satz den Hengst davon. Im Nu hatte er die Herde eingeholt, sprengte anscheinend mühelos an ihr vorbei und übernahm die Führung. Durch das hoch aufspritzende Wasser flohen die Pferde. Erst jetzt erwachte Alain aus seiner Betäubung. Brutal drückte er seinem Pferd die Absätze in die Flanken. Sandgarben flogen auf, als Caprice durch die Dünen sprengte. Mit einigen Sätzen war Follet an seiner Seite. Rose folgte ihr. Durch den Schwung, mit dem sie vorwärts schnellte, wäre Sophie beinahe aus dem Sattel gefallen. Sie presste die Knie an die Flanken und tastete nach den Steigbügeln. Was für ein Ritt! Noch nie hatte sie einen solchen Galopp geritten! Doch es blieb ihr keine Zeit, daran zu denken; das einzige Problem war, sich im Sattel zu halten. Die beiden anderen ließen sie hinter sich zurück. Was machte das schon aus! Sophie wusste, dass sie den Hengst nicht einholen würden, und fühlte eine seltsame Freude.

Weiter oben am Strand badeten Sommergäste. Etoile hatte sie entdeckt. Er beschleunigte seinen Galopp und wandte sich in Richtung der Sansouires. Die Herde hingegen schien langsamer zu werden; zweifellos vermochten die Jungtiere das Tempo nicht mehr einzuhalten. Sie schwenkten in das Röhricht ab. Der Hengst setzte allein den rasenden Lauf fort. Wie ein Besessener spornte Alain Mule zur Schnelligkeit an. Mireille verzichtete auf die Verfolgung und ließ Follet im Schritt gehen.

Mit heißen Backen rief sie Sophie zu: »Hast du ihn gesehen? Und das am Tag deiner Ankunft – so ein Glück!«

Der Hengst entfernte sich auf der kahlen Ebene. Er wurde immer kleiner, unscheinbarer, geisterhafter und verlor sich im Dunst. »Alain wird ihn nie einholen können«, sagte Sophie mit düsterer Befriedigung.

»Natürlich nicht«, antwortete Mireille. »Niemand wird ihn jemals einfangen.«

Sophie stieg aus dem Sattel und setzte sich in den Sand. Sie schwitzte, ihre Knie zitterten, und alles tat ihr weh. Schaum vom Pferd klebte an ihren Stiefelspitzen.

»Müde?«, fragte Mireille.

Sophie lächelte schief. »Mir ist, als hätte mich eine Walze überrollt.«
Einige Zeit später gesellte sich Alain zu ihnen; er ließ den erschöpften Caprice im Schritt gehen. Sein finsteres Gesicht verbot alle Fragen. Die Mädchen wechselten nur einen Blick, und Sophie wandte den Kopf ab, um ein Lächeln zu verbergen.
»Reiten wir zurück«, schlug Mireille vor.
Sophie erhob sich. Sie klopfte den Sand von ihren Jeans und saß mit schmerzenden Gliedern auf. Die Sonne senkte sich dem Meer zu. Der Wind frischte auf. Langsam und schweigend ritten sie den Weg zum »Mas« zurück.

5. Kapitel

Sophie träumte, sie glitte, von der Luft getragen, über eine grenzenlose Ebene. In der Ferne sah sie aus großer Höhe Etoile fliehen. Das leichtfüßige Auf und Ab seiner Hufe war eher ein Schweben als ein Galopp. Die Mähne wogte wie Algen. Aber so rasch der Hengst auch floh, er konnte ihr nicht entrinnen. Sie sah sich auf ihn herabsenken wie ein großer Vogel. Ihre Arme, ihre Knie umklammerten ihn. Sie flogen bis ans Ende der Welt . . .
Gepolter weckte sie. Mireille stieß die Fensterläden auf.
»Aufstehen! Es ist sieben Uhr. Wir gehen mit Tante Justine die Stiere ansehen.«

»Die Stiere?«, flüsterte Sophie.
Sie war von jener Unklarheit befangen, die zwischen Traum und Wirklichkeit liegt. Aber das grelle Sonnenlicht und der Lärm, den Mireille machte, ließen sie völlig erwachen. Sie stellte die bloßen Füße auf den Boden.
»Ich . . . ich habe geträumt, ich ritte Etoile!«
Mireille, die sich gerade die Jeans anzog, lachte. »Du kannst sicher sein, dass das ein Traum bleiben wird. Beeile dich! Ich warte unten auf dich.«
Sophie wusch sich und zog sich so schnell wie möglich an. Sie hatte arge Muskelschmerzen, und die geringe Bewegung ließ sie aufstöhnen. Sie ging zaghaft die Treppe hinunter.
Das Frühstück stand auf dem Tisch. Tante Justine schnitt große Brotscheiben ab.
Sophie verzog das Gesicht, als sie sich behutsam auf den Stuhl setzte. Tante Justine blickte auf. »Was ist los? Hast du dich auf einen Nagel gesetzt?« Sie trug einen Gardianhut und ein Halstuch mit Punkten. Ihre Beine steckten in hohen Gummistiefeln.
Mireille prustete vor Lachen. »Ganz einfach: Der Hintern tut ihr weh – wegen Rose!«
»Du musst die verkrampften Muskeln entspannen«, sagte Tante Justine. »Gib mir deine Tasse! Trinkst du den Kaffee schwarz oder mit Milch?«
»Mit Milch, bitte.« Sophie bestrich ihr Brot mit Butter. »Wo ist denn Alain?«, fragte sie.
Tante Justine und Mireille wechselten einen Blick. »Das möchten wir auch wissen«, brummte Tante Justine. »Er ist in aller Frühe verschwunden, ohne sein

Bett zu machen und ohne zu frühstücken. Wahrscheinlich ist er wieder hinter Etoile her.«
»Ach so«, sagte Sophie, die einen Stich im Herzen fühlte.
»Jedenfalls wird er irgendwann wieder auftauchen«, meinte Tante Justine, »natürlich ohne das Pferd, aber mit einigen Beulen mehr.« Sie schob ihren Stuhl geräuschvoll zurück. »Wenn ihr fertig seid, können wir aufbrechen.«
Sophie frühstückte hastig und eilte hinaus. Mireille sattelte Follet. Tante Justine, auf eine dreizinkige Gabel gestützt, hielt einen großen, schweren Hengst am Zügel; sie machte Sophie auf einen schwarzen Fleck auf der Stirn des Tieres aufmerksam, der die Form eines Ahornblattes hatte. »Er gleicht dem Emblem der kanadischen Flagge. Darum heißt der Hengst Kanada. Vorsicht. Er liebt es nicht, gestreichelt zu werden.« Mit kritischem Blick beobachtete sie, wie Sophie Rose sattelte. »Zieh den Gurt morgens, wenn das Pferd getrunken hat, nicht zu straff an.«
Als Sophie den Fuß in den Bügel setzte, biss sie die Zähne zusammen, um nicht aufzuschreien. Sie ließ Tante Justine und Mireille voranreiten. In dieser Morgenstunde war die Camargue nicht silbern, sondern golden: Der Himmel, die Ebene, die Bäume und das Schilfrohr leuchteten. Feurige Sonnenpfeile blitzten über die Seen. Die Luft war frisch. Möwen kreischten mit ausgebreiteten Flügeln. Sie wirkten wundervoll frei. Diese unendliche Weite nahm Sophie gefangen und sie musste an ihren Traum denken. Sie sah Alain vor sich, wie er Etoile verfolgte. Sie zwang sich, nicht

daran zu denken. Ohne zu wissen, warum, war ihr dieser Gedanke unerträglich.
Die Reiter folgten dem Weg, den Menschen und Tiere im Laufe der Jahre in den Sand gestampft hatten. Mit ihrem Dreizack deutete Tante Justine auf grün bedeckte Inselchen, die in den Seen ruhten. »Diese Inseln nennen wir Flöße. Während der Trockenheit sind sie Zuflucht der Tiere, denn der Boden ist sandig, und das Grün bleibt frisch.«
Länger als eine halbe Stunde ritten sie an einem durchsichtig blauen See entlang, dessen Ufer mit Grasbüscheln und Salicornia durchsetzt war. Reiher stelzten im Schlamm umher. Der Wind raschelte durch das Schilf, das so hoch war, dass ein Erwachsener leicht darin verschwinden konnte. Die Sonne stieg und die Mücken machten sich bemerkbar. Sophie streifte ihre Ärmel herunter, knöpfte den Kragen zu und schlug um sich. Zwar erklärte ihr Tante Justine, dass die Mücken für das natürliche Gleichgewicht der Fauna notwendig seien. Aber die Tatsache, dass die Einheimischen von ihnen nie geplagt wurden, rief bei Sophie den Eindruck hervor, dass die Quälgeister es nur auf sie abgesehen hätten.
Sie näherten sich einem Wäldchen aus Pinien und Wacholderbüschen, aus einem undurchdringlichen Dickicht von Gamander, Geißblatt, Ginster und anderem Gesträuch.
»Dort liegt die Weide«, rief Tante Justine.
Sie zeigte auf einen Drahtzaun, der vom Gebüsch halb verdeckt war. Sie folgten dieser Absperrung bis zu einem großen Holztor, in dessen Querbalken das Emb-

lem des Gutshofes eingeschnitzt war: ein Stierkopf, zwischen den Hörnern der große Buchstabe T.
»Bleib in meiner Nähe«, befahl Tante Justine. »Und vor allem keine Angst! Die Stiere sind nicht gefährlich, wenn man die Spielregeln befolgt.«
Unter dem Laubwerk zeichneten sich die Umrisse der berittenen Gardians ab. Der eine kam ihnen entgegen. Es war Pierre, ein junger Bursche mit langem schwarzem Haar, der wie die Zigeuner einen goldenen Ohrring trug.
»Hallo, Pierre!«, rief Tante Justine. »Wie geht's heute Morgen?«
»Mal so, mal so«, antwortete der Stierhüter.
»Gut, ich will mal schauen«, sagte sie.
Die Tante ritt mit Pierre im Schritt voraus, die beiden Mädchen folgten ihnen.
»Dahinten sind sie«, sagte Mireille zu Sophie.
Zu zweit und zu dritt standen die bulligen Stiere unbeweglich wie dunkle Felsen im hohen Gras. Sie wurden immer größer, je mehr sie sich auf den Pferden ihnen näherten. Sophie schluckte leer. Angst drückte ihr die Kehle zu. Schon unterschied sie die mächtigen Rücken, die muskelstrotzenden Nacken, die nach vorn gerichteten säbelförmigen Hörner. Die Tiere schienen die Reiter mit den Blicken zu verfolgen, die Entfernung abzuschätzen.
Ab und zu schüttelten sie, von einer Bremse gereizt, wütend den massigen Kopf. Pierre rief sie beim Namen, um sie zu beruhigen, wenn ein Huf allzu streitsüchtig den Boden scharrte.
»He, Blitz! Schön brav, Tramontan!«

Die Zurufe schienen die großen Tiere tatsächlich zu beschwichtigen. Obwohl Sophie der Angstschweiß ausbrach, musste sie die Macht der Stimme bewundern, die den Kampftrieb besänftigte. Ein anderer Gardian kam herbei. Es war der alte Nicolas mit seiner dicken Zigarre im Mundwinkel. Sophie seufzte. Das war ein ideales Mittel gegen Mücken. Schade, dass ihr vom Rauchen übel wurde . . .

»Freut mich, Sie zu sehen«, näselte Nicolas, »Caraque hat noch immer seine Mucken.«

»Wo ist er denn?«, fragte Tante Justine.

»Dort unter dem Gamander.«

»Scheuch ihn auf«, sagte Tante Justine zu Pierre.

Pierre lenkte sein Pferd auf den Stier zu, der am Boden lag. Als er einen bestimmten Abstand erreicht hatte, hielt er an und schrie: »Ohé, Caraque!«

Beim Ruf seines Namens erhob sich das große Tier langsam und schwerfällig. Seine Wucht schlug Sophie in Bann. Das mächtige Tier witterte mit erhobenem Kopf. In dem muskulösen Körper, der wie ein dunkler Spiegel glänzte, zuckte es. Sein Nacken schwoll an, und der Schwanz peitschte gegen die Flanke.

»Er hat sich mit Vaillant verfeindet«, sagte Nicolas. »Wir hatten die größte Mühe, ein Massaker zu verhindern, abgesehen davon schafft das Unruhe in der Herde.«

Tante Justine lachte auf. »Unser kleiner Vaillant hat sich gemausert. Offenbar fühlt sich Caraque in seiner Vorherrschaft bedroht.«

Sophie folgte ihrem Blick. Vaillant war ein kräftiges, junges Tier mit kastanienbraunem Fell und einem weißen Fleck auf der Stirn. Er hatte seine volle Größe noch nicht erreicht; aber alles an ihm, seine Proportionen und sein Gehörn, ließen ahnen, dass er in Kürze ein kraftstrotzender Stier sein würde.

»Er ist erst drei Jahre alt«, sagte Tante Justine. »In einem Jahr wird er ausgewachsen sein. Es wäre schade, wenn er vorher verstümmelt würde.«

Sie sah wieder nach Caraque hinüber, der sich langsam um sich selbst drehte, um im Wind seinen Gegner zu wittern. Constantin, der oberste Gardian, war inzwischen mit zwei anderen Männern hinzugetreten. Die Manadière und der »Baile« verständigten sich mit einem einzigen Blick.

»Der alte Bursche hat noch zu viel Kraft in den Knochen, er wird Vaillant zu Brei stampfen«, sagte Tante Justine nicht ohne Zärtlichkeit. »Wir müssen die beiden trennen und . . .« Sie unterbrach sich und starrte auf einen Reiter, der wie ein Wirbelwind aus dem fernen Wald hervorbrach.

»Wer ist denn dieser Dummkopf?«

Mit hängenden Zügeln galoppierte der Neuankömmling den See entlang, der die Weide auf der südlichen Seite begrenzte.

»Das ist ja Alain!«, rief Mireille fassungslos.

Tante Justine stieß eine Verwünschung aus. »Hat er vollständig den Verstand verloren?«

»Er kommt auf uns zu und muss an Caraque vorbei«, bemerkte Constantin besorgt.

Tante Justine stieß einen knurrenden Ton aus. »Caraque wird nicht erfreut sein . . . Bleibt hier!«, befahl sie den beiden Mädchen.

Den Dreizack fest in der Hand, trieb sie ihr Pferd vorwärts, um sich zwischen Stier und Reiter zu stellen. Trotz seines gesenkten Kopfes hatte Caraque am Zittern des Bodens gemerkt, dass sich jemand näherte. Sein Schwanz bewegte sich heftiger. Sein Huf bearbeitete den Boden. Plötzlich griff er an und warf sein Gewicht von vierhundert Kilo blitzschnell vorwärts. Sophie unterdrückte einen Schrei, schon hatte Tante Justine dem Ungetüm den Weg versperrt. Caraque raste, als wollte er sich das Rückgrat brechen, doch von der Dreizackgabel gestoppt, blieb er bebend unter dem Eisen stehen. Aber er machte nicht kehrt, trotz der Schmerzen senkte er den Kopf, um zuzustoßen. Constantin eilte zu Hilfe. Der Stier gewahrte ihn aus dem Augenwinkel und ging blindlings auf den neuen Gegner los. Im selben Augenblick kam von der anderen Seite Nicolas, der seine brennende Zigarre in den Sand geworfen hatte. Constantin lenkte Caraque in schräger Richtung ab, sodass Nicolas den Stier in vollem Galopp mit dem Dreizack stechen konnte. Auf diese Weise gelang es ihnen, das wutschnaubende Tier zum See zu treiben, wo es sich brüllend ins aufspritzende Wasser stürzte.

Während Sophie die vor Aufregung zitternde Rose mit beiden Händen festhielt, sah sie Tante Justine auf Alain zugaloppieren, ihn wie ein Kaninchen im Nacken fassen und ihm rechts und links zwei heftige Ohrfeigen versetzen. Ihre laute Stimme hallte weit in die Runde: »Habe ich dir nicht verboten, allein auf die Stierweide zu gehen? Du hast keinen Dreizack. Hätte Caraque dich angegriffen, wärst du durchlöchert wie ein Sieb!«

Alain, sein stampfendes Reittier mit Mühe beherrschend, hob den Ellbogen, um sich zu schützen. Sein Gesicht war dunkelrot vor Zorn über die Demütigung.

»Lass mich endlich auch reden! Es geht um Etoile!«

»Um Etoile?«

»Etoile hat den Stacheldraht durchbrochen!«

Tante Justine ließ die Hand sinken. Ihr Gesicht drückte Bestürzung aus.

»Du hast geträumt«, sagte sie in ruhigerem Ton. »Kein Pferd kann den Stacheldraht überspringen.«

»Aber er ist darübergesprungen, ich schwöre es dir!« erwiderte Alain erregt. »Ich verfolgte ihn quer durch die Weiher. Bei Bac du Sauvage konnte ich ihn schließlich in die Enge treiben. Er sprengte geradewegs auf den Zaun zu und rannte auf der anderen Seite weiter.«

Constantin und Nicolas waren zurückgekommen, nachdem sie Caraque entfernt hatten. Sophie sah sie beide einen Blick wechseln.

»Und wo ist er jetzt?«, fragte Constantin.

Alain wies auf den Wald auf der anderen Seite des Sees. »Irgendwo dort.«

Constantin runzelte die Stirn. »Wenn er sich in die Nähe der Weide wagt, wird er die Stiere reizen. Man muss ihn vertreiben, bevor er Unheil anrichtet.«

»Überzeugen wir uns selbst«, sagte Tante Justine und rückte ihren Hut entschlossen zurecht. »Pierre, Manuel, ihr überwacht die Stiere. Ich will keine neuen Geschichten!«

Sie ritt voraus mit Constantin und Nicolas, der sich eine neue Zigarre angezündet hatte. Alain folgte mit finsterem Gesicht. Seine geröteten Wangen trugen noch die Spuren von Tante Justines Fingern. »Alte Hexe!«, knirschte er.

»Falls du es nicht bemerkt haben solltest, die alte Hexe hat dir das Leben gerettet«, sagte Mireille. »Die Weide ist kein Fußballplatz. Die Gardians . . .«

»Ich scheiß auf die Gardians«, fiel er ihr grob ins Wort. »Ich will das Pferd, und ich werde es kriegen!«

»Je mehr du es jagst, umso nervöser wird es.« Mireille war außer sich. »Eines Tages wird es ganz überschnappen und Tante Justine bleibt nichts anderes übrig, als es abzutun.«

»Klar«, sagte Sophie zu Alain. »Es wäre vernünftiger, du würdest versuchen, sein Vertrauen zu gewinnen.«

Sie hätte den Mund halten sollen. Alain zischte: »Was du nicht sagst! Was verstehst du denn schon davon? Hast du vielleicht einen Vorschlag, wie man das machen könnte?«

»Ich . . .« Sophie biss sich auf die Lippe, es war nicht der richtige Augenblick, ihn herauszufordern.

»Dort ist er!«, rief Constantin plötzlich.

Etoile war aus dem Wald aufgetaucht und trabte langsam durch das seichte Wasser des Sees. Der Hengst blieb plötzlich stehen und hob den Kopf, um den Wind zu wittern.

»Er hat uns bemerkt«, sagte Tante Justine. »Wir müssen ihn von der Weide treiben. Nicolas, geh schnell zu den Stieren, Constantin, du kommst mit mir.«

Als sich die Reiter näherten, machte Etoile ein paar zögernde Schritte. Sein Huf scharrte im schlammigen

Boden. Plötzlich schnaubte er und machte eine halbe Kehrtwendung. Das Wasser spritzte auf, als er davonsprengte und im Unterholz verschwand.
»Dort kommt er nicht weiter«, sagte Tante Justine. »Das Gestrüpp ist zu dicht. Wir müssen ihn zum Tor treiben.«
Constantin nickte. »Ich will's von hinten versuchen.« Er wendete sein Pferd.
Alain stieß einen Schrei aus. »Überlasst das mir! Ich will ihn einfangen!«
Bevor er sein Pferd anspornen konnte, riss Tante Justines kräftige Hand Caprice am Zügel zurück.
»Du bleibst hier, Dummkopf!«
Im Unterholz knackten Zweige. Das undurchdringliche Gestrüpp hatte den Hengst zur Umkehr gezwungen. Mit wirrer Mähne und wild blickenden Augen erschien er im vollen Licht. Für Sekunden wurde Tante Justines Aufmerksamkeit von Alain abgelenkt. Blitzschnell machte sich dieser die Gelegenheit zunutze. Seine Absätze bohrten sich in Caprices Flanken, und das Pferd galoppierte auf den See zu. Ein Zittern durchlief Etoiles Körper. Seine Haltung drückte Aufmerksamkeit aus, Vorsicht. Er schien das Gelände abzuschätzen. Constantin kam von hinten, Alain bedrohte ihn von rechts. Der einzig mögliche Ausweg führte genau in die Gegend, von der ihm seine Nüstern den Moschusgeruch der Stiere verrieten. Erfahrung hatte ihn gelehrt, sie zu fürchten, aber im Vergleich zu den beiden Menschen, die ihn bedrohten, schienen die Stiere weniger gefährlich zu sein. Er setzte alles aufs Spiel. Seine lange, dichte Mähne flatterte

im Wind, als er geradewegs auf die Weide zusprengte.

»Hol ihn der Teufel«, knirschte Tante Justine. Sie wendete ihr Pferd und sprengte davon, um Etoile den Weg abzuschneiden. Dieser wich ihr aus. Sein Misstrauen gegen die Menschen, das ebenso stark war wie seine Freiheitsliebe, ließ ihn blindlings davongaloppieren. Nicht nur seine unvergleichliche Kraft verlieh ihm Schnelligkeit, sondern auch seine Furcht und sein Hass.

Die Stiere fühlten ihn kommen. Abwartend standen sie da, mit gesenkten Köpfen und bebenden Flanken. Doch als der Hengst mit dumpfem Hufschlag, Erde und Gräser aufwirbelnd, sichtbar wurde, blieben sie reglos, verwirrt von dem Anblick eines Geschöpfs, das kein Artgenosse war. In wenigen Sekunden hatte Etoile die Weide hinter sich gelassen und war außer Gefahr. Für Sophie schien die Zeit stillzustehen, während er auf den Stacheldrahtzaun zustürmte.

Erst im letzten Augenblick nahm Etoile das Hindernis wahr. Er zog die Beine an. Wie beflügelt von übernatürlichen Kräften schnellte er empor. Aber er hatte den Absprung zu kurz bemessen. Ein Bein verfing sich im Stacheldraht, jäh stürzte er mit seinem ganzen Gewicht auf die Knie und fiel zur Seite.

Unwillkürlich schloss Sophie die Augen. Als sie sie wieder öffnete, hatte sich Etoile wieder erhoben. Mit gesenktem Kopf verweilte er einen Augenblick, als könne er nicht glauben, was ihm geschehen war. Dann machte er ungeschickt einen Schritt und verschwand hinkend unter den Tamarinden.

Die lange Stille wurde durch ein Brummen unterbrochen: Der alte Nicolas lachte. »Da haben wir's! Jetzt ist er nicht nur übergeschnappt, sondern auch noch ein Krüppel.« Sophie erschrak. »Hat er . . . hat er sich ein Bein gebrochen?«, fragte sie entsetzt.
Mireilles Antwort schien aus weiter Ferne zu kommen. »Sieht ganz so aus. Zumindest besteht die Gefahr einer Infektion.«
Sophie sah Alain kommen; er saß zusammengesunken im Sattel. Mit seiner Sturheit und Rücksichtslosigkeit hatte er das Unglück verursacht. Nur durch seine Schuld war Etoile verletzt, vielleicht für immer verkrüppelt.
»Du Idiotenhäuptling«, schrie Mireille ihn an. »Bist du jetzt zufrieden?«
Alain schluckte leer. »Ich konnte doch nicht voraussehen . . . Ich meine . . .«
»Schweig!«, sagte Tante Justine, ohne die Stimme zu erheben. Sie nahm den Hut vom Kopf und wischte sich das Gesicht mit dem Ärmel ab. »Zum Teufel, gibt es hier nichts zu trinken? Ich sterbe vor Durst!«

6. Kapitel

»Man muss Etoile einfangen und sehen, was sich machen lässt«, sagte Tante Justine.
Ihre Augen flammten immer noch zornig, aber sie beherrschte sich. Constantin hatte eine Feldflasche herumgehen lassen, die mit stark gesüßtem Kaffee ge-

füllt war. Alle außer Alain schienen wieder im Gleichgewicht zu sein. Nicolas sog unentwegt an seiner Zigarre. Sophie bekam den Rauch ins Gesicht und wedelte ihn mit der Hand weg.

»Wenn die Pariser das Pferd in diesem Zustand sehen, wird man uns beschuldigen, unsere Tiere schlecht zu behandeln«, brummte der alte Mann. Als Pariser bezeichnete Nicolas sämtliche Urlauber, denen er die Schuld an der Verschandelung der Camargue zuschob.

Tante Justine strich sich die Haare glatt und setzte ihren Hut wieder auf. Der Kaffee hatte sie beruhigt. »Pierre, Manuel, ihr beide geht Etoile suchen. Aber vorsichtig. Wenn nötig . . .«

Sie beendete den Satz nicht, und Sophie fragte sich beunruhigt, was sie wohl hatte sagen wollen. Alain, der sich still verhalten hatte, brach unvermittelt das Schweigen.

»Ich gehe mit!«

»Das fehlte noch!« rief Tante Justine. »Du hast schon genug Unheil angerichtet!«

Alain errötete bis hinter die Ohren. Die vorwurfsvollen Blicke der Gardians brachten ihn aus der Fassung. Er brüllte los: »Du hast mir aber erlaubt, dass ich Etoile einfangen darf.«

»Musst du mich deshalb anschreien?«

Alain zwang sich, die Stimme zu senken. »Du hast mir versprochen, dass er mir gehören soll«, stieß er mit zusammengebissenen Zähnen hervor. Tante Justine nickte und meinte dann: »Und das war ein großer Fehler von mir.« Sie schnallte Kanadas Gurt wieder fester. »Um ein Pferd zu zähmen, bedarf es gesunden Menschenverstands und Fingerspitzengefühls.«

»Etoile ist total verrückt!«, wehrte sich Alain. »Er reagiert nicht wie ein normales Tier.«

»Umso mehr Grund, behutsam mit ihm umzugehen«, gab sie eisig zurück. Sie saß auf. Vom Sattel aus fügte sie hinzu: »Wenn du noch einmal versuchst, Etoile nachzujagen, kannst du was erleben!« Sie wandte sich an Pierre und Manuel: »Ihr beide sorgt mir dafür, dass er in Ruhe gelassen wird.«

Alain öffnete den Mund, schloss ihn aber wieder. Er band Caprice los und sprang in den Sattel. Sophie suchte Mireilles Blick, doch Mireille war damit beschäftigt, sich mit ihrem Taschenkamm zu kämmen. Sie nahm all ihren Mut zusammen und fragte: »Ach bitte, Tante Justine, dürfen wir mitgehen?«

Die Manadière, die den Dreizack in der Hand hielt, sah sie zerstreut an, als hätte sie Sophies Anwesenheit ganz vergessen. »Warum nicht? Aber keine Dummheiten, verstanden?«

Solange sie sich auf der Weide befanden, ließen Pierre und Manuel ihr Pferd im Schritt gehen, um die Stiere nicht herauszufordern. Außerhalb des Tores ritten sie den Zaun entlang bis zu jener Stelle, wo der Hengst hinübergesprungen war. Hier saßen sie ab, um nach Spuren zu suchen. Beim Sturz hatte der Schimmel Gräser und Stauden zu Boden gedrückt. Am Stacheldraht hing ein blutiger Fellfetzen. Sophie wandte die Augen ab.

»Eine hässliche Wunde wird er haben«, brummte Pierre.

Alain tat so, als hätte er nichts gehört. Die Abdrücke der Hufe waren ungleichmäßig, aber ziemlich deutlich. In der Nähe des Zauns musste der Hengst gezögert haben und auf der Stelle getreten sein, denn die Hufeindrücke verliefen kreuz und quer durcheinander; dann zweigten sie deutlich zum Sumpf ab.

Hintereinander folgten die Reiter dem Weg, den sich Etoile durch das Schilf gebahnt hatte. Myriaden von Fliegen und Mücken tanzten in der Luft; Sophie kratzte sich unaufhörlich. Das trockene Schilf raschelte, als der Trupp hindurchritt, und schlug ihnen ins Gesicht. In der Nähe des Sumpfes wurde das Schilf immer dichter, die Hufspuren ließen sich kaum noch erkennen.

»Wenn er sich ein Bein gebrochen hätte, wäre er längst zusammengebrochen«, sagte Manuel.

Sophie schöpfte Hoffnung. Noch war nicht alles verloren! Eine Wunde, auch eine schwere, konnte heilen. Vor Erleichterung vergaß sie Hitze, Müdigkeit und lästige Insekten.

Mit lautem Flügelschlag schwirrte plötzlich ein Entenschwarm aus dem Schilf auf.

»Da!«, rief Sophie mit klopfendem Herzen.

Vor ihnen, knapp hundert Meter entfernt, wogte das Schilf. Manuel schüttelte den Kopf. »Dahinten ist eine Roubine! Es scheint dort jemand vorbeizurudern.« Die Roubines, so hatte Sophie gehört, waren natürliche oder künstliche Abflusskanäle, die das Wasser der Seen ins Meer leiteten.

Der Gardian hatte sich nicht getäuscht. Kurz darauf vernahmen sie den leichten Aufschlag eines Ruders. Plötzlich wurde das Boot an einer lichteren Stelle sichtbar, es glitt leise auf dem Wasser dahin. Zu ihrer Verwunderung sah Sophie eine Frau, die stehend das Boot mit einer langen Stange vorwärts bewegte. Beim Anblick der Reiter hielt sie beim Rudern inne. Die Frau war klein, zierlich und dunkel gebräunt. Ihre grauen Haare waren im Nacken zu einem Knoten gewunden. Alter, Sonne und Arbeit hatten ihre Züge ausgemergelt, aber die großen braunen Augen und die Form des Gesichts verrieten, dass sie einmal eine schöne Frau gewesen war. Sie trug einen weiten bläulichen Rock und einen zu weiten, verwaschenen Männerpullover. Die braunen Füße waren unbeschuht.

»Guten Tag, Thyna«, sagte Mireille freundlich. »War der Fischfang heute gut?« Die Alte zeigte stumm auf ihren Korb, dessen halb geöffneter Deckel einige kleine Fische sehen ließ.

Die durstigen Pferde beugten den Kopf zum Wasser, um zu trinken. Die Frau schwieg weiterhin.

»Hast du zufällig Etoile gesehen?«, fragte Pierre. »Er hat sich am Stacheldraht verletzt, und wir müssen ihn finden, um die Wunde zu desinfizieren.«

Die Alte neigte sich ein wenig vor. »Etoile ist verletzt?« Obgleich sie Alain mit keinem Blick beachtet hatte, war er es, der mit trotzigem Gesicht antwortete: »Ich bin nicht schuld dran! Er ist über den Zaun gesprungen und hat sich selbst verletzt.«

Die dunklen Augen der Alten richteten sich auf ihn. »Du bist ihm also wieder nachgejagt, nicht wahr?«

»Ja und?«, antwortete er hochnäsig. »Tante Justine hat mir erlaubt, ihn einzufangen.«

Thyna schüttelte sachte den Kopf. »Etoile ist nicht einzufangen . . .«
»Ganz meine Meinung!«, entfuhr es Sophie.
Die Haltung der Alten veränderte sich kaum, und doch nahm ihr Gesicht einen aufmerksamen, prüfenden Ausdruck an.
»Wer bist du? Wo kommst du her?«, fragte sie mit leiser Stimme, fast nur für sie beide verständlich.
Sophie nannte ihren Namen. Der forschende Blick verwirrte sie, sie konnte nur stotternd hinzufügen, sie sei hier in den Ferien. Ihre Antwort schien der Alten gleichgültig zu sein. Aber die ausdrucksvollen, glänzenden Augen wandten sich nicht ab.
»Ich sehe das Zeichen«, sagte sie unvermittelt noch leiser.
»Was für ein Zeichen? Wo?«, gab Sophie bestürzt zurück.
»Hier«, sagte die Alte ernst. Ohne Sophie aus den Augen zu lassen, hob sie die Hand und legte sie auf ihre braune Stirn. »Hier. Ich sehe es ganz deutlich.«
Sophie sah Mireille an, die mit den Schultern zuckte.
In der darauf folgenden Stille räusperte sich Pierre.
»Also, hast du den Hengst gesehen?«
Thyna zwinkerte listig mit den Augen. »Wer weiß? Vielleicht, vielleicht auch nicht.«
Die beiden Gardians verständigten sich mit einem Blick: Genug Zeit verloren!
Pierre seufzte: »Wenn du das Tier siehst, musst du uns benachrichtigen. Es ist verletzt, und es würde uns keinen Spaß machen, es abzutun.«
Sie trieben ihre Pferde an, während Thyna das Boot

langsam weitergleiten ließ. Zum letzten Mal ruhte ihr Blick auf Sophie, die grundlos errötete. Sie hatte den seltsamen, aber keineswegs unangenehmen Eindruck, dass diese ungewöhnlichen Augen in ihr wie in einem offenen Buch zu lesen vermochten.
»Wer ist diese Frau – eine Zigeunerin?«, fragte Sophie.
Mireille lachte.
»Ja, eine Gitana aus dem Stamm der Manouches. Sie ist ein Original hier aus der Gegend. Sie lebt allein in einer Hütte, die ihr Tante Justine auf ihrem Grundstück überlassen hat. Sie ernährt sich von den Fischen, die sie fängt, und von dem, was sie erbetteln kann. Sie spinnt ein bisschen, ist aber ganz harmlos.«
»Ich habe sie kaum verstanden.« Sophie rieb sich die Stirn. »Siehst du das Zeichen, das ich angeblich haben soll?«
»Einen Mückenstich hast du zwischen den Augenbrauen. Den hat sie wohl für Salomons Siegel gehalten!«
»Eine verdammte Hexe, diese Alte«, fiel ihnen Manuel zornig ins Wort. »Ich lege meine Hand dafür ins Feuer, dass sie Etoile gesehen hat.«
»Warum hat sie es dann nicht gesagt?«
»Eben, das frage ich mich auch . . .« Mit gekränkter Miene hüllte sich Alain in feindseliges Schweigen. Sophie dachte im Stillen, dass er ein schlechtes Gewissen habe. Sie dachte an Thynas Worte: »Etoile darf man nicht einfangen«, und sie fragte sich, was die Zigeunerin damit hatte sagen wollen.
Sie setzten die Suche fort; aber ohne Erfolg durchstreiften sie das Schilfgebiet und die Ufer des Sees. Mittag war längst überschritten. Drückend brannte die Sonne,

als sie zum »Mas« zurückkehrten. Tante Justine war bereits von der Weide heimgekommen, nachdem sie beschlossen hatte, Caraque am nächsten Sonntag in Aigues-Mortes kämpfen zu lassen, um seine Angriffslust zu dämpfen. Etoiles Unfall machte allen zu schaffen, und beim Essen herrschte bedrückende Stille.
Als die Hitze nachließ, nahmen Manuel und Pierre die Suche wieder auf; auch Mireille, Alain und Sophie beteiligten sich. Bei Einbruch der Nacht mussten sie sich in das Unvermeidliche schicken: Etoile blieb unauffindbar!
Sophie konnte sich nach diesem anstrengenden Tag kaum noch auf den Beinen halten. Beim Abendessen nahm sie nur ein paar Bissen zu sich. Das Bild des verletzten Hengstes, der in den Sümpfen umherirrte, ging ihr nicht aus dem Sinn. Schlecht gelaunt stellte Tante Justine das Fernsehgerät ab und vergrub sich in eine Zeitung. Mireille, die gerne den Film mit Alain Delon gesehen hätte, schmollte. Die Nacht war warm, erfüllt vom Schwirren der Insekten und vom Säuseln des Windes.
Alain war gleich nach dem Essen in sein Zimmer hinaufgegangen. Als er wieder auftauchte, hatte er sich ein anderes Hemd und saubere Jeans angezogen.
»Wo willst du hin?«
»Ins Pinedo«, brummte er.
»Was ist das?«, wollte Sophie wissen.
»Eine Discothek in Saintes-Maries«, erklärte Mireille, deren Gesicht sich erhellt hatte. »Wollen wir nicht alle hingehen? Das bringt uns auf andere Gedanken.«
Sophie schüttelte den Kopf. »Nein, ich habe keine Lust.

Geh du nur!«, fügte sie hinzu, als sie Mireilles Enttäuschung sah.
»Entscheide dich rasch«, sagte Alain zu seiner Schwester. »Ich warte nämlich nicht gerne!«
Er ging zur Tür. Tante Justine hob den Kopf nicht von der Zeitung.
»Moment«, rief Mireille. »Ich ziehe mir nur ein anderes Hemd an und komme mit.«
Sophie folgte Alain, als er hinausging, und lehnte sich mit dem Rücken an die Hauswand. Knatternd ließ er den Motor seines Mopeds an. Die Luft roch nach Geißblatt und Holzrauch. Die schattenhaften Gestalten der Pferde, die unter dem Schutzdach angebunden waren, konnte man in der Dunkelheit nur ahnen. Ein heller, phosphoreszierender Schein am Horizont kündigte den aufgehenden Mond an.
Sophie steckte sich einen Kaugummi in den Mund und bot Alain auch einen an. Eine Weile kauten sie stumm. Plötzlich sagte er mit gepresster Stimme: »Wenn er zum Krüppel wird, ist es mir gleich. So etwas kommt vor. Was ich nicht ertragen kann, das ist der Gedanke, dass dieses Pferd mich nicht mag . . .«
Sophie glaubte, nicht richtig gehört zu haben. Wie kam er plötzlich dazu, ihr seine Gedanken mitzuteilen?
»Thyna hat gesagt . . .«, begann sie; das war verkehrt.
»Hol sie der Teufel . . . Diese alte Idiotin!«, schnitt er ihr das Wort ab.
»Ich will das Pferd, und ich werde es bekommen. Wir werden ja sehen, wer der Stärkere ist!«
Sophie verkroch sich in ihr Schneckenhaus. Wenn er diesen Ton anschlug . . .

Mireille kam aus dem Haus. Sie hatte ein enges Top angezogen und trug eine kurze Jacke um die Hüften.
»Willst du wirklich nicht mitkommen, Sophie? Das Pinedo ist spitze!«
»Ein andermal bestimmt«, versprach Sophie.
»Die Schweizer gehen mit den Hühnern schlafen«, spottete Alain, der offenbar seine Mitteilsamkeit bereute. Mireille setzte sich auf den Gepäckträger und sogleich zickzackte das knatternde Moped über den Hof. Der Lichtschein verlor sich in der Dunkelheit.
Sophie spuckte den Kaugummi in den Sand und ging ins Haus zurück.
Tante Justine musterte sie über die Zeitung hinweg.
»Müde, nicht wahr?« Ihr Ton war knapp, aber freundlich.
Sophie lächelte schwach. »Ich spüre meine Knochen kaum noch.«
»Du meinst, du spürst sie zu sehr«, berichtigte Tante Justine. »Es war ja auch ein anstrengender Tag für dich. Geh nur schlafen, morgen wirst du dich besser fühlen.«
Sophie wünschte ihr eine gute Nacht und begab sich in ihr Zimmer. Sie hätte ihren Eltern schreiben müssen, aber sie hatte nicht einmal die Kraft, einen Kugelschreiber zu halten. Mit schwerfälligen Bewegungen entkleidete sie sich und duschte. Sie war am ganzen Körper zerstochen; die gierigen Mücken hatten ihr das Blut durch die Kleider hindurch ausgesogen. Ich bin gespannt, wie lange es dauert, bis ich gegen diese Mückenstiche immun bin, dachte sie und rieb sich ärgerlich mit einer Salbe ein.

Sie zog ihren Pyjama an, legte sich ins Bett und knipste die Lampe aus. Der Mond stieg höher, und Schatten bewegten sich über die weißen Wände, die die Hitze des Tages ausströmten. Trotz ihrer Müdigkeit ließ der Muskelkater sie nicht einschlafen. Die Dusche hatte sie kaum erfrischt; in Schweiß gebadet, drehte sie sich von einer Seite auf die andere, kratzte sich, stöhnte und ächzte, bis sie endlich in unruhigen Schlummer fiel.
Plötzlich wachte sie auf. Bläuliches Mondlicht überflutete das Zimmer. Ihr Blick fiel auf das leere Bett. Mireille war noch nicht zurückgekehrt. Die Zeiger ihrer Uhr standen auf zwanzig nach elf. Durch das offene Fenster drang der Duft der Kräuter, Sträucher und der Erde. Die nächtliche Stille wurde von leisen Geräuschen durchbrochen: Zweige rieben aneinander, der Wind säuselte. Reglos, mit aufgerissenen Augen, lauschte Sophie den Tönen der Brachvögel, dem Quaken der Frösche, dem fernen Schrei einer Eule. Ein Pferd wieherte leise.
Sie stand auf, ging zum Fenster und legte die Stirn an das Drahtgitter. Die milde, aromatisierte Luft fächelte ihre Wangen. Wie Silberfäden glänzten die Binsen im weißen Mondlicht. Die Umrisse der Pinien schienen wie mit chinesischer Tusche gezeichnet. Ein Rascheln erregte Sophies Aufmerksamkeit: Unter dem Schutzdach am anderen Ende des Hofes bewegten sich die Pferde. Sie scheinen nervös zu sein, dachte sie. Was mag das sein? Eine Mücke tanzte gefräßig hinter dem Schutzfenster. Sophie machte eine flüchtige Handbewegung, um sie zu verjagen. Mitten in der Bewegung hielt sie inne und bekam eine Gänsehaut. Im Schilf ra-

schelte es, als bahnte sich dort ein Mensch oder ein Tier seinen Weg. Die Pferde unter dem Schutzdach schnaubten, zerrten am Zügel, und Caprice wieherte. In dem Augenblick, wo wieder Stille eintrat, sah Sophie einen hellen Kopf aus den Binsen auftauchen, mit gespreizten Ohren und gewölbtem, kräftigem Hals. Sekundenlang glaubte sie, einer der Schimmel habe sich befreit und sei umhergeirrt. Langsam, aber ohne Zögern schritt das Tier vorwärts und kam in den Hof hinein. Sophie sah, dass es einen Huf nachzog. Ihr stockte der Atem: Etoile . . .! Was trieb diesen Hengst dazu, sich in die Nähe des Hauses zu wagen? Welch unerklärlicher Instinkt hatte ihn zu den Menschen geführt, von denen er sich doch sonst fürchtete? Der Hengst stand jetzt regungslos. Das vom getrockneten Blut geschwärzte Bein war leicht eingeknickt, sodass nur die Hufspitze den Boden berührte. Ein raues Schnauben blähte plötzlich seine Flanken. Caprice antwortete mit hellem Wiehern.

Sophie holte tief Atem. Fast hätte man meinen können, er wäre gekommen, um Hilfe zu suchen. Was tun? Tante Justine wecken? Das wäre die vernünftigste Lösung gewesen, aber sie konnte sich nicht dazu entschließen. Fieberhaft jagten ihre Gedanken durch den Kopf. Plötzlich löste sich der Zwang, der sie ans Fenster bannte. Endlich wusste sie, was sie zu tun hatte. Sie machte kein Licht; sie brauchte es nicht, auch wollte sie Etoile nicht erschrecken. Aufgeregt kramte sie in ihrem Schubfach und versah sich mit der desinfizierenden Salbe, die ihre Mutter ihr mitgegeben hatte. Dann eilte sie ins Badezimmer und feuchtete ein

Handtuch mit warmem Wasser an. Als sie die Treppe hinunterstieg, versagten ihr fast die Beine. Sie hielt sich am Geländer fest, um nicht zu stürzen. Endlich war sie unten. Die Haustüre war nicht verriegelt. Sie bewegte leise die Klinke und betrat den Hof.

Das Pferd stand mit gesenktem Kopf in derselben Haltung da. Seine Augen, die der Mondschein glänzen ließ, richteten sich auf Sophie, die ihren Ausdruck nicht zu deuten wusste. Sie näherte sich ihm Schritt für Schritt. Ihr Herz schlug so heftig, dass sie meinte, das unregelmäßige Pochen müsse den Hengst in die Flucht schlagen. Aber er rührte sich noch immer nicht. Mit einer ihr kaum bewussten Bewegung streckte sie den Arm aus. Ihre Hand legte sich auf den Hals des Tieres. Etoile zitterte leicht. Ihre Finger glitten über das warme Fell; sie wagte nicht, den Kopf zu berühren, sondern ließ die Hand über die Flanken gleiten. Etoile verharrte regungslos. Sophie hatte den Eindruck, dass jede Sekunde sie dem magischen Bündnis näher brachte, das sie im Traum erlebt hatte . . .

»Keine Angst«, flüsterte sie. »Ich will dir helfen.« Kaum hatte sie diese Worte gesprochen, da änderte sich alles in ihr. Der Trancezustand von Furcht und Freude wurde von konzentrierter Aufmerksamkeit abgelöst. Sie kauerte sich vor dem verletzten Bein nieder. Das Fell, das vom Stacheldraht aufgerissen worden war, legte das Fleisch bloß, auf dem das geronnene Blut eine Kruste gebildet hatte.

Sophie betupfte mit dem feuchten Handtuch die verklebten Stellen. Leicht und geschickt waren ihre Hände. Genau über der Fessel lag der Knochen frei. Als sie

die Wunde versehentlich berührte, stampfte der Hengst, und der Huf bohrte sich leicht in den Sand.
»Bleib ruhig«, flüsterte Sophie.
Sie war in Schweiß gebadet, aber sie behandelte die Wunde mit Sorgfalt und Behutsamkeit. Dann bestrich sie einen Lappen mit der desinfizierenden Heilsalbe, bedeckte die Wunden damit und legte einen Verband an. Sie war so vertieft, dass sie nicht sah, wie das Tier die Ohren spitzte und die Nüstern blähte. Sie hatte den Verband soeben verknotet, als Etoile unverhofft zur Seite sprang. Sophie verlor das Gleichgewicht und stürzte rückwärts zu Boden. Wütend schnaubte der Hengst neben ihr. Seine Glieder bebten, die Hufe stampften den Sand. Jäh machte er eine Wendung und überquerte den Hof mit dumpfen Hufschlägen. Wenn er auch das verletzte Bein nachzog, so hatte er doch einen ausgreifenden, sicheren Schritt. Mit unglaublicher Schnelligkeit brach er ins Schilf ein. Wäre das Rascheln nicht gewesen, das immer leiser wurde, je mehr sich das Pferd entfernte, hätte Sophie geglaubt geträumt zu haben. Schließlich vernahm sie nichts mehr, ringsumher herrschte Stille.
Sophie fühlte sich wie zerschlagen und betäubt. Was mochte den Hengst zu seiner überraschenden Flucht getrieben haben? Da . . . Motorengeräusch in der Ferne! Alains Moped! Das empfindliche Gehör des Tieres hatte das Geräusch lange vor ihr wahrgenommen. Sophie sprang auf und lief ins Haus. Bevor sie die Türe geschlossen hatte, sah sie das Licht des Scheinwerfers über den Weg tanzen. Ohne etwas von ihrem Muskelkater zu merken, eilte sie die Treppe hinauf und in ihr

Zimmer. Sich-Hinlegen, Die-Decke-bis-zu-den-Ohren-Ziehen war eine Sache von Sekunden. Schon war der Motor verstummt. Die Haustüre wurde von innen verriegelt, gedämpfte Schritte kamen die Treppe herauf. Mireille ging ins Badezimmer. Sophie hörte die Dusche rauschen, das Knirschen der Zahnbürste. Kurz darauf betrat Mireille auf den Zehenspitzen das Schlafzimmer. Die Matratze knarrte, als sie sich ins Bett legte. Dann war es Alain, der dieselben Geräusche im Badezimmer verursachte. Sophie lag mit dem Gesicht zur Wand und stellte sich schlafend. Sie war innerlich völlig aufgewühlt. Ihre Wangen glühten, das Herz schlug ihr bis zum Hals hinauf. Sie glaubte zu ersticken. Ihren ersten Gedanken, Mireille ins Vertrauen zu ziehen, verwarf sie. Sie wollte ihr Geheimnis für sich allein bewahren. Sophie biss sich auf die Lippe und vergrub sich unter der Decke. Im andern Bett räusperte sich Mireille, drehte sich ein paar Mal um, und dann wurden ihre Atemzüge tief und regelmäßig: Sie war eingeschlafen.
Erst jetzt hörte Sophies Herzklopfen auf, und auch ihr Atem ging ruhiger. Sie fand endlich Zeit, über ihr Erlebnis nachzudenken. Eine Erklärung nach der anderen ging ihr durch den Kopf; aber Etoiles ungewöhnliches Verhalten blieb ihr ein Rätsel. Plötzlich fiel ihr die sonderbare Bemerkung der alten Gitana ein: »Ich sehe das Zeichen«, hatte sie gesagt. Stand es im Zusammenhang mit dem Ereignis in dieser Nacht? Nein, das war doch unsinnig, den Worten einer Gitana solche Bedeutung zu geben! Allmählich entspannte sie sich. Der Mond war untergegangen und das Quaken der Frö-

sche verstummt. Im Esszimmer unten schlug die Standuhr zweimal. Sophie fielen die Augen zu, von Müdigkeit überwältigt, sank sie in Schlaf.

7. Kapitel

Als Sophie die Augen aufschlug, schwebte sie eine Weile lang zwischen Traum und Wachsein. Während sie fast mechanisch mit der Wirklichkeit Kontakt aufnahm, stand sie noch wie benommen unter dem Eindruck des nächtlichen Erlebnisses.

Mireille hingegen schien frisch und ausgeruht zu sein. Der kurze Schlaf hatte genügt, um jede Spur von Müdigkeit zu verwischen. Sophie fand sie im Badezimmer, wo sie ihre Nase nach Sommersprossen absuchte. »Bist du auch schon wach, Sophie? Wir haben ein paar Freunde getroffen und bis Mitternacht getanzt«, berichtete sie. »Hast du uns nicht gehört?«

»Nein«, log Sophie, während sie die Zähne putzte.

Mireille warf ihr einen verwunderten Blick zu. »Du bist so komisch. Was ist los mit dir?«

»Nichts.« Sophie zog sich das T-Shirt über ihr glühendes Gesicht. »Ich ... ich habe schlecht geschlafen, weiter nichts.«

Mireilles Zähne glänzten. »Du hättest mit ins Pinedo kommen sollen! Nach zwei Stunden Abrocken hättest du wie ein Wickelkind geschlafen.«

Tante Justine – in Jeans und Gummistiefeln – schenkte Kaffee ein. Alain, der weniger ausgeschlafen zu sein

schien als seine Schwester, gähnte ununterbrochen. Tante Justine hatte es eilig; sie wollte das Verladen der beiden Stiere Caraque und Blitz überwachen, die morgen Nachmittag an den Stierkämpfen in Aigues-Mortes teilnehmen sollten.
»Ich gebe euch drei Minuten, um die Pferde zu satteln!« Sophie nippte mit verlorenem Blick an ihrem Kaffee. Der Ellbogenstoß, den Mireille ihr versetzte, bewirkte, dass sie sich verschluckte.
»He, schläfst du noch immer? Willst du mit zu den Stieren kommen oder nicht?«
Tante Justine musterte Sophie unter dichten Brauen hervor. »Du siehst ziemlich blass aus; wenn du nicht in Form bist, ruh dich besser aus.«
Was haben die eigentlich, dass sie mich alle für einen Waschlappen halten?, dachte Sophie ärgerlich. Sie verschlang ihr Brot mit drei Bissen und leerte im Nu ihre Tasse. Natürlich wollte sie zur Weide mitkommen! Sie vermied es, Alains Blick zu begegnen, aus der unsinnigen Furcht heraus, er könne ihr Geheimnis von ihrem Gesicht ablesen. Wenn er wüsste, dass ich Etoile gestreichelt und seine Wunden verbunden habe ... Sophie selbst konnte es kaum glauben.
Als sie auf der Weide ankamen, hatten die Gardians die beiden Stiere bereits von der Herde abgesondert. Caraque und Blitz, junge Stiere mit üppigem, krausem Fell, warteten in besonderen Pferchen, die vor der weißen Mauer einer Hütte angebracht waren. Kurz darauf rumpelten zwei Lastwagen den Weg herauf. Sie hielten vor einem von den Pferchen herführenden, mit Brettern verschlagenen Laufsteg.

Der Lärm und die Unruhe weckten das Misstrauen der Stiere. Witternd und schnaufend, starrten sie auf den Lastwagen. Die Gardians hatten Mühe, sie in den Gang zu treiben. Jackie, einer der jüngsten Gardians, saß rittlings oben auf den Brettern des Laufstegs und bewegte eine Stange, an der ein rotes Tuch befestigt war. Es dauerte eine Weile, bis Blitz in den Gang stürzte und die Rampe hinaufpolterte. Krachend fiel die Klappe zu, und der Stier war eingeschlossen.

Tante Justine lachte. »Er hat gut mitgemacht. Und jetzt Caraque!«

Caraque machte nicht so ohne Weiteres mit. Mit erhobenen Hörnern schritt der mächtige schwarze Stier in seinem Pferch umher. Ein Zucken lief über das glänzende Fell. Schnaubend stand er so dicht an der Barriere, dass Sophie seinen warmen Atem im Gesicht spürte. Plötzlich bemerkte er das rote Tuch, das Jackie hin und her schwenkte. Blindlings raste er darauf zu und stürzte sich in den offenen Laufsteg hinein. Die Planken dröhnten, als Caraque über die Rampe in den Lastwagen stürmte. Abermals fiel die Klappe zu. Das gereizte Tier war in die Falle gegangen! Man hörte den Stier wütend aufstampfen und mit den Hörnern gegen die Wände des Lastwagens stoßen.

Die Gardians wischten sich den Schweiß von der Stirn, während die Fahrer eine Zigarette rauchten, bevor sie sich ans Steuer setzten. Blitz verhielt sich ruhig, aber der Wagen, in dem Caraque untergebracht war, zitterte von dumpfen Stößen.

»Wenn der nur nicht den Wagen zertrümmert«, meinte Mireille. Alain stopfte sich grinsend einen Kau-

gummi in den Mund. »Stell dir vor, er ginge auf die Touristen los! Olé, das wäre eine Corrida!«
Die Gardians, von ihrer Arbeit mit den Stieren völlig in Anspruch genommen, hatten Etoile fast vergessen. Als Sophie sich zaghaft bei Manuel erkundigte, ob die Suche heute noch fortgesetzt würde, zuckte er die Schultern.
»Keine Angst, Kleine«, antwortete er, »er wird schon durchkommen. Gebrochen ist das Bein nicht, sonst hätten wir ihn schon längst gefunden.«
»Der Bursche ist verdammt zäh«, fügte Pierre hinzu, »es ist nicht das erste Mal, dass er sich verletzt hat.«
Für den Rest des Tages wurde Sophie von widersprüchlichen Empfindungen hin- und hergerissen, bei denen Ungewissheit und Unruhe vorherrschten. Alain war nach Saintes-Maries-de-la-Mer gefahren, um einen Freund zu besuchen. Da es sehr heiß war, schlug Mireille vor, an den Strand zu gehen. Sie liehen sich Regines Fahrrad aus und fuhren los. Unterwegs wechselten sie sich gegenseitig ab: Während die eine die Pedale trat, saß die andere auf dem Gepäckträger. Am Fuß der Dünen ließen sie das Rad zurück und stapften, die Schuhe in der Hand, barfuß durch den Sand. Der Strand war menschenleer. Nachdem sie gebadet hatten, streckten sie sich auf dem warmen, muscheldurchsetzten Strand aus. Wind strich über ihre feuchte Haut. Das Rauschen der Wellen und der Schrei einer Möwe waren die einzigen Geräusche. Sophie konnte sich nicht vorstellen, dass sie nur wenige Kilometer vom sommerlichen Touristenrummel entfernt waren.
»Baden hier eigentlich nie Leute?«, fragte sie verwundert.

»Selten«, antwortete Mireille. »Der Zutritt zu diesem Strand ist verboten, weil das Baden zu gefährlich ist.«

»Wir sind aber hier durchgekommen, als wir Etoile verfolgten!« Es kam Sophie eigenartig vor, den Namen des Hengstes auszusprechen.

»Man muss das Gebiet schon gut kennen«, erklärte Mireille. »Sonst ist es gefährlich. Vor zwei Jahren ist ein alter Mann in den Sumpf geraten und ertrunken. Seine Leiche fand man erst, als der Teich ausgetrocknet war. Sie war schwarz und ledern wie eine Mumie.« Schläfrig rieb sie sich mit Sonnenöl ein. »Ich bin gerne hier. Das Wasser ist viel sauberer als in Saintes-Maries; außer wenn es stürmt, dann werden Konservenbüchsen, ölverschmierte Bretter und anderer Dreck hier angeschwemmt.«

Sophie dachte immer noch an Etoile. Ihr Geheimnis belastete sie und verdarb ihr die Stimmung. Aber sie konnte sich nicht entschließen, mit Mireille darüber zu reden.

Auch an diesem Abend fand Sophie keinen Schlaf. Der Mond leuchtete wie in der vergangenen Nacht. Ein leichter Wind hatte sich erhoben, die Schatten der Pinien bewegten sich auf der gegenüberliegenden Wand, das Schilf rauschte. Sophie lauschte in die Nacht hinaus. Gegen Mitternacht stand sie auf und trat ans Fenster. Sie wartete lange vergeblich. Der Wind roch nach Harz, warmer Myrte und Salz. Auf dem Hof war alles still. Die Pferde dösten unter dem Schutzdach. Sophie legte sich wieder ins Bett. Erleichtert und enttäuscht, schlief sie bald darauf ein.

Am folgenden Morgen, gleich nach dem Frühstück, brachen sie mit Tante Justines Landrover nach Aigues-Mortes auf. In der Tracht der Gardians, den Hut tief ins Gesicht gezogen, lenkte sie den schweren Wagen über den holprigen Weg. Windstöße fuhren durch das Schilf. Autoschlangen hielten am Straßenrand: Die Touristen machten mit Fotoapparaten und Videokameras Jagd auf Pferde, Stiere und Flamingos. Tante Justine fluchte leise vor sich hin, als sie sich mit lautem Gehupe durch das Gedränge hindurchzwängte. Sophie verstand die Aufregung der Urlauber! Aber schon heute war für sie alles anders. Schon hatte sie sich eingelebt. Alles kam ihr schon bekannt vor! In Gedanken sah sie Etoile vor sich. Ob seine Wunden verheilten? Wo mochte er in diesem Augenblick sein? Etwas hatte sie gelernt: Die ausgedehnten, scheinbar flachen Ebenen der Camargue waren in Wirklichkeit voller Verstecke und Unterschlüpfe. Jeder, Mensch oder Tier, konnte sich im Schilf, im Unterholz oder auf schwimmenden Inseln verbergen. Sophie brannte darauf, den beiden anderen von ihrem Erlebnis mit dem Hengst zu erzählen; dennoch schwieg sie. Fürchtete sie sich vor Alain? Sophie vermochte es nicht zu sagen. Innerlich nannte sie sich einen Schwächling, aber das änderte nichts.
Mireilles Stimme riss sie aus ihren Gedanken. »Sieh, dorthinten, das ist Aigues-Mortes!«
In einer eintönigen Landschaft von Lagunen und Salinen richteten sich unter dem grellen Licht der Sonne die mächtigen grauen Mauern im Gegenlicht auf. Je näher der Landrover kam, umso stärker wurde der

Eindruck, dass die langen Wälle und mächtigen Ecktürme über dem Boden schwebten.
»Man könnte glauben, im Mittelalter zu sein«, rief Sophie.
»Ja! Früher war Aigues-Mortes eine blühende Hafenstadt«, erklärte Mireille, »die durch Kanäle mit dem Meer verbunden war. Von hier aus begab sich im Jahre 1248 König Ludwig der Heilige mit neununddreißig Schiffen auf seinen Kreuzzug.«
Alain gähnte: »Meine Schwester hatte schon immer eine Schwäche für Geschichte. Ich dagegen schlafe dabei ein.«
Eine schattige Platanenallee führte an den Festungsmauern entlang. Sophie renkte sich fast den Hals aus, um den breiten, mit Zinnen versehenen Rundgang zu betrachten. Durch ein Tor gelangten sie in die Stadt. In den Straßen, die von niedrigen hellen Häusern gesäumt waren, herrschte reges Leben. Die Leute drängten in die Richtung auf den abgesperrten Platz am Fuße der Flanke des Bollwerks zu, wo der Kampf um die Kokarde ausgetragen werden sollte. Autos hupten, Motorräder bahnten sich surrend ihren Weg. Staub flimmerte in der Sonne. Die Luft stank nach Abgasen und heißem Fett. Rings um die Absperrung waren die stufenförmig aufgebauten Sitzplätze schon von Zuschauern besetzt. Aus Lautsprechern tönte Musik. Tante Justine stieg gerade aus dem Auto, als Constantin, Regine und Nicolas, die im Lieferwagen des »Baile« hergefahren waren, auf sie zukamen. Constantin trug seine Festtracht: enge graue Hosen, buntes Hemd, Halstuch und einen breitkrempigen Hut. Re-

gine war in der Tracht der Arleserinnen: langer, weiter Rock, Spitzenmieder, ein über der Brust gekreuztes Schultertuch. Um den Hals trug sie ein schwarzes Samtband, an dem ein goldenes Kreuz hing. Sophie bewunderte ihr Selbstbewusstsein, mit dem sie die Tracht trugen. Andere Gardians gesellten sich zu ihnen. Während Nicolas seine Zigarre abschnitt, drückte Tante Justine der Reihe nach die Hände. Bald war sie von einigen kräftigen, derb-fröhlich aussehenden Männern – Viehzüchtern, nach ihrer Tracht zu urteilen – umgeben, und es gab viel Gelächter und Schulterklopfen.

Mireille berührte den Arm von Sophie, die in dem Gewühl ein wenig verloren schien. »Komm, wir gehen, uns die Arena anschauen. Du hast doch nicht etwa Angst?«

»Klar hat sie Angst«, rief Alain dazwischen.

»Dir werde ich es schon zeigen!«, fuhr ihn Sophie gereizt an. Nachdem sie inmitten der frei lebenden Stiere über die Weide geschritten war, wusste sie nicht, was sie sonst noch erschrecken konnte. Sie drängten sich durch die Absperrung an der untersten Sitzreihe der Zuschauer vorbei. Es wimmelte von Jugendlichen, die ihre Plätze suchten. Mireille und Alain gebrauchten die Ellbogen, um zu ihren Sitzen zu gelangen.

»Zuerst wird nur ein Rind hereingelassen«, erklärte Mireille und rückte etwas zur Seite, um Sophie Platz zu machen. »Das ist lustig, du wirst sehen. Oh! Es fängt schon an . . .«

Der Toril auf der gegenüberliegenden Seite öffnete sich. Ein Rind, dessen spitze Hörner mit Kugeln versehen waren, schoss wie ein Pfeil hindurch. Graziös, leichtfüßig und nervös galoppierte es rings um den Platz. Junge Männer liefen ihm armeschwingend und aufstampfend entgegen. Sobald das Rind auf sie zuraste, stoben sie auseinander und stießen Schreckensrufe aus. Mireille und Alain brüllten mit den anderen. Sie sprangen in die Arena, dem Tier genau vor die Nase, und sprangen im letzten Augenblick auf die Barriere, um sich in Sicherheit zu bringen. Das kräftige Rind griff unaufhörlich mit gesenkten Hörnern an. Bald erreichte der Tumult seinen Höhepunkt. Obwohl Sophie gerne an dem Spiel teilgenommen hätte, wagte sie sich nicht in die Arena; sie hatte Angst, zu stürzen, unter die Hufe des Tieres zu geraten oder sich an der Barriere die Nase blutig zu schlagen. Schließlich wurde das Rind abgeführt. Der erste Stier betrat die Arena. Der eigentliche Wettkampf begann. Von der untersten Sitzreihe aus, eingeklemmt zwischen Alain und Mireille, die noch ganz außer Atem waren, bewunderte Sophie den Auftritt der ganz in Weiß gekleideten Razeteurs. Mit ihren leichten, anmutigen Bewegungen schienen sie die Angriffe des wütenden Stiers zu verspotten. Es floss kein Blut; die Männer waren nur mit dem Razet ausgerüstet, einem kleinen, vierzinkigen Haken, mit dem sie dem Stier die zwischen den Hörnern befestigte Kokarde entreißen mussten. Nachdem Blitz hinter dem Toril verschwunden war, hielt Caraque langsam, majestätisch seinen Einzug. Ein bewunderndes Gemurmel ging durch die Zuschauermenge, als der mächtige Stier umherblickte, gereizt durch den Lärm, der ihm entgegenschwoll. Er stürzte sich instinktiv auf die weißen, geschmeidigen Gestalten. Mit ausgebreiteten Armen wie Vögel im Flug, liefen die Razeteurs vor ihm her, wandten sich plötzlich ihm zu und versuchten die Kokarde abzureißen und blitzschnell hinter der Barriere Schutz zu suchen. Mehrmals schrien die Zuschauer auf, wenn ein Razeteur mit einem Luftsprung dem mörderischen Stoß der Hörner wie durch ein Wunder entging. Caraque griff unablässig an, doch nach und nach verließen ihn seine Kräfte. Vor Erschöpfung keuchend, stand er da, ohne die Überlegenheit seiner unangreifbaren Gegner zu verstehen.

»Jetzt ist er erschöpft«, sagte Mireille.

»Es wird wohl einige Tage dauern, bis er wieder angriffslustig ist.«

Aber Caraque zeigte Charakter. Obwohl er besiegt war, weigerte er sich, dem Leitochsen ins Toril zu folgen. Constantin und Nicolas mussten in die Arena steigen, um ihn unter dem Jubelgeschrei der Menge mit dem Dreizack zu stoßen, bis er endlich geruhte, sich erhobenen Hauptes zurückzuziehen. Donnernder Beifall begleitete seinen Abgang.

Alain blickte sich stolz um. »Tante Justines Stiere gehören zu den berühmtesten! Dieses Jahr soll Caraque auch in Sète und Nîmes kämpfen.«

Über den weiteren Verlauf des Tages bewahrte Sophie nur eine unklare Erinnerung. Nachdem Caraque und Blitz wieder verladen waren, um auf die Weide zurücktransportiert zu werden, trafen sich die Viehzüchter und Gardians in Aigues-Mortes in einem Restaurant. Die Tische standen unter Platanen, an denen Lampen hingen. Alle redeten und lachten gleichzeitig. Sophie fing nur ein paar Brocken von der in provenzalischer Sprache geführten Unterhaltung auf; für sie sprachen sie viel zu schnell. Es gab Fischsuppe, ein provenzalisches Fischgericht, dazu Majonäse aus Olivenöl, arlesische Bratwurst, die in Öl schwamm, und Safranreis. Sophie stopfte sich voll, wobei sie sich fragte, wie man sich das alles eigentlich einverleiben konnte. Sie hatte Wein getrunken; alles drehte sich, und die Knie wurden weich. Auf den Stuhl hingesunken, betrachtete sie blinzelnd den Himmel, der sich rosa färbte, dann verdunkelte, während die Lampions plötzlich aufleuchteten. Ihre Gedanken schweiften im Nebel umher, aus dem manchmal Etoiles Gestalt auftauchte. Die beunruhigende Frage »Wie geht es ihm nur?« verflüchtigte sich mehr und mehr. Unter der Wirkung des Weines nahm ihr Erlebnis seltsame Traumfarben an. Umgeben von Stimmengewirr, dem Echo des Gelächters und dem scharfen Fettgeruch wusste sie bald nicht mehr, ob sie die nächtliche Begegnung wirklich erlebt oder nur erfunden hatte.

8. Kapitel

Am folgenden Morgen erschien Sophie mit geschwollenen Augenlidern, schwerer Zunge und einem dicken Pickel auf der Nase zum Frühstück. Sie war es nicht gewohnt, bis spät in die Nacht hinein aufzubleiben, und noch weniger, so viel Wein zu trinken. Dass Alain und Mireille im Gegensatz zu ihr sehr vergnügt

aussahen, verstimmte sie noch mehr; die beiden mussten einen Straußenmagen haben.
Die Geschwister saßen allein am Tisch; Tante Justine hatte sich schon in aller Frühe zur Weide begeben. Sophie rang sich ein Lächeln ab. Sie trank den Kaffee ohne Milch und ohne Zucker. Mireille reichte ihr über Alains Kopf hinweg den Brotkorb.
»Langes Aufbleiben scheint dir nicht gerade zu bekommen«, sagte Mireille lachend.
»Sie hat einen Kater«, stellte Alain fest. Mit zwei Bissen verschlang er sein Brötchen; dann reckte er sich, dass seine Gelenke knackten. »Ich dagegen bin in Hochform! Als Beweis dafür werde ich Caprice satteln und Etoile aufspüren.«
Mireille setzte ihre Tasse mit Schwung auf den Tisch. »Du denkst wohl nicht daran, deine blöde Hetzjagd fortzusetzen! Tante Justine wird dir den Stiefel an den Hintern pfeffern, wenn du noch einmal damit anfängst!«
»Vergiss nicht, dass sie ihn mir versprochen hat«, sagte Alain.
»Das dürfte sie längst bereut haben, nachdem du wie ein besoffener Gaucho durch die Gegend gerast bist!« Mireille hielt ihm drohend den Finger unter die Nase. »Ich werde dich im Auge behalten. Wenn du den Idioten spielst, sage ich es Tante Justine.«
»Dumme Kuh!«
»Blöder Dickschädel!«
Während sich die beiden stritten, blies Sophie nachdenklich in ihren Kaffee. Unvermittelt hob sie den Kopf. »Also gut, dann komme ich auch mit!«

Die Zwillinge schwiegen plötzlich, verwirrt über die sonderbare Entschlossenheit, die auf Sophies Gesicht zu lesen war.
»Mädchen sind schlimmer als Kletten!«, stieß Alain hervor und stieß krachend den Stuhl zurück. »Macht euch nur keine Illusionen. Mit Caprice schaffe ich mir euch schnell vom Hals.«
»Warte«, rief Mireille, »deine Tasse und den Teller? Glaubst du etwa, Regine sei dazu da, dich zu bedienen?«
Wütend nahm Alain das Geschirr und lief zur Küche. Kurz darauf knallte die Haustür ins Schloss.
»Ein netter Kerl!«, sagte Mireille seufzend.
»Kannst du ihn nicht davon abhalten, Etoile einzufangen?«, stotterte Sophie.
Mireille schüttelte den Kopf. »Mach dir bloß keine Sorgen! Sogar auf drei Beinen wird er sich von niemandem fangen lassen.« Sie blickte ihre Freundin betroffen und beunruhigt an. »Du bist ja ganz grün um die Nase. Wenn dir der gestrige Abend so schlecht bekommen ist, solltest du heute fasten.«
Sophie war ganz schlecht beim Gedanken, dass Alain den verletzten Hengst wieder durch die Gegend hetzte. Mireille bemerkte die Unruhe in Sophies Gesicht.
Die Pferde wurden gezäumt und gesattelt. Alain schien verstimmt, aber die beiden Mädchen taten so, als merkten sie es nicht. Der Tag versprach, schön zu werden; ein sanfter Nordwind kräuselte das Wasser auf den Seen. Die Binsen glänzten. Alain ritt, ohne den Blick vom Boden zu heben, und untersuchte das Gelände ringsum, soweit sein Auge reichte. Einmal hielt

er an und stieg vom Pferd, um einige Spuren näher zu prüfen. Als er sich wieder in den Sattel schwang, fing er Sophies ängstlichen Blick auf.
»Weißt du«, sagte er, »gewöhnlich bilden die Pferde eine Gruppe. Die Touristen dagegen reiten immer einer hinter dem anderen, voran der Fremdenführer. Wenn sich die Fußspur eines Pferdes über eine längere Strecke hinzieht, ist es ein Einzelgänger oder das Leittier einer Herde. Wenn die Spuren sehr deutlich eingedrückt sind, besteht die Möglichkeit, dass sie von Etoile stammen. Für ein Camargue-Pferd ist der Hengst nämlich sehr schwer.«
Er verstummte; offenbar erwartete er eine Antwort, die aber ausblieb, und fügte stolz hinzu: »Tante Justine sagt, dass ich das Zeug zu einem guten Gardian hätte, weil ich über Beobachtungsgabe verfüge.«
Mireilles ersticktes Lachen schallte ihnen im Rücken.
»Sie hat aber hinzugefügt, dass es dir noch immer am Wesentlichen fehlt: an Geduld nämlich!«
Alain zuckte die Schultern. »Ob mit oder ohne Geduld, ich werde Etoile schon mürbemachen!«
»Wenn es nur er nicht ist, der dich mürbemacht«, sagte Mireille. Die Hände in den Taschen, pfiff Alain vergnügt vor sich hin, doch sein Gesicht hatte diesen eigensinnigen Ausdruck, den Sophie bereits kannte. Er war sicher entschlossen die erstbeste Gelegenheit wahrzunehmen, um sie abzuhängen, aber sie war ebenso entschlossen, ihn nicht entkommen zu lassen.
Es verging eine gewisse Zeit. Die ausgeruhten Pferde griffen gut aus. Plötzlich deutete Alain mit einem erfreuten Aufschrei auf den Boden. »Die . . . die Fuß-

spur! Ich wette, das ist er! Unglaublich, wie nah er sich an den ›Mas‹ vorgewagt hat!«
Die deutlich sichtbare Fährte in dem weichen Boden führte zum Sumpf. Ohne zu zögern, drängte Alain Caprice in das Dickicht. Sophie biss die Zähne zusammen und folgte ihm. Hintereinander zwängten sich die drei Reiter durch den engen Pfad, den das Tier geschaffen hatte. Modergeruch nahm ihnen fast den Atem. Mücken und dicke blaue Fliegen schwirrten umher. Zwischen den verschlungenen Wurzeln gab der schlammige Boden unter dem Haufen mit schmatzendem Geräusch nach.
Der Wind hatte sich gelegt. Die Sonne brannte. An einer Stelle lichteten sich die Binsen und formten eine Art Bucht. Ein Teich wurde sichtbar, und in dem seichten Wasser, das von zartlila Saladellabüscheln durchsetzt war, stand der große Hengst in der Sonne wie eine Statue. Sein Fell war so stark mit Schlamm beschmutzt, dass er aus Lehm geformt zu sein schien. Die kohlschwarzen Augen glänzten unter der langen Mähne. Sophie hielt den Atem an, während sie ihn betrachtete, als erblickte sie ihn zum ersten Mal. Etoile versuchte nicht zu fliehen; man hätte meinen können, dass das Nahen der Reiter ihm bekannt war, als hätte er sie erwartet.
Der Bann wurde durch Alains raues, aufgeregtes Flüstern unterbrochen. »Diesmal kriege ich ihn! Sehr schnell wird er mit seiner Wunde nicht laufen können ...« Mit zitternden Händen entknotete er den Seden, der an seinem Sattelknopf befestigt war.
»Achte auf den Sumpf!«, rief Mireille.

Beim Ton ihrer Stimme hob das Pferd den Kopf und spitzte die Ohren. Seine Nüstern bebten. Es machte einen Schritt vorwärts, sodass es vollständig aus den Schilfbüscheln hervorragte. Alains Augen hafteten an den schmutzigen Lappen, mit denen das verwundete Bein umwickelt war. Er schrie auf. »Nein, wie ist das möglich! Man hat ihn verbunden!« Alles Blut war aus seinem Gesicht gewichen. Er schien wie vor den Kopf gestoßen.

»Unglaublich!«, rief Mireille ebenso betroffen. »Jemand konnte sich ihm nähern . . .«

Sophie fühlte, wie ihr der Schweiß über den Rücken lief. Das war jetzt also der Augenblick, alles einzugestehen. Wie aber sollte sie ihr Schweigen erklären? In ihrer Verwirrung kam ihr kein vernünftiger Gedanke in den Sinn. Sie saß zusammengesunken im Sattel, stumm und schuldbewusst, die Augen ins Leere gerichtet aus Furcht, der geringste Blickwechsel könnte sie verraten.

»Das muss einer von Tante Justines Gardians gewesen sein! Der gemeine Kerl konnte Etoile aufspüren und irgendwo in die Enge treiben. Jetzt wird der Hengst nur ihn dulden, er kann ihn besteigen und dann . . .« Seine Stimme brach.

Sophie beendete den Satz: »Und dann gehört Etoile ihm.«

Ein Wutschrei entrang sich Alains Kehle. »Nein und nochmals nein! Das Pferd gehört mir! Mir und keinem andern!« Brüsk neigte er sich über Caprices Hals und grub ihm die Absätze in die Flanken. Caprice sprengte voran. In der gleichen Sekunde schnellte Etoile ans Ufer. Sein Galopp war schwerfälliger, langsamer als sonst; zweifellos bereitete ihm die Wunde noch immer Schmerzen. Auch Alain hatte dies bemerkt. Er trieb sein Pferd zu noch größerer Eile an, um Etoile den Weg abzuschneiden.

Mireille rief ihm nach: »Pass auf! Der Sumpf!« Aber das Aufspritzen des Wassers übertönte ihre Stimme.

Sophie bemerkte, dass der versumpfte Teich in einen anderen, größeren überging, wo einige Pfähle auf gefährliche Stellen aufmerksam machten. Ihr schauderte. Der Sumpf!

Caprice fiel in gestreckten Galopp. Wenige Sprünge brachten ihn auf gleiche Höhe mit Etoile. Während die beiden Pferde fast nebeneinander hergaloppierten, schwang Alain seinen Seden ähnlich wie ein Lasso. Er zeigte sich dabei sehr geschickt, ja viel geschickter, als Sophie es ihm zugetraut hätte. Das Seil durchschnitt zielsicher die Luft und legte sich gleich beim ersten Versuch wie eine Schlinge um Etoiles Hals. Der Hengst blieb so plötzlich stehen, dass seine Hufe sich tief in den Morast bohrten. Es dauerte nur einen Sekundenbruchteil. Dann schlug er so heftig aus, dass Alain, der das Seil krampfhaft hielt, die Steigbügel verlor, aus dem Sattel geschleudert wurde. Mit lautem Aufklatschen flog er ins Wasser. An dieser Stelle war der Teich nicht sehr tief. Alain tauchte hustend und spuckend auf, ohne den Seden aus den Händen zu lassen. Etoile flüchtete durch das aufsprühende Wasser und zog den Jungen hinter sich her. Dieser klammerte sich an das Seil, das sich immer enger um den Hals des Pferdes zusammenzog. Umsonst versuchte Etoile durch Ausschlagen und wütende

Sprünge sich von der lästigen Fessel zu befreien. Instinktiv galoppierte er auf die Mitte des Sees zu, um ins tiefere Wasser zu gelangen. Alains Kopf tauchte unter. Benommen, Nase und Mund voller Salzwasser, rang er verzweifelt nach Atem und krampfte sich an das Seil, um es nicht loszulassen.
»So ein Wahnsinn! Er wird noch ertrinken!«, schrie Mireille.
Hin und her geschleudert, drehte Alain sich mehrmals um sich selbst. Vergeblich versuchte er seinen Kopf über Wasser zu halten. Er schnappte nach Luft und schluckte Wasser. Ein glühendes Eisen schien seine Lungen zu durchdringen. Der Schmerz betäubte ihn fast. Es war, als ob sich der ganze Teich in der Luft drehe und auf ihn herabstürze. Das Seil entglitt ihm. Im Augenblick, als Etoile sich frei fühlte, galoppierte er noch rascher davon. Mit wenigen Sprüngen erreichte er das Ufer. Während er sich mit dumpfem Hufschlag entfernte und das von Schlamm verdreckte Seil nachschleifte, empfand Sophie ein tiefes Triumpfgefühl.
Alain, der am Grund Fuß gefasst hatte, keuchte und krümmte sich; er taumelte aufs Geratewohl vorwärts und wühlte den Schlamm auf. Als wieder Luft in seine Lungen drang, fühlte er sich besser. Zornig schüttelte er die Faust in die Richtung, in welche Etoile verschwunden war. Nur der Stolz hinderte ihn, vor Enttäuschung zu heulen.
Mireille war zu Boden gesprungen, um Caprice zurückzuholen, der die Zügel schnaubend hinter sich nachschleifte. Sophie ließ sich aus dem Sattel gleiten. Ihre Beine zitterten so stark, dass sie beinahe hingefallen wäre.

»Halte die Pferde fest!«, rief Mireille und warf ihr die Zügel zu. Sie hielt beide Hände wie einen Trichter vor dem Mund und rief ihrem Bruder zu: »Die Pfähle! Links von dir!«

Hustend und schnaufend, deutete Alain ihr an, dass er es verstanden hatte. Das Wasser reichte ihm bis an die Hüften, als er auf das Ufer zustapfte. Plötzlich spürte er, dass ein Bein einsank. Ein unwiderstehlicher Sog zog ihn in den saugenden Morast. Alain hielt den Atem an. Nur nicht den Kopf verlieren! Er kannte sich in dieser Gegend genügend aus, um sich über die Gefahr im Klaren zu sein. Die Pfähle, die auf den Sumpf aufmerksam machten, waren vor zwei Jahren angebracht worden, nachdem man die Leiche eines alten Mannes gefunden hatte; aber inzwischen musste die Strömung den Schlammboden verlagert haben.

Alain sah Mireille mit den Armen fuchteln. Sie stand bis zu den Knien im Wasser und deutete ihm an, dass der Boden unter ihr fest war.

Langsam, mit äußerster Vorsicht versuchte Alain sein Bein hochzuziehen, doch der Stiefel blieb im Morast stecken, und trotz aller Anstrengung gelang es ihm nicht, ihn herauszuziehen. Hingegen war der Fuß frei. Sorgsam darauf bedacht, das Gleichgewicht nicht zu verlieren, vermied er es, dort aufzutreten, wo der Stiefel gesunken war, und versuchte über die gefährliche Stelle hinwegzuwaten. Aber das Unglück verfolgte ihn: Dumpf gurgelnd gab der Boden unter dem Gewicht seines Körpers nach. Blasen stiegen an die Oberfläche des Wassers. Mit beiden Beinen versank Alain bis zu den Schenkeln in der gefährlichen Masse.

Sein Herz klopfte zum Zerspringen und kalter Schweiß brach ihm aus allen Poren.
»Ich versinke!«, schrie er voller Schrecken.
»Meinen Seden, schnell!«, keuchte Mireille aufgeregt, indem sie sich Sophie zuwandte.
Sophie, die sich der Gefahr bewusst war, wurde von Panik ergriffen. Ihre ungeschickten, zitternden Finger hatten Mühe, den Seden, der an Follets Sattelknopf befestigt war, aufzuknoten. Sekunden später war sie im Wasser, und Mireille riss ihr den Seden aus der Hand.
»Beeil dich doch!«, schrie Alain.
Schon bis zu den Hüften eingesunken, versuchte er, sich regungslos zu verhalten, um vom Sog nicht noch mehr erfasst zu werden. Vorsichtig tastend, suchte Mireille nach festem Grund unter den Füßen. Nachdem sie den Seden aufgerollt hatte, schwang sie ihn in die Luft, wobei sie mit der Schlinge genau auf ihren Bruder zielte. Alain hob die Arme, um den Seden aufzufangen, aber kurz vor seinen Händen fiel er klatschend ins Wasser. Alain spürte, wie ihn der Sog tiefer zog, und schrie auf. Mit zusammengebissenen Zähnen holte Mireille das nasse, schwere Seil wieder ein. Dann warf sie abermals, wobei sie sich bemühte, ihre Bewegungen besser zu berechnen. Diesmal schlug der Seden genau in Reichweite von Alains Hand auf die Oberfläche des Sees. Der Junge ergriff das Seil und hielt es krampfhaft fest. Mireille schwankte unter dem Gewicht und wäre beinahe kopfüber ins Wasser gefallen, aber Sophie umklammerte sie und hielt sie zurück.
»Zieh! Hilf mir ... zieh!«, stieß Mireille hervor.
Gegen den Boden gestemmt, zogen die beiden Mäd-

chen mit vereinten Kräften – Alain schien eine Tonne zu wiegen! Zentimeter um Zentimeter entrissen sie seinen Körper dem stinkenden Morast. Unter Zischen und Plätschern löste er sich so plötzlich aus dem Sog, dass die beiden Mädchen fast auf den Rücken gestürzt wären. Mit lahmen Armen, bis auf die Haut durchnässt, zogen sie keuchend das Seil zurück, während Alain, bis zum Gürtel mit Schlamm bedeckt, sich aufrichtete und dem Ufer zuwankte.

Kurz darauf sanken alle drei völlig erschöpft auf der sandigen Böschung nieder. Alain atmete stoßweise. Er stank so sehr nach dem Morast, dass sich Sophie der Magen umdrehte. Eine Weile lang sagte keiner ein Wort. Man hörte nur ihre keuchenden Atemzüge und den Wind, der durch das Schilf strich. Der See glänzte in der Sonne.

Schließlich strich sich Mireille die Haare zurück, die an ihrem schweißbedeckten Gesicht klebten, und sagte nur ein Wort zu ihrem Bruder: »Vollidiot!«

Alain fuhr sich mit dem Ärmel über die laufende Nase. »Ich konnte doch nicht wissen . . .«

»Ich hatte dir gesagt: ›Gib acht auf den Sumpf!‹« Je mehr Mireille zu Atem kam und die Panik von ihr wich, umso erbitterter wurde ihre Stimme. »Jeder konnte die Gefahr sehen, aber du . . . du hattest nur deinen Gaul im Kopf. Hirnloser Trottel! Ich weiß nicht einmal, ob dir klar ist, dass wir dir das Leben gerettet haben.«

»Weißt du . . .«, stammelte er.

»Halt die Klappe! Erspar dir weitere Worte!«

Beleidigt und wütend, ließ Alain den Kopf hängen.

Das schlammverschmierte Gesicht sah wie eine rissige gräuliche Maske aus.
»Die Pfähle stehen an der falschen Stelle«, verteidigte er sich trotzig. »Das muss man Tante Justine sagen.«
»Tante Justine! Sie wird dich ohrfeigen, wenn sie erfährt, was du wieder geleistet hast.«
»Bestimmt nicht«, widersprach er. »Sie wird froh sein, dass ich noch am Leben bin.«
»An deiner Stelle wäre ich da nicht so sicher.«
Sie blickten einander feindselig an. Plötzlich löste sich die Spannung durch ein unbeherrschtes Gelächter. Durchnässt, schmutzig und sandverklebt boxten sie sich gegenseitig. Sophie lachte mit ihnen so hemmungslos, dass sie Tränen in den Augen hatte. Sie war unfähig, auch nur ein Wort zu sagen, und zitterte immer noch vor Erregung und Schwäche.
Unweit der Stelle, wo sie saßen, zeichneten sich im feuchten Sand deutlich Etoiles Hufspuren ab. Mit nachdenklich gekrauster Stirn überlegte Sophie, wie sie den Hengst ausfindig machen konnte, um ihn von Alains Seil zu befreien.

9. Kapitel

Verschmutzt, zerzaust, von Fliegen umschwärmt, kehrten sie heim. Als Regine sie absitzen sah, riss sie die Augen auf und stieß einen Schreckensschrei aus.
»Himmel! Wo kommt denn ihr her?«
»Aus dem Sumpf«, antwortete Mireille.

Alain schwieg verschlossen. Es war ihm peinlich, über sein wenig heldenhaftes Abenteuer zu reden. Schwerfällig schritt er auf das Haus zu, aber Regine trat ihm energisch in den Weg.
»Nur das nicht! Du stinkst wie eine Jauchegrube! Zieh zuerst das Zeug aus, und wasch dich an der Pumpe, bevor du das Haus betrittst!«
»Ich werf dir eine Hose hinunter«, sagte Mireille grinsend.
Die beiden Mädchen duschten und wuschen sich die Haare. Ihre Kleider warfen sie in die schmutzige Wäsche. Sie hatten eben das Badezimmer von Sand und Lehm gereinigt, als Hufschläge im Hof Tante Justines Rückkehr anzeigten. Beim Betreten des Hauses stieß sie mit Alain zusammen, der ihr in sauberen Jeans und T-Shirt mit verlegener Miene den Weg freigab. Seine Haare waren noch feucht, und in der Hand hielt er ein Badetuch.
Tante Justine runzelte die Brauen. »Was ist denn mit euch wieder los? Eure Pferde sind schmutzig, dass man Angst kriegt, und stinken auf zehn Meter Entfernung gegen den Wind!«
Regine kam mit einer Schüssel Oliven aus der Küche. Sie brach in einen entrüsteten Redeschwall aus. »Wenn Sie erst gesehen hätten, in welchem Zustand sie nach Hause gekommen sind! Ihre Sachen kann man nur mit Gummihandschuhen anfassen!«
»Ich . . . ich bin in den Sumpf geraten«, gestand Alain kleinlaut.
»Hast du die Pfähle nicht gesehen?«, fragte Tante Justine trocken.

Alain wurde unsicher. »Ja ... doch! Aber der Schlamm hat sich verschoben, man muss die Pfähle versetzen ...«
Mireille und Sophie kamen gerade rechtzeitig die Treppe herunter, um diese Ausrede mitzubekommen.
»Gar nichts muss versetzt werden«, sagte soeben Tante Justine.
»Jeder weiß, dass der Schlamm mit der Strömung wandert. Die Pfähle sind da, um auf die Gefahr aufmerksam zu machen. Das weißt du auch!«
Alain schwieg. Tante Justine schob sich ungeduldig den Hut in den Nacken. »Willst du mir nun endlich erklären, warum du in den See geritten bist?«
Er krümmte die bloßen Zehen auf den Steinplatten.
»Ich ... nun ja ... ich hatte Etoile entdeckt ...«
»Das hätte ich mir gleich denken können«, knurrte Tante Justine. Sie setzte sich schwerfällig, nahm den Hut ab und fächelte sich damit Luft zu. »Also, ich warte! Was weiter?«
Verlegen rieb sich Alain mit dem Handtuch übers Haar. Er wollte nicht in allzu schlechtem Licht dastehen und suchte nach Worten. Entrüstet über sein Schweigen platzte Mireille heraus: »Er hat mal wieder den Kopf verloren, wie gewöhnlich!« Mit kurzen Worten schilderte sie den Vorfall. Bei allem, was sie sagte, stimmte ihr Sophie zu. Verärgert trat Alain von einem Fuß auf den anderen.
»Halb so schlimm«, brummte er, als er endlich zu Wort kam. »Mireille übertreibt. Mit ein bisschen Glück hätte ich mich auch allein herausziehen können ...«
Tante Justine, die ihren Hut betrachtete, warf ihn

plötzlich in hohem Bogen durchs Zimmer. »Glaubst du?«, sagte sie eisig. »Ohne die Geistesgegenwart deiner Schwester hätte ein Suchtrupp acht Tage damit verbracht, mit Stangen den See nach dir abzusuchen!«
Alain schluckte leer und schwieg. Plötzlich schlug Tante Justine mit der Faust auf den Tisch, sodass die Olivenschüssel einen Luftsprung machte. »Himmelherrgott! Bist du dir eigentlich klar darüber, was du getan hast? Und alles nur für einen verwilderten Gaul, der . . .«
Alains Gesicht leuchtete auf. Das war der Augenblick, den er nutzen konnte. »Ganz so verwildert ist er auch wieder nicht. Er hatte einen Verband an seinem Bein!«
Die Wirkung blieb nicht aus. Tante Justines Brauen zogen sich in die Höhe. »Was sagst du, einen Verband?«
»Das ist wahr«, fiel Mireille ein. »Irgendjemand hat Etoile verbunden.«
Tante Justine schüttelte den Kopf. »Merkwürdig. Soviel ich weiß, hat keiner der Gardians den Hengst auch nur gesehen. Es muss also jemand anders gewesen sein. Aber wer?«
Niemand schaute Sophie an; niemand sah, wie ihr das Blut ins Gesicht schoss. Tante Justine überlegte. Unvermittelt sagte sie: »Diese Geschichte hat lange genug gedauert. Ich werde die entsprechenden Maßnahmen treffen.«
»Tante Justine . . .« Alains Stimme klang gepresst. »Dein Versprechen gilt doch immer noch, nicht wahr? Etoile gehört mir, wenn ich ihn besteigen kann . . .?«
Die Frau seufzte hörbar. Mit einer Bewegung, die man

nicht von ihr erwartet hätte, legte sie ihm die Hand auf die Schulter. »Hör zu, mein Junge. Verletzte Tiere sind zuweilen unberechenbar. Manche fliehen die Menschen, manche suchen ihre Nähe. Vielleicht hat Etoile sich in seinem Unglück daran erinnert, dass die Menschen früher gut zu ihm gewesen sind. Das will aber nicht heißen, dass er sich dressieren und reiten lässt.« Sie sprach langsam und ein wenig traurig. »Du bist vom Gedanken, dieses Pferd zu besitzen, wie besessen, und Besessenheit ist immer gefährlich. Also, von heute an ist Schluss.«

Sie sah, wie Alains Gesicht sich verfinsterte, und der Druck ihrer kräftigen Hand verstärkte sich auf seiner Schulter. »Nein, lass mich ausreden! Ein gegebenes Versprechen muss man halten. Noch heute gehen wir zusammen auf die Weide, und du kannst dir ein anderes Pferd aus der Herde aussuchen. Du findest sicher . . .«

Sie unterbrach sich. Alain hatte ihre Hand brüsk abgeschüttelt. Wütend und eigensinnig rief er: »Du kannst deine Pferde behalten! Etoile will ich und kein anderes!«

Tante Justine verzog keine Miene. Offensichtlich zwang sie sich zur Ruhe. »Man muss die Dinge sehen, wie sie sind«, sagte sie. »Selbst wenn es dir gelingen sollte, den Hengst einzufangen, könntest du ihn niemals zäumen und satteln. Er ist zu gefährlich! Ich will nicht, dass du dein Leben aufs Spiel setzt.«

»Ich verspreche dir, vorsichtig zu sein.« In seiner Verwirrung gab Alain ein wenig nach, was seiner Natur widersprach. »Da ich jetzt weiß, dass man sich ihm nähern kann, werde ich mich anders verhalten. Ich streife ihm den Zügel über und . . .«

»Und brichst dir den Hals dabei oder wirst von seinen Hufen getroffen. Genug, Alain!« Tante Justines Stimme wurde schneidend. »Ich verbiete dir . . . hörst du? Ich verbiete dir ein für alle Mal dieses Tier zu verfolgen. Und du weißt, dass das nicht in die Luft gesprochen ist.«

Niedergeschlagen stand Alain vor ihr. Zorn verhärtete seine Züge.

»Ich weiß, wie dir zumute ist«, fuhr Tante Justine fort, »aber du musst dich von den Tatsachen überzeugen lassen. Das Pferd ist wahnsinnig, verstehst du?«

»Etoile ist nicht wahnsinnig«, mischte sich Sophie mit zitternder Stimme ein. »Er misstraut den Menschen, weiter nichts.« Alain sah sie verwundert an. Zweifellos hatte er nicht erwartet, dass sie sich für ihn einsetzen würde.

Tante Justine zuckte nur die Schultern. »Das läuft aufs Gleiche hinaus. Im Übrigen habe ich genug davon. Ich werde das Tier fortschaffen, bevor es nicht wiedergutzumachenden Schaden anrichtet. Wenn ich innerhalb von acht Tagen keinen Käufer finde, treffe ich eine andere Lösung.«

Sophie stand wie benommen da. Es war, als hätte man ihr einen Eimer kaltes Wasser ins Gesicht geschüttet. Sie wusste, dass nur Alains dummes Verhalten Tante Justine zu dieser Maßnahme zwang. Wieder begegnete sie seinem Blick, und sie las darin zum ersten Mal eine gewisse Zusammengehörigkeit, die aus der gleichen Angst und Machtlosigkeit hervorging. Die eisige

Stille, die folgte, wurde von Hufschlägen im Hof unterbrochen: Die Gardians kehrten zurück. Regine kam mit gerötetem Gesicht aus der Küche und meldete, dass das Essen bereit sei.

Die Mahlzeit verlief in düsterer Stimmung. Nachdem die Männer von Tante Justine über den Vorfall unterrichtet worden waren, stellten sie Vermutungen darüber an, wer Etoile wohl verbunden haben könnte.

»Vielleicht war es jemand aus Martigues oder Albaron«, meinte Pierre.

»Oder einer der Gitanos«, bemerkte Nicolas mit vollem Munde. »Diese Leute verstehen sich darauf, die Tiere zu beruhigen.«

»Die alte Thyna hat ihn wohl am Hasch riechen lassen«, grinste Manuel, worauf alle lachten, außer Alain, der wie ein Holzklotz dasaß, und Sophie, die ihre Nase in den Teller steckte. Den Gardians war alles ein Rätsel. Aber einstimmig billigten sie Tante Justines Entschluss.

Constantin wandte sich an Alain, der verstockt schwieg, und versuchte, ihm verständnisvoll und freundschaftlich zuzureden. »Wir alle wissen, dass es hart für dich ist, Alain. Aber du musst Vernunft annehmen. Du kannst dich diesem Tier nicht anvertrauen. Etoile ist ein schönes Pferd, aber an Freiheit gewöhnt. Was man ihm angetan hat, ist nicht wieder gutzumachen. Die Chefin hat recht. Es ist besser, den Hengst fortzugeben, bevor er noch ein Unglück verursacht.«

Alain spießte einen Happen Fleisch nach dem anderen auf und legte sie an den Rand des Tellers. Sein Gesicht war unbeweglich, fast gleichgültig. Nichts – ausgenommen vielleicht die automatischen Bewegungen – verriet seinen Zorn. Aber Sophie spürte, wie heftig dieser Zorn war. Auch sie hatte keinen Appetit. Es war ihr, als würden selbst das mit Thymian und Lorbeerblättern gewürzte Fleisch und der Safranreis nach dem Sumpf riechen.

Gleich nach dem Kaffee machten sich die Gardians wieder auf den Weg zur Weide, und Tante Justine verschwand in ihrem Arbeitszimmer. Nachdem die drei Regine beim Abräumen geholfen hatten, blieben sie alleine im Wohnzimmer zurück. Draußen brannte die Sonne. Nur das Zirpen der Grillen und das schwerfällige gleichmäßige Ticken der Standuhr waren zu hören. Alain konnte endlich seinen Gefühlen Luft machen.

»Hol sie der Teufel, alle miteinander! Wenn die glauben, dass ich nachgeben werde, dann irren sie sich!«

»Tante Justine hasst nichts so sehr, als wenn man ihr widerspricht«, bemerkte Mireille beiläufig.

»Und ich hasse es, wenn man sich über mich lustig macht!«, fauchte Alain. »Wenn du dieses Pferd einfängst, soll es dir gehören«, äffte er seine Tante bissig nach. »Und plötzlich heißt es: Schluss . . . Aus! Nur weil es ihr so passt!« Er bohrte mit seinem Zeigefinger wütend an der Schläfe. »Soll ich euch mal etwas sagen? Nicht der Gaul ist verrückt, sondern meine Tante! Aber so einfach, wie sie denkt, geht das nun doch nicht. Sie hat mir Etoile versprochen, und ich werde sie zwingen, Wort zu halten.«

»Ich wünsche dir dabei viel Glück«, antwortete Mireille in aller Gemütsruhe. »Viel Zeit bleibt dir nicht.«

Ihr Blick fiel plötzlich auf Sophie. »Was ist denn mit dir los? Du siehst ja auch ganz bleich aus!«
»Ach, nichts ...« Sophie rang sich ein Lächeln ab. »Ich ... ich fühle mich ein bisschen komisch, das ist alles.«
Mireille seufzte erschöpft. »Was für ein Tag! Das Pferd verrückt, der Bruder hysterisch, die Tante außer sich, alles zusammen ist sehr schlecht für die Verdauung. Sophie, wir halten Siesta!«
Alain blieb allein mit seinem Kummer. Die beiden Mädchen gingen auf ihr Zimmer. Sie zogen die Jeans aus und ließen sich aufs Bett fallen. Beide schwiegen. Sophie starrte mit weit geöffneten Augen an die Holzdecke. Der große weiße Hengst ging ihr nicht aus dem Sinn. Jetzt kam noch die Angst um ihn hinzu. Es lag nicht in Tante Justines Wesen, leere Worte daherzureden. Allein schon bei dem Gedanken, dass Etoile an irgendeinen Pferdehändler verkauft werden sollte, spürte Sophie, wie sich ihr der Magen umdrehte. Zu ihrer eigenen Verwunderung fühlte sie sich Alain auf einmal viel näher als Mireille. Nichts, was er empfand, war ihr fremd. Einen Augenblick lang war sie versucht, zu ihm hinunterzugehen, um ihm zu erzählen, was sich in jener Nacht ereignet hatte, aber es fehlte ihr an Mut. Wenn Alain sie verdächtigte, dass sie das Pferd für sich gewinnen wollte, würde sie sein Misstrauen und seinen Zorn erwecken.
Der Gedanke, der ihr schon am Ufer des Sees, nach Alains Rettung, in den Sinn gekommen war, drängte sich ihr immer wieder auf. Sie musste Etoile ausfindig machen. Ihr Einfühlungsvermögen sagte ihr, dass nur sie allein den Hengst beruhigen konnte. Diese Er-

kenntnis ließ sie nicht mehr los. Es kam vorläufig noch nicht infrage, Mireille ins Vertrauen zu ziehen; sie musste allein handeln. Nach und nach fügten sich die praktischen Einzelheiten ihres Planes zusammen; zuerst die Nacht abwarten. Mireille hatte einen tiefen Schlaf; sie würde Sophie nicht hören, wenn sie das Zimmer verließ. Die Pferde standen im Hof angebunden. Rose ließ sich ohne Schwierigkeiten satteln. Es war Vollmond und hell genug, um sich orientieren zu können. Außerdem kannte sie jetzt die Gegend.
Alain? Den Gedanken an ihn ließ sie gar nicht erst in sich aufkommen. Zum Teufel mit den Bedenken! Damit konnte sie sich später noch befassen. Zuerst musste sie an das Pferd denken ...

10. Kapitel

Die Standuhr schlug elf. Nacheinander fielen die dumpfen Schläge in die Stille. Sophie lauschte gespannt. Im »Mas« schienen alle zu schlafen. Im Bett nebenan atmete Mireille langsam und friedlich. Sophie hatte eiskalte Füße und feuchte Hände. Jetzt, wo der Augenblick gekommen war, zögerte sie. Wenn sie sich im Sumpf verirrte? Oder plötzlich einem wilden Stier gegenüberstand? Sie nannte sich einen Angsthasen und zwang sich aufzustehen. Lautlos setzte sie die bloßen Füße auf den Boden. Im Halbdunkel zog sie sich die Jeans, ein Shirt und einen Pullover an. Mit den Stiefeln in der Hand öffnete sie die Tür und schlüpfte hinaus. Ein paar Mal ließen sie die knarrenden Stufen mit Herzklopfen anhalten. Endlich hatte sie die Haustüre erreicht. Ihre zitternden Finger hatten Mühe, den Riegel zurückzuziehen, doch schließlich gelang es ihr. Draußen zog sie die Stiefel an und schritt auf das Schutzdach zu, wo die Pferde standen. Es war nicht leicht, Rose im Dunkeln zu satteln. Die Stute wieherte leise und blähte den Bauch, so stark sie konnte, als Sophie den Gurt anschnallte.

»Mach keine Geschichten!«, flüsterte sie ärgerlich. »Komm, wir machen einen Mondscheinritt.«

Sie band ihr Reittier los und saß auf. Rose schnaubte und setzte sich widerwillig in Bewegung. Der klare, silbrig glänzende Mond stand hinter den schwarzen Bäumen; die Zweige schaukelten sanft im Wind. Erstaunt bemerkte Sophie, dass sie fröstelte. Nachdem sie den Hof verlassen hatte, hielt sie das Pferd einen Augenblick an, um auf die Geräusche der Nacht zu lauschen. Seltsamerweise war ihre Angst wie verflogen. Sie spornte ihr Pferd an und schlug den Weg zum Strand ein.

Sie ritt an einer Umzäunung vorbei, hinter der die hellen Körper der Pferde am Boden ruhten, und durchquerte einen Buchenwald. Im Dickicht raschelten kleine, unsichtbare Geschöpfe der Nacht. Rose stampfte mit weit ausholenden Schritten vorwärts. Plötzlich schob sich eine Wolke vor den Mond, und es wurde stockdunkel. Ein Schwirren im Blätterwerk ließ Sophie vor Schreck zusammenfahren. Unwillkürlich zog sie den Kopf zwischen die Schultern, als die Flügel einer Eule die Zweige streiften. Sophie klopfte das

Herz bis zum Hals, und die Schläge schienen ihr laut in der Finsternis widerzuhallen. Sie atmete auf, als sie endlich aus dem Gehölz heraus war. Roses Hufe schlugen fest auf den harten Sand der Sansouries. In der Ferne glaubte Sophie, die dunkle glänzende Oberfläche der Seen zu erkennen. Jetzt glitt der Mond unter der Wolke hervor. Die Landschaft zeichnete sich im scharf unterscheidenden Schwarz-Weiß ab.
Sophie hielt ihr Pferd in regelmäßigen Abständen an und lauschte. Lange Zeit hörte sie nichts. Dann aber war es ihr, als hätte sie in der Nähe der Dünen ein Geräusch gehört, das Schnauben eines Pferdes. Sie lenkte Rose in diese Richtung. Die weichen Linien der Dünen zogen sich vor ihr hin. Plötzlich durchlief Rose ein Zittern, und sie wieherte laut. In der Ferne beantwortete ein Pferd ihren Ruf. Rose beschleunigte den Schritt. Ihre Hufe gruben sich in den feuchten Sand ein. Bevor Sophie das Meer erblickte, hörte sie schon das regelmäßige Aufschlagen des Wasser hinter den ginsterbedeckten Hügeln. Dann wurde das helle Band des Strandes sichtbar. Das Meer schimmerte wie ein riesiger dunkler Spiegel. Im gleichen Augenblick, als sie die Pferde sah, war Sophie sicher, dass es sich nur um Etoiles Herde handeln konnte. Ihre Anwesenheit schien die Tiere nicht zu stören. Einige rupften an dem dürren Gras am Fuße der Dünen. Andere lagen im Sand und schienen zu schlafen. Ein wenig abseits scharrte ein kräftiger Hengst im Sand. Im Mondschein sah Sophie, dass er einen dunklen Fleck an der Stirn hatte. Vergeblich suchte sie mit den Augen den Strand und die Dünen nach Etoile ab. Wo war der

Hengst nur? Vielleicht hielt er sich seit seinem Unfall der Herde fern? Rose kaute ungeduldig am Gebisseisen und zog an den Riemen. Sophie hielt sie zurück. Sie wollte die Pferde nicht beunruhigen, indem sie sich ihnen noch mehr näherte. Auf einmal überfiel sie Mutlosigkeit. Müdigkeit lastete auf ihr, und sie wollte umkehren. Wozu noch länger suchen?
Im gleichen Augenblick, als sie ihr Reittier antrieb, ließ ein leises Geräusch sie den Kopf wenden. Wie aus dem Nichts aufgetaucht stand Etoile auf der höchsten Düne und beobachtete sie mit erhobenem Kopf. Seine dichte, lange Mähne glänzte.
Sophie glitt aus dem Sattel. Mit sicherer Bewegung fesselte sie Rose die Vorderbeine, wie sie es bei den Gardians gesehen hatte, wenn diese ihre Reitpferde für kurze Zeit sich selbst überließen. Dann stieg sie den Dünenhang hinauf. Unbeweglich stand der Hengst da, als sie sich ihm näherte. Sophie wusste, dass das Pferd jeden Augenblick angreifen, sie wie einen Strohhalm umwerfen konnte. Dennoch verspürte sie nicht die geringste Furcht. Jetzt war sie ihm ganz nahe. Behutsam streckte Sophie die Hand aus und berührte seine Stirn. Ein Beben durchlief das weiße Fell. Das Pferd neigte den Kopf. Seine Nüstern weiteten sich, während es Sophie beschnupperte. Der Seden, den Alain ihm am Morgen übergeworfen hatte, hing locker um seinen Hals. Sophie streifte ihn über die Mähne und ließ ihn zu Boden fallen.
»So ist es besser«, sagte sie.
Etoile bewegte die Ohren. Sophie lächelte. Sie streichelte seinen Hals, die Flanke, während sie sich zu

dem verletzten Bein niederbeugte. Der Verband war hart vom getrockneten Lehm. Sophie kramte in den Taschen ihrer Jeans. Zum Glück hatte sie ein Stofftaschentuch bei sich. Ihre Finger plagten sich damit ab, den festen Knoten aufzuknüpfen. Soweit sie es beurteilen konnte, heilte die Wunde gut. Dennoch legte sie mit dem Taschentuch einen neuen Verband an, um die Verletzung vor Zweigen und Dornen zu schützen. Zufrieden richtete sie sich auf. Etoile hatte sich nicht gerührt. Vorsichtig legte Sophie die Arme um seinen Hals und lehnte ihr Gesicht an seinen Kopf. Sie hörte ihn friedlich an ihrer Schulter atmen. Eine Weile verharrte sie, angeschmiegt an den warmen Körper.

Plötzlich wurde ein kurzes, scharfes Wiehern vom Strand her hörbar. Im Nu war Etoile wachsam. Jäh sprang er zur Seite, die Muskeln gespannt. Der kräftige Hals blähte sich, und ein Schnauben drang aus seiner Kehle. Sophie wich zurück. Mit einem einzigen Satz schnellte der Hengst an ihr vorbei und galoppierte den Hang der Düne hinunter. Erst jetzt bemerkte Sophie, was Etoile beunruhigt hatte: Es war das Pferd mit dem schwarzen Fleck, das sich zwischen Etoile und seine Herde gestellt hatte, wie um ihm den Weg zu versperren. Mit flatternder Mähne stürmte der Hengst auf ihn zu. Das Hämmern der Hufe auf dem Sattel hallte bis zu den Dünen hinauf. Sophie schauderte.

Würden die beiden Tiere miteinander kämpfen? Jedoch im letzten Augenblick schlug das Pferd mit dem schwarzen Fleck brüsk einen Haken, um dem Angriff auszuweichen. Wie ein Geschoss flog Etoile auf seinen

Gegner zu. Er streckte ihm seinen Kopf entgegen. Die Kiefer schlugen ins Leere. Es war nur eine Warnung: Sophie hatte den Eindruck, dass er den Kampf vermied. Vermutlich wartete er auf eine günstigere Gelegenheit. Aber der kurze Angriff hatte die Herde erregt. Wie wild stoben die Pferde auseinander. Plötzlich – wie auf ein geheimnisvolles Signal hin – galoppierte Etoile auf den Sumpf zu. Die Herde jagte hinter ihm her. Sein Rivale, der Hengst mit dem schwarzen Fleck, der zurückgeblieben war, schlug mehrmals mit den Hinterhufen aus, wie um seinem Ärger Ausdruck zu verleihen, dann folgte auch er der Herde. Für kurze Zeit war die Luft erfüllt vom Knistern zerbrochener Pflanzen. Dann trat wieder Stille ein. Auf dem von glitzerndem Schaum bedeckten Strand blieben nur noch die unzähligen Hufspuren sichtbar.

Am Fuße der Düne wieherte die gefesselte Rose ungeduldig. Sophie befreite sie rasch und schwang sich in den Sattel. Sie kämpften eine Weile miteinander, denn Rose wollte der Herde folgen. Sophie hingegen riet die Vernunft, sich von dieser fernzuhalten. Aber dann gelang es ihr, Rose wieder in ihre Gewalt zu bekommen, und sie trabte in entgegengesetzter Richtung davon.

Erst jetzt wurde Sophie ihr unglaubliches Glück bewusst. Etoile traute ihr! Sie dachte daran, wie zutraulich sein Kopf an ihrer Schulter gelegen hatte, an seinen warmen Atem. Nein, verrückt war dieses Pferd nicht! Sophies Herz war von triumphierender Gewissheit erfüllt: Morgen Nacht würde sie wieder zum Strand reiten, morgen Nacht würde sie Etoile wieder erwarten! Ihr Geheimnis konnte sie keinem Menschen anvertrauen, nicht einmal Mireille und vor allem Alain nicht! Plötzlich erinnerte sie sich an die Gefahr, die dem Hengst drohte, und die Angst in ihr war so stark wie ein körperlicher Schmerz. Wie konnte sie verhindern, dass Tante Justine ihr Vorhaben ausführte? Ich muss mir etwas einfallen lassen, dachte Sophie bestürzt.

Der Wind hatte umgeschlagen, es wurde kühl. Schon neigte sich der runde gelbe Mond dem Horizont zu. Sophie krümmte den steifen, schmerzenden Rücken. Ganz plötzlich überfiel sie die Müdigkeit. Sie sehnte sich nach ihrem Bett, ihrem Kopfkissen. Schlafen . . .!

11. Kapitel

Ungestraft schlägt man sich nicht eine halbe Nacht um die Ohren: Den ganzen folgenden Tag über machte Sophie die bittere Erfahrung. Sie hätte im Stehen schlafen können!
Gleich nach dem Frühstück war Alain fortgeritten, ohne zu sagen, wohin.
Was hat er nun schon wieder vor?, dachte Sophie misstrauisch. Sie vermutete, dass er trotz Tante Justines Verbot wieder hinter Etoile herjagte, und unruhig kaute sie sich die Nägel ab. Es war heiß, und Mireille schlug vor, schwimmen zu gehen. Sie fuhren mit dem Fahrrad los, versehen mit einer Flasche Cola und

Obst. Eine bläuliche Dunstglocke drückte auf den Sansouries, und über den Dünen flimmerte das Licht. Am Strand, wo ein warmer Wind wehte, trocknete der Tang. Weit draußen schaukelte das Meer.

»Es liegt ein Gewitter in der Luft«, sagte Mireille. Geblendet legte Sophie die Hand über die Augen und warf einen verstohlenen Blick auf die Abdrücke der Hufe, die der Wind langsam verwischte.

»Woran denkst du?«, fragte Mireille, als Sophie sich nicht rührte. Sophie fuhr zusammen und errötete, als ob sie wer weiß was verbrochen hätte. Die Sonnencremeflasche, die Mireille ihr reichte, entglitt ihrer Hand und fiel in den Sand.

»Es ist viel zu heiß zum Denken«, brummte sie und putzte nervös die sandverklebte Flasche ab.

Als sie gegen Mittag heimkehrten, war Alain dabei, an seinem Moped etwas in Ordnung zu bringen. Er pfiff vor sich hin und fuchtelte, als sie bei ihm standen, mit ölverschmierten Fingern vor ihren Nasen herum.

»Na, ihr beiden, habt ihr euch schön braten lassen?«

Bei Tisch war seine Munterkeit verschwunden, und er verhielt sich ziemlich schweigsam. Sophie sah ihn ein paar Mal Blicke mit Pierre wechseln, dem jungen Gardian, der einen goldenen Ohrring trug. Die Männer waren müde, große Schweißplacken zeichneten sich auf ihren Hemden ab.

»Wenn ein Gewitter in der Luft liegt, sind die Stiere unerträglich«, sagte Constantin. »Caraque ist ganz schlechter Laune.«

»Hoffentlich kommt Regen«, bemerkte Tante Justine. »Wenn der Blitz einschlägt, ist die Feuergefahr groß.«

»Vor einigen Jahren wäre der ›Mas‹ fast abgebrannt«, fügte Mireille hinzu. Sie erzählte Sophie, dass die Männer die ganze Nacht gegen das Feuer angekämpft hatten, das durch einen Blitzschlag im Schilf ausgebrochen war.
Der Nachmittag zog sich dahin. Sophie wollte eine Stunde schlafen, aber die Hitze unter dem Dach war erstickend. Gegen Abend überzog sich der Himmel und lastete bleischwer auf Mensch und Tier. Die unbewegliche, schwüle Luft roch nach moderndem Holz und Schlamm. Die Erde brannte unter den Füßen. Man konnte kaum atmen.
Sophie dachte an die Nacht, die bald einbrechen würde. Konnte sie sich hinauswagen, trotz des drohenden Gewitters? Das Abendessen verlief in drückender Stimmung. Niemand wollte zugreifen. Später saßen sie vor dem Fernsehgerät, in dem eine Corrida in Nîmes übertragen wurde, was Tante Justine Gelegenheit gab, gegen den aus Spanien übernommenen Stierkampf zu wettern.
»Da, seht euch das an! Fünf Jahre braucht es, um einen Stier großzuziehen. Er ist ein edles, tapferes Tier. Die da füttern ihn mit Hormonen groß, sägen ihm die Hornspitzen ab und schwächen ihn durch Lanzenstiche. Man rede mir ja nicht von einem ehrlichen Kampf! Der Matador könnte ebenso gut sein rotes Tuch vor einem Beefsteak schwenken! Diese aufgeputzten Affen sollten es einmal wagen, einem unserer Stiere entgegenzutreten!«
»Das ist wahr«, pflichtete Mireille ihr bei. »Unsere Stiere haben Zeit, ihre List und Schlauheit zu schulen.

Von einem Kokardenlauf zum andern werden sie aufmerksamer. Stell dir mal Caraque in einer spanischen Arena vor. Der Torero müsste bestimmt beide Beine unter die Arme nehmen!«
Auf dem Bildschirm setzte der Matador die Degenspitze zum Todesstoß an. Lässig und stolz stand er da und reizte den geschwächten, blutenden Stier. Als dieser mit letzten Kräften angreifen wollte, bohrte er ihm den Degen in den Nacken. Die Klinge prallte jedoch an einem Knochen ab, während das Tier auf schwankenden Beinen zurückwich.
»So eine Tierquälerei!«, grollte Tante Justine, stand brüsk auf und stellte das Gerät ab.
»Wir sind alle nervös«, sagte sie. »Gehen wir lieber schlafen. Hoffentlich entlädt sich das Gewitter bald.«
Übermüdet vom Schwimmen, schlief Mireille sofort ein. Sophie lag in Schweiß gebadet da. Das Gewitter kam näher; zwischen den Wolkenfetzen leuchtete dann und wann die riesige Mondscheibe hervor. Gegen Mitternacht hielt Sophie es nicht mehr aus. Sie zog Shorts und T-Shirt an und verließ auf Zehenspitzen das Zimmer.
Kurz darauf sattelte sie Rose so flink und geschickt wie möglich. Die Nacht war feucht und drückend. Kein Flügelschlag war in den Bäumen zu hören, kein Zweig rührte sich. Sophie ritt durch eine Welt, in der alles den Atem anzuhalten schien. Die Seen schimmerten wie flüssiges Blei. In der Ferne donnerte es leicht, aber kein Luftzug kam auf.
Viel Zeit bleibt mir nicht, dachte Sophie. Ich muss mich beeilen . . .

Sie schlug wieder den Weg zum Strand ein. Eine Ahnung sagte ihr, dass Etoile dort sein würde. Wieder donnerte es. Rose erklomm schnaubend die Dünen; ihr Fell glänzte vor Schweiß. Gerade als Sophie den Strand erreichte, leuchtete der Horizont schwefelgelb auf. Eine riesenhafte dunkle Wolkenwand schien dem Meer zu entsteigen. Dunstflocken jagten über das Wasser. Abermals grollte Donner. Sophie biss sich auf die Lippen. Wäre es nicht klüger umzukehren?
In dieser Sekunde erblickte sie den Hengst. Er kam mit leicht tänzelndem Schritt aus einer Mulde hervor. Jede seiner Bewegungen hob die Kraft seiner Schultern, die Härte seiner Flanken hervor, während er den gewölbten Hals spielerisch auf und nieder hob. Dieses Mal war er allein.
Sophie unterdrückte einen Freudenschrei. Absteigen und Rose fesseln war die Sache eines Augenblicks. Schon näherte sie sich dem Hengst, der wie eine Statue unbeweglich dastand.
»Etoile!«, rief Sophie mit gedämpfter Stimme. Der Hengst schien sie zu erkennen.
Sie kam ihm ganz nahe, ohne ihn zu berühren. Etoile verharrte regungslos, doch unter seinem Fell zuckte ein Muskel, dann ein anderer. Die Augen leuchteten, die Nüstern bebten. Plötzlich senkte er den Kopf. Impulsiv schlang Sophie ihm beide Arme um den Hals und drückte ihr Gesicht an seinen Kopf. Mit den Fingerspitzen kraulte sie die empfindliche Stelle zwischen den Augen. Der Hengst schnaubte. Sophie spürte nicht mehr das drohende Gewitter, nicht das Knistern der Luft. Doch plötzlich bebte der Hengst

und erstarrte. Beunruhigt spitzte er die Ohren. Seine Nüstern blähten sich auf; er sog Luft ein. Sophie sah an seiner Flanke einen großen, feuchten Fleck. Um ihn zu besänftigen, holte sie aus ihrer Tasche Zuckerstücke hervor. Etoile nahm sie aus ihrer Handfläche. Dann fasste er ihr Handgelenk mit seinen großen, weichen Lippen und den Zähnen.

»Wie kann man sagen, du seist verwildert und verrückt?«, flüsterte Sophie.

Plötzlich kam ihr der unwiderstehliche Wunsch, sich auf seinen Rücken zu schwingen. Sie verdrängte die Stimme der Vernunft, die sie warnte. Sie war fest davon überzeugt, es würde ihr das gelingen, was allen anderen bisher missglückt war! Ja, sie würde es schaffen, und Tante Justine . . . Jäh brachen ihre Gedanken ab. Ihr Zögern hatte nur Sekunden gedauert. Schon umfasste sie mit beiden Händen die harte, struppige Mähne. Doch im gleichen Augenblick flammte ein Lichtschein auf. Ein Blitz zuckte über die Meeresfläche. Ohrenbetäubender Donner folgte, und der Erdboden dröhnte dumpf.

Etoile war zur Seite gesprungen. Sein Fell glänzte wie Metall unter dem Aufleuchten des Blitzes. Sophie spürte ihr Herz hämmern. Ihre Knie zitterten so stark, dass sie glaubte zu stürzen. Das Gewitter wird alle im »Mas« geweckt haben, dachte sie erschrocken. Mireille merkt bestimmt, dass ich nicht im Bett liege. Ich muss sofort zurück . . . Sie lief zu Rose und löste die Fessel. In ihrer Aufregung verfehlte sie den Steigbügel. Heftig schlug ihr Gesicht an das harte Leder des Sattels.

Etoile war bis an den Rand der anbrandenden Wellen

zurückgewichen. Mit zornigen, trotzigen Bewegungen drehte er sich um sich selbst, als wollte er einen Gegner, der von allen Seiten auf ihn eindrang, herausfordern. Sophie grub ihre Absätze in Roses Flanken. Unaufhörlich rollte der Donner. Atemlos beugte sich Sophie über den Hals ihrer Stute. Schneller, noch schneller! Das unbewegliche Schilf und die dunkelglasige Fläche der Seen waren in gespensterhaftes Licht getaucht. Ein gewaltiger Wolkenstrudel kreiste am Himmel. Plötzlich flog eine violette Flamme über das Wasser, sie schien aus dem See emporzusteigen und fegte über die Landschaft. Es war Sophie, als würde der Himmel bersten. Eine blendende Zickzacklinie teilte die Wolken und schoss auf die Erde nieder, während in kurzer Entfernung ein brennender Baum in der Finsternis aufflackerte.

Rose wieherte vor Entsetzen und raste wie gehetzt davon. Halb tot vor Schrecken, umklammerte Sophie die Zügel. Kaum fünfzig Meter vor ihr entfernt brannte der vom Blitz getroffene Baum wie eine Fackel. Das dürre Holz knarrte und ächzte, Feuergarben sprühten auf. Geblendet, verwirrt stampfte Rose durch den Sumpf. Schlamm spritzte auf unter ihren Hufen. Endlich gelang es Sophie, das Pferd wieder in ihre Gewalt zu bekommen und auf festen Grund zurückzuleiten.

Zum Glück konnte sich das Feuer nicht weiter ausbreiten, da der Blitz auf einer kleinen Insel eingeschlagen hatte. Das Maul schaumbedeckt, sprengte Rose den Kanal entlang, durch den beißenden Dunst des brennenden Holzes. Im See spiegelte sich der Baum

wie eine glühende Doppelblume. Sophie sah, wie die brennenden Zweige sich krümmten, auseinanderbarsten und zischend ins rötliche Wasser fielen.
Ein warmer Tropfen traf ihre Wange, dann noch einer. Endlich Regen! Es war ein langsamer, schwerer Regen. Es roch nach staubiger Erde, nach faulenden Pflanzen. Mit trockener Kehle atmete Sophie gierig die frische Feuchtigkeit ein. Immer schneller prasselten die Tropfen auf Rücken und Schultern. Sophie hörte sie im Schilf knistern und in den Baumkronen rauschen. Ein undurchdringlicher Wasservorhang fiel vom Himmel, als ob sich plötzlich die ganze Wolkenmasse auf die Erde gesenkt hätte. Sophie sah überhaupt nichts mehr. Bis auf die Haut durchnässt, blinzelte sie in die Dunkelheit. Roses nasses Fell verbreitete einen herben, fast schwefelartigen Geruch. Unbeirrt, mit gesenktem Kopf schritt die Stute vorwärts, und Sophie verließ sich auf ihren Instinkt. Sie würde den Heimweg schon finden. Endlich sah sie zu ihrer großen Erleichterung das Haus, das sich wie eine schwarze Masse aus der finsteren Nacht hervorhob.
Ihre Freude war nur kurz: Im Erdgeschoss brannte Licht! Ihre Befürchtungen bewahrheiteten sich: Ihre Abwesenheit war bemerkt worden! Sophie biss sich auf die Lippen. Es half nichts! Sie musste die Folgen auf sich nehmen.
Hastig nahm sie Roses Zaumzeug und Sattel ab, rieb ihr das Fell mit einer alten Decke trocken und band sie unter dem Schutzdach an, wo die Pferde dem Unwetter nicht ausgesetzt waren. Müde und durchfroren durchquerte sie den Hof, dessen Lehmboden in eine

riesige Wasserlache verwandelt war. Unerwartet ging die Haustür auf. Tante Justines kräftige Gestalt zeichnete sich im Licht hinter dem Türrahmen ab.
»Um Himmels willen, wo kommst denn du her?«
Sie trug Stiefel und einen gelben Regenmantel. Hinter ihr erschienen Mireille und Alain, beide in Jeans. Es war klar, sie wollten sich gerade auf den Weg machen, um Sophie zu suchen.
Umständlich streifte Sophie die Stiefel ab, drehte sie um und ließ das Wasser ausfließen. Dann hob sie den Kopf und hielt den erstaunten Blicken stand.
»Ich . . . ich konnte nicht einschlafen. Da bin ich etwas herumgeritten.«
»Bei dem Wetter?«
»Weißt du, schon als Kind sah ich mir gerne Gewitter an.« (Das war übrigens die volle Wahrheit!) »Ich sattelte Rose und ritt bis zu den Seen.«
»So einen Unsinn habe ich noch nie gehört!«, brummte Tante Justine, bemüht, ihre Erleichterung hinter Entrüstung zu verbergen. »Hoffentlich wird das nicht zur Gewohnheit. Die Seen sind nachts gefährlich.«
»Nicht nur nachts«, bemerkte Mireille bissig.
»Rose kennt den Weg«, verteidigte sich Sophie.
»Wirklich, manchmal zeigen Tiere mehr Verstand als Menschen«, meinte Tante Justine.
Frierend verschränkte Sophie die Arme. Unter ihren nackten Füßen hatte sich eine Pfütze gebildet. Tante Justine ließ die Türklinke ins Schloss fallen. Sie zog den Regenmantel aus, nahm eine Flasche aus dem Schrank und stellte Gläser auf den Tisch.
»Hier, trink das!«

Sophie nippte an der süßen Flüssigkeit. »Was ist das?«
»Johannisbeerlikör. Er schützt vor Erkältungen.«
Sophie trank. Angenehme Wärme durchströmte sie. Sie fühlte sich auf einmal viel besser.
»Und jetzt alle ins Bett!«, befahl Tante Justine. »Gott sei Dank regnet es, sonst wäre das Schlimmste zu befürchten gewesen. Bei dieser Trockenheit hätte das Schilf wie Zunder gebrannt.«
»Ich hab gesehen, wie der Blitz einschlug«, sagte Sophie bedrückt. »Ein Baum brannte . . .«
Zum ersten Mal begegnete sie Alains Blick. Sie las in seinen Augen Misstrauen.
»Und, was hast du sonst noch gesehen?«
Sie wich ihm nicht aus. Der Johannisbeerlikör versetzte sie in übermütige Stimmung. »Ein Gespenst! Es war ganz grün und machte ›Huhu‹.«
»Schluss jetzt, morgen könnt ihr weiterreden«, fuhr Tante Justine dazwischen, die auf ihre acht Stunden Schlaf bedacht war. »Und dass ich dich nicht wieder beim Nachtwandeln überrasche!«
»Sag, wo zum Teufel hast du eigentlich gesteckt?«, fragte Mireille, als sie in ihrem Zimmer waren.
»Ich sagte doch schon, ich bin etwas herumgeritten.«
Sophie zog ihre nassen Sachen aus. Sand klebte an ihrer Haut, und die Fußnägel waren schwarz. Sie stellte sich unter die Dusche. Der warme Wasserstrahl entspannte ihre verkrampften Muskeln. Eine wohltuende Müdigkeit überfiel sie. Mireille lag schon im Bett, hatte aber das Licht noch nicht ausgelöscht.
»Warum hast du mich nicht geweckt?«, fragte sie. »Ich wäre mit dir gekommen.«

»Du schliefst so fest . . .«
»Gib's doch zu. Du warst im Pinedo und hast einen Jungen kennengelernt«, grinste Mireille. Sie sagte es leichthin, aber Sophie spürte, dass sie vor Neugier platzte. Wieder einmal war Sophie versucht, ihrer Freundin alles zu erzählen. Im Grunde verabscheute sie Heimlichtuerei, dafür war sie zu offen und ehrlich. Doch einmal mehr brachte sie es nicht über sich, ihr Geheimnis preiszugeben.
»Hast du eine Fantasie!«, erwiderte sie mit gezwungenem Lachen.
»Mensch, tu doch nicht so . . .«, drang Mireille in sie. »Mir kannst du es doch sagen.«
»Ehrlich, ich habe keinen Menschen gesehen!«
»Du lügst«, gab Mireille gelassen zurück. Sie löschte das Licht und schwieg.
Sophie fühlte, dass Mireille verletzt war. Unruhig wälzte sie sich in ihrem Bett hin und her. Mit einer gezwungenen, witzigen Bemerkung hätte sie jetzt Mireille zum Lachen bringen können, und alles wäre wieder in Ordnung gewesen. Aber die aufmunternde Wirkung des Johannisbeerlikörs war bereits verflogen.
Obgleich Sophie sich den Kopf zerbrach, wollte ihr nichts Gescheites einfallen. Bei der nächsten Gelegenheit werde ich ihr die Wahrheit sagen, gelobte sie sich im Stillen. Es war keine überzeugende Entschuldigung, aber sie genügte, ihr Gewissen zu beruhigen. Im Übrigen war Mireille nicht nachtragend; morgen würde sie schon alles vergessen haben.
Das Gewitter verzog sich. Der Donner grollte noch in der Ferne, und ab und zu erhellte ein Blitz das Zim-

mer. Ein frischer Geruch nach feuchter Erde und saftigen Pflanzen drang zum Fenster herein. Sophies Gedanken verschleierten sich. Das Gesicht ins Kopfkissen gedrückt, schlief sie plötzlich ein.

12. Kapitel

Am folgenden Morgen strahlte die Sonne aus blauem Himmel. Ein kühler Wind bewegte das nasse Laub, das wie gewaschen glänzte. Im Hof trockneten die Wasserpfützen auf dem gelben Lehmboden.
»Das Gewitter hat gutgetan«, sagte Mireille, während sie ihre Brotscheibe mit Erdbeerkonfitüre bestrich. Wie Sophie angenommen hatte, war ihre schlechte Laune bereits verflogen; sie lachte und redete wie gewöhnlich. Alain hingegen war noch missmutiger und nervöser als sonst; gespannt lauschte er auf die undeutliche Stimme von Tante Justine, die in ihrem Arbeitszimmer telefonierte.
»Es ist schon das vierte Mal, dass sie heute Morgen telefoniert«, stieß er hervor.
»Und was geht dich das an?«, sagte Mireille. »Das ist doch ihre Angelegenheit, oder?«
»Möchte wissen, was sie ausbrütet . . .«
»Kannst ja an der Tür lauschen, wenn du's wagst!«
Mit aufgestützten Ellbogen rührte er wie abwesend in seinem Kaffee. Ein leichtes Klicken, Tante Justine hatte aufgehängt. Eine Tür fiel ins Schloss. Tante Justines schwere Schritte waren über ihren Köpfen zu hören.

Sie stieg die Treppe herunter, setzte sich an den Tisch und schenkte sich einen Kaffee ein.
»Ich werde den Landrover nehmen«, sagte sie. »Ich habe in Saintes-Maries eine Verabredung.«
Alain richtete herausfordernd den Kopf auf. »Und mit wem, wenn ich fragen darf?« Tante Justine trank stumm ihren Kaffee. Alain verlor die Beherrschung. »Es handelt sich um Etoile, nicht wahr?«
»Du willst dich mit einem deiner Pferdehändler treffen!«
Sie leerte in aller Ruhe ihre Tasse und stellte sie auf den Tisch.
»Das wirst du noch früh genug erfahren«, sagte sie trocken, erhob sich und nahm ihren Hut vom Haken.
Sophie stieg das Blut zu Kopf. Ihr Ellbogen stieß gegen die Milchkanne. Die Milch floss über das Wachstuch. Eine Entschuldigung stammelnd, stürzte Sophie in die Küche, um einen Lappen zu holen. Als sie zurückkam, war Tante Justine schon hinausgegangen. Man hörte, wie der Motor ansprang. Die Reifen knirschten auf dem nassen Boden, als sich der Wagen in Bewegung setzte.
Mireille blickte zuerst ihren Bruder an, dann Sophie. Beide hatten das gleiche verstörte Gesicht. Sie zuckte bedauernd die Schultern.
»Da hilft nichts. Tante Justine geht mit dem Kopf durch die Wand.«
Alain stieß den Stuhl zurück und rannte die Treppe hinauf. Er nahm zwei Stufen auf einmal. Mireille betrachtete nachdenklich Sophie, die mit rotem Kopf den Tisch abwischte. Wieder knarrte die Treppe. Alain ras-

te hinunter und hielt ein in braunes Papier gewickeltes Paket unterm Arm. Er lief auf die Haustüre zu, aber Mireille war schneller und versperrte ihm den Weg.

»Wo willst du hin? Und was hast du da?«

»Das geht dich nichts an!«

»Und ob mich das etwas angeht!«

Stumm und wütend, rangen sie eine Weile miteinander. Sie waren beide gleich stark. Plötzlich riss das Papier: Ein halbes Dutzend Päckchen Gauloises fiel auf den Boden. Mireille ließ verblüfft die Arme sinken.

»Seit wann rauchst du denn diesen Mist?«

Alain holte zu einem Fußtritt aus, dem sie geschickt auswich. Er bückte sich und sammelte die Zigarettenpäckchen wieder auf.

»Lass mich in Ruhe! Die sind nicht für mich.«

»Für wen denn sonst?«

Alain blickte sie wütend an. »Für Pierre, wenn du's unbedingt wissen willst!«

»Seit wann kaufst du ihm Zigaretten?« Mireille begriff überhaupt nichts mehr. »Was soll das?«

»Er hat mir versprochen, mich über Etoile auf dem Laufenden zu halten.«

»Was meinst du damit?«, mischte sich Sophie plötzlich ein. Sie war nicht mehr rot, sondern weiß.

Alain zog die Schultern hoch. »Er versucht herauszukriegen, wer Etoile verbunden hat. Und dann will er mir helfen, den Hengst einzufangen. Da er gern raucht und Ende des Monats immer pleite ist, habe ich . . . habe ich ihm das da versprochen.«

Alain deutete auf die Zigaretten.

»So, dafür gibst du also dein Taschengeld aus!« Mireille wechselte einen Blick mit Sophie, die sich verlegen auf die Lippe biss.

»Jetzt reite ich sofort auf die Weide«, sagte er aufgeregt, »es gibt vielleicht Neuigkeiten!« Er wollte zur Tür hinaus.

»Warte«, rief Sophie, »ich komme mit! Auch ich will nicht . . .«

Überrascht über die Entschlossenheit in ihrer Stimme, blickte sie Alain mit gerunzelten Brauen an. »Was willst du nicht?«

»Dass . . . dass Tante Justine Etoile verkauft!«

Sophies Stimme zitterte jetzt; Mireille musterte sie verwundert. Sie öffnete den Mund, um etwas zu sagen, besann sich dann aber anders. Schon hatte Alain seine Stiefel angezogen und rannte über den Hof.

Sie ritten an einem Eukalyptuswäldchen vorbei, wo weiße Madenhacker fast unter den Hufen ihrer Pferde aufschwirrten. Sie lenkten ihre Reittiere auf die Einfriedung der Stiere zu. Wie eine langsam wallende Kolonne zog die Herde friedlich zwischen dem feuchten Schilf dahin. Die gewölbten elfenbeinfarbenen Hörner glänzten in der Sonne.

Pierre hatte den Dreizack in den weichen Boden gesteckt. Über den Sattel gebeugt, zündete er sich eine Zigarette an und sog hastig den Rauch ein.

»Ganz schönes Gewitter heute Nacht, nicht wahr? Hat den Tieren gutgetan. Schaut sie euch an, zahm wie Lämmer!«

Er blinzelte Alain zu. »Ich dagegen habe eher einen Glimmstängel nötig. Das beruhigt die Nerven und vertreibt die Mücken.«

»Hast du etwas über Etoile herausbekommen?«, fragte Alain ungeduldig.
Der junge Gardian zog besorgt die Stirne kraus. »Ich habe etwas entdeckt, aber nicht das, was du denkst. Heute Morgen konnte ich die Herde beobachten. Es scheint, dass Charbon Streit sucht.«
»Wer ist Charbon?«, wollte Sophie wissen.
»Ein junger Hengst mit allzu großem Ehrgeiz.« Pierre lächelte über ihr erstauntes Gesicht. »Er hat einen schwarzen Fleck an der Stirn, daher sein Name.«
»Oh!«, stieß Sophie hervor und hielt sich sogleich die Hand vor den Mund.
»Was ist denn?«, fragte Mireille. »Hast du ihn schon mal gesehen?«
»Ich ... ich glaube, ja«, stammelte Sophie.
Nervös fuhr Alain dazwischen: »Ja und? Was ist mit ihm?«
»Er fordert Etoile dauernd heraus«, erklärte Pierre. »Wenn niemand einschreitet, werden die beiden Hengste um den Besitz der Herde kämpfen.« Pierres Gesicht war ernst. »Zigaretten hin oder her, meine Pflicht ist es, die Chefin zu unterrichten, bevor es zu spät ist.« Er hielt gelassen Alains empörtem Blick stand. »Damit hast du nicht gerechnet, nicht wahr? Aber Charbon ist ein schöner Hengst, und er ist nicht verrückt wie der andere ...«
Sophie erriet, was Pierre nicht ausdrücklich gesagt hatte: Etoiles entfesselter Wut würde der junge Hengst nicht standhalten können. Es gehörte zu den Pflichten eines Gardians, den Verlust eines wertvollen Pferdes, das seiner Obhut anvertraut war, zu verhindern.

Auch Alain hatte verstanden. Er strich sich mit der Zunge über die trockenen Lippen.
»Aber wenn es uns gelingen würde, Etoile vorher einzufangen, könnte der Kampf vermieden werden und . . .«
»Gewiss«, antwortete Pierre und warf seine langen dunklen Haare in den Nacken. »Aber wenn ein Unglück geschieht, bin ich dafür verantwortlich. Tut mir leid, Alain.« Er hob die breiten Schultern hoch und gab Alain die Zigaretten zurück; nur das angebrochene Päckchen steckte er in die Tasche. »Unter uns gesagt, die Sache ist nicht der Mühe wert.«
Alain starrte ihn ungläubig und bestürzt an. »Du lässt mich also im Stich?«
»Das nicht gerade, aber ich habe es dir nun gesagt, wie es steht, weiter nichts.« Er ergriff seinen Dreizack und wendete sein Pferd. »Wenn sich eine gute Gelegenheit bietet, können wir wieder darüber sprechen. Aber ich an deiner Stelle würde der Chefin die Entscheidung überlassen!«
Wieder glaubte Sophie, Pierres Gedanken zu erraten: Nur die sofortige Trennung von der Herde konnte verhindern, dass Etoile Unheil anrichtete. Die Angst schnürte ihr die Kehle zu. Es blieb ihr nicht viel Zeit. Sie musste jetzt sehr schnell handeln . . .
Alain, der niedergeschlagen im Sattel saß, schaute Pierre nach, wie er durch das Tor zu den Stieren zurückritt, deren kurzes Brüllen ab und zu die Stille durchbrach.
Mireille winkte mutlos mit der Hand ab. »Komm, Alain! Schlag dir den Gaul aus dem Kopf. Es hat alles

keinen Sinn. Du siehst ja, dass die Sache hoffnungslos ist.«

Der Junge biss die Zähne zusammen. Sein Gesicht war bleich unter dem Hut, und Schweißtropfen standen ihm auf der Stirn. Plötzlich schlug er mit dem Zügel brutal auf Caprice ein, der aufgebracht wieherte und im Galopp davonsprengte. Sophie sah ihm erschrocken nach.

»Wo will er hin?«

»Lass ihn in Ruhe«, sagte Mireille. »Er muss allein sein.«

Alain kam erst wieder zum Mittagessen zurück. Seine Stiefel waren lehmbeschmutzt, und das verschwitzte Hemd klebte ihm am Körper. Sophie war überzeugt, dass er Tante Justines Verbot in den Wind geschlagen hatte und Etoile nachgejagt war. Offensichtlich vergeblich! Erschöpft und missmutig öffnete er eine Flasche Cola und leerte sie gierig in einem Zug. Sophie suchte seinen Blick. Er wischte sich den Mund mit dem Handrücken ab und zog wortlos die Schultern in die Höhe. Wieder spürte Sophie dieses stillschweigende Einverständnis, das sie verband und gleichzeitig trennte. Wenn sie ihm doch nur ihr Geheimnis anvertrauen könnte! Nein, es war unmöglich! Sie ertappte sich dabei, dass sie an den Nägeln kaute, und steckte schnell die Hände in die Hosentaschen.

Motorgeräusch war in der Mittagsstille zu vernehmen! Tante Justine kehrte aus Saintes-Maries zurück. Es war Markttag heute, und sie hatte eingekauft; der halbe Landrover war mit Vorräten, Bier- und Mineralwasserkisten angefüllt, die Regine und das Küchenmädchen ausluden. Die Züchterin sah besorgt aus. Sie hängte ihren Hut an den Haken und verschwand in ihrem Arbeitszimmer, das sie erst wieder verließ, als die Gardians zum Mittagessen eintrafen. Man setzte sich unter dem üblichen Stimmengewirr zu Tisch. Sophie und Alain beobachteten verstohlen Pierres undurchdringliches Gesicht. Beide beschäftigte dieselbe Frage: Hatte er die anderen schon unterrichtet? Plötzlich stockte beiden der Atem. Constantin hatte das Wort ergriffen.

»Es scheint, dass Etoile und Charbon sich bekämpfen!«

Sophie schwirrte der Kopf. Sie wagte nicht, Alain anzuschauen. Gleichzeitig wurde ihr bewusst, dass der junge Gardian ja nur seine Pflicht getan hatte.

»Das fehlt gerade noch!«, brummte Tante Justine.

»Wer hat sie zusammen gesehen?«

»Ich«, antwortete Pierre ruhig.

Mit einem Zeichen wandte sich Tante Justine zu Alain, damit er ihr die Reisplatte reichte.

»Eigentlich war das vorauszusehen«, fuhr sie fort. »Etoile duldet keinen Rivalen in seiner Herde.«

Sie nahm die Soßenschüssel von Regine entgegen. »Heute Morgen sprach ich mit Jean Marmet und Xavier Amande über ihn. Beide wollen nichts von ihm wissen!«

»Vielleicht haben Sie einen zu hohen Preis gefordert«, entgegnete der alte Nicolas nachdenklich.

»Ich verramsche meine Zuchthengste nicht«, erwiderte sie trocken.

Eine Weile hörte man nur das Klappern von Messern

und Gabeln. Wieder wandte sich Constantin an die Züchterin: »Und was wollen Sie jetzt tun?«

»Am Samstag fahre ich nach Aigues-Mortes«, antwortete sie, »und werde mit Robert Michel sprechen.«

Mireille stieß Sophie mit dem Ellbogen an und flüsterte ihr zu: »Das ist der reichste Mann hier in der Gegend. Der kann es sich leisten, einen tobsüchtigen Hengst zu kaufen.«

Sophie schwieg. Ihr war so trocken im Mund, dass ihr das Hammelragout im Mund kleben blieb. Nur zwei Nächte habe ich noch!, dachte sie verzweifelt.

Wieder fing sie Alains Blick auf. In ihrer Verzweiflung lächelte sie ihm zu, aber das Gesicht des Jungen blieb kühl und abweisend. In dieser Nacht wartete Sophie lange, bevor sie das Zimmer verließ. Sie nahm an, Mireilles Misstrauen erregt zu haben, und wollte sicher sein, dass ihre Freundin fest schlief. Auf ihrer Uhr war Mitternacht längst vorüber, als Sophie leise aufstand, wobei sie achtgab, dass ihr Bett nicht knarrte. Beim Anziehen hielt sie den Atem an, auf bloßen Füßen schlich sie die Treppe hinunter. Der Riegel knirschte kaum, als sie ihn zurückschob.

Kurze Zeit später war Rose gesattelt, und sie machte sich auf den Weg. Der völlig runde Mond hing wie eine blanke Metallscheibe am Himmel. Sein Glanz ließ die Sterne verblassen. Das geisterhafte Licht verbreitete sich wie flüssiges Silber. Alles war Einsamkeit: der Raum, die Ebene, die Seen. Nur der gedämpfte Hufschlag und manchmal ein Rascheln im Unterholz unterbrachen die Stille.

Sophie fürchtete sich nicht mehr vor den Sümpfen

und dem Dickicht. Bald hatte sie den Strand erreicht. Sie überließ es dem Zufall und hoffte auf ihren Instinkt, Etoile aufzuspüren. Umso größer war ihr Erstaunen, als sie ihn von magischem Licht umflutet, wie ein Standbild aus reinem Kristall, am Fuße der Dünen erblickte. Er schien allein gekommen zu sein, die Herde war nicht in Sicht. Seit dem Tag ihrer ersten Begegnung mit dem Hengst wusste Sophie nicht, worüber sie sich mehr wundern sollte: über die unverkennbare Gewissheit, dass er sie erwartete, oder das seltsame Vertrauen, das er ihr entgegenbrachte. Die Aufregung schnürte ihr die Kehle zu, als sie absaß und Rose fesselte. Dann löste sie den Seden, der am Sattelknopf aufgerollt war, und ging langsam durch den feuchten Sand. Sie hatte nicht die geringste Furcht, eine seltsame Zuversicht erfüllte sie. Wenn Etoile es zuließ, dass sie sich ihm näherte und sich streicheln ließ, warum sollte sie ihn nicht auch reiten können? Lichtgarben glitzerten im dunklen Meer. Den Kopf hoch aufgerichtet, mit spielenden Ohren, witterte der Hengst. Er hatte sie erkannt. Wie gewohnt sprach Sophie zu ihm leise: Es ging weniger um die Worte als um den Klang ihrer Stimme.

Vielleicht verstand dieser Hengst doch instinktiv, was sie da auf ihn einredete: »Ich bin es! Ich muss dich wegbringen. Es ist wichtig, du bist in Gefahr! Ich muss auf dir wegreiten. Du darfst mich nicht abschütteln. Es muss sein . . . «

Der Hengst schnaubte, als er die vertraute Stimme vernahm. Die Mähne, vom Nachtwind bewegt, flatterte über seinen Hals, dessen breite, stolze Wölbung

den langen Kopf hervorhob. Nie war Etoile schöner, dachte Sophie. Er schien es zu wissen; während sie sich ihm näherte, um ihn zu berühren, tänzelte er verspielt, beugte und wiegte den geschmeidigen Hals, bewegte den Kopf auf und nieder. Als sie die Hand ausstreckte, erstarrte er. Sie fühlte unter den Fingern das warme, raue Fell. Sie streichelte die weichen Nüstern. Das Fell roch nach Algen, Sand und scharfem Schweiß.
Der Augenblick war gekommen. Sophie zwang sich zur Ruhe. Sie holte aus ihrer Tasche Zuckerstücke hervor. Während Etoile sie nacheinander von ihrer Handfläche nahm, streifte sie ihm vorsichtig den doppelt zusammengelegten Seden ins Maul. Der Hengst kaute arglos daran. Sophie fühlte ihr Herz an die Rippen pochen. Langsam streckte sie den Arm aus, legte ihn um den Hals des Pferdes. Mit einem Blick schätzte sie seine Größe ab. Die Camargue-Pferde sind im Allgemeinen von gedrungenem Wuchs und lassen sich leicht besteigen. Jedoch dieses hier ...
Sophie vergrub die Hand in Etoiles Mähne. Ihre Gedanken waren sonderbar hellsichtig. Sie gefährdete mit ihren Wünschen, diesen Hengst zu reiten, alles: die wunderbare Verbundenheit mit diesem Tier, sein Zutrauen, seine Freundschaft. Aber sie setzte noch mehr aufs Spiel, denn niemand konnte Etoiles Verhalten voraussehen ...
Sophie biss die Zähne zusammen. Mit der rechten Hand griff sie in die Mähne und sprang auf. Es gelang ihr beim ersten Versuch. Etoiles Rücken war breit und federnd. Die regelmäßigen Atemzüge hoben und

senkten seine Flanken. Eine oder mehrere Sekunden vergingen, dann stockte plötzlich sein Atem. Etoile stand mit gespannten Muskeln völlig regungslos da. Sophie schluckte. Ihre Finger umschlossen das Seil, das ihr als Zügel diente. Behutsam berührten ihre Knie die Flanken des Hengstes. Etoile machte einen Schritt, dann noch einen, mit der vorsichtigen und unsicheren Gangart der Pferde, die zum ersten Mal geritten werden. Sophie zog ganz leicht an dem Seil. Ein Zucken durchlief den Körper des Hengstes. Seine Lenden wölbten sich, der Hals beugte sich plötzlich. Sophie hatte das Gefühl, dass der Kopf wie ein Zentnergewicht an ihren Armen riss. Fast im selben Augenblick stieß Etoile ein schrilles Wiehern aus, bäumte sich auf. Sophie blieb keine Zeit aufzuschreien. Wie von einer Schleuder abgeschnellt, flog sie durch die Luft und schlug auf dem Boden auf. Der Strand kam ihr hart wie Zement vor. Sterne explodierten vor ihren Augen. Bevor sie in die Dunkelheit tauchte, spürte sie am Vibrieren des Bodens den Galopp eines Pferdes, das sich am Strand entfernte . . .

Allmählich kam ihr Bewusstsein zurück. Das Sausen in ihren Ohren klang wie dumpfes Meeresbrausen. Ihr Kopf lag in einer warmen, weichen Mulde. Sie schlug die Augen auf und sah den blauschwarzen Himmel. Über dem Horizont schwebte ein milchiger, runder Mond. Sophie stöhnte. Sie hatte das Gefühl, als wäre ihr Kopf von einem Eisenring umspannt. Ein Schatten glitt vor ihren Augen vorbei. Als sie mühsam den Kopf bewegte, nahm sie eine Gestalt wahr, die sich über sie beugte.

»Hast du dir wehgetan?«, fragte eine Stimme. Sophie blinzelte. Durch die Finsternis erkannte sie ein knochiges bronzebraunes Gesicht. Graue Haarsträhnen schauten unter einem Kopftuch hervor: Es war Thyna.
»Was . . . was ist?«, stammelte Sophie.
Die Alte kicherte vor sich hin. »Etoile mag es nicht, dass man mit ihm spielt.«
Auf einmal war Sophies Gedächtnis wieder klar. Sie erinnerte sich an alles: Die Begegnung mit dem Hengst, ihr waghalsiger Versuch aufzusteigen. Dann sein wütendes Sträuben . . . ihr Sturz . . .! Hatte sie vielleicht einen Schädelbruch?
Thyna schien ihre Gedanken zu erraten, denn sie besänftigte sie mit einem Lächeln und einem leichten Händedruck. »Beruhige dich. Es ist nur der Schock. Da, du kannst deine Beule fühlen.«
Sie fühlte behutsam Sophies Finger, und Sophie stöhnte, als sie die schmerzhafte Anschwellung berührte. Doch gleichzeitig wurde ihr auch klar, dass ihr Haar die Beule verdeckte. Sie stieß einen Seufzer der Erleichterung aus. Dass sie ihr Missgeschick geheim halten konnte, machte sie restlos nüchtern und gab sie der Wirklichkeit zurück. Sie richtete sich auf und strich den feuchten Sand von ihren Kleidern.
». . . wie lange habe ich da gelegen?«, fragte sie.
»Nur ein paar Minuten«, antwortete die Zigeunerin. Ihr sonderbar starrer Blick schimmerte zwischen ihren halb geschlossenen Lidern.
»Schon zwei Nächte beobachte ich dich. Ich wusste, dass dieser Augenblick kommen würde.«
»Aber wie denn?«, stotterte Sophie.

»Wenn Vollmond ist, schlafe ich nur in den ersten Nachtstunden«, sagte die Alte. Sie kauerte sich neben Sophie nieder und wiegte sich leicht auf den Fersen hin und her. »Ich erwache mit den Tieren, wenn sich der Schattengeist im Mondlicht regt und das Innerste der Erde aus der Tiefe flutet. Das ist die Stunde, da die Tiere auf Jagd gehen. Wenn du aufmerksam lauschst, kannst du das Tappen von tausend Füßen hören, Seufzer, Röcheln, Klagen. Schnauzen wühlen in der Erde; Zähne reißen die Wurzeln, Krallen schaben den Boden. Raubvögel fliegen durchs Gebüsch, die Stiere fordern sich zu nächtlichen Kämpfen heraus, und die großen Fische tauchen aus dem Wasser . . .«

Erschrocken und wie gebannt, starrte Sophie die Alte an. Sie spürte, wie sie eine Gänsehaut überlief. Thyna sprach weiter, mit ihrer leisen, belegten Stimme.

»Nur wenige Menschen wagen sich in die Tiefe der Nacht vor. Sie haben Angst, Angst vor der Leere, der Finsternis, ihrem eigenen Blut und dem Unsichtbaren. Die Furcht vor dem Bösen hindert sie, der Erde unter ihren Füßen und dem Himmel über ihren Köpfen zu trauen. Du fürchtest dich nicht . . .«

»Das heißt . . .«, begann Sophie.

»Nein, du fürchtest dich nicht«, wiederholte Thyna und betrachtete sie forschend. »Ich sagte es dir schon: Du trägst das Zeichen.«

»Was für ein Zeichen?«

»Das Zeichen, an dem die Tiere ihre Freunde erkennen. Mit diesem Zeichen wird man geboren.« Sie schüttelte den Kopf. »Die Tiere sind weder unsere Brüder noch unsere Sklaven. Ihre Seele bewegt sich in anderen Welten als der unsrigen. Aber wir haben das gleiche Blut, die gleichen Organe, denn am Anfang des Lebens entstanden wir gemeinsam aus dem Urlehm der Erde . . .«

Sophie schwieg befangen. Sie hatte starke Kopfschmerzen und verstand nur die Hälfte von dem, was die Alte da sagte. Als Thyna ihre Verwirrung bemerkte, lächelte sie.

»Ich lese nicht die Zukunft aus Handlinien. Ich schaue in die Herzen der Menschen und erkenne, was sie vor sich selbst und den anderen verbergen.«

Sie stützte das spitze Kinn in die Hände und betrachtete Sophie. Das Mädchen blickte verlegen und frierend zur Seite. Es war höchste Zeit heimzukehren, dachte sie.

Als sie sich erheben wollte, sagte die Alte: »Du hast Etoile beleidigt. Es liegt jetzt an dir, sein Vertrauen wiederzugewinnen.«

Sophie zuckte zusammen. »Was soll ich denn tun? Tante Justine glaubt, der Hengst sei bösartig und verrückt. Sie hat beschlossen, ihn zu verkaufen. Wenn ich ihn hätte reiten können, wäre der Beweis erbracht, dass sie sich irrt. Jetzt ist es vorbei. Nie wieder wird Etoile mich an sich heranlassen . . .«

Die Zigeunerin steckte das nasse Taschentuch, mit dem sie Sophie das Gesicht befeuchtet hatte, in die Tasche ihres weiten Rockes. »Wer weiß? Allem Anschein zum Trotz ist es immer das Tier, das sich seinen Herrn aussucht. Aber der Mensch in seiner Überheblichkeit will es nicht wahrhaben, genau so, wie er seine Abhängigkeit von der Erde, dem Meer und dem

Himmel leugnet. Von allen Geschöpfen der Erde ist er das einzige, das seinesgleichen ausrottet, wobei es noch seine Untaten zu rechtfertigen sucht ...«
Die Zigeunerin hatte immer leiser gesprochen. Sophie musste sich zu ihr vorbeugen, um ihre Worte zu verstehen. Verstört richtete sie sich auf. Wieder hatte sich Thynas Ausdruck verändert. Ihr Gesicht mit den tiefen Augenhöhlen wirkte müde und alt. Sie sah wie ein Lumpenbündel aus, dem ein säuerlicher Schweißgeruch entströmte.
Sophie spürte, wie sich ihre Kehle zusammenschnürte. Die Alte faselte keineswegs, aber was nützte es, ihr zuzuhören? Es hatte keinen Sinn, sich etwas vorzumachen. Etoile war für sie endgültig verloren.
Plötzlich füllten sich ihre Augen mit Tränen. Sie unterdrückte ihr Schluchzen und sagte matt: »Ich ... ich muss jetzt gehen.« Als sie sich erhob, stieß sie einen Schrei aus. Ihr ganzer Körper war wie zerschlagen. Sicher hatte sie überall blaue Flecken.
Wie aus weiter Ferne drangen Thynas Worte an ihr Ohr: »Wenn du willst, zähme ich ihn, dann wirst du ihn reiten können.«
»Was?«, stieß Sophie hervor.
»Wenn du willst«, wiederholte die Alte, »helfe ich dir.«
»Aber ... wie wollen Sie das fertigbringen?«, stotterte Sophie ungläubig.
Ein seltsames Lachen fuhr über Thynas Gesicht. »Lass das meine Sache sein. Komm morgen um Mitternacht hierher, dann kannst du Etoile reiten, ohne dabei wie ein Stein durch die Luft zu fliegen.«
Sophie musste sie wohl mit einem dummen Gesicht

angestarrt haben, denn Thyna fügte spöttisch hinzu: »Nur keine Angst, ich will von dir weder ein Geschenk noch Geld.«

»Ich ... ich ... daran habe ich gar nicht gedacht ...«, verteidigte sich Sophie.

Thyna richtete sich mit federnder Bewegung auf, ohne mit den Händen den Boden zu berühren. »Wenn ich dir helfe, dann nur«, sagte sie ernst, »weil Etoile dich gewählt hat und keinen anderen.« Ihre knochigen Finger streiften Sophies Schulter. »Geh, es wird Zeit für dich. Der Tag bricht an!«

Sophie schwankte auf Rose zu, löste die Fesseln und zog sich in den Sattel hinauf. Jeder Schritt des Pferdes schien ihre Knochen durcheinanderzuschütteln, und sie verbiss ihr Stöhnen. Am Strand stand unbeweglich die Zigeunerin und folgte ihr mit den Augen. Ihr faltiger Rock warf über den hellen Sand einen schwarzen Schatten.

Als Sophie den »Mas« erreichte, wurde der Himmel im Osten schon grau. Zwitschernde Vögel in den Bäumen kündigten bereits die Dämmerung an. Sophie fiel vor Müdigkeit fast vom Pferd. Sie band Rose mit erstarrten Fingern an und schleppte sich ins Haus, die Treppe hinauf. Ohne Licht zog sie im Badezimmer ihre feuchten Kleider aus und stopfte sie in den Wäschesack. Ihr Haar war voller Sand, aber wegen der Beule wagte sie nicht, es auszubrüsten. Gierig trank sie das Leitungswasser; Durst hatte ihre Kehle ausgetrocknet.

Vorsichtig öffnete sie die Schlafzimmertür. Mireille, die mit dem Gesicht zur Wand lag, warf sich plötzlich herum. Sophie erstarrte. Es vergingen einige Sekun-

den. Sophies Herz klopfte zum Zerspringen. Aber Mireille lag ganz still. Sophie holte erleichtert Luft. Gott sei Dank, ihre Angst war grundlos: Mireille schlief!
Das Blut pochte Sophie in den Schläfen, als sie sich zu Bett legte. Sie zitterte. Das merkwürdige Versprechen der Zigeunerin ging ihr nicht aus dem Kopf. Was hatte Thyna vor? Wie sollte es ihr gelingen, den Hengst gefügig zu machen?

Die Dämmerung sickerte bereits durch die Ritzen der Fensterläden, als Sophie endlich in kurzen, bleiernen Schlaf versank.

13. Kapitel

Ein greller Lichtstrahl und laute Stimmen unter ihrem Fenster weckten Sophie. Schlaftrunken, mit geschwollenen Lidern sah sie ihre Freundin in Jeans und T-Shirt am Fenster lehnen und sich dann mit einem ärgerlichen Ausruf umdrehen.
»Tante Justine ist fuchsteufelswild, und das mit Recht! Caprice hinkt, und Alain hat nichts davon gemerkt.«
Sophie richtete sich auf dem Ellbogen auf. Sie verspürte einen stechenden Schmerz im Kopf und legte die Hand an die Stirn: »Au!«
Mireille blickte sie sonderbar an und fragte: »Gut geschlafen?«
Sophie glaubte, einen spöttischen Unterton in ihrer

Stimme zu hören, aber sie zwang sich, nichts merken zu lassen. »Nicht besonders«, stotterte sie. »Ich habe ... ich habe eine Beule. Ich muss mit dem Kopf an die Wand geschlagen sein!«

»Allerdings«, antwortete Mireille spöttisch. »Ich hörte mitten in der Nacht ein Geräusch.« Sie machte eine kurze Pause und fügte dann beiläufig hinzu: »Als ich nach dir sah, war das Bett leer ...«

Sophies Gedanken wirbelten durcheinander. Sie wusste nicht, ob sie bleich oder knallrot war.

»Mir war schlecht. Ich musste ... musste aufs Klo!«

»Das war aber eine lange Sitzung«, gab Mireille trocken zurück. »Vermutlich hattest du Durchfall! Vielleicht durch die Beule oder umgekehrt?«

Raus war sie! Sophie blieb mit offenem Mund zurück. Sie stand auf und wankte ins Badezimmer. Womöglich bekam sie jetzt wirklich vor lauter Aufregung Durchfall! Der Spiegel über dem Waschbecken zeigte ihr eingefallenes Gesicht, die roten geschwollenen Lider.

Sie teilte das Haar, um ihre Beule zu betrachten; die Stelle war ganz blau. Verkrustetes Blut klebte an der Kopfhaut.

Sophie zog ihren verschwitzten Pyjama aus und stand lange unter der warmen Dusche. Endlich fühlte sie sich besser.

Als sie etwas später in den Hof kam, war Tante Justine gerade dabei, mit Jackie und Manuels Hilfe Caprices Hufe zu untersuchen. Alain stand verlegen daneben, während Mireille schlecht gelaunt einen Kaugummi kaute.

»Also das ist es . . . jetzt sehe ich!«, brummte schließlich Tante Justine. »Ein Schilfsplitter steckt im Huf. Das muss schon vor zwei, drei Tagen geschehen sein, denn die Wunde hat sich entzündet. Wenn einem ein Pferd anvertraut wird, mein Junge, dann sollte man sich besser darum kümmern.«

Alain schwieg. Tante Justine atmete angestrengt. »Jackie, hol eine Pinzette und ein Desinfektionsmittel«, befahl sie. »Der Fremdkörper muss entfernt werden. Wir wollen hoffen, dass wir den Tierarzt dazu nicht brauchen. Nimm den Zügel!«, rief sie Alain aufgebracht zu.

Einen Augenblick später kam Jackie zurück und brachte die gewünschten Dinge. Dann half er Manuel, das Pferd halten.

Caprice rollte ängstlich die Augen, wehrte sich aber nur schwach. Mit erstaunlicher Kraft hob Tante Justine das Bein des Pferdes und drückte es an sich. Dann kniff sie die Augen zusammen, um die richtige Stelle zu erkennen, und zog mit unglaublicher Geschicklichkeit einen großen Rohrsplitter aus dem Fuß des Pferdes.

Eiter und Blut quollen aus der Wunde. Ein Zittern durchlief den Körper des Tieres.

»Gut festhalten!«, keuchte Tante Justine.

Rasch desinfizierte sie die Wunde und legte einen Verband an.

»Achte gut darauf, wie ich es mache«, sagte sie zu Alain. »Du musst den Verband morgens und abends erneuern, um die Entzündung auszuheilen. Ein paar Tage darf Caprice nicht geritten werden. Verstanden?«

»Ja«, antwortete Alain bedrückt. »Kann ich ein anderes Pferd nehmen?«
»Damit du das auch lahm reitest?« Sie wischte sich mit dem Ärmel den Schweiß vom Gesicht. »Ein Pferd ist ein lebendiges Wesen, für das du die Verantwortung trägst.« Sie versetzte Caprice einen liebevollen Klaps und wusch sich an der Pumpe die Hände.
»Gehen wir frühstücken«, sagte sie dann.
»Du hättest sicherlich lieber einen Schwarztee als Kaffee?«, fragte Mireille zuckersüß Sophie. Diese grinste blöd. Also gut: Sie musste sich mit der Tatsache abfinden, dass Mireille in der Nacht ihr Verschwinden bemerkt hatte. Aber hat sie mich auch fortreiten sehen?, fragte sich Sophie.
Ihre Freundschaft und das gegenseitige Vertrauen verlangten von ihr, dass sie Mireille unumwunden die Wahrheit sagte. Jedoch in der kommenden Nacht erwartete sie Thyna. Sie durfte das Versprechen der Zigeunerin nicht brechen und ihr Geheimnis nicht preisgeben. Schweren Herzens schwieg sie. In ihrer Verlegenheit wagte sie, weder den Mund aufzutun noch Mireilles Blick zu begegnen. Morgen werde ich ihr alles sagen, dachte sie. Und was Alain betrifft ...
Sie biss sich auf die Lippe und schob alle weiteren Gedanken von sich. Morgen, wiederholte sie, morgen bestimmt!
Im Laufe des Tages wurde die Stimmung noch gedrückter. Mireille war ungenießbar. Alain, der auf sein Reittier verzichten musste, wusste nichts mit sich anzufangen und ging allen auf die Nerven.
Am Nachmittag wechselte er Caprices Verband.

Während Regine und Mireille das Pferd festhielten, desinfizierte Alain mit Sophies Hilfe die Wunde und legte einen frischen Verband an. Sophie war erstaunt, wie geschickt und behutsam er dabei vorging. Seine besorgte Miene, seine kurzen, aber freundlichen Worte verrieten, dass ihm das Wohl des Pferdes am Herzen lag und dass er bedauerte, die Verletzung nicht bemerkt zu haben.

»Weißt du, Pferde gucken nicht, wo sie ihre Füße hinsetzen, und sie sind zäh. Wenn unsereiner so ein Ding unter den Nagel kriegte, würde er in die Luft gehen. Bei einem Pferd dagegen merkt man es erst, wenn die Entzündung da ist. He ... Caprice, ruhig, sonst knall ich dir eins!«

Mit erhitzten Wangen warf er Sophie, die nicht wusste, wohin mit dem schmutzigen Verband, einen ungeduldigen Blick zu.

»Schmeiß ihn doch in den Mülleimer, du Dummkopf!«

Nachdenklich ging sie hin. Allmählich wurde ihr klar, dass sich hinter Alains Schroffheit nur Unsicherheit verbarg. Sein Spott und seine Flegelhaftigkeit waren nichts als Theater. Durch die Hartnäckigkeit, mit der er Etoile verfolgte, wollte er sich Geltung verschaffen vor den anderen und sich selbst beweisen, wie stark und männlich er war. Genau das Gegenteil von mir, dachte Sophie überrascht. Da ich nicht viel rede, glauben die Leute, es fehle mir an Selbstvertrauen. In Wirklichkeit weiß ich genau, was ich will und wie ich mich verhalten muss! Thyna war die Einzige, die sich nicht hatte täuschen lassen. Sophie erinnerte sich an ihre erste Begegnung mit der Zigeunerin und an die Abneigung, die sie Alain gegenüber gezeigt hatte. In ihrer Hellsichtigkeit musste Thyna die Beweggründe erkannt haben. Man spielt nicht mit dem Vertrauen eines Tieres . . .

Sophie seufzte. Ihr Gesicht glühte, teils wegen der Gewissensbisse, teils vor Ungeduld oder auch wegen der Sonne – die Beule stach, und alle Knochen schmerzten. Sie hatte weder Lust, zu schwimmen noch zu reiten oder auch das Haus zu verlassen. Eine ernste Frage beschäftigte sie: Wie sollte sie sich in der Nacht entfernen, ohne dass Mireille etwas davon bemerkte?

Den ganzen Tag über herrschte große Hitze, und selbst der Abend brachte keine Abkühlung. Der Mond ging spät auf und stieg schräg am schwarzen Himmel empor. Von den Seen her quakten dumpf die Frösche.

Sophie lag im Bett und kämpfte gegen den Schlaf. Sie wollte nicht schlafen und zwang sich, bis hundert zu zählen, dann bis tausend, nur um die Augen offen zu halten.

Mireille hatte sie den ganzen Abend gemieden. Nachdem sie sich das Haar gewaschen hatte, ging sie zu Bett und las, was sonst gar nicht ihre Gewohnheit war. Jetzt schien sie endlich zu schlafen. Sophie schaute auf die Leuchtziffern ihrer Uhr. Fast elf! Im »Mas« gingen alle immer sehr früh zu Bett.

»Mireille, schläfst du?«

Keine Antwort. Sophie schluckte. »Hörst du mich?«

Wieder nichts. Sophie schob die Beine aus dem Bett

und erhob sich leise. Mit angehaltenem Atem näherte sie sich dem Bett ihrer Freundin und beugte sich über sie. Mireilles Gesicht, halb von dem Kissen verdeckt, war entspannt. Nicht das geringste Wimpernzucken! Tiefe Atemzüge hoben und senkten ihre Brust. Sie schlief wirklich! Erleichtert zog Sophie sich rasch an, schlich die Treppe hinunter und trat in den Hof hinaus. Die Pferde dösten vor sich hin. Sophie verlor einige Minuten, als sie die widerspenstige Rose sattelte. Dann führte sie die Stute am Zügel durch den Hof und stieg erst in einiger Entfernung vom »Mas« in den Sattel. Der Mond stand jetzt hoch am Nachthimmel und leuchtete nur schwach. Hin und wieder stürzte eine Sternschnuppe auf den Horizont zu. Von Roses ruhigen, ausgreifenden Schritten gewiegt, lauschte Sophie dem Quaken der Kröten, dem Flötenton der Brachvögel. An den Seen bewegten sich die Flamingos, und das Wasser plätscherte.
Rose hatte ganz von selbst den Weg zum Strand eingeschlagen. Als sie die Dünen durchritt, war unten am Strand niemand zu sehen. »Um Mitternacht«, hatte Thyna gesagt. Sophie strich mit der Zunge über die Lippen. Ungeduld und Aufregung trockneten ihr den Mund aus. Sie zog ihre Leinenschuhe aus, watete ins Meer hinaus, bückte sich und tauchte ihre Hand ins Wasser. Plötzlich hatte sie Lust zu schwimmen. Sie zog ihre Shorts und das T-Shirt aus und watete durch das plätschernde Wasser. Als es ihr bis zu den Hüften reichte, schwamm sie geräuschlos mit untergetauchten Armen hinaus. Es kam ihr vor, als ob das Wasser sich hob und senkte. Die kaum spürbaren Schwan-

kungen folgten dem Hin- und Herwogen der Fluten. Das Meer atmet, dachte sie, drehte sich auf den Rücken und ließ sich von den schaukelnden Wellen tragen.
Eine Welle erfasste sie; sie schluckte Wasser, hustete und spuckte es wieder aus. Ihre Füße berührten den sandigen Grund. Vom Strand her sah eine unbewegliche, dunkle Gestalt zu ihr herüber: Thyna.
Sophie trat aus dem Wasser und zwängte sich mühsam in die Kleidungsstücke.
»Komm«, sagte Thyna. »Und lass dein Pferd nur hier, es wird nicht weglaufen. Aber hol ein Seil.«
Sie machte sich auf den Weg und Sophie ging vor Nässe schlotternd mit ihr. Die Zigeunerin lief leichtfüßig und schnell vor ihr her. Sie hat den Gang einer jungen Frau, dachte Sophie. Thyna überquerte rasch die Dünen, ohne zu keuchen oder im Schritt langsamer zu werden. Sie sagte nichts, und Sophie wagte, keine Fragen zu stellen. Bald versanken ihre Füße im schwammigen Boden. Sie bahnten sich einen Weg durch das knisternde, hohe Schilf, das Gesicht und Arme peitschte. Plötzlich hielt Thyna an. Vor ihnen zog sich ein Kanal hin, der in einen See überging. Die Alte deutete Sophie an zu warten. Sie trat ins Wasser und zog einen Kahn, der im Dickicht verborgen lag, ans Ufer. Stumm forderte sie Sophie auf einzusteigen. Sophie folgte ihr und setzte sich auf die wurmstichigen Planken. Stehend stieß Thyna mit der Stange ins Wasser. Leicht plätschernd, löste sich der Kahn von der Böschung und trieb in die Mitte des Kanals. Sie glitten zwischen den Ufern dahin. Geruch nach Fäul-

nis stieg vom Wasser auf. Hier und da schreckte das Knarren der Planken die schlafenden Vögel im Schilf auf. Sophie hörte ihr aufgeregtes Piepsen und Flügelschlagen. Nach einer Weile zog Thyna ihre Stange zurück und ließ das Boot in einer leichten Strömung weitertreiben. Erst jetzt wagte Sophie zu sprechen.
»Etoile, wo ist er? Warum ist er nicht am Strand?«
»Charbon maßt sich die Herrschaft über die Herde an. Wenn Etoile Herr der Stuten bleiben will, wird er kämpfen müssen.«
Pierre hatte sich also nicht getäuscht! Der Kampf zwischen den beiden Rivalen stand bevor.
»Tante Justine ist um das Leben von Charbon besorgt«, sagte sie. »Morgen will sie mit jemandem in Aigues-Mortes sprechen. Sie hofft, Etoile verkaufen zu können.«
»Menschen sollten sich nicht in die Angelegenheiten der Tiere mischen«, erwiderte Thyna und zog ihre schmalen Schultern hoch. Sie nahm wieder ihre Stange und stieß den Kahn auf das Ufer zu. Sophie hörte das Schilf knistern und den Rumpf auf die Kieselsteine aufstoßen . . . Die Zigeunerin sprang behände ins seichte Wasser. Sie zog den Kahn hinauf und befestigte das Seil um einen großen Stein. Dann forderte sie Sophie auf auszusteigen. Durch den Schlamm watete sie ans Ufer. Das Wasser gluckste in ihren Schuhen. Dann fühlte sie festen Boden unter den Füßen. Stumm folgte sie der Zigeunerin, die ihr vorausging und mit beiden Armen das Schilf zur Seite schob. Leichtes Wiehern war plötzlich in der Dunkelheit zu hören.
Thyna hob die Hand und flüsterte: »Sei leise!«

Sophie hielt den Atem an. Sie schritten auf einem schmalen Sandstreifen durch die Sümpfe, der zwischen hohen Gräsern, Schilf und Blätterbüschen versteckt lag.
Thyna blieb so unvermittelt stehen, dass Sophie fast gegen sie geprallt wäre. Vor einer dunklen Tamarindenkulisse bewegten sich ruhig die großen hellen Gestalten der Pferde. Einige ruhten am Boden, andere grasten, tranken oder zogen gemächlich von Strauch zu Strauch, von Tümpel zu Tümpel. Obwohl die Herde ihre Anwesenheit bemerkt haben musste, schien keines der Pferde ihnen Beachtung zu schenken.
Plötzlich ertönte ein Aufstampfen von Hufen, dann ein schrilles, herausforderndes Wiehern. Ein fauchendes Schnauben in nächster Nähe ließ Sophie zurückweichen. In vollem Galopp streifte sie ein Pferd! Als es streitsüchtig die Mähne schüttelte, erblickte sie einen schwarzen Fleck auf seiner Stirn. Fast gleichzeitig bewegte sich auf der anderen Seite das Gebüsch. Langsam trat Etoile unter den Bäumen hervor. Seine Mähne schaukelte, der lange, dichte Schweif schlug an die Flanken. Ein dumpfes Schnauben ließ seine Kehle und seine Flanken beben.
»Sie fordern sich nun heraus; aber kämpfen werden sie heute Nacht noch nicht«, sagte Thyna. »Warte hier.«
Sophie kaute vor Aufregung an den Nägeln. Sie schwitzte und fror zugleich. Sie beobachtete, wie die alte Frau den freien Platz zwischen den Bäumen durchquerte und auf Etoile zuschritt. Der Hengst hob misstrauisch den Kopf. Die Wölbung seines Halses

streckte sich, während er tief die Luft einsog. Thyna legte zwei Finger an ihre Mundwinkel und ließ einen raschen, schrillen Pfiff ertönen. Etoile spitzte aufmerksam die Ohren. Thyna pfiff weiter, jetzt leiser und sanfter. Es war ein sonderbarer, betörender Lockruf. Staunend sah Sophie, wie der Hengst sich einen Schritt vorwärts bewegte, dann noch einen. Thyna pfiff ununterbrochen in leichtem, melodischem Rhythmus. Etoile bog den Hals zu ihr hin. Sein Kopf war jetzt mit dem der Zigeunerin in gleicher Höhe. Langsam hob Thyna den Arm und legte die offene Handfläche an seine Stirn. Obgleich der Hengst gewöhnlich bei der geringsten Berührung zurückschreckte, machte er keinen Versuch zu entweichen. Doch als sich die Hand zwischen seine Ohren legte, zuckte er zusammen und zitterte so heftig, dass seine Beine schwankten. Seine Muskeln gaben nach. Es war, als würde er unter einer Last zusammenbrechen. Ganz plötzlich zog Thyna die Hand zurück. Etoile blieb unbeweglich stehen, wie in lähmender Betäubung versunken.

Thyna wandte den Kopf und rief Sophie zu. »Komm jetzt!«

Sophie folgte gebannt.

»Komm«, fuhr Thyna fort, »und leg ihm den Seden an. Hab keine Angst, er wird dich nicht beißen.«

Verstört, unbeholfen tat Sophie, wie ihr geheißen. Etoile öffnete das Maul, sodass sie ihm mühelos die Leine anlegen konnte. Sein Verhalten war merkwürdig starr. Feuchte Flecken zeigten sich auf den Flanken, die sich viel zu schnell hoben und senkten. Sophie be-

griff überhaupt nichts, wagte aber, keine Frage zu stellen.
»Jetzt kannst du ihn besteigen«, sagte Thyna.
Ungeschickt umfasste Sophie die Mähne. Thyna bückte sich, ergriff Sophies Fuß und half ihr mit kräftigem Schwung auf den Rücken des Pferdes. Sie spürte die zitternden Muskeln, das schweißbedeckte Fell. Es war ihr, als hätten sie und das Pferd ein und dieselbe Haut.
»Lass ihn laufen!«, sagte Thyna.
Zaghaft drückte Sophie die Knie an die bebenden Flanken. Ruhig, zögernd schritt der Hengst vorwärts. Sie führte ihn den Sumpf entlang. Dann, als sie sich sicherer fühlte, trieb sie ihn mit leichtem Fersendruck an. Etoile beschleunigte seine Schritte, gehorchte und bog nach rechts und links ab. Mehr und mehr spürte Sophie sich eins werden mit ihrem Reittier. Ihre Knie, Schultern, Hüften folgten seinen Bewegungen. Sophie vergaß Thyna, vergaß alles, was außerhalb dieses Einvernehmens lag. Ein bestimmter Fersendruck jagte den Hengst vorwärts. Die wehende Mähne, die nach Algen und Salz roch, peitschte Sophies Gesicht. Sie fühlte sich über das Gras schweben. Aber die Lichtung war zu klein, das Unterholz bildete ein undurchdringliches Hindernis. Sophie zog leicht den Seden an. Etoile verlangsamte seinen Schritt, machte kehrt und ließ sich geduldig zu der Stelle führen, wo die Zigeunerin wartete. Atemlos, mit klopfendem Herzen zügelte Sophie das Pferd vor ihr.
Thyna nickte zufrieden. »Du kannst ihn jetzt ohne Gefahr reiten. Mach mit ihm, was dir beliebt. Er wird dir

immer gehorchen. Aber vergiss nie, dass er sein eigener Herr bleiben muss. Du darfst ihn niemals satteln oder ihm Fesseln anlegen.«

Mit trockenem Mund wagte Sophie endlich eine Frage: »Haben ... haben Sie ihn hypnotisiert?«

»Hypnotisiert?«, wiederholte die Alte das Wort Sophies gleichgültig. »Wir Gitanos sind fähig, Tiere zu bändigen, aber ohne ihren Stolz zu verletzen.«

»Aber woher haben Sie diese Gabe?«

»Von meiner Mutter, und diese lernte es von ihrer Mutter.« Sophie sah, wie ein Schatten über ihr Gesicht zog. »Ich habe keine Tochter, der ich es beibringen könnte. Ich habe einen Sohn, aber Söhne zählen nicht. Männer bauen die Welt auf oder zerstören sie. Nur die Frauen sind Hüterinnen uralter Geheimnisse ...«

Sophie starrte sie betroffen an. Es gab Augenblicke, wo ihr die Alte etwas unheimlich wurde. In ihrer Feinfühligkeit musste Thyna es gespürt haben, denn sie lachte kurz.

»Keine Angst, Mädchen! Ich habe dir ein Geschenk gemacht, weil du mir gefällst. Du hast Achtung vor den Tieren, die wertvoller sind als ein großer Teil der Menschheit. Lass nun, es wird Zeit, zum ›Mas‹ zurückzukehren.«

»Dein Pferd!« Sophie hörte die Worte wie im Traum. Vorsichtig ließ sie sich zu Boden gleiten. Etoile legte den Kopf an ihre Schulter. Er schwitzte nicht mehr. Sein Fell war rau und trocken. Sophie streichelte zärtlich seine Nüstern, während sie ihm den Seden abnahm.

»Geh jetzt!«, flüsterte sie.

Der Hengst schnaubte, schüttelte die Mähne, wandte sich ab und trabte seiner Herde zu. Sophies Augen leuchteten.
»Wie werde ich ihn wiederfinden?«, fragte sie.
»Sei unbesorgt«, antwortete Thyna, »er ist es, der dich suchen wird.« Plötzlich erstarrte sie, ihr Gesicht wurde aufmerksam, die schmalen Nasenflügel bebten. Sie lauschte in die Nacht. Sophie ahnte mehr, als dass sie die Worte vernahm, die über ihre Lippen kamen:
»Da ist jemand . . .«
Es überlief Sophie eiskalt, und sie bekam eine Gänsehaut. Zweige knackten. Wasser plätscherte in der Dunkelheit. Die Alte spähte und lauschte.
Auf einmal erhellten sich ihre Züge und ihre Augen funkelten spöttisch:
»Nun komm schon!«, rief sie gelassen.
Die Zweige knackten in der Nacht. Ein Schatten, dunkler als die Nacht, löste sich aus den Bäumen und kam zögernd näher. Sophie glaubte ihren Augen nicht zu trauen, als sie Mireille erkannte.
Nach dem Kälteschauer wallte ihr die Hitze ins Gesicht. Wie angewurzelt stand sie da und brachte kein Wort über die Lippen. Mireille schien ebenso bestürzt zu sein, aber – Sophie begriff plötzlich – aus völlig anderen Gründen.
Thynas fragende Stimme unterbrach das Schweigen:
»Hast du's gesehen?«
Wie geistesabwesend nickte Mireille.
»Dann umso besser!«, sagte die Alte.
Mireille kam langsam näher. Im Mondlicht schaute sie Sophie an, als erblickte sie sie zum ersten Mal.

»Also du ... du hast Etoile geritten!«
»Ich war es, die ihn verbunden hat, als er verletzt war«, gestand Sophie verwirrt. »Ich habe nicht gewagt, es dir zu sagen ...«
Mireille lachte nervös auf. »Als ich dahinterkam, dass du nachts ausgeritten bist, habe ich zuerst versucht dich zum Reden zu bringen; du bist aber stumm wie ein Fisch geblieben. Daher habe ich mich in dieser Nacht schlafend gestellt ...«
»Das ist dir gut gelungen«, sagte Sophie. »Ich bin wirklich darauf hereingefallen!«
Mireille kicherte: »Du hast keine Ahnung, wie schwer das war! Als du mir so nah ins Gesicht sahst, kribbelte es mich am ganzen Körper. Es hätte nicht viel gefehlt, und ich wäre losgeplatzt! Später sattelte ich Follet und folgte dir. Zuerst wollte ich dich beim Schwimmen überraschen. Aber dann kam Thyna, und ihr habt den Kahn genommen. Ich musste Follet am Strand zurücklassen und einen riesigen Umweg um die Sümpfe machen. Zum Glück kenne ich die Gegend!«
Voller Bewunderung legte sie Sophie beide Hände auf die Schultern. »Und du hast den verrückten Hengst gezähmt!«
»Er ist nicht verrückt«, rief Sophie.
»Ich weiß«, beschwichtigte sie Mireille. Ihr offenes Gesicht sah plötzlich vorwurfsvoll aus. »Warum hast du mir nichts gesagt? Ich hätte dir doch geholfen ...«
»Ich dachte ... ich dachte, du würdest dich über mich lustig machen«, gab Sophie verlegen zu.
»Ich mich über dich lustig machen!« Mireille wandte sich mit gespielter Entrüstung an Thyna: »Da kommt

so eine ahnungslose Touristin, sucht sich ein Pferd aus, das kein Gardian anzurühren wagt, und macht es im Handumdrehen zahm wie ein Lamm!«
»Es ist der Hengst, der sie ausgesucht hat«, bemerkte Thyna. »Wenn Etoiles Instinkt Sophie ablehnen würde, hätte selbst ich nichts daran ändern können.«
Ihre schwarzen Augen richteten sich auf Mireille. Fast schroff warf sie ihr entgegen:
»Lass deinen Bruder wissen, dass das Spiel für ihn verloren ist!«
»Alain ... wie soll man es ihm verständlich machen?«, seufzte Sophie. Sie hatten ihre Pferde am Strand bestiegen und ritten nun Seite an Seite in der friedlichen Stille, die der Morgendämmerung vorausgeht. Thyna hatte sie in ihrem Kahn bis zu den Seen zurückbegleitet. Dann war sie unter leichtem Knarren der Planken im Dunst des anbrechenden Tages verschwunden.
»Du sagst ihm einfach die Wahrheit«, antwortete Mireille auf Sophies Frage. Seiner Eigenliebe wirst du einen harten Schlag versetzen, aber er wird nicht um die Tatsache herumkommen, dass Etoile dir gehört.«
»Aber wie soll ich das glauben?«, stotterte Sophie.
»Hast du Tante Justines Versprechen vergessen? Wem es gelingt, Etoile zu reiten, dem soll er gehören. Erinnerst du dich nicht?« Ein fast kindlicher Ausdruck von Ungläubigkeit und Staunen zeichnete sich auf Sophies Gesicht ab. Diese Zusage hatte sie nie ernst genommen. »Glaubst du, dass ich Tante Justine daran hindern kann, Etoile zu verkaufen?«
Mireille zuckte die Schultern. »Da der Hengst nicht verrückt ist, besteht für sie kein Grund mehr, ihn fort-

zuschaffen. Und reg dich Alains wegen nicht auf. Ich werde dir schon aus der Klemme helfen.«
Sie lächelte Sophie zu. Sophie las in ihren Augen Anerkennung und Stolz. Zum ersten Mal wurde sie sich ihres Glücks vollkommen bewusst. Das gegenseitige Vertrauen, das sie nun mit dem großen weißen Hengst verband, war kein Traum. Noch spürte Sophie an Händen und Lippen den scharfen, salzigen Geruch seiner Mähne. Vor Müdigkeit schloss sie die Lider. Sie sehnte den Schlaf herbei, als befürchtete sie, mit der Sonne würde sich ihr nächtliches Erlebnis wie ein Nebelschleier auflösen. Aber schon verfärbte sich der Horizont. Hinter den Seen flammte rötlich der herannahende Morgen.

14. Kapitel

Die Morgensonne schien durch die Spalten der Fensterläden und ließ die Ton- und Kupfergefäße auf dem breiten Kaminsims glänzen. Regine kam und ging, sie brachte eine Kanne heißen Kaffee, frisches Brot und Himbeermarmelade.
»Ist Tante Justine schon nach Aigues-Mortes gefahren?«, fragte Mireille besorgt Regine. »Ich hörte den Landrover schon vor sieben Uhr.«
»Sie wollte schnell zur Werkstatt«, gab Regine zur Antwort. »Es scheint an der Kupplung etwas nicht in Ordnung zu sein.«
Mireille biss hungrig in ihre Brotschnitte.

Sophie lächelte ihr erleichtert zu.
Alain schlich mit wirrem Schopf und verschlafenen Augen die Treppe herunter. Er ließ sich auf den nächsten Stuhl fallen und goss sich mürrisch Kaffee ein. Die beiden Mädchen sahen einander an. Mireilles Blick sagte: »Schieß los!« Sophies flehende Augen antworteten: »Noch nicht.«
Ein Motorrad kam angeknattert: der Briefträger. Seine Ankunft brachte Ablenkung. Regine bot ihm Kaffee an und plauderte ein Weilchen mit ihm.
Es war ein Brief für Sophie aus Zürich da. Ihre Mutter schrieb: »Ich weiß, in den Ferien hat man andere Dinge zu tun, als den Eltern zu schreiben; aber wir warten immer noch auf die versprochene Postkarte. Trösten wir uns also mit dem berühmten Sprichwort ›Keine Nachricht, gute Nachricht‹, und nehmen wir weiter an, dass alles in Ordnung ist.«
Es folgten die üblichen Ermahnungen: Nicht zu lange sonnenbaden, nicht den nassen Bikini anbehalten (um Nierenschmerzen zu vermeiden), kein ungewaschenes Obst zu essen.
Der Vater hatte zum Schluss »Meinem Spatz Gruß und Kuss« hinzugefügt und Mutter den kurzen Nachsatz »Hier in Zürich regnet es«.
Sophie faltete den Brief mit einem gemütlichen Lächeln um den Mund zusammen. Zürich schien ihr ebenso weit entfernt zu sein wie der Mond. Sie wusste natürlich, dass die Ferien bald zu Ende gingen, dass das Alltagsleben und die Schule wieder beginnen würden. Sie wusste aber auch, dass sie nicht mehr so wie früher sein würde.

Der Briefträger drückte die Mütze auf den Kopf und ging. Man hörte, wie das Knattern seines Motorrads sich entfernte. Sophie spielte stumm mit Brotkrumen. Als sie aufschaute, begegnete sie Alains forschendem Blick.

»Machst du ein Gesicht! Man könnte meinen, du hättest die ganze Nacht kein Auge zugetan . . .«

Jetzt war der Augenblick gekommen. Sophie raffte ihren Mut zusammen und öffnete den Mund, schwieg aber sofort. In rasendem Tempo näherte sich ein Reiter dem »Mas«. Schon sprengte das Pferd in den Hof. Vom Fenster aus sahen sie, wie Manuel, ohne sein Tier anzuhalten, vor der Haustüre aus dem Sattel glitt.

»Heilige Madonna«, rief Regine, »hat der's aber eilig!«

Die Tür wurde aufgerissen, Manuel stürzte keuchend herein. Er war außer Atem und schweißbedeckt. »Wo ist die Chefin?«

»In der Werkstatt«, erklärte Regine. »Sie muss bald zurückkommen. Was ist denn . . .«

Der Gardian fluchte laut. »Der Teufel ist los, drüben im Zwischenland. Etoile hat Charbon angegriffen!«

Sophie und Alain starrten ihn wie versteinert an. Mireille stieß einen Schrei aus: »Mein Gott, er wird ihn umbringen!«

»Schnell, Kleine!«, sagte Manuel zu Mireille, »reite zum Paty und hol die Chefin. Sie muss entscheiden, was zu tun ist . . .«

Mireille stürzte aus dem Haus. Sie band Follet los und schwang sich, ohne sie zu satteln, auf ihren Rücken. Mit einem Dutzend Sprüngen holte sie das Höchstmaß an Geschwindigkeit aus ihrer Stute heraus und verschwand in einer Staubwolke. Alain fasste Sophies Arm.

»Gib mir Rose!«, brüllte er. »Du weißt ja, dass ich Caprice nicht reiten kann.«

Sophie stand immer noch wie benommen da. Plötzlich riss sie sich los und stürzte auf das Schutzdach zu. Sie hätte niemals gedacht, dass sie mit einem einzigen Satz aufsitzen könnte; aber es gelang ihr. Als sie sich vorbeugte, um Rose loszubinden, sprang Alain ebenfalls auf und riss ihr die Zügel aus der Hand. Regine lief herbei, um Caprice zu beruhigen, der wütend am Seil zerrte.

»Halt dich fest!«, schrie Alain.

Kieselsteine flogen unter den Hufen der Stute auf. Sie jagten hinter Manuel her, der in gestrecktem Galopp davonsprengte. Sophie fuhr es blitzschnell durch den Kopf, dass sie sich den Hals brechen könnte; aber sie war so darauf konzentriert, das Gleichgewicht zu halten, dass sie nicht weiter daran zu denken vermochte. Es war Alain, der die Fersen an Roses Flanken schlug und aus ihr herausholte, was herauszuholen war.

Trotz der frühen Stunde brütete eine dumpfe Hitze über der Gegend. Luftspiegelungen flimmerten über der weiten, salzigen Steppe. Einer großen rosa Wolke gleich flatterten aufgescheuchte Flamingos über das Wasser eines Teiches.

»Zwischenland« nannten die Gardians diese öde Gegend zwischen Meer und Sumpf. Ein Gewitterregen hatte das Schilf niedergedrückt. Jetzt dörrte es in der

Sonne, soweit das Auge reichte. In dieser blendenden, lichtüberfluteten Weite kämpften die beiden Hengste.

Das erbarmungslose Ringen hatte die beiden Tiere verwandelt. Ihr Wiehern klang wie raues Brüllen, ihre biegsamen Hälse verrenkten und umschlangen sich wie zu einem lebendigen Knoten. Die aufgerissenen Kiefer entblößten gierige gelbe Zähne. Blut rann über das schweißbedeckte Fell. In einiger Entfernung drängten sich die Stuten um ihre Fohlen, während sich die Gardians vergebens bemühten mit der Peitsche und dem Dreizack in den Kampf einzugreifen.

Sophie wusste nicht, wie sie vom Pferd gestiegen war. Als sie Boden unter den Füßen spürte, versagten ihr die Knie. Sie klammerte sich an Alain. Wie sollte sie in diesem rasenden Tier ihr zutrauliches Pferd wiedererkennen? Jetzt sah sie nur ein geiferndes Maul, verdrehte Augen, einen Rücken, den die Angriffswut schüttelte, und Hufe, die wie Keulen tödlich zuschlugen.

»Zum Teufel mit ihm! Man muss sie trennen!«, schrie Nicolas mit schriller Stimme.

Constantin schwang die Peitsche und näherte sich, sowie es ihm das Toben der beiden Hengste erlaubte. Der Lederriemen klatschte auf Rücken und Flanken. Aber die Peitsche vermochte nichts gegen die blinde Raserei der beiden Hengste. Stehend, sich am Boden wälzend, dann wieder sich aufbäumend, zubeißend und ausschlagend, trugen sie einen Kampf aus, der nur mit dem Tod des Gegners enden konnte.

Einen Augenblick lang trennten sie sich; schaumbedeckt maßen sie sich mit Blicken, scharrten mit den

Hufen. Dann richteten sie sich wieder zu voller Größe auf und stürmten von Neuem aufeinander.
Entsetzt sah Sophie, wie Etoile das Gebiss in den Hals des Gegners schlug. Das Fell wurde aufgerissen. Blut schoss hervor. Ein erbittertes Ringen vereinigte die beiden Tiere. Ihre Hälse verdrehten sich. Da: Charbon wich mit hängendem Kopf zurück. Ein Zucken durchlief ihn. Die Beine gaben nach, er fiel in die Knie, während ihm blutiger Speichel aus dem Maul rann. Dann stürzte er mit seinem ganzen Gewicht ins Schilf.
In der Ferne surrte ein Motor. Tante Justines Landrover holperte über die Sandpiste. Mireille galoppierte auf Follet abseits der großen Staubwolke, die das Auto hinterließ. Schon hielt der Landrover mit quietschenden Bremsen. Tante Justine sprang aus dem Wagen. Mit einem Blick erkannte sie, dass Charbon mit ausgestreckten Beinen und sonderbar gekrümmtem Hals dem Verenden nahe war. Zornig blickte sie auf Etoile, der mit schäumendem Maul und blutverschmierter Mähne herausfordernd mit den Hufen scharrte.
»Fangt dieses verrückte Vieh ein!«, befahl sie.
Constantin gab den Befehl weiter, worauf Manuel, Jackie und Pierre mit dem Seden in der Hand sich bereithielten. Etoile schien die Absicht der Gardians zu erraten. Ein lang gezogenes Wiehern drang aus seiner Kehle. Er raste geradewegs auf die Männer zu. Unter seinem Ansturm wichen sie nach allen Seiten aus. Im wilden Galopp schoss Etoile an den Gardians vorbei und bog in das Schilfmeer ein, das sich in knisternde Wogen hinter ihm teilte.

Tante Justine fluchte halb laut. Sie wandte sich um und ging auf ihren Landrover zu. Als sie zurückkam, hatte sie ein Gewehr in der Hand. Sie trat zu Charbon heran. Ein glasiger Schleier überzog seine Pupillen. Tante Justine fasste den Abzug und zielte.
Sophie wandte sich ab und drückte das Gesicht an Alains Schulter. Der Schuss zerriss die Stille. Ein Vogelschwarm schwirrte aus dem Schilf empor und kreiste in der flimmernden Luft.
Sophie hob den Kopf und sah Tante Justine mit großen Schritten auf den Landrover zugehen. Sie warf das Gewehr in den Wagen und gab den Gardians entschlossen ein Zeichen. »Los! Wir dürfen keine Minute verlieren!«
Sophie spürte, wie Alain erbebte. Er stieß sie zurück und rannte seiner Tante nach, die bereits am Steuer saß.
»Nein!«, schrie er. »Tu das nicht!«
Ohne zu antworten, mit unbewegtem Gesicht, ließ sie den Motor anlaufen.
»Tante Justine, ich bitte dich!«
»Mach, dass du wegkommst!«, fuhr sie ihn an. »Er hat einen meiner wertvollsten Hengste umgebracht. Jetzt ist endgültig Schluss!«
»Aber du hast ihn mir versprochen!«, rief Alain verzweifelt.
Er stand auf dem Trittbrett und versuchte, den Türgriff zu öffnen. Tante Justine fuhr an, ohne ihn eines Blickes zu würdigen. Der plötzliche Ruck ließ ihn nach hinten kippen. Er verlor das Gleichgewicht und taumelte zu Boden. Im Galopp sprengten die Gardians an ihm vor-

bei und hüllten ihn in eine gelbliche Staubwolke. Erst jetzt fand Sophie ihre Geistesgegenwart wieder.
»Wohin wollen sie?«, rief sie.
»Tante Justine jagt Etoile nach, um ihn zu erschießen«, keuchte Mireille, die, kreidebleich, sich bemühte, Follet zurückzuhalten. Dann gab sie die Zügel frei und galoppierte den Gardians nach.
»Alain!«, schrie Sophie. »Was machen wir . . .?«
Er fasste sie am Arm und zerrte sie mit sich. Sie rannten auf Rose zu. Alain half Sophie beim Aufsteigen und ergriff die Zügel.
»Ich kenne einen kürzeren Weg!«, stieß er hervor.
In rasendem Tempo lenkte er Rose durchs Schilf. Sophie presste die Schenkel an die schweißbedeckten Flanken der Stute. Heißer Wind peitschte ihr ins Gesicht. Sie überholten den Landrover, der wie ein riesiger, ungeschickter Käfer über den Weg schaukelte und eine Staubfahne zurückließ. Die Gardians ritten in einem weit ausgedehnten Halbkreis. Etoile hatte einen Vorsprung, doch allmählich verringerte sich der Abstand. Er näherte sich einem Dickicht aus Ginster- und Mastixsträuchern am Rande eines kleinen Sees. Pfähle, an denen Fischernetze trockneten, standen im flachen Wasser. Auf der andern Seiten breitete sich eine Sandfläche bis zum Meer aus.
Tante Justine hatte den Wagen angehalten. Sie stand da, mit dem Gewehr in der Hand, während die berittenen Gardians ihren Kreis langsam schlossen, um dem Hengst den Weg abzuschneiden.
Alain ließ Rose in Trab fallen. Er beschattete die Augen mit der Hand und spähte nach allen Seiten.

»Sie wollen ihn aus dem Dickicht treiben und ihn zum Strand jagen!«, keuchte er. »Auf freier Ebene wird ihn Tante Justine in die Schusslinie bekommen. Es bleibt ihm nur noch die Möglichkeit, den See zu durchschwimmen.«

»Wenn man es ihm nur begreiflich machen könnte!«, stöhnte Sophie.

Sie hatten ihre Rivalität, ihre Streitigkeiten vergessen. Beide Gesichter drückten die gleiche Angst und die gleiche Entschlossenheit aus.

»Ich hab's!«, rief er zögernd. »Es ist gewagt, aber es bleibt uns keine andere Wahl.«

Er sprang in der Nähe des Dickichts von seinem Reittier ab und bedeutete Sophie, das Gleiche zu tun. Sophie folgte ihm durchs Schilf, das ihre nackten Beine zerkratzte. Staub reizte ihre Kehle. Sie hustete, die Nase lief, und die Augen füllten sich mit Tränen.

Plötzlich hielt Alain an. In kurzer Entfernung raschelte das Unterholz.

»Das ist er!«, flüsterte Alain. »Es ist besser, wir gehen nicht weiter.«

Sophie reckte den Hals, um das Schilfmeer zu überblicken. Von allen Seiten ritten die Gardians heran. Immer enger wurde der Kreis. Trotz der Distanz erkannte Sophie deutlich Tante Justines Gestalt am Rand des Fahrweges. Die Sonne blitzte auf ihrem Gewehrlauf.

»Die soll sich wundern!«, knirschte Alain.

Sophie sah ihn aus seiner Tasche eine Streichholzschachtel hervorholen. Auf einmal durchschaute sie, was er vorhatte, und biss sich erschrocken auf die Lippen. Da ... ein Geräusch! Beide wandten sich um. Das

Schilf knackte und knisterte, während Mireille im Galopp geradewegs auf sie zukam. Staub und Schweiß verkrustete ihr Gesicht.
»So ein Wahnsinn!«, brüllte sie. »Ihr seid genau in der Schusslinie!«
»Verschwinde!«, fauchte Alain. Er versteckte die Hand hinter seinem Rücken. Zu spät! Mireille hatte die Streichhölzer gesehen.
»Der Wind kommt gerade aus der günstigen Richtung, und der Rauch wird das Pferd in den See treiben ...«
»Du bist übergeschnappt!«
Schritt um Schritt wich Alain vor ihrer Stute zurück, welche Mireille auf ihn zulenkte.
»Es gibt keinen anderen Ausweg! Hau ab, sag ich dir!«
Sie sprang auf den Boden und warf sich auf ihren Bruder. Beide stürzten ins Schilf. Mireilles Finger griffen nach Alains Hand, welche die Streichhölzer hielt. Mit einem Ruck machte er sich frei. Sie ließ sich mit ihrem ganzen Gewicht auf ihn fallen, um ihn zu Boden zu drücken. Sie schlugen sich; jeder versuchte, die Oberhand zu gewinnen. Endlich gelang es Alain, seine Schwester abzuschütteln. Verbissen bemühte er sich, ein Streichholz anzuzünden. Mireille erwischte ihn am Hemd, versetzte ihm einen Schlag ins Gesicht. Alain taumelte zurück. Das brennende Streichholz entglitt seinen Fingern und fiel ins dürre Gras. Eine dünne Rauchfahne stieg auf, dann eine Flamme. Mireille warf sich bäuchlings darüber, um sie zu ersticken. Alain umklammerte ihre Fußgelenke und zog

sie zurück. Mireille strampelte, drehte sich hin und her und schlug wild um sich.
»Sophie!«, brüllte sie, »lösch das Feuer!«
Sophie blickte in die aufsteigende Flamme. Das Schilf knisterte. Ein bläulicher Dunst erhob sich. Mireille und Alain, zerzaust, zerkratzt und außer Atem, standen stumm da. Obgleich trockenes Schilf eigentlich wie Zunder brennt, verhinderte der vom Regen noch feuchte Boden ein schnelles Ausbreiten des Feuers. Stattdessen entwickelte sich ein scharfer Rauch, der hochstieg. Schon waren die Tiere aufgeschreckt. Ein Starenschwarm flatterte aus dem Schilf empor. Ein kleines Nagetier lief aufgeregt zwischen den Erdklumpen umher.
»Die Pferde!«, sagte Mireille tonlos. Sie versuchte, die zurückweichenden Stuten zu beruhigen.
Sophie starrte noch immer wie gebannt in die knisternden Flammen, die aus dem Schilf schlugen. Rauch wallte in dicken Schwaden durch das Gebüsch, wo sich der Hengst verborgen hielt.
»Jetzt wird er gleich den See durchschwimmen«, sagte Alain mit zufriedenem Grinsen.
»Tante Justine hat ihre Zielscheibe verloren!«
Aus der Ferne schallten aufgeregte Rufe der Gardians. Mireille quälte sich mit den Stuten ab, die in panischer Angst ausschlugen und zur Seite sprangen.
Alain ergriff Sophies Arm. »Komm!«
Sophie trat einen Schritt zurück. Ihr Gesicht glühte in der Hitze. Plötzlich ließ sich im Gebüsch ein lang gezogenes, heiseres Wiehern hören. Mit heftiger Bewegung riss sich Sophie los. Blitzschnell erfasste sie die

Lage: Vom Rauch verängstigt, durch das Feuer geblendet, suchte Etoile einen Ausweg aus dem Dickicht, das ihn gefangen hielt.
»Los, weg von hier«, drängte Alain. »Er wird schon von allein herauskommen.«
Sophie rührte sich nicht. Da . . . wieder ein raues, schnaufendes Wiehern. Mein Gott, dachte sie, er wird ersticken oder bei lebendigem Leib verbrennen! Ihre Augen versuchten, das Dickicht zu durchdringen. Kleine Flammen züngelten im Unterholz; beißender Rauch dehnte sich immer weiter aus. Plötzlich löste sich Sophie aus ihrer Erstarrung. Entsetzt sah Alain, wie sie in Richtung des Feuers stürzte. Im Nu brach sie ins Dickicht ein und war verschwunden.
Gebückt kroch sie durchs Unterholz. Der Boden war weich und glitschig. Sie rutschte aus, schlug der Länge nach hin und raffte sich wieder auf. Vor ihr quoll, langsam wirbelnd, eine weiße Rauchwolke auf. Ohne zu zögern, stürzte sie sich hinein und drückte instinktiv einen Zipfel ihres T-Shirts vor Mund und Nase. Schon war sie hindurch. Ihre Augen tränten, ein heftiger Hustenanfall schüttelte sie. Keuchend, zerzaust hastete sie weiter.
»Etoile, wo steckst du nur?«
Die Rauchwolke holte sie ein . . . Sie hielt den Atem an, taumelte gegen Äste, verfing sich im Gestrüpp, blieb mit dem Fuß im Morast stecken.
»Etoile, ich bin's! Etoile ! . . .«
Da . . . Zweige knackten ganz in der Nähe. Schweiß- und schlammbedeckt, mit schäumendem Maul und rollenden Augen tauchte der Hengst in den Rauch-

schwaden auf. Er hatte sie erkannt, erwartete von ihr Hilfe und Rettung.
Sophie hatte kein Seil, ihn zu leiten, doch was machte das schon! Sie stürzte auf ihn zu. Ihre Hand umklammerte die dichte Mähne.
Mit einem einzigen Sprung saß sie auf seinem Rücken und trieb ihn mit Knien und Fersen voran.
»Los! Komm!«
Einen Augenblick stampfte der Hengst zögernd, wiegte seinen Körper unschlüssig vor- und rückwärts. Dann schlug er mit einem gewaltigen Satz die Richtung ein, in die sie ihn lenkte. Sophie schmiegte sich an das Pferd, schlang die Arme um den Hals. Die zurückschnellenden Zweige zerkratzten ihr Rücken und Schulter. Sie vernahm das Krachen der Äste, ein zischendes Knistern. Vor ihr erhellte ein bläulicher Schimmer die Rauchschwaden: reine Luft, der See! Ein mächtiger Sprung schien den Hengst vom Boden loszulösen. Sekundenlang glaubte Sophie zu schweben. Klatschendes Aufspritzen, dann gleichmäßiges Plätschern: Etoile watete bis zum Bauch im Wasser. Sophie richtete sich auf, ohne die Mähne loszulassen. Sie fühlte, wie der Hengst mit kräftigen Stößen den See durchschwamm. Endlich fassten seine Füße wieder Grund. Einige kurze Sprünge brachten ihn ans Ufer, das er triefend erklomm. Vor dem Hintergrund der sich ausdehnenden Dunstwolken, die Schilf und Buschwerk düster einhüllten, wurden Etoile und seine Reiterin für alle Augen sichtbar. Sophies Haar hing in nassen Strähnen, ihre zerkratzten Arme bluteten, die Beine waren schlammverschmiert, ihr Hemd zer-

rissen. Aber ihre Erscheinung war seltsam; ihr Gesicht trug einen Ausdruck ruhiger Gelassenheit.
Tante Justine stand überrascht da, während Sophie im gleichmäßigen Galopp durch das Schilf ritt. Tante Justine stützte den Kolben des Gewehrs auf den Boden. In ihrem gebräunten Gesicht zuckten die Falten um die Mundwinkel, und ihre Augen blickten fragend. Welcher Wagemut, welches Geheimnis befähigte die schüchterne, kleine Fremde den wildesten, unzähmbarsten Hengst ihrer Herde zu reiten, der soeben seinen Rivalen getötet hatte und den sie selbst erschießen wollte?
Die Gardians, denen es inzwischen gelungen war, das bereits bis zum Sumpfgebiet vorgedrungene Feuer einzudämmen, blickten erstaunt und sprachlos zu Sophie hinüber. Stolz und befangen zugleich, ritt sie wie im Traum dahin. Sie bemerkte Mireille und Alain, die sie anstarrten; aber sie hielt nicht bei ihnen an, noch nicht! Sie lenkte den Hengst auf Tante Justine zu und brachte ihn vor ihr zum Stehen. Etoile war fügsam und ruhig. Nur das Beben seiner Augenlider und manchmal ein Zucken der Muskeln verrieten seine tief wurzelnde Scheu und Unruhe.
Mit ungewöhnlich sanfter Stimme sprach Tante Justine endlich. »Also, Sophie, wir möchten gerne eine Erklärung von dir.«
Sophie senkte den Kopf und wickelte eine Strähne der nassen Mähne um ihre Finger. »Etoile kannte mich. Ich . . . ich habe ihn gepflegt, als er verletzt war. Ich traf ihn jede Nacht am Strand. Aber nur Thyna habe ich es zu verdanken, dass ich ihn reiten kann . . .«

»Dieser alten Hexe?«, bemerkte Pierre.
Tante Justine beachtete ihn nicht. »Weiter«, sagte sie zu Sophie.
»Thyna legte ihm die Hand auf die Stirn, und da wurde Etoile sanft. Ich weiß nicht, was sie mit ihm gemacht hat.« Sie hob den Kopf und blickte Tante Justine offen in die Augen. »Sie wollten ihn erschießen, weil er Charbon getötet hat. Aber er hatte ja keine andere Wahl. Charbon machte ihm die Herde streitig! Hätte Etoile seinen Rivalen nicht besiegt, wäre er getötet worden.«
Sophies schmutziges, verschwitztes Gesicht nahm einen flehenden Ausdruck an. »Bitte, tun Sie ihm nichts!« Dann glitten ihre Blicke zu Alain hinüber, der stocksteif auf Rose saß und nichts zu hören und nichts zu sehen schien.
»Verzeih mir«, bat Sophie Alain schlicht. »Es war nicht recht von mir, dir das zu verschweigen.«
Alain zog mit ausdrucksloser Miene die Schultern hoch. Die Gardians schwiegen.
Tante Justine betrachtete nachdenklich den großen Hengst. Sie reichte Constantin, der hinter ihr stand, das Gewehr und machte einen Schritt, dann noch einen auf Etoile zu. Das Pferd rührte sich nicht. Die Züchterin umfasste mit einer Hand seinen Unterkiefer, die andere legte sie ihm an die Stirn. Ein Zucken lief über Etoiles Fell. Er verharrte aber regungslos, während Tante Justine ihn prüfend betrachtete. Allmählich verflog das Zittern. Er neigte seinen mächtigen Kopf und beschnupperte ihre Schulter.
Tante Justine stieß einen Seufzer aus. Sie sagte halb

laut, wie zu sich selbst: »Ja, er ist gezähmt . . . und wahnsinnig ist er bestimmt nicht . . .« Dann trat sie zur Seite. Ihre Stimme klang beinahe hart, als sie sich an Sophie wandte: »Lass ihn jetzt laufen! Ich werde später meine Entscheidung treffen.«

15. Kapitel

Sophie und Mireille saßen allein am Tisch und tranken schweigend Orangensaft. Regine ging in der Küche ihrer Beschäftigung nach. Man hörte sie mit Töpfen hantieren. Starker Geruch nach Zwiebeln und Gewürzen verbreitete sich im Haus. Es war bald Mittag. Sophie leerte ihr zweites Glas in einem Zug und streckte wieder die Hand nach der Flasche aus. Durst quälte sie. Sie hatte geduscht, ihre Schrammen mit Heftpflastern beklebt und sich saubere Sachen angezogen. Ihre Haut brannte wie Feuer. »Man könnte glauben, du hättest dich mit einer Horde Wildkatzen herumgebalgt«, hatte Mireille bemerkt, als sie gemeinsam auf Follet heimritten.

Niedergeschlagen dachte sie an Alain, an ihren Versöhnungsversuch und an sein feindseliges Schweigen.

»Es hat keinen Zweck, mit ihm zu reden«, hatte Mireille gesagt. »Lass ihm Zeit!«

Sophie saß voller Gewissensbisse da. »Verstehst du nicht, ich war nicht ehrlich, auch er hatte Etoile gern!«

Mireille war nicht zu erschüttern. »Das meinst du! Ich

hatte eher den Eindruck, er wollte Hackfleisch aus ihm machen.«
Sophie grinste schwach. Noch eine andere Frage quälte sie: Wie würde Tante Justines Entschluss ausfallen? Sie hatte Manuel den Landrover überlassen und war mit Constantin und Nicolas fortgeritten, ohne zu sagen, wohin. Sophie und die anderen sollten im »Mas« auf sie warten. Schon fast zwei Stunden war sie fort. Wieder einmal ertappte sich Sophie dabei, wie sie an den Nägeln kaute, und versteckte schuldbewusst die Hände unter dem Tisch.
»Wo kann sie nur sein?«, seufzte sie.
»Wie soll ich das wissen?«, gab Mireille zurück.
»Glaubst du, dass es Etoile betrifft?«
»Das kannst du dir doch denken.«
Sophie verspürte einen Kloß im Magen. »Vielleicht erschießt sie ihn jetzt!«
»Wenn sie das wollte, hätte sie schon längst Gelegenheit dazu gehabt«, erwiderte Mireille ungeduldig. »Sophie, beruhige dich endlich! Sie hat dir doch gesagt, dass sie eine Entscheidung treffen will.«
»Klar, aber was für eine?«
»Frag Thyna! Ich bin keine Hellseherin!«
Die Tür ging auf. Alain, der Caprices Verband gewechselt hatte, kam herein, ohne die beiden eines Blickes zu würdigen. Er trocknete sich die nassen Hände an seinen Jeans ab und pfiff scheinbar unbekümmert vor sich hin.
»Alain . . .«, begann Sophie zögernd.
Sie horchte auf; Hufe schlugen auf den Kies. Mireille stürzte zum Fenster und spähte durch die Läden.

»Tante Justine ist zurück.«
Sophie blieb sitzen und zerknüllte ihr Taschentuch. Das Herz klopfte ihr bis zum Hals hinauf. Einen Augenblick später trat die Züchterin ein, nahm ihren Hut und warf ihn auf den nächsten Sessel.
»Heiß, da draußen!«, brummte sie. »Ich muss etwas trinken. Nein, keinen Orangensaft. Einen Whisky, aber gut gemessen!«
Mireille ging in die Küche, um Eiswürfel zu holen. Als sie zurückkehrte, folgte ihr Regine mit neugieriger Miene. Stumm warteten alle, während sich Tante Justine in aller Ruhe das Getränk zubereitete. Sie nahm einen Schluck. Dann ließ sie sich in einen Sessel fallen und sah Sophie an.
»Deine Geschichte stimmt also«, sagte sie. »Wir haben Thyna aufgesucht und mit ihr gesprochen. Man kann über ihre philosophischen Betrachtungen geteilter Meinung sein, aber es ist nicht zu leugnen, dass sich Etoile von ihr zähmen ließ. Wobei es wohl immer ein Rätsel bleiben wird, ob ihn die Alte tatsächlich behext hat oder ob es deinem arglosen Zutrauen zu danken ist, dass der Hengst seine Abneigung gegen die Menschen überwinden konnte.«
Sie nahm wieder einen Schluck Whisky. Nur das Ticken der Standuhr war zu vernehmen. Tante Justine sprach nach kurzem Schweigen weiter: »Ich habe in meinem Leben viele merkwürdige Dinge gesehen, aber das ist das Seltsamste, was ich je erlebt habe. So nimm ihn denn!«, schloss sie unvermittelt, zu Sophie gewandt, die sie fassungslos anstarrte.
»Aber ... der Hengst sollte doch Alain gehören ...«,

stotterte sie. Wieder Stille. Tante Justine schwenkte die Eisstückchen in ihrem Glas. Regine begann lautlos, den Tisch zu decken.

Tante Justine fuhr fort: »Ich habe einmal gesagt, Etoile gehört dem, der ihn zu reiten vermag. Du, Alain, hast deine Chance gehabt, aber du hast sie schlecht genutzt, mein Junge.« Ihr Blick richtete sich wieder auf Sophie. »Ich werde mein Versprechen halten: Von heute an gehört der Hengst dir! Du kannst natürlich dieses Pferd nicht mitnehmen. Aber es soll hier zu deiner Verfügung sein, und ich versichere dir, ihm kein Haar seiner Mähne zu krümmen. Mein Haus ist für dich zu jeder Zeit offen.«

Sophie blickte Tante Justine mit ausdruckslosen Augen an. Die Bedeutung der Worte drang nur langsam in ihr Bewusstsein ein. Etoile sollte ihr gehören! Wie war das möglich? Womit hatte sie das verdient? Die Kehle war ihr wie zugeschnürt. Keinen Laut vermochte sie hervorzubringen. Tante Justines Bild, mit dem Glas in der Hand, verzerrte sich, verschwamm hinter Freudentränen, die ihr in die Augen stiegen.

Gepolter schreckte sie auf. Sie sah Alain seinen Stuhl umstoßen und wie einen Verrückten aus dem Zimmer rasen.

16. Kapitel

Hinter dem Hauptgebäude befand sich ein Schuppen, wo Werkzeug, Pferdegeschirr und Fischernetze aufbewahrt wurden. Dort stellte Alain auch sein Moped unter.

Sophie blieb zögernd auf der Schwelle stehen. Sie brauchte eine Weile, bis sich ihre Augen nach dem grellen Sonnenlicht an das Halbdunkel im Schuppen gewöhnt hatten. Endlich entdeckte sie Alain, der auf einem Stapel leerer Getreidesäcke hockte. Sie trat ein und setzte sich neben ihn, die Arme um die Knie geschlungen. Nach einer Weile sagte Sophie: »Weißt du, ich wollte dir das Pferd nicht wegnehmen. Es kam alles ganz von selbst.«

Alain blickte vor sich hin und schwieg.

Sophie fuhr fort: »Sicher, ich hätte mit dir reden sollen. Aber ich habe keinem Menschen etwas davon gesagt. Auch Mireille nicht. Sie ist mir in der Nacht gefolgt und hat so alles entdeckt.«

Immer noch Schweigen. Sophie machte einen neuen Versuch: »Wenn du willst, kannst du . . .«

Er unterbrach sie mit heftigen Kopfschütteln. »Wenn ich will, kann ich was? Dein Pferd reiten, wenn du nicht hier bist?«

Sie biss sich auf die Lippe: Genau das hatte sie sagen wollen! Voller Verachtung spuckte er seine Worte aus: »Nein, danke! Behalte den Gaul für dich! Ich . . . ich werde mir ein anderes Pferd aussuchen. Dieses Biest interessiert mich nicht mehr!«

»Gut«, antwortete Sophie ruhig.

Wieder vergingen einige Sekunden. Sophie konnte Alains Trotz nicht ausstehen; das machte sie richtig krank. Sie warf ihr Haar aus dem Gesicht und stand auf.
Alain hob den Kopf und blickte sie unglücklich an. »Was habe ich denn falsch gemacht?«, stieß er hervor.
Sophie holte tief Luft, ehe sie antwortete: »Du hast ihn verfolgt und ihm Angst eingejagt. Deine Schuld war es, dass er über den Stacheldraht sprang und sich verletzte. Du hast ihn durch Gewalt zähmen wollen . . .«
»So springt man doch mit widerspenstigen Tieren um, oder?«, fiel er ihr trotzig ins Wort. »Ein Pferd muss seinen Herrn spüren . . .«
»Das Pferd ist ein Lebewesen wie du und ich. Natürlich kannst du es gewaltsam unterwerfen; aber das wird dir nicht lange nützen.«
»Das ist doch Gerede!« Alains Gelächter klang gekünstelt. »Bist du gekommen, um mir eine Moralpredigt zu halten?«
»Das ist mein gutes Recht«, gab Sophie zurück.
Im Halbdunkel trafen sich ihre Augen. Sophie wich seinem Blick nicht aus. Alain dachte, dass sie nicht wiederzuerkennen war, dass er sie überhaupt nie gekannt hatte. Sie war nachgiebig, aber selbstbewusst; gutherzig, aber unerbittlich; sanft, aber stolz. Und er begriff plötzlich, dass sie gerade durch ihre Sanftheit die Stärkere war.
Schwerfällig erhob er sich. Sie reichte ihm kaum bis zur Schulter. »Du hattest verdammt viel Mut, in das Feuer zu rennen«, stieß er endlich hervor.
»Das glaubst du!«, gab sie zurück.

Alain senkte die Wimpern. Er strich sich mit der Hand über die Stirn. »Ich wollte einfach nicht, dass er getötet wird, verstehst du ... « Er wandte sich ab. Tränen liefen ihm über die Wangen und bildeten Rinnsale auf seinem verstaubten Gesicht. Er zerdrückte sie mit der Faust.

Nach einer Weile sagte er mit belegter Stimme: »Hast du ein Taschentuch?«

Sie kramte in ihrer Hosentasche. »Es ist schmutzig.«

»Macht doch nichts.«

Er putzte sich die Nase und fuhr sich mit dem Taschentuch über die Wangen. Auf einmal horchten beide auf. Hufschläge hallten über den Weg. Die Gardians kamen zum Mittagessen.

»Komm, lass uns ins Haus gehen, sonst werden sie sich fragen, wo wir stecken«, meinte Alain.

»Sie denken sicher, wir prügeln uns.«

»Prügeln?«, sagte Alain. »Sicher nicht!«

Sie standen dicht nebeneinander. Plötzlich fassten Alains Hände nach ihren, und sie stieß ihn nicht weg. Sie blickten einander an, mit einem kleinen Lächeln im Gesicht, bevor beide, wie von einer Last befreit, in schallendes Gelächter ausbrachen.

Mireille, die sie voller Unruhe rings um das Haus gesucht hatte, sah sie Hand in Hand aus dem Schuppen kommen. Beide wirkten verlegen. Mireille zeigte viel Takt. Sie stellte keine dummen Fragen, sondern blinzelte vielsagend und machte triumphierend das V-Zeichen.

Federica de Cesco

Wildpferde in Gefahr

Geronimo, der Indianerjunge, liebt die wilden Mustangs, die durch das Reservat ziehen. Doch geldgierige Wilderer machen Jagd auf die herrlichen Tiere. Geronimo und seine Freunde müssen schnell handeln. Ein Wettlauf um Leben und Tod beginnt. Können sie die Herde retten?

Arena

104 Seiten • Arena-Taschenbuch
ISBN 978-3-401-50888-7
www.arena-verlag.de

Federica de Cesco

Mari reitet wie der Wind

Mari liebt ihr Pony Paloma über alles. Und die Stute lässt sich von niemandem anderen reiten. Als Maris Onkel stirbt, muss sie machtlos mitansehen, wie der grausame Großbauer Aumale ihr die geliebte Stute wegnimmt. Nach einer dramatischen Flucht mit Paloma kommt Mari bei Zirkusleuten unter. Doch wie soll es nun weitergehen?

Arena

120 Seiten • Arena-Taschenbuch
ISBN 978-3-401-50949-5
www.arena-verlag.de